Karen Kingsbury

AUF DER WELLE DES ERFOLGS

Karen Kingsbury

Auf der Welle des Erfolgs

Mission Hollywood – Band 2

francke

Über die Autorin:
Karen Kingsbury war Journalistin bei der Los Angeles Times. Seit einiger Zeit widmet sie sich ganz dem Schreiben christlicher Romane. Sie lebt mit ihrem Mann, 3 eigenen und 3 adoptierten Kindern in Washington.

Bibliografische Information Der Deutschen Bibliothek
Die Deutsche Bibliothek verzeichnet diese Publikation in der Deutschen Nationalbibliografie; detaillierte bibliografische Daten sind im Internet über http://dnb.ddb.de abrufbar.

ISBN 978-3-86827-489-9

Originally published in the U.S.A. under the title: Take Two

Published by arrangement with The Zondervan Corporation L.L.C.,
a subsidiary of HarperCollins Christian Publishing, Inc.

35037 Marburg an der Lahn
Deutsch von Silvia Lutz
Umschlagbild: © istockphoto.com / LUNAMARINA
Umschlaggestaltung: Verlag der Francke-Buchhandlung GmbH / Christian Heinritz
Satz: Verlag der Francke-Buchhandlung GmbH
Printed in Czech Republic

www.francke-buch.de

Kapitel 1

Kendall Adams saß im Besprechungszimmer ihres Vaters in einem Wolkenkratzer in Los Angeles und ließ ihren Blick zu den Hollywood Hills schweifen, die in der Ferne zu sehen waren. Es war ein typischer Oktobertag: Der Himmel war strahlend blau und die Luft war so klar wie an einem Sommertag in Montana. Kendall atmete tief ein und schlenderte zum Fenster hinüber.

„Es erstaunt mich immer noch …“ Sie warf einen Blick hinter sich auf ihren Vater, „… dass du das machst.“

„Ich habe dafür eine genauso große Leidenschaft wie du.“ Ihr Vater lächelte. Die Wärme in seinen Augen verriet nichts von seinem genialen Geschäftssinn und seinem internationalen Ruf als prominenter Milliardär. „Ich habe seit Jahren nach einer solchen Investitionsgelegenheit gesucht.“

Kendall schaute vom dreiundzwanzigsten Stockwerk auf den belebten Melrose Boulevard hinab. Wohin würde diese Investition führen, diese Entscheidung, mit Chase Ryan und Keith Ellison zusammenzuarbeiten? Würde sie bei der Filmproduktion Heilung für ihr gebrochenes Herz erfahren?

Sie beobachtete, wie ein leichter Wind durch die Palmen tanzte, die die Straße säumten, über die sich ein unablässiger Verkehrsstrom dahinschlängelte.

„Du denkst schon wieder an ihn.“ Ihr Vater war aufgestanden und trat neben sie. „Das sehe ich dir an.“

„Nein.“ Sie hakte sich bei ihm unter. „Ich denke an die Filme. Und ich frage mich, ob mein Leben ab jetzt wieder in geordneten Bahnen verlaufen wird.“

Ein tiefes Seufzen kam über die zusammengekniffenen Lippen ihres Vaters. „Ich bereue es so sehr, dass ich ihn dir vorgestellt habe. Diesen … diesen …“

„Es ist vorbei.“ Ihre ruhige Stimme verriet nichts von dem Schmerz, der immer noch jeden ihrer Tage trübte. „Ich gebe weder dir noch mir die Schuld dafür. Und auch Gott nicht. Es ist Zeit, die Vergangenheit zu begraben und mich auf das zu konzentrieren, was vor mir liegt.“

Ein behagliches Schweigen breitete sich zwischen ihnen aus, das nur von den gedämpften Geräuschen der Telefone und Stimmen der Büroangestellten auf der anderen Seite der Tür unterbrochen wurde.

„Willst du es ihnen sagen? Den Produzenten?"

„Nein." Ihre Antwort kam ohne das geringste Zögern. „Was passiert ist, war unsere Privatangelegenheit. Die Medien haben nie herausgefunden, was genau los war. Und es geht auch niemanden etwas an."

Mitgefühl trat in die Augen ihres Vaters. „Das ist eine gute Einstellung. Du wirst viel Zeit mit Chase und Keith verbringen, aber es ist besser, wenn du … du weißt schon, wenn du darauf achtest, dass eure Beziehung auf rein geschäftlicher Basis bleibt."

Kendall betrachtete ihren Vater einen langen Moment. In solchen Augenblicken fragte sie sich manchmal, ob er ihr nur einen väterlichen Rat geben wollte oder ob es ihm darum ging, das Gesicht zu wahren und sicherzustellen, dass niemand erfuhr, wie viel sie im letzten Jahr verloren hatte. Wie viel sie beide verloren hatten.

Ein Schaudern lief über ihren Rücken. Wenn sie so tat, als wäre es nie passiert, kam vielleicht irgendwann eine Zeit, in der sie einen ganzen Tag überstehen konnte, ohne den Schmerz zu fühlen.

Das Telefon, das in der Mitte des langen Tisches stand, klingelte. Ihr Vater nahm das Gespräch entgegen. „Ja, gut. Sie sollen hereinkommen." Er legte auf und umarmte sie. „Heute ist ein neuer Tag, Kendall. Gott wird diese Partnerschaft segnen. Das fühle ich ganz deutlich."

Sie lächelte ihren Vater an und zwang sich, die Erinnerungen an die Vergangenheit zu begraben. Ihr Vater hatte recht. Für sie beide begann ein neuer Zeitabschnitt. Sie strich ihre Bluse glatt und blieb an der Seite ihres Vaters, als er zur Tür trat. In diesem Moment klopfte seine Sekretärin und führte Chase und Keith herein. Es war das erste Mal, dass sie sich seit der Party zum Abschluss der Dreharbeiten für *Der letzte Brief* trafen. Deshalb dauerte die Begrüßung etwas länger als üblich.

Sobald sie am Tisch saßen, lehnte sich Chase zurück und legte die Hände auf die Armlehnen. „Keith und ich sind Ihnen wirklich sehr dankbar, dass Sie sich Zeit für uns nehmen." Er schaute seinen Freund an und richtete den Blick dann wieder auf Kendall und ihren Vater. „Aber angesichts der schwierigen Wirtschaftslage möchten wir nicht, dass Sie sich verpflichtet fühlen, uns eine zusätzliche finanzielle Unterstützung zuzusagen. Das wollten wir gleich zu Beginn unseres Gesprächs klarstellen."

Kendall wäre am liebsten um den Tisch herumgelaufen und hätte den Mann umarmt. Wusste er eigentlich, wie selten eine solche Einstellung in Hollywood war? Wie ungewohnt es war, dass man die Interessen von anderen an die erste Stelle setzte?

Sie und ihr Vater lächelten sich an. Mit einem Kopfnicken forderte er sie auf, das Gespräch in die Hand zu nehmen. Kendall setzte sich ein wenig aufrechter hin. „Ehrlich gesagt, sind uns Ihre Filme nach wie vor sehr wichtig."

„Das stimmt. Kendall hat großartige Neuigkeiten in Bezug auf Ihren nächsten Film, über den wir das letzte Mal gesprochen haben, als wir uns trafen." Ihrem Vater war seine Begeisterung anzuspüren. Er hatte einmal gesagt, dass er keine Freude an seinem Vermögen habe, solange er es nicht einsetzen könne, um Gottes Wahrheit und Licht zu verbreiten und um dazu beizutragen, dass Träume wahr werden konnten. „Ich bin mir sicher, dass Sie für den Filmschnitt noch mehr Geld brauchen. Nicht wahr?"

„Danke, aber wir kommen gut zurecht." Keith klappte eine Aktenmappe auf, die er mitgebracht hatte, und reichte Kendall und ihrem Vater Kopien einer Kostenaufstellung. „Das Geld, das Sie uns am Ende der Dreharbeiten zur Verfügung gestellt haben, reicht noch eine Weile. Damit können wir den Filmschnitt finanzieren. Spannend ist die Frage, wie es danach weitergeht."

„Werbung und Vermarktung des Films. Der Werbeetat." Kendalls Vater grinste. „Kein Problem, Leute. Sie können mit mir rechnen. Wir wollen, dass dieser Film in die Kinos kommt."

Chase wirkte ein wenig benommen. Erneut strahlte er etwas aus, das Kendalls Herz anrührte. Er war ehrlich und freundlich, und sein Wunsch, Filme zu drehen, die Menschenleben verändern könnten, war echt. Sie hoffte von ganzem Herzen, dass die Filmindustrie diesen Mann nicht negativ beeinflussen würde.

Als sie die Finanzierungsfragen für *Der letzte Brief* geklärt hatten, wechselte Kendall das Thema. „Die Autorin von *Der Löwenzahnjunge* ist immer noch sehr daran interessiert, Ihnen beiden die Filmrechte für ihr Buch zu verkaufen. Das Buch steht seit zehn Wochen auf der Bestsellerliste der *New York Times*."

„Das wissen wir." Keith erlaubte sich den Anflug eines Lächelns. „Wir gingen davon aus, dass sie inzwischen hundert Angebote haben muss."

„Die hat sie auch." Kendall fühlte, wie ihre Augen zu funkeln begannen. Genauso wie ihr Vater liebte sie es mitzuerleben, wenn für Männer wie Keith und Chase das Unmögliche wahr wurde – für Männer, die ehrlich und gut waren und einen tiefen Glauben hatten. „Aber sie will mit Ihnen arbeiten." Sie zog einen Notizblock aus der Tasche und überflog die Details. „Stephanie steht kurz vor dem Abgabetermin für ihren nächsten Roman. Sie wird deshalb im nächsten Monat keine Zeit haben. Danach würde sie gern nach Los Angeles kommen und sich mit Ihnen treffen. Sie möchte die Sache schriftlich festlegen." Sie hob den Blick. „Das dürfte Ihnen genug Zeit geben, *Der letzte Brief* zu schneiden und den Film bei den Filmfestivals einzureichen. Dabei würde ich übrigens gern helfen."

Sie sah Chase an, dass er mit einer Frage rang. Nach ein paar Sekunden verlor er den Kampf. „Wie steht es mit Brandon Paul? Ist er immer noch eine Option für *Der Löwenzahnjunge*?"

Kendall lachte. Es war das fröhliche, unbeschwerte Lachen, das ihr Leben früher bestimmt hatte. „Er ist mehr als nur eine Option. Ich habe gestern mit ihm gesprochen. Er ist dabei. Wir müssen nur noch mit seinem Agenten die Details klären, ein Drehbuch schreiben lassen und einen Regisseur finden." Sie grinste die drei Männer an. „Solche und ähnliche Kleinigkeiten."

Sowohl Keith als auch Chase zögerten, aber als sie die Zuversicht sahen, die Kendall und ihr Vater ausstrahlten, schmunzelten beide. Die Atmosphäre entspannte sich spürbar. Die nächsten Minuten unterhielten sie sich über ihre Familien, ihre Frauen und ihre Kinder. Keith machte sich Sorgen um seine Tochter Andi, die in Bloomington studierte, und Chase belastete es, dass seine Frau damit überfordert sein könnte, zu Hause in San Jose alles allein bewältigen zu müssen. Aber zum größten Teil sah das Leben der beiden Produzenten gut aus, und das freute Kendall. Sie würden stark sein müssen. Wenn auf sie die gleichen Erfahrungen zukämen, die sie gemacht hatte, würde das Leben in Hollywood die beiden auf eine harte Probe stellen.

Ihr Gespräch dauerte noch eine halbe Stunde, in der sie Details des Finanzierungs- und Rückzahlungsplans für *Der letzte Brief* besprachen.

Außerdem überlegten sie, wie Kendall zusätzliche Investoren für *Der Löwenzahnjunge* an Land ziehen könnte. Der Etat würde wegen Brandon Paul deutlich höher ausfallen, aber dank ihres Vaters hatte Kendall sehr gute Beziehungen zu Hollywoods Geldadel, zu Leuten, die auf der Suche nach Filmprojekten waren, in die sie ihr Geld investieren konnten. Sie war sicher, dass sie Investoren finden würde.

Als die Männer sich verabschiedeten, umarmten sich alle. Kendall trat auf Chase zu. Erst als er die Arme um sie legte, wurde ihr mit großer Bestürzung etwas bewusst, das ihr vorher nicht aufgefallen war.

Chases athletischer Körperbau hatte viel Ähnlichkeit mit der Figur ihres Exmannes.

Sie zog sich schnell aus seiner Umarmung zurück, jedoch nicht schnell genug, um ihre Gefühle verbergen zu können. Ihre Wangen röteten sich, und sie verabschiedete sich mit einem schnellen Händedruck von den beiden.

Noch bevor die Produzenten auf dem Flur verschwunden waren, küsste ihr Vater sie auf die Wange. „Ich werde bereits in einer anderen Besprechung erwartet. Bist du noch länger hier?"

„Nein." Sie war immer noch ein wenig verwirrt und fast benommen. „Ich … ich habe einen Termin mit einem Investor in Laguna Beach."

Sie verabschiedete sich von ihm, eilte zum Aufzug und war dankbar, dass niemand mit ihr nach unten fahren wollte. Warum hatte sie diese Ähnlichkeit zwischen Jay Randolph und Chase Ryan nicht schon früher gesehen?

Kendall eilte durch die Eingangshalle ins Parkhaus. Als sie in ihrem Auto saß und allein war, lehnte sie den Kopf zurück und schloss die Augen. *Gott, hilf mir, das zu überwinden. Bitte!* Sie sehnte sich nach einer Antwort. Aber es kam keine. Ohne dass sie es verhindern konnte, wurde die Vergangenheit wie ein Film vor ihrem inneren Auge abgespult.

Der Verkehrsunfall war entsetzlich gewesen. Jay wäre bei dem Unfall fast gestorben; als danach die Einzelheiten ans Licht gekommen waren, wäre Kendall beinahe daran zerbrochen. Jay hatte am Steuer von Kendalls Auto gesessen. Der Frontalzusammenprall hatte nur wenige Sekundenbruchteile gedauert. Der betrunkene Fahrer eines Baustellenlastwagens hatte die doppelt durchgezogene Linie auf dem Mulholland Drive überfahren und war frontal mit Jay, der mit überhöhter

Geschwindigkeit unterwegs gewesen war, zusammengestoßen. Was übrig blieb, waren völlig entstellte und in sich verkeilte Blechteile. Um wie viele und welche Opfer es sich handelte, war für die Rettungskräfte kaum zu erkennen.

In den ersten Medienberichten hatte es geheißen, Kendall wäre in dem Autowrack getötet worden. Sie war zu einem Hilfseinsatz in Costa Rica gewesen, als die panischen SMS auf ihrem Handy erschienen.

Lebst du noch?

Geht es dir gut?

Gott sei Dank hat Jay es überlebt!

Alle hatten ihr versprochen, für sie zu beten. Kendall war noch am selben Nachmittag zurückgeflogen. Als ihr Flugzeug in Los Angeles gelandet war, hatte bereits die ganze Welt die Wahrheit gewusst. Die Tote auf dem Beifahrersitz von Kendalls BMW war nicht Kendall gewesen, sondern das zweiundzwanzigjährige Model, mit dem Jay eine heimliche Affäre gehabt hatte. Zudem kam eine andere schmerzliche Information ans Licht: Die junge Frau war im achten Monat mit Jays Sohn schwanger gewesen.

Die Story war natürlich in den Zeitungen erschienen, aber Kendall war bis heute dankbar, dass sie selbst nie auf den Titelseiten gelandet war. Den Medien war irgendwie entgangen, dass Jay Ben Adams' Schwiegersohn war, und da der Unfall nicht Jays alleinige Schuld gewesen war, hatten sie bald das Interesse an der Story verloren. Im Gegensatz zu den Anwälten.

Die Eltern des toten, schwangeren Models hatten nur wenige Tage nach der Beerdigung ein Anwaltsteam eingeschaltet. Das Opfer war alleinerziehende Mutter von zwei kleinen Mädchen gewesen; allerdings war Jay nicht deren Vater. Aber da der betrunkene Lastwagenfahrer keine Versicherung gehabt hatte und da Jay mit 130 Stundenkilometern unterwegs gewesen war und wegen überhöhter Geschwindigkeit eine Mitschuld an dem Unfall zugesprochen bekommen hatte, hatten die Anwälte Kendalls Vater, den Halter des BMWs, verklagt.

Vor Gericht war die Wahrheit über die Frau ans Licht gekommen. Sie hatte überhaupt kein Interesse an ihren Kindern gehabt, hatte die Mädchen nur selten besucht und es ihrer Mutter überlassen, sie aufzuziehen. Zum Zeitpunkt des Unfalls hatte sie mit ihrer Mutter und ihren Töchtern seit über einem Jahr kein Wort mehr gesprochen.

Trotzdem hatte die Mutter behauptet, dass sie ihre Enkelinnen weiterhin aufziehen könnte, dafür aber viel Geld benötigen würde. Als das Feilschen und Kämpfen im Gerichtssaal endlich vorüber war, hatte die Abfindung für die Töchter der verunglückten Frau Kendalls Vater fast eine Million Dollar gekostet.

Kendall hatte der Unfall viel mehr gekostet.

Sie hatte danach nur noch ein einziges Mal mit Jay gesprochen. Spät am Abend hatte sie ihn unangemeldet im Krankenhaus besucht. Er war an Infusionsflaschen angeschlossen gewesen, seine Beine hatten beide in Gips gesteckt und er hatte einen Verband um den Kopf gehabt. Trotzdem hatte er ferngesehen und sich amüsiert, als wäre er nicht erst wenige Tage zuvor an einem tödlichen Unfall beteiligt gewesen, als wäre nicht gerade seine ganze Welt in Scherben zerbrochen. Kendall hatte an der Krankenzimmertür gestanden und ihn gesehen, wie er an dem Abend ausgesehen hatte, an dem sie sich kennengelernt hatten.

Jay musste sie gehört haben, denn er wandte den Kopf zur Tür. Als er sie erblickte, fiel seine Kinnlade nach unten. Lange schaute er sie stumm an, dann schaltete er den Fernseher aus und wandte den Blick ab. „Es überrascht mich, dass du gekommen bist."

„Mich auch." Sie trat langsam ins Zimmer und drückte ihre Handtasche auf ihren Bauch, als könnte sie ihr Herz vor weiterem Schaden schützen, wenn sie etwas zwischen sich und ihn hielt. Sie trat langsam an sein Bett und wartete. Sie wartete einfach, da es nicht ihre Aufgabe war, etwas zu sagen.

Das Schweigen wurde schnell unerträglich. Jay stieß ein langes Seufzen aus und schaute Kendall wieder an. „Ich wollte es dir sagen." Er hob die Hand langsam an sein Gesicht und drückte die Finger an seine Stirn. „Ich habe nur … nicht gewusst, wie."

Kendall konnte nur eine einzige Frage stellen: „Hast du … sie geliebt?"

Er schloss für einen langen Moment die Augen. Als er sie wieder aufschlug, sagte er etwas, das sie seitdem nicht vergessen hatte. „In diesem Geschäft liebt jeder jeden." Seine Lippen waren trocken und aufgesprungen. Er benetzte sie mit der Zunge, um Zeit zu gewinnen. „Es war meine Schuld. Es ist mir aus der Hand geglitten."

„Aus der Hand geglitten?" Am liebsten hätte sie ihn angeschrien. Seine Geliebte hatte kurz vor der Entbindung seines Kindes gestanden.

Ein Kind, das ihm Kendall nicht hatte geben können. „Hattest du vor, sie zu heiraten?“

Wieder zögerte er. Dann sagte er nur: „Das spielt jetzt keine Rolle mehr.“

Kendall schossen noch viele andere Fragen durch den Kopf, hundert Dinge, die sie sagen wollte. Aber am Ende sagte sie nichts. Das Schweigen zwischen ihnen war ohrenbetäubend, das Surren der Maschinen und der übelkeitserregende Geruch nach Desinfektionsmitteln erfüllten ihre Sinne.

Schließlich sagte Jay: „Mein Anwalt setzt die Papiere auf. Die Scheidung ist noch vor Ende des Sommers rechtskräftig.“

Damit wurde der Schlussstrich unter fünf Jahre Ehe gezogen. Einfach so.

Diese Ereignisse hatten Kendall völlig unvorbereitet getroffen. In den Tagen nach dem Unfall hatte sie jeden wunderbaren Tag ihrer Beziehung tausendmal Revue passieren lassen. In ihrem ganzen Leben hatte sie noch nie jemanden wie Jay Randolph kennengelernt. Sein Glaube hatte ihn überlebensgroß erscheinen lassen, und er besaß ein Charisma, das ihn zum Mittelpunkt der Aufmerksamkeit machte, wohin er auch kam. Ihr Vater hatte sie auf einer After-Show-Party bei der Oscar-Verleihung miteinander bekannt gemacht. Kendall hatte danach gesagt, dass er sie in einem einzigen Gespräch fasziniert und ihr Herz erobert habe.

Kendall war Gott für mehrere Wunder in den Monaten nach diesem letzten Gespräch mit Jay dankbar. Erstens hatte sie überlebt und war fest entschlossen weiterzuleben. Wirklich zu leben. Ein Teil dieser Entschlossenheit kam durch ihren Wunsch, Filmemachern wie Keith und Chase zu helfen, in der Filmindustrie Zeichen zu setzen.

Das zweite Wunder bestand darin, dass ihre Liebe zu Gott immer noch da war. Am Anfang war sie versucht gewesen, ihren Glauben aufzugeben. Jay hatte seinen Glauben aufgegeben. In Hollywood waren seine Überzeugungen und Werte zerbröckelt und hatten sich in Luft aufgelöst. Sein Glaube hatte ihn nicht daran gehindert, eine Affäre mit einer anderen Frau zu beginnen. Warum sollte Kendall also glauben, dass ihr Glaube ihr helfen könnte?

Aber diese Einstellung hatte nur wenige Wochen gedauert, bis sie gemerkt hatte, dass sie buchstäblich innerlich verkümmerte.

Kendall atmete tief ein und schlug die Augen auf. Der Glaube, den sie in Chases und Keiths Augen gesehen hatte, war echt und ehrlich, und das war Kendalls größte Sorge. Sie würde es nicht ertragen, wenn die Filmindustrie diesen beiden wunderbaren Männern das Gleiche antäte wie Jay. Deshalb war sie bei den sonderbaren Gefühlen, die sich bei Chases Umarmung in ihr geregt hatten, so beunruhigt gewesen. Sie durfte niemals Gefühle für ihn entwickeln. Vielmehr mussten Chase, Keith und sie zusammenhalten, über ihren Glauben und ihre Überzeugungen sprechen und Gott bei jedem Schritt ihres Weges einbeziehen.

Kendalls Entschlossenheit wuchs, als sie den Motor anließ und aus dem Parkhaus fuhr. Wenn sie nicht darauf achteten, dass Gott der Mittelpunkt von allem war, was sie taten, würde die Aussagekraft ihrer Filme keine Rolle spielen.

Denn das nächste moralische Versagen in Hollywood könnte einen von ihnen treffen.

Kapitel 2

Bailey Flanigan zog die Jacke enger um sich und stemmte sich gegen den Wind, als sie den Campus der Indiana University überquerte. Der Regen prasselte auf ihre Kapuze, während sie auf das Theatergebäude zurannte, in dem die Probe für das Musical *A Christmas Carol* angesetzt war. Das alte, eindrucksvolle Ziegelgebäude tauchte schon in ihrem Blickfeld auf, als ihr Handy vibrierte. Andi oder Tim, nahm sie an. Niemand sonst schickte ihr mitten am Tag eine SMS.

Sie zog das Handy aus der Tasche ihrer Regenjacke. Bei dem Namen, den sie las, stockte ihr der Atem. Cody Coleman? Sie hatten seit fast einem Monat nicht mehr miteinander gesprochen.

Bailey starrte seinen Namen an und verlangsamte ihre Schritte. Er war jetzt eher Andis Freund als ihrer. Das hatte sich entwickelt, seit er beim Homecoming-Spiel wortlos an ihr und Tim vorbeigegangen war, ohne stehen zu bleiben. An jenem Abend hatte Cody eine ganze Stunde mit Andi auf dem Parkplatz im Auto gesessen und sich mit ihr unterhalten. Jetzt schrieben sich Cody und Andi oft und sprachen viel miteinander.

Obwohl diese Situation sie schmerzte, hatte Bailey außer ihrer Mutter niemandem erzählt, wie sie sich fühlte. Als sie darüber gesprochen hatten, waren sie sich einig gewesen: Für Cody gehörte die Zeit mit Bailey der Vergangenheit an. Ja, sie sahen sich hin und wieder auf dem Campus – meistens aus der Ferne – und sie saßen jeden Donnerstagabend in der Veranstaltung von Campus für Christus, aber außer einem höflichen Winken oder einem kurzen Hallo sprach er nicht mit ihr.

Bailey öffnete die SMS. Ihr Herzschlag erhöhte sich, als sie seine Worte las:

Ich vermisse dich … mehr als du ahnst.

Sie las seine Worte noch einmal. Und dann ein drittes Mal. Die Nachricht war kurz, aber sie sprach direkt in ihre Seele hinein. Bailey konnte sich einreden, was sie wollte: Selbst wenn sie in Codys Gegenwart und Zukunft keine Rolle mehr spielte, konnte sie ihre Gefühle für ihn nicht leugnen.

„Erwähnt er mich manchmal?“, hatte sie Andi erst heute Morgen gefragt, bevor sie ihr gemeinsames Zimmer im Studentenwohnheim verlassen hatten.

„Eigentlich nicht." Andi hatte die Stirn gerunzelt. „Du hast recht: Das ist wirklich komisch. Ich schätze, das liegt an Tim."

Baileys Mutter vermutete das Gleiche. Seit Tim Reed Baileys Freund war, zog sich Cody von ihr zurück. Trotz seines Versprechens, dass sie immer Freunde bleiben würden, hatte er den Kontakt zu ihr abgebrochen. Es gab Momente, in denen sie den ersten Schritt gehen wollte, ihn anrufen und fragen wollte, warum er sich so albern benahm und sich von ihr und ihrer Familie fernhielt. Aber sie vermutete, dass er – wenn er wirklich wieder eine Freundschaft mit ihr haben wollte – sie anrufen würde. Immerhin war er derjenige, der vor einem Monat beim Footballspiel der Clear Creek High an ihr vorbeigegangen war und sie kaum eines Blickes gewürdigt hatte.

Es regnete jetzt kräftiger, deshalb beugte sie sich vor, um mit ihrem Oberkörper das Handy zu schützen. Ihre Finger flogen über die Tasten, als sie ihre Antwort eingab.

Ja, Cody, ich vermisse dich auch.

Sie drückte auf „Senden" und steckte das Handy wieder ein. Die Probe für *A Christmas Carol* begann in einer halben Stunde, und sie musste vorher noch einmal ihren Text durchgehen. Bailey wollte sich einen ruhigen Platz im Zuschauerraum suchen und sich auf ihre Rolle konzentrieren. Andi und Tim wollten sich dort mit ihr treffen, da sie in dem Stück auch Hauptrollen spielten. Jetzt war nicht der richtige Zeitpunkt für ein Gespräch mit Cody. Sie brauchte mehr als nur ein paar Minuten, um herauszufinden, was mit ihm los war und warum er sich so abweisend verhielt.

Bailey beschleunigte ihre Schritte und schob ihren Rucksack ein wenig höher auf ihre Schultern, aber noch bevor sie zehn Meter weit gegangen war, summte ihr Handy schon wieder. Sie stieß ein hörbares Seufzen aus, das dampfend in der kühlen, feuchten Oktoberluft aufstieg. „Tu das nicht, Cody", flüsterte sie. „Bring mein Herz nicht durcheinander."

Sie zog ihr Handy wieder heraus. Dieses Mal war seine Nachricht viel länger. Sie war so lang, dass sie sich über zwei SMS erstreckte.

Ich weiß, du glaubst, ich mache mir nichts aus dir, weil wir nicht miteinander sprechen. Das merke ich, wenn Andi und ich uns schreiben. Du musst wissen, dass ich dich nur schützen will. Okay, uns beide. Du hast Tim, und die Sache zwischen euch wird immer ernster.

Bailey hasste es, wenn er so sprach. Als sie den zweiten Teil seiner Nachricht las, wuchs ihre Verärgerung noch mehr.

In deinem Leben ist kein Platz für mich. Das ist okay. Das akzeptiere ich. Aber bitte, Bailey, glaube nicht, dass ich es so will. Wie gesagt: Ich vermisse dich mehr, als du ahnst.

Sie las seine Nachricht noch einmal. Tränen brannten in ihren Augen. Wenn er sie vermisste, sollte er sie anrufen, um sein Recht auf eine Freundschaft kämpfen. Tim würde das verstehen. Außerdem hatte Cody, bevor er in den Irak gegangen war, etwas für sie empfunden, das weit über freundschaftliche Gefühle hinausgegangen war. Sie hatten beide viel mehr füreinander empfunden.

Cody wartete bestimmt auf eine Antwort. Sie begann zu tippen, was sie fühlte, überlegte es sich dann aber anders. Sie hatte das Theater schon fast erreicht. Tim würde merken, wenn sie traurig war, und das wäre nicht fair. Außerdem freute sie sich auf die Theaterprobe. Heute wollten sie die Szene proben, in der sie alle drei mitspielten: die Szene, in der Scrooges Geist der vergangenen Weihnacht auftauchte.

Sie löschte die paar Worte, die sie geschrieben hatte, und tippte stattdessen eine viel kürzere Nachricht.

Wir müssen reden, aber nicht jetzt … ruf mich später an.

Sobald sie diese Nachricht abgeschickt hatte, regte sich eine gewisse Befriedigung in ihr. Wenn er sie wirklich vermisste, würde er sie anrufen.

Bailey kam bei der Theatertür an und verdrängte alle Gedanken an Cody. *A Christmas Carol* hatte in vier Wochen Premiere, und sie wollte bei der Probe eine gute Leistung abliefern. Es war ihr erstes Musical an der Universität.

Von ihrem Auftritt hing viel ab.

Andi saß bereits im Zuschauerraum, aber Bailey sah sofort, dass ihre Miene nicht wie üblich glücklich und unbeschwert war.

„Was ist mit dir?“ Bailey ging zu ihrer Zimmergenossin und ließ ihren nassen Rucksack auf einen Stuhl fallen. „Drückt der Regen auf deine Stimmung?“

Andi zuckte die Achseln. „Regentage und Montage sind nie eine gute Kombination für mich.“

„Was ist passiert?“ Die beiden Mädchen wohnten seit über einem Monat zusammen in einem Zimmer. Bailey merkte sofort, wenn Andi sich nicht gut fühlte, als wäre sie ihre Schwester. Sie lächelte sie aufmunternd an. „Hast du deine Matheprüfung vergeigt?“

Die Frage war als Scherz gemeint, und Andi zwang sich zu einem halben Lachen. Aber die Resignation in ihren Augen und ihre niedergeschlagenen, hängenden Schultern blieben unverändert. „Erinnerst du dich an den Typen, den ich bei dieser Party der Studentenverbindung kennengelernt habe?“

Bailey verzog das Gesicht. „Er hieß Ben, oder? Der Kerl aus deinem Mathekurs.“

„Ja, der. Er hat seinen Freunden von mir erzählt ... von diesem Abend.“ Scham und Verlegenheit sprachen aus Andis Miene. „Einer seiner Freunde hat mich dieses Wochenende zu einer Party eingeladen. Er sagte, Mädchen wie mich könnten sie immer brauchen.“ Diese Bemerkung schien sie zutiefst zu verletzen. „*Mädchen wie mich?* Habe ich wirklich diesen Ruf? Nach einer einzigen dummen Party?“

„In den Augen von ein paar Jungs vielleicht. Aber nicht jeder auf dem Campus denkt so.“

Bailey und Andi hatten ausführlich über Andis furchtbare Erfahrung auf dieser Studentenparty gesprochen. Sie hatte mehr getrunken, als sie beabsichtigt hatte. Anschließend war sie mit Ben auf die andere Straßenseite in einen Park gegangen, wo etwas viel Schlimmeres hätte passieren können, wenn nicht ein anderes Paar aufgetaucht wäre und Fragen gestellt hätte. Ben war beleidigt verschwunden, und Andi, der übel gewesen war und die zu betrunken gewesen war, um allein nach Hause zu gehen, hatte ausgerechnet Cody angerufen.

Am nächsten Tag war Andis furchtbarer Abend in allen Einzelheiten ans Licht gekommen. Bailey kannte die ganze Geschichte. Sie wusste sogar, dass Andi versucht hatte, sich an jenem Abend Cody an den Hals zu werfen, und dass sie sich furchtbar gedemütigt gefühlt hatte, weil Cody sie zurückgewiesen hatte.

Bailey war insgeheim erleichtert gewesen, als sie gehört hatte, dass Cody die Situation nicht ausgenutzt hatte. Trotzdem fiel es ihr schwer, etwas zu den Problemen zu sagen, die ihre Mitbewohnerin an jenem Abend gehabt hatte, da – auch wenn das hart klingen mochte – alles ihre eigene Schuld gewesen war.

Andi starrte auf den Fußboden und zog die Stirn besorgt in Falten. „Nicht nur ein paar Jungs. Ihre Freunde glauben das höchstwahrscheinlich auch."

„Okay, das sind sechs Typen an einer Uni mit vierzigtausend Studenten." Bailey beugte sich zu ihr hinüber und berührte Andis Knie. „Ich denke, du hast noch genug Möglichkeiten, um deinen Ruf wieder zu verbessern."

Andi stützte sich auf die Armlehne ihres Stuhls. „Wahrscheinlich hast du recht. Es gefällt mir einfach nicht, dass mich jemand mit solchen Augen sieht. Es ist so verrückt. Du weißt, dass ich das eigentlich nicht bin."

Bailey zog das Textbuch aus ihrem Rucksack. „Sieh es doch so: Jedes Mal, wenn du ihnen sagst, dass du kein Interesse hast, sagst du ihnen damit im Grunde, dass es ein einmaliger Ausrutscher war, ein verrückter Abend, den du immer noch bereust."

„Das stimmt." Andi nickte langsam. „Danke. Du bist mir eine große Hilfe, Bailey. Jetzt fühle ich mich schon wieder viel besser." Sie schlug ihr Textbuch ebenfalls auf. „Ich finde es furchtbar, dass ich mich damals betrunken habe, aber ich weiß nicht … ich bin nicht sicher, ob Alkohol an sich wirklich so schlimm ist. Die Leute, die sich öfter betrinken, aber niemandem etwas tun … Heißt das, dass sie keine guten Menschen sind? Ich glaube, ich bin immer noch verwirrt."

Bailey unterdrückte den Drang, laut zu seufzen. Das war Andis Einstellung, seit sie sich kannten. Sie war die Tochter von Missionaren und hatte den größten Teil ihres Lebens in Indonesien verbracht. Jetzt war ihr Vater Filmproduzent und hatte gerade seinen ersten Film abgedreht. Doch Andi hatte das Gefühl, sie müsste sich von dem Image als braves Mädchen befreien. Als schäme sie sich, dass sie zu behütet aufgewachsen und zu anständig erzogen worden war.

Bailey blätterte im Textbuch zu ihrer Szene und schaute ihre Freundin kurz an. „Du weißt, was ich darüber denke."

Ein vorsichtiges, schwaches Lächeln spielte um Andis Lippen. „Nur weil jemand denkt, dass er sich richtig verhält, heißt das noch lange nicht, dass er ein guter Mensch ist?"

„Genau. Der einzige Maßstab, den wir haben, ist die Bibel." Bailey versuchte, sachlich und nicht übermäßig kritisch zu klingen. „Wir können Fehler machen, aber wir müssen immer wieder aufstehen und zu Gott gehen. Das bedeutet es, Christ zu sein."

Andi dachte ein paar Sekunden über ihre Worte nach. „Wahrscheinlich. Für mich ist einfach alles nicht mehr so klar wie früher." Sie blätterte in ihrem Textbuch, als plötzlich ihr Handy klingelte. Der Name, der auf ihrem Display erschien, entlockte Andi ein Lächeln. Sie klappte das Handy auf und lehnte sich auf ihrem Stuhl zurück. „Hey! Ich dachte, du wolltest erst später anrufen."

Bailey hätte gern gewusst, wer der Anrufer war, aber sie wollte nicht neugierig erscheinen. Sie konzentrierte sich auf ihr Textbuch und bemühte sich, Andis Stimme auszublenden. Doch nach ungefähr einer Minute lachte Andi laut auf. „Cody, du bist so komisch!"

Mehr brauchte Bailey nicht zu hören. Sie stand auf, steckte das Textbuch in ihre Tasche und signalisierte Andi, dass sie hinausgehen und auf Tim warten würde. Draußen kämpfte sie gegen die Tränen, die in ihren Augen brannten. Soweit sie es beurteilen konnte, bestand zwischen Andi und Cody nur ein rein freundschaftliches Verhältnis, aber trotzdem … Sie unterhielten sich oft, und ihre Freundschaft schien immer tiefer zu werden. Selbst damit könnte Bailey leben, wenn sie und Cody nur miteinander sprechen würden. Aber als sie Andis fröhliches Gespräch mit Cody gehört hatte, hatte Bailey den Schmerz über die verlorene Freundschaft mit Cody kaum ertragen können.

Außer mit ihrer Mutter konnte sie mit niemandem darüber sprechen. Tim würde sie nicht verstehen. Wenn sie in der Beziehung zu ihm glücklich war – und das war sie – warum störte es sie dann so sehr, dass ein alter Bekannter den Kontakt zu ihr abgebrochen hatte? Das würde Tim sie fragen. Und diese Frage wäre voll und ganz berechtigt.

Sie könnte ihm genauso wenig eine Antwort darauf geben, wie sie für sich selbst eine Antwort hatte.

Die Stufen vor dem Zuschauerraum waren überdacht und trotz der feuchten Luft trocken. Bailey setzte sich und stützte die Ellbogen auf ihre Knie. Einen Moment später erblickte sie Tim. Er hatte seinen roten Rucksack über die Schulter geworfen und kam in seinem üblichen entschlossenen Gang auf sie zu. Als er sie sah, zog ein Lächeln über sein Gesicht und er winkte. Bailey erwiderte das Winken und wartete, bis er bei ihr ankam.

Die Beziehung zu Tim war unkompliziert und natürlich. Bailey und er hatten vieles gemeinsam: ihre Bühnenerfahrung beim christlichen Kindertheater, ihre Liebe zu Gott, ihren Familienhintergrund. Tim hatte keine düstere Vergangenheit, keinen problembeladenen Hintergrund, kein schweres Gepäck. Jahrelang hatte Bailey sich nichts sehnlicher gewünscht, als dass Tim Reed sich in sie verlieben würde. Und jetzt war er ihr Freund.

Er joggte die Stufen hinauf und setzte sich neben sie. „Hey." Er legte den Arm um ihre Schultern und drückte sie. „Du siehst in deiner Regenjacke süß aus."

„Danke." Sie schmiegte sich ein wenig enger an ihn. „Wie waren deine Kurse?"

„Super." Er nahm ihre Hand und rieb mit dem Daumen über ihre Finger. „Du frierst. Komm ..." In einer Bewegung, die einfühlsam und gleichzeitig romantisch war, hob er ihre frierende Hand an seinen Mund und blies warme Luft auf ihre Haut. Einmal ... zweimal ... Nach dem dritten Mal rieb er ihre Hand und grinste. „Besser?"

„Besser." Sie schaute ihn dankbar an. Wie oft hatte sie davon geträumt, mit ihm einen solchen Moment zu erleben? „Erzähl mir von eurer Diskussionsrunde." Tim belegte einen Diskussionskurs, und heute hatten sie eine Diskussion über Dr. Seuss' Kinderbuch *The Butter Battle* geführt. Tims Seite hatte den Standpunkt vertreten, dass man die Butter auf die Oberseite des Brotes streichen sollte.

Er schüttelte lachend den Kopf. „Es war ziemlich schräg."

Er schilderte, dass die andere Seite mit T-Shirts gekommen war, die auf der Rückseite gelb gefärbt waren, und dass sein Team einen Sketch aufgeführt hatte, bei dem fast alle ihren Text vergessen hatten. Und dann hatte eine Studentin plötzlich auch noch angefangen, für die gegnerische Seite zu argumentieren. Bailey genoss seine Geschichte; sie liebte das Gefühl, hier neben Tim, vor dem Regen geschützt, auf den Stufen vor dem Studententheater zu sitzen. Sie dachte an das Telefongespräch, das Andi führte, und bekam Schuldgefühle. Sie hatte kein Recht, sich über Codys Freundschaft mit Andi zu ärgern. Keiner der beiden wollte damit irgendjemanden verletzen. Außerdem war es vielleicht möglich, dass Tim Teil von Gottes Plänen für Bailey war. Das bedeutete, dass Cody vielleicht zu Gottes Plänen für Andi gehörte. Wenn das der Fall sein sollte, konnte Bailey nichts anderes tun, als die Situation zu akzeptieren. Sie war glücklich und zufrieden. Vielleicht standen sie und Tim noch ganz am Anfang einer gemeinsamen Zukunft? Cody war einfach ein Teil ihrer Vergangenheit.

Wenn sie nur ihr Herz davon überzeugen könnte!

Denn egal, was ihr Verstand ihr sagte, konnte sie den Schmerz in ihrem Herzen über den Verlust von Codys Freundschaft nicht vertreiben. Und auch nicht die Angst, mit der sie jeden Tag lebte: dass ein Teil von ihr Cody Coleman immer lieben würde. Cody – der Junge, der für ihren Vater Football gespielt und in den schwersten Jahren seines Lebens bei Baileys Familie gelebt hatte. Der Junge, den es nur einmal im Leben gibt und in den sie sich verliebt hatte, als sie noch zu jung gewesen war, um das wirklich zu begreifen.

Kapitel 3

Der gemietete Schnittraum in einem Studio in Santa Monica war nur so groß wie ein Wohnwagen, aber viel spartanischer eingerichtet. Das störte Keith jedoch nicht im Geringsten. Er und Chase saßen vor einem Computer und hatten die Augen auf die spektakulären Bilder auf dem großen Bildschirm geheftet. Den engen, stickigen Raum nahmen sie kaum wahr. Der Film zog sie in ihren Bann. Sie waren nicht mehr in Santa Monica, sondern in Bloomington, Indiana, wo *Der letzte Brief* gedreht worden war.

Die Schnittgeräte entsprachen dem neuesten Stand der Technik und konnten nur in Los Angeles gemietet werden. Dank des Geldes, das Ben Adams in ihren Film investierte, konnten sie sich das leisten. Seit Wochen arbeiteten Keith und Chase dienstags bis donnerstags fast rund um die Uhr daran, ihren Film zu schneiden. Sie wurden ständig daran erinnert, dass ein Produktionsteam mit seinen Kameras zwar faszinierende Bilder einfangen konnte, aber der Zauber – der eigentliche Zauber – geschah hier.

In einem zehn Quadratmeter großen Raum.

„Markiere diese Stelle." Keith drückte eine Taste auf dem Bedienfeld, schob seinen Stuhl zurück und stand auf. Er dehnte sich und rieb seine müden Augen. „Was hältst du von einem Abendessen?"

Chase schaute mit zusammengekniffenen Augen zu der schwarzweißen Plastikuhr hinauf, dem einzigen Wandschmuck, den es hier gab. „Es ist halb acht." Er atmete langsam die abgestandene Luft ein und drückte noch einige Tasten. Der Bildschirm an der Wand wurde schwarz. „Wann haben wir zu Mittag gegessen?"

„Überhaupt nicht."

„Richtig", schmunzelte Chase, dann gähnte er. „Es gab nur ein spätes Frühstück." Er stand auf und rieb sich den Nacken. „Die Zeit vergeht so schnell."

Es war Mitte November, und die Temperaturen in Santa Monica lagen auch jetzt am Abend noch immer über zwanzig Grad. Das Wenige, das sie von diesem Tag gesehen hatten, war warm und blau und schön gewesen – typisches Strandwetter in Südkalifornien. Keith schaltete das Licht aus und sperrte die Tür hinter sich ab. Nach mehreren Fluren und einer Treppe waren sie draußen, eine Straße von Santa Monicas Third Street Promenade entfernt.

Keith atmete tief ein. „Der Wind tut gut."

„Das nennt man das echte Leben." Chase steckte die Hände in die Hosentaschen und schlenderte langsam den Gehweg entlang. „Ich vergesse immer wieder, dass es sich hier draußen abspielt."

Sie mussten beide lachen. Die Zeit, die sie im Schneideraum verbrachten, war verrückt. Sie arbeiteten bis nach Mitternacht, gingen dann zu Fuß zum Georgian Hotel am Ocean Boulevard, stiegen in ihr Zimmer im ersten Stockwerk hinauf, das sie sich teilten, und schliefen fünf oder höchstens sechs Stunden. Am nächsten Morgen waren sie ab sieben Uhr wieder im Schneideraum. Bei dem hohen Preis, den sie für den Schneideraum zahlten, mussten sie dieses Tempo beibehalten. Außerdem hatten sie einen Termin, der immer näher rückte. Kendall Adams hatte den Film bei mehreren unabhängigen Filmfestivals angemeldet, und falls ein Festival ihren Film zeigen wollte, brauchten sie bis zum Jahresende einen fertigen Film.

Dazu kam eine Vereinbarung mit einem großen Studio. Aufgrund der Schauspieler, die in dem Film mitspielten, garantierte ihnen dieses Studio, dass der Film auf jeden Fall auf DVD erscheinen würde. Das Problem bei diesem Vertrag war, dass das Studio möglicherweise keinen Kinostart des Films bezahlen würde. Einen Film in die Kinos zu bringen kostete Millionen, und es gab Gerüchte über angebliche Geldprobleme. Doch wenn der Film nicht ins Kino kam, war zu befürchten, dass Chase und Keith das Geld für die Filmproduktion nicht wieder hereinholen könnten. Die Investoren bekämen vermutlich ihr Geld zurück, aber der größte finanzielle Verlust würde bei den Produzenten hängen bleiben.

Sie standen also aus mehreren Gründen unter großem Druck.

Chase legte den Kopf schief und betrachtete den Himmel, der sich rötlich färbte. „Trotz des ganzen Wahnsinns liebe ich das, was wir machen." Er schaute Keith an. „Ich bin wirklich total begeistert."

Keith lächelte. Er freute sich, dass Chase seine Begeisterung teilte. „Ich hätte mir nie träumen lassen …"

„Ich weiß." Chase blieb an einer roten Ampel stehen. „Wir haben diesen unglaublichen Film, und niemand hat davon eine Ahnung."

Sie schlenderten in Richtung Norden. In diesem Teil der Stadt war die Third Street für Autos gesperrt und gab Touristen und Einheimischen die Gelegenheit, einen Schaufensterbummel zu machen und die Künstler, die auf der ganzen Promenade Stellung bezogen hatten, bei der Arbeit zu bewundern. Vor ihnen stand ein Mann mitten auf der Straße und wurde von einem kleinen Scheinwerfer von unten beleuchtet. Von Kopf bis Fuß war der Mann mit Silber überzogen. Er hatte eine silberne Alufolie über seine Kleidung gezogen und sich Arme, Hände und Gesicht mit Silberspray besprüht. Er spielte Flöte. Neben ihm stand auf einem billigen Klapptisch ein Glas, in dem eine Handvoll Münzen lag.

Keith schaute dem Mann einige Sekunden zu. „Da fragt man sich doch, wie jemand auf die Idee kommt, so etwas zu machen. Ist dieser Kerl eines Tages aufgewacht und hat einfach beschlossen, dass er keine Lust mehr hat, Hamburger zu braten?"

„Wenigstens ist er an der frischen Luft", meinte Chase grinsend und ging wieder weiter. „Und er tut etwas."

„Er nutzt sein Talent." Keith holte ihn ein. „Was hältst du von Pizza?"

„Eine gute Idee."

Sie bestellten sich je zwei große Stücke in einem kleinen Laden direkt an der Third Street. Das erste Stück aßen sie an einem winzigen, wackeligen Tisch mit einer alten, verkratzten Tischplatte. Der Wind war kühler geworden. Draußen waren mittlerweile die Menschen unterwegs, die alles, was sie besaßen, auf dem Rücken trugen oder in einen Einkaufswagen gestopft hatten. In der salzigen Meeresluft pulsierte die laute Rap-Musik einiger Straßentänzer. Der Rhythmus vermischte sich mit dem gelegentlichen Hupen und den polternden Lastwagen, die auf dem Santa Monica Boulevard in östlicher Richtung unterwegs waren.

Der Lärm machte eine Unterhaltung fast unmöglich. Deshalb ließen sich Keith und Chase ihr zweites Stück einpacken. Als sie in ihrem gemieteten Schneideraum zurück waren, aßen sie ihre Pizza, während Keith ihre Notizen von vorher noch einmal durchging. Es war acht Uhr. Noch vier Stunden Arbeit lagen vor ihnen, bevor sie Feierabend machen konnten.

Keith holte zwei Dosen Cola aus dem kleinen Kühlschrank in der hintersten Ecke des Raums und reichte Chase eine davon. „Okay." Er öffnete seine Dose und trank einen Schluck. „Diese Szene darf insgesamt nicht länger als zwei Minuten sein. Wir liegen immer noch bei über fünf Minuten. Ich habe eine Idee, aber schauen wir sie uns noch einmal an.“ Er setzte sich an die Konsole.

Chase setzte sich neben ihn und drückte die Play-Taste. Drei Sekunden am Anfang der Szene, zwei am Ende, eine Kameraeinstellung gelöscht. Eine halbe Stunde verging. Jedes geschnittene Stück wurde für den Fall, dass sie es doch noch brauchen würden, in einer Datei gespeichert. Als die Szene nur noch zwei Minuten und fünfzehn Sekunden lang war, rieb sich Chase die Augen. „Das ist besser. Weiter zur nächsten Szene.“

Bevor Keith den Film weiterlaufen lassen konnte, klingelte sein Handy. Es war eine unbekannte Rufnummer. Die Vorwahl verriet, dass der Anruf aus Los Angeles kam. „Hallo?“

„Keith Ellison? Hier ist Barry Gaynor. Los Angeles Film Festival.“

„Guten Abend, Mr Gaynor.“ Keiths Herzschlag verdoppelte sich. Der Bewerbungstermin für das Festival war der 5. Dezember, also erst in mehreren Wochen. Die Bewerbung für diesen Wettbewerb war einer der Gründe, warum sie sich mit dem Filmschnitt so beeilten. „Hier ist Keith Ellison. Was kann ich für Sie tun, Mr Gaynor?“

„Nun“, schmunzelte der Mann. „Erstens könnten Sie Barry zu mir sagen.“ Er legte eine theatralische Pause ein, dann senkte er die Stimme ein wenig. „Normalerweise mache ich solche Anrufe nicht, aber dieses Mal konnte ich nicht anders.“

Chases Hände erstarrten auf der Tastatur. Er drehte sich um und schaute Keith mit hochgezogenen Brauen fragend an. „LA Film Festival?“, fragte er stumm.

Keith nickte.

„Jedenfalls …“, Barrys Stimme wurde wieder ernst, „… habe ich von meiner guten Freundin Kendall Adams gehört, dass Sie einen Hit haben.“

Kendall hat ihn angerufen, kritzelte Keith auf einen Zettel, um Chase zu informieren. Er schluckte schwer und versuchte, sich zu konzentrieren. „Uns gefällt der Film gut. Alle haben ihr Bestes gegeben.“

„Das habe ich gehört. Kendall kann nicht aufhören, von dem Film zu schwärmen.“

„Wir sind momentan beim Filmschnitt, mein Koproduzent und ich.“

„Gut. Glauben Sie, dass Sie bis zum 5. Dezember fertig sind?"

Keith erlaubte sich ein Lächeln. „Das ist unser Ziel."

„Sie bewerben sich also für unser Filmfestival? Das hat mir Kendall versprochen."

„Ja. Auf jeden Fall."

„Wenn Sie den Film einreichen, dann schicken Sie ihn bitte zu meinen Händen." In Barrys Stimme lag ein Lächeln. „Ich warte darauf."

„Das kann ich gern machen." Sie unterhielten sich noch eine Minute, dann war das Gespräch beendet.

Keith hatte sich fest vorgenommen, sich in keiner Phase der Filmproduktion zu sehr hinreißen zu lassen. Es gab zu vieles, das schieflaufen konnte. Aber als er sein Handy weglegte, musste er sich sehr beherrschen, um keinen lauten Freudenschrei auszustoßen.

„Was hat er gesagt?"

„Kendall ist eine Wucht! Anscheinend ist sie mit dem Mann befreundet, der das Festival leitet. Es ist kaum zu glauben." Keith schaute seinen Freund an und schüttelte lachend den Kopf. „Er hat angerufen, um sich zu vergewissern, dass wir den Film auch tatsächlich einreichen."

„Das hat Kendall eingefädelt?" Chase lehnte sich auf seinem Stuhl zurück. „Das ist wunderbar. So etwas passiert doch nicht einfach von selbst."

Keiths Herzschlag beruhigte sich ein wenig. „Es sei denn, Gott steht dahinter. Vielleicht benutzt er Kendall, aber ohne ihn passiert so etwas nicht." Er deutete mit dem Kopf auf den überdimensionalen Bildschirm vor ihnen. „Machen wir weiter."

Sie arbeiteten bis nach Mitternacht, dann gingen sie zu ihrem Hotel zurück. Jetzt waren nicht mehr so viele Menschen unterwegs, aber ein Mann in einem Trenchcoat bot ihnen Kokain an, und auf halbem Weg zum Georgian Hotel kamen sie an mehreren Prostituierten vorbei. Keith und Chase schauten die Frauen nicht an.

„Hast du dir überlegt, wohin das führen könnte? Wenn Ben Adams hinter uns steht und wenn der Film bei ein paar Filmfestivals gezeigt wird?" Der Wind, der vom Meer her wehte, war jetzt kräftiger, und Keith musste lauter sprechen, damit Chase ihn verstehen konnte.

„Ich versuche, es mir nicht vorzustellen." Chase zuckte die Achseln. „Es klingt aufregend. Aber bis jetzt haben wir nichts Schriftliches."

Sie schwiegen, bis sie die grün gestrichenen Stufen zum Hotel hinaufgestiegen waren und ihr Zimmer im ersten Stock betraten. „Du glaubst nicht, dass aus der Sache etwas wird?“ Keith warf seine Sachen auf den kleinen Tisch neben dem Fernseher.

„Ich glaube an Verträge.“ Chase ließ sich mit einem tiefen Seufzen aufs Sofa fallen. „Versteh mich bitte nicht falsch. Kendall steckt voller großartiger Ideen. Der Leiter des LA-Festivals will, dass wir unseren Film einreichen. Stephanie Fitzgerald will, dass wir *Der Löwenzahnjunge* produzieren. Brandon Paul will darin die Hauptrolle spielen. Ich bin begeistert und alles klingt wunderbar ... aber bis jetzt haben wir nichts schriftlich. Vor uns liegt immer noch ein weiter Weg.“

„Das erinnert mich an etwas, das ein Regisseur einmal gesagt hat.“

„Und das wäre?“

Keith lächelte. „Der Weg zu einem Film ist mit vielen Hindernissen gepflastert. So ist das Geschäft nun einmal.“

„Genau.“

„Trotzdem haben wir einen großartigen Film.“

Chase holte ein Buch aus seiner Tasche und warf es auf den Tisch. *Der Löwenzahnjunge: Ein Roman von Stephanie Fitzgerald.* „Siehst du?“ Er grinste Keith an. „Ich glaube daran, dass etwas aus der Sache werden kann. Bei Gott sind alle Dinge möglich, nicht wahr?“

„Du wirst das Buch lieben.“ *Der Löwenzahnjunge* handelte von einem autistischen Jungen, der durch die Macht der Musik auf wunderbare Weise verändert wurde, ein Junge, dessen Leben alle um ihn herum veränderte. Diese Geschichte war Stoff für ganz großes Kino. Keith hatte das Buch vor einer Woche zu Ende gelesen. „Die ganze Zeit konnte ich Brandon Paul als Henry Harris sehen.“

„Er wäre für die Rolle optimal.“ Chase lächelte, aber er blieb sachlich nüchtern. „Uns fehlen nur noch das Vorkaufsrecht der Autorin, ein erstklassiges Drehbuch, ein Termin mit Brandon Pauls Agenten – der nebenbei Vizepräsident der größten Talentagentur in Hollywood ist – und ungefähr zehn Millionen Dollar.“

„Richtig.“

„Daneben sieht es fast wie ein Sonntagsspaziergang aus, Menschen im Dschungel von Jesus zu erzählen.“

Keith lachte und sank auf einen Sessel neben dem Sofa. „Es ist derselbe Gott.“

Er nahm die Fernbedienung und schaltete den Fernseher ein. Auf der Suche nach dem Sportkanal blieb er bei einem Bericht hängen und schaltete nicht weiter. Zehn Jugendliche hatten sich dabei gefilmt, wie sie Trinkspiele spielten.

„Das ist für *YouTube*", rief einer, während die Gläser vollgegossen wurden.

„Ja, *YouTube!*" Einer der Jugendlichen nahm ein Glas und hielt es hoch. „Der Sieger wird berühmt."

Aus dem Hintergrund erklärte der Kommentator, dass in jener Nacht einer der Jugendlichen gestorben war. Ein anderer hatte einen Atemstillstand erlitten und als Folge davon eine dauerhafte Schädigung des Gehirns. Als die ersten zwei Jugendlichen bewusstlos wurden – immer noch vor laufender Videokamera –, lachten die anderen nur und stießen mit den Gläsern auf die beiden Bewusstlosen an, die regungslos auf dem Boden lagen.

Keith dachte an Andi, seine geliebte Tochter, die sich bei einer Studentenparty vor einigen Wochen betrunken hatte, und ihm wurde plötzlich speiübel. Er schaltete den Fernseher aus und wandte sich an Chase. „Das schnürt einem die Kehle zu."

Chase starrte immer noch auf den dunklen Fernsehbildschirm. Nach ein paar Sekunden lehnte er sich zurück und atmete schwer aus. „Das ist die traurigste Geschichte, die ich seit Langem gesehen habe."

„Ich muss dabei an Andi denken."

Ein bedrücktes Schweigen breitete sich zwischen ihnen aus. Dieser Bericht und die traurige Tatsache, dass so etwas wirklich passierte, beschäftigte die beiden Männer sehr. Andi hatte immer noch nicht alles erzählt, was an jenem Abend passiert war, aber hätte ihr das auch passieren können? Die Jugendlichen hatten sich von ihren Altersgenossen herausfordern lassen und ein Schnapsglas nach dem anderen geleert. Die Jungen, die bewusstlos umgefallen waren, waren nette junge Leute gewesen, freundlich und sympathisch. Sie waren einfach Jugendliche. Jugendliche, die sich der Kultur anpassten, in der sie lebten.

„Manchmal muss ich mir bewusst machen ..." Chase beugte sich vor und stützte die Ellbogen auf seine Knie. In seinen Augen stand eine Intensität, die vorher nicht da gewesen war, „... dass das unsere Zuschauer sind. Diese Jugendlichen. Deshalb machen wir das alles."

„Deshalb machen wir morgen weiter. Deshalb müssen wir dranbleiben und fest glauben, dass Gott etwas Großes vorhat."

„Du hast recht." Die Zweifel verschwanden aus Chases Stimme. „Deshalb glauben wir an Kendall Adams und Brandon Paul und an alles andere, was noch kommt."

„Genau."

Sie schwiegen wieder. Keith richtete den Blick zum Fenster und zu den dünnen Vorhängen, die im Wind flatterten, der vom Meer heranwehte. Die Bilder gingen ihm nicht aus dem Kopf. Die Jugendlichen, die bei jemandem in der Küche standen, die Wodkaflaschen, die auf der Arbeitsplatte aufgereiht waren. Die Schnapsgläser und das Lachen. Das laute Lachen, als könnte ihnen nichts passieren. Als müssten sie nicht ein paar Tage später zu einer Beerdigung gehen.

Was war mit den Eltern? Wie hilflos mussten sie sich gefühlt haben, als sie den Film gesehen hatten, als sie mit ansehen mussten, wie ihre Kinder bewusstlos wurden, wie sie auf dem Boden zusammenbrachen? Als sie sich verzweifelt nach einer zweiten Chance gesehnt hatten, als sie sich nichts sehnlicher gewünscht hatten, als dass sie irgendwie dort sein und einen Notarzt hätten holen können? Wie fühlten sie sich jetzt?

Plötzlich veränderte sich das Bild vor Keiths geistigem Auge, und er sah nicht mehr die Schnapsgläser oder die Wodkaflaschen oder die sterbenden Teenager.

Er sah seine Tochter, die mit leuchtenden Augen und klarer, fester Stimme einer Gruppe Frauen im Dschungel erzählte, dass Jesus sie liebte. Und er sah sie, wie sie jetzt war: Wie sie mit Alkohol und Jungs experimentierte und Dinge tat, die ihrer Erziehung und ihrem Glauben völlig widersprachen.

Das war es. Die Jugendlichen in dem Video waren nicht anders als Andi und jeder andere junge Mensch. Sie wurden mit Versuchungen konfrontiert, die von allen Seiten auf sie einströmten. Pornografie und wechselnde Sexualpartner, Alkohol, Drogen und Maßlosigkeit. Eine Verachtung für den Glauben und eine Vergnügungssucht, die von allen Seiten so sehr lockten, dass auch die stabilsten Jugendlichen zu Fall kamen. An dieser Stelle konnte die Macht eines Films etwas bewirken. Der richtige Film konnte einer Generation von jungen Menschen helfen, den Verlockungen zu widerstehen und wieder daran zu glauben, dass es sich lohnte, richtig zu leben und an Gottes Wahrheit festzuhalten. Das war alles, was Andi im Moment brauchte. Das war alles, was alle Jugendlichen in dieser Generation brauchten.

Einen Grund, den Versuchungen zu widerstehen.

Keith konnte den nächsten Morgen kaum erwarten.

Kapitel 4

Kelly Ryan zog die Kinderzimmertür zu, hinter der ihre Töchter endlich eingeschlafen waren, und ging leise durch den Flur ihres kleinen Hauses in die Küche. Die Mädchen waren am Abend lange aufgeblieben und hatten auf einen Anruf von ihrem Vater gewartet.

Dieser Anruf war nie gekommen.

Bis Thanksgiving dauerte es noch zwei Wochen. Chase und Keith waren wieder in Los Angeles und arbeiteten praktisch rund um die Uhr, um den Film vor den Abgabeterminen für die Filmfestivals fertigzustellen.

Kelly trat in die Küche und nahm eine Handvoll Schokoladen-Erdnüsse aus einer Schüssel auf der Arbeitsplatte. Sie steckte sich ein paar Kugeln in den Mund, und dann noch ein paar mehr, damit sie eine Weile reichen würden. Dann gab sie es auf und kippte sich den Rest auf einmal in den Mund.

In letzter Zeit wuchs ihr alles immer mehr über den Kopf. Die Schokonüsse waren dafür ein deutlicher Beweis. Es war erst zwei Uhr mittags, doch sie hatte schon fast eine halbe Tüte leer gegessen. Bei ihrem Problem mit den Süßigkeiten, der fälligen Stromrechnung und der Wäsche, die sich auf dem Wohnzimmersofa so hoch türmte, dass sich Macy dahinter verstecken könnte, war an Erholung nicht zu denken.

In Indonesien hatte Kelly außer Fisch und Gemüse, Vollkorngetreide und Bohnen nicht viel anderes gegessen. Sie war schlank und voller Energie gewesen – bereit, jede Krise oder Aufgabe, die ihr der Tag bescherte, zu bewältigen. Aber wenn Chase fort war, fühlte sie sich frustriert und vergessen. Der gestrige Abend war genauso wie viele Abende vorher verlaufen: Sie und die Mädchen hatten Makkaroni und Käse gegessen und waren dann lange aufgeblieben, um auf Chases Anruf zu warten. Als er sich nicht gemeldet hatte, hatte Kelly einen Ansturm von Fragen über sich ergehen lassen müssen.

„Aber warum, Mama?" Molly hatte die Stirn gerunzelt. Ihr entging nicht viel. „Hat er sein Handy nicht dabei?"

„Doch, Schatz." Kelly hatte sich so müde gefühlt, dass sie ernsthaft überlegte, zu ihrer ältesten Tochter ins Bett zu schlüpfen und die Arbeit zu vergessen, die in der Küche auf sie wartete. „Er wollte bestimmt anrufen."

Macy hörte ihnen zu. Die Müdigkeit und die Traurigkeit über ihren abwesenden Vater ließen sie schließlich in Tränen ausbrechen. „Ich will meinen Papa."

„Ist ja gut. Ist ja schon gut." Kelly deckte Molly liebevoll zu und ging zu Macy hinüber, um sie ebenfalls zuzudecken. Sie setzte sich auf die Bettkante. „Beruhige dich. Alles wird gut werden." Sie streichelte Macy über den Rücken, um sie zu trösten. „Wir wollen jetzt beten und Gott bitten, dass er Papa hilft, seine Arbeit schnell fertigzubringen."

Kelly betete laut und sang Lieder von Jesus und Gottes Verheißungen, bis beide Mädchen eingeschlafen waren. Dann schleppte sie sich in die Küche, wo das schmutzige Geschirr überquoll, das seit dem Frühstück nicht gespült worden war. In dem alten Haus gab es keine Geschirrspülmaschine. Als jeder Teller und jede Pfanne sauber geschrubbt waren und zum Trocknen im Abtropfgitter standen, holte Kelly eine Familienpackung Schokoladeneis aus der Gefriertruhe in der Garage und schaufelte sich eine Schale voll. Das Eis leistete ihr heute Abend Gesellschaft bei ihrem Kampf mit dem Wäscheberg und den Dauerwerbesendungen, die im Hintergrund liefen. Erst kurz vor ein Uhr schaltete sie das Licht im Schlafzimmer aus und stellte sich darauf ein, dass Molly und Macy morgen früh noch vor acht in ihr Zimmer stürmen und auf ihr Bett springen würden.

Molly war vier, Macy war zwei, und beide Mädchen gingen nicht in den Kindergarten. Einige Male in der Woche setzten sie sich zu dritt an ihren wackeligen Küchentisch und malten Bilder von Prinzessinnen aus oder bastelten mit farbigem Pappkarton und Wasserfarben. Aber nach den anstrengenden Vormittagen war Kelly immer müde und erschöpft, und das war heute nicht anders.

Kelly ging ins Wohnzimmer und nahm das erste Handtuch von dem Wäscheberg. Wenn Chase hier war, hatten sie die Mädchen immer spätestens um halb neun im Bett und arbeiteten gemeinsam die Wäscheberge oder Rechnungen ab. Es war seltsam, dass die Arbeitslast sich zu vervierfachen schien, wenn er weg war.

Ein Seufzen stieg aus der Tiefe ihrer Seele auf. „Es tut mir leid, Herr. Ich will nicht so sein. Ich sollte eine positivere Einstellung haben."

Wenn sie nur nicht so müde wäre! Ihre Tage als Missionarin waren genauso schwer gewesen, aber trotzdem waren sie mit ihrer jetzigen Situation nicht zu vergleichen. Kelly hatte körperlich viel gearbeitet: Weizen gedroschen, Mehl gemahlen, mit den Frauen aus dem Dorf gebacken, geputzt. Sie hatte nähen und kochen gelernt und sogar einfache Haushaltsgeräte selbstständig repariert. Jeden Abend war mit Einbruch der Abenddämmerung die Arbeit eingestellt worden. In Indonesien hatte sie keine Einschlafprobleme gehabt wie in San Jose, wenn Chase fort war.

Kelly seufzte und betrachtete ihr Spiegelbild in der Mikrowellentür über dem Gasherd. Sie hatte sich nicht geduscht, aber sie hatte sich die Haare gebürstet und leicht geschminkt. Wenn sie Besuch bekam, musste sie wenigstens gepflegt aussehen. Heute war der zweite Donnerstag im Monat, was bedeutete, dass Laurie Weeks jeden Augenblick an ihrer Tür klopfen würde.

Laurie leitete in der Gemeinde montagvormittags eine Bibelstunde. Sie hatte drei Kinder, stellte regelmäßig Familienfotos auf Facebook ein und liebte den Strand – genauso wie Kelly. Vor ein paar Monaten hatte Laurie nach der Bibelstunde gefragt, ob sie miteinander essen gehen wollten. Bei einem Fitnesssalat hatte Laurie sie darauf angesprochen, dass Chase so oft fort sei. Kelly hatte ihr von dem Film erzählt, von der Vision, die ihr Mann und Keith hatten, und die zwei Frauen waren schnell Freundinnen geworden. Kelly war dafür sehr dankbar. Sie brauchte jetzt mehr denn je Freunde.

Kelly nahm wieder eine Handvoll Schokonüsse und schob sie sich in den Mund. Sie hasste diese neue Angewohnheit, sich mit Süßigkeiten vollzustopfen. Aber wenn sie keine Kraft mehr hatte, half ihr der Zucker. Das Problem war, dass sie dadurch zunahm, was bedeutete, dass sie alle Süßigkeiten im Haus vor Chase verstecken musste. Es fehlte ihr gerade noch, dass er nachfragte und wissen wollte, warum sie sich nicht gesund ernährte, oder dass ihm ihre größere Konfektionsgröße auffiele. Sie hatte keinen Hunger. Sie war überfordert. Sie war in einem endlosen Meer aus Hausarbeit und unerträglichen Schulden gefangen, und es kostete sie ihre ganze Kraft, um den Tag zu überstehen.

Chase ging es ganz anders. Er konnte nicht sehen, dass sie überfordert war, weil sein eigenes Glück das nicht zuließ. Wenn er aus Los Angeles zurückkam, sprudelte er vor Begeisterung wegen des Films fast über. Was wusste er schon von ihrem Leben in den letzten Monaten? Der Rasenmäher stand kurz davor, den Geist aufzugeben, und sie brauchten einen neuen Staubsauger. Die meiste Zeit fühlte sich Kelly selbst wie ein kaputtes Haushaltsgerät, das von Chases Arbeit und seinem aufregenden Leben in Hollywood völlig abgeschnitten war.

Wenn er zu Hause war, hatte Kelly jede Menge Fragen. Doch was ihr in letzter Zeit am meisten die Ruhe raubte, war die brennende Frage, ob der Film in die Kinos käme. Anfangs hatte sie geglaubt, dass es nur eine Frage von wenigen Monaten wäre, bis der Film in die Kinos kam – wenn sie nur genug Geld von Investoren bekämen, um das Projekt zu beenden. Besonders jetzt, da die Männer die glamouröse Kendall Adams und ihren Vater ins Boot geholt hatten. Dank der beiden war die Finanzierung ihrer Filmprojekte keine so große Sorge mehr wie am Anfang.

Aber Keith und Chase hatten jetzt einen Anwalt: Dayne Matthews' Bruder, Luke Baxter. Luke hatte Chases und Keiths Vertrag gelesen und sie gewarnt, dass sie keine Garantie hatten, dass ihr Film in die Kinos käme, selbst wenn sie genügend Geld aufbrachten.

Laut Luke war an dem Vertrag mit dem Studio nichts zu ändern. Entweder sahen die Studiochefs die Endfassung des Films und gaben ihr Okay für einen Kinostart, oder sie gaben ihr Okay nicht. Das Problem war Folgendes: Selbst wenn der Werbeetat gedeckt wäre, bedeutete ein Kinostart für das Studio ein gewisses finanzielles Risiko. Und es war gut möglich, dass die Studiochefs dieses Risiko nicht eingehen wollten. Und falls der Film nicht ins Kino kam, bekämen Chase und Keith ihr Geld wahrscheinlich nicht zurück.

Kelly war entsetzt gewesen, als sie das erste Mal begriffen hatte, in welcher Situation sie sich befanden. Sie hatte mit Keiths Frau Lisa gesprochen. Beide Frauen waren sich einig gewesen, dass sie beten mussten. Ohne einen Kinostart würden Keith und Chase möglicherweise vor dem Bankrott stehen und ihre Glaubwürdigkeit als Filmemacher verlieren. Ihre ganzen Anstrengungen könnten ins Leere laufen.

Kelly füllte den Wasserkessel, stellte ihn auf den Gasherd und drehte die Flamme hoch. Laurie trank gerne Tee, wenn sie sich zweimal im Monat trafen. Der Tee war das Gesündeste, was Kelly zu sich nahm, seit Chase vor vier Tagen nach LA aufgebrochen war.

Sie lehnte sich an die Arbeitsplatte und starrte auf den grauen Linoleumboden hinab. *Denk an die Glühwürmchen,* sagte sie sich. *Vergiss die Glühwürmchen nicht!* Seit Chase vor Jahren begriffen hatte, dass es Glühwürmchen tatsächlich gab, glaubte er, dass alles möglich sei. Es war eine Art Geheimsprache und eine Ermutigung, die nur Chase und Kelly verstanden. Aber Kelly war einsam und niedergeschlagen. Das Geld war knapp, und die langen Tage ohne ihren Mann würden endlos weitergehen. Sie wollte immer noch an seine Karriere als Filmproduzent glauben, aber Woche für Woche ohne ihn zurechtkommen zu müssen hatte ihr nach und nach jede Begeisterung und Aufregung für sein Projekt geraubt.

„Du darfst die Zuversicht nicht verlieren", hatte Chase vor zwei Tagen gesagt, als sie das letzte Mal miteinander gesprochen hatten. „Gott hat uns so weit geführt. Er wird sich auch um die Einzelheiten kümmern."

Kelly wollte ihm glauben.

Sie hörte ein leises Klopfen an der Haustür. Schnell schob sie die Schüssel mit den Schokonüssen weit nach hinten und eilte zur Tür.

Ein heftiger Regen war an diesem Morgen über San Jose hinweggezogen, und draußen tobte ein kräftiger Sturm. Laurie schüttelte das Wasser von ihrer Windjacke und trat schnell ein. „Was für ein unangenehmes Wetter!" Sie war außer Atem, als Kelly die Tür hinter ihr schloss. „Man könnte fast meinen, dass es bald schneit."

„Wenn die Temperaturen noch um fünf Grad weitersinken, ist das schon möglich."

In der Küche begann das Wasser zu kochen. Kelly ging mit ihrer Freundin hinüber und goss den Tee auf. Apfel mit Zimt, eine Erinnerung daran, dass die Feiertage vor der Tür standen.

Sie setzten sich an den Tisch, während Laurie von ihren Kindern erzählte. Audrey wollte einen weiteren Missionseinsatz mitmachen, und Lucas hatte an der Universität seine Hauptfächer gewechselt. Sam war mit seiner Footballmannschaft aufgestiegen. Das Leben war gut. Gut und schnell und ausgefüllt.

Ein gemütliches Schweigen breitete sich zwischen den beiden Frauen aus. Sie nippten an ihrem Tee und hörten zu, wie der Wind draußen durch die Bäume heulte.

Laurie stellte ihre Tasse ab. „Ist Chase immer noch in Santa Monica?"

„Ja." Kelly verzog unwillkürlich das Gesicht.

„Das dachte ich mir." Etwas in Lauries Augen veränderte sich. „Du siehst müde aus."

Völlig unerwartet standen Kelly plötzlich Tränen in den Augen. Sie blinzelte sie zurück und betrachtete den Teebeutel in ihrer Tasse.

Laurie wartete geduldig und freundlich wie immer. „Willst du darüber sprechen?"

Ein Ton, der eher ein Schluchzen als ein Lachen war, kam aus Kellys Mund, und sie hob die Finger an ihre Lippen. „Es ist eigentlich nichts. Bei uns ist alles in Ordnung."

„Ist es der Film?"

„Wahrscheinlich." Eine Träne landete auf dem Tisch. Kelly wischte sie weg und fuhr sich mit der Hand über die Augen. „Es kann sein, dass der Film nicht ins Kino kommt. Wenn er nicht ins Kino kommt … könnten sie viel Geld verlieren und … und die Schauspieler glauben dann vielleicht, dass der Film ein Fehler war." Sie atmete tief durch und versuchte, die Fassung wiederzuerlangen. „Es könnte ihr letzter Film sein."

Verwirrung trat in Lauries Blick. „Ich dachte, sie hätten vor einer Weile eine gute Nachricht bekommen."

„Ja, sie haben einen neuen Investor gefunden. Sonst hätten sie noch nicht einmal das Geld gehabt, um den Film zu Ende zu drehen. Aber jetzt hat ihnen ihr Anwalt erklärt, dass sie mit dem Studio einen Vertrag abgeschlossen haben, aus dem sie nicht herauskommen. Das Studio leidet genauso wie alle anderen unter der Wirtschaftskrise. Der Kinostart eines unabhängigen Films bedeutet immer ein gewisses Risiko. Wenn also kein Wunder geschieht, wird der Film nur auf DVD erscheinen."

Der Regen wurde stärker und trommelte im regelmäßigen Rhythmus auf das Dach und die Fenster des kleinen Hauses. Der Wind heulte und ein Baum beugte sich so weit nach unten, dass er fast zerbrach. Als der Wind nachließ, trank Laurie noch einen Schluck von ihrem Tee. „Ist es das, was dich so sehr belastet? Der Film?"

Kelly musste nicht nachfragen, was sie meinte. „Es ist immer die gleiche Geschichte, fürchte ich. Chase ist die ganze Zeit fort." Die Erschöpfung schnürte ihr die Kehle zu, und sie konnte ihre nächsten Worte nur flüstern: „Wir haben unsere Kreditkarten ausgeschöpft und ein Darlehen aufgenommen. Wir haben kaum Geld zum Leben. Und wozu das alles? Wie sollen die Menschen angesprochen werden, wenn der Film nie ins Kino kommt?"

„Darf ich ehrlich sein?" Laurie stellte ihre Tasse ab. Aus ihren Augen strahlte eine mitfühlende Freundlichkeit. „Ich mache mir mehr Sorgen um dich und Chase als um den Film. Wann seid ihr das zuletzt miteinander ausgegangen?“

„Allein?“ Kelly überlegte angestrengt. „Ich kann mich nicht erinnern.“

„Ich habe eine Idee: Ich nehme Molly und Macy am kommenden Wochenende für einen Abend zu mir, damit du und Chase essen gehen könnt.“

„Wirklich?“

„Natürlich. Meine Kinder lieben deine Mädchen.“ Laurie war von der Idee begeistert. „Wir können draußen Krocket spielen. Sam spielt es in letzter Zeit in jeder freien Minute. Du und Chase, ihr sucht euch ein nettes Restaurant und macht euch einen entspannten Abend zu zweit. Sagen wir Samstag, dann ist er von der Heimfahrt nicht so geschafft wie am Freitag.“

Kelly wollte nicht zugeben, dass sie nicht genug Geld hatten, um in einem Restaurant essen gehen zu können. Außerdem hatte sie keine Ahnung, was sie anziehen sollte. Ihre Kleider waren inzwischen so eng, dass sie darin nicht gut aussah. Und wenn schon? Chase liebte sie trotzdem. Vielleicht könnten sie zu Hause essen und einen Spaziergang um das Sportgelände der Highschool machen. Einfach nur, um mal zu zweit aus dem Haus zu kommen. Diese Idee klang verlockender als die letzten Wochenenden, die sie miteinander verbracht hatten. Chase kam müde nach Hause, holte den dringend benötigten Schlaf nach und verbrachte die Zeit, die er wach war, vor dem Fernseher, wo er Football schaute, oder am Telefon mit Leuten, die mit dem Film zu tun hatten.

„Samstag?“

„Samstag“, lachte Laurie und lächelte sie freundlich an. „Sag Ja.“

„Nun ja ...“ Plötzlich klang diese Idee sehr verlockend. „Okay.“ Sie beugte sich über den Tisch und drückte Lauries Hände. „Danke, Laurie. Das wäre einfach wunderbar.“

Das Gespräch drehte sich um die Gemeinde, das aktuelle Thema der Frauenbibelgruppe, die den ersten Brief an die Thessalonicher fast fertig gelesen hatte. „Etwas im fünften Kapitel lässt mich nicht mehr los.“ Laurie legte die Hände um ihre Tasse. *„Freut euch zu jeder Zeit! Hört niemals auf zu beten. Dankt Gott für alles. Denn das erwartet Gott von euch, weil ihr zu Jesus Christus gehört.“*

Kelly schaute aus dem Fenster. Der Wind und der Regen tobten genauso stark wie vorher. Es gab nicht das geringste Anzeichen dafür, dass das Wetter sich bald bessern würde. *Freut euch zu jeder Zeit! Hört niemals auf zu beten. Dankt Gott für alles.* Nichts davon hatte sie in letzter Zeit getan. Aber wenn sie so niedergeschlagen war, tat sie das nie. Sie kümmerte sich um die Kinder und versorgte den Haushalt und hatte keine einzige Minute für sich. Außerdem konnte sie sich nicht den ganzen Tag mit Süßigkeiten über Wasser halten und gleichzeitig Gott loben. Es war nur das eine oder das andere möglich.

Laurie blieb, bis Molly nach ihrem Mittagsschlaf durch den Flur gewatschelt kam, ihre abgenutzte Schmusedecke hinter sich herzog und sich ihre blauen Augen rieb. Sie blieb stehen, als sie sah, dass Kelly nicht allein war. „Hallo, Miss Laurie."

„Hallo, Molly." Lauries Augen wurden sofort weich. „Du siehst genauso aus wie mein Mädchen, als sie so alt war wie du."

Molly lächelte und wusste nicht, was sie sagen sollte. Sie ging zu Kelly. „Darf ich schon aufstehen?" Sie gähnte.

„Ja, Schatz." Kelly hielt ihr die Arme hin und Molly kam zu ihr und rutschte auf ihren Schoß. Kelly küsste ihre blonden Haare. „Schläft Macy noch?"

„M...hm. Sie ist müder als ich." Molly rutschte von ihrem Schoß und schlurfte zum Sofa im Wohnzimmer. Sie rollte sich an einem Ende zusammen und zog die Decke über ihr Gesicht.

Laurie half Kelly, die Tassen in die Küche zu bringen, und umarmte sie dann zum Abschied. „Ruf mich an, falls sich etwas ändert. Aber versuche, es möglich zu machen, Kelly. Samstag. Ich stelle mich darauf ein."

Als ihre Freundin gegangen war, setzte sich Kelly neben Molly. Molly kletterte auf ihren Schoß und lehnte den Kopf an Kellys Schulter. „Ich vermisse Papa", murmelte sie in Kellys Sweatshirt.

„Ich auch." Sie streichelte Mollys lange Haare. „Er kommt morgen nach Hause."

Aus dem anderen Zimmer verriet ein leises, müdes Weinen, dass Macy aufgewacht war. „Macy!" Molly stand wieder auf und lief in das Zimmer, das sie mit ihrer Schwester teilte. Im Laufen drehte sie den Kopf zu Kelly herum. „Können wir heute Nachmittag etwas tun, das Spaß macht, Mama?"

Kelly richtete sich auf und sah ihr Gesicht im Spiegel, der an d Wand neben dem Fernseher hing. Sie sah müde und alt und ausge laugt aus. Der Regen deprimierte sie noch mehr. Molly hatte recht. Sie brauchten ein wenig Spaß. Sie mussten etwas unternehmen, das die Einsamkeit, die Ungewissheit und die Ängste wegen des Films vertrieb und die langen Tage ohne einen Anruf von Chase erträglicher machte.

Bevor sie ins Badezimmer ging, um Macy auf die Toilette zu helfen, nahm sie sich noch eine Handvoll Schokonüsse. Wenigstens brauchte ihre kleine Tochter keine Windeln mehr.

Als sie wieder in der Küche waren, holte Kelly eine große Rührschüssel und die Tüte mit Schokostückchen aus dem Schrank, die sie am Tag zuvor gekauft hatte. „Ich habe eine Idee." Sie setzte ihren Mädchen zuliebe ein Grinsen auf.

„Mm-mm!" Molly sprang herum und klopfte Macy auf den Kopf. „Ja, Macy, schau! Wir backen Plätzchen!"

„Plätzchen!" Macy hob die Hände in die Luft und tanzte mit ihrer Schwester im Kreis.

So ist es richtig, dachte Kelly. *Schokoladenplätzchen. Etwas, das uns hilft, uns besser zu fühlen.*

Die Freude und das Beten konnten später kommen.

Heute würde sie backen.

Kapitel 5

Die Thanksgivingfeier fand bei Katy und Dayne Matthews statt, in ihrem Haus hoch über dem Ufer des Lake Monroe in Bloomington. Bailey war für ein paar Tage zu Hause, da ihre Vorlesungen und Theaterproben ausfielen und Andi die Vielfliegermeilen ihrer Eltern genutzt hatte, um nach Kalifornien zu fliegen und den Feiertag bei ihren Eltern zu verbringen. Und so saß Bailey am Nachmittag auf dem Rücksitz des Kleinbusses ihrer Familie und war zum See unterwegs. Ein paar Schneeflocken wirbelten durch die Luft, und am Nachmittagshimmel hingen bedrohliche Wolken. Im Hintergrund lief Musik, aber Bailey hörte nicht hin. Sie war zu sehr damit beschäftigt, die Einsamkeit, die wie eine graue Wolke über ihrem Herzen hing, von sich abzuschütteln.

„Findet ihr nicht, dass das irgendwie komisch ist?" Ricky saß hinten in der Mitte zwischen Justin und Shawn.

„Was denn, Schatz?" Ihre Mutter drehte sich um, damit sie Ricky vom Beifahrersitz aus sehen konnte.

„Dass wir Thanksgiving woanders verbringen? Das ist irgendwie komisch."

„Das stimmt", nickte Shawn. Justin und BJ gaben ihren Brüdern ebenfalls recht.

„Es wird bestimmt lustig", grinste Ricky. „Es ist cool, hinter Katys und Daynes Haus die Adler zu beobachten, besonders wenn Schnee liegt. Aber trotzdem …"

Bailey gab ihm im Stillen recht. Sie vermisste die Tradition, dass sie zu Hause Thanksgiving feierten, aber sie kannte den Grund, warum sie heute zu den Matthews fuhren.

„Ich habe es euch doch schon erklärt: Euer Vater hat morgen ein Spiel." Mama lächelte. „Und wir waren uns einig, dass wir den Tag heute nicht mit Kochen verbringen wollten." Sie gab ihrem Mann einen schnellen Kuss auf die Wange. „Ich finde, das war eine sehr gute Entscheidung."

„Es war sehr nett von den Matthews', uns einzuladen." Baileys Vater schaute die sechs Kinder im Rückspiegel an. „Es wird bestimmt ein schöner Nachmittag und Abend."

„Ja, aber …“ Ricky zuckte die Achseln. „Es war heute Mor
fach nicht so wie sonst an Thanksgiving, wenn es im ganzen Haus
Truthahn duftet und in der Küche die Leber und der Hals und a
herumliegen.“

Die anderen Jungen lachten. Nach ein paar Sekunden wurde Ricky von ihrer guten Laune angesteckt. Als sie in die lange Einfahrt der Matthews' bogen, lachten sie immer noch. Bailey betrachtete das Haus und erinnerte sich an die Zeit vor einigen Jahren, als Dayne in Los Angeles einen furchtbaren Verkehrsunfall erlitten hatte. Damals war er der größte Filmstar in Hollywood gewesen. Die Paparazzi hatten ihn verfolgt, sodass er die Kontrolle über sein Auto verloren hatte und fast gestorben wäre. Während er im Krankenhaus gelegen hatte, hatten Bailey und ihre Familie und alle, die sich im christlichen Kindertheater engagierten, dieses Haus am See renoviert. Als Katy und Dayne nach Bloomington zurückgekommen waren, waren sie hier im Garten von allen Leuten begrüßt worden, die an den Arbeiten beteiligt gewesen waren. Die Renovierungsarbeiten hatten die Menschen einander nähergebracht, und die Kinder im christlichen Kindertheater sprachen immer noch davon.

Sie stellten das Auto ab und stiegen aus. Bailey nahm zwei der vier Kürbiskuchen, die sie zum Essen beisteuerten. Ricky trug eine große Tüte mit Brötchen. Da die ganze Familie Baxter zum Essen erwartet wurde, rechnete Bailey mit über dreißig Menschen zum Truthahnessen.

„Es ist gut, dass die anderen mehrere Truthähne mitbringen.“ Ihre Mutter trat beiseite und ließ Shawn vor sich zur Tür laufen. „Bei diesen vielen Leuten werden wir das brauchen.“

„Ja, allein schon für uns!“ Ricky rieb sich den Bauch. „Ich könnte einen ganzen Truthahn allein verdrücken.“

„Wie immer“, grinste Justin und stieß seinen jüngeren Bruder scherzhaft in die Seite.

„Okay, das genügt.“ Ihr Vater trat neben Shawn, bevor sie an die Tür klopften. „Benehmt euch heute anständig. Zeigt euch von eurer besten Seite und helft, wo ihr könnt.“ Er zwinkerte ihnen zu und bekam ein mehrstimmiges „Ja, Papa“ zur Antwort.

Seit sie älter war, liebte Bailey es, ihre Eltern zu beobachten, wenn sie sich zwischendurch küssten und umarmten und immer noch jeden Tag lachten. Allerdings legten sie damit für sie und ihre Brüder eine esslatte. Eine solche Ehe und Familie wollte Bailey eines Tages haben.

„Die Flanigans!“ Katy öffnete ihnen die Tür. Sie umarmte Baileys Mutter und begrüßte dann alle anderen. „Im Wohnzimmer läuft das Footballspiel!“

„Können wir in den Garten gehen und die Adler beobachten?“ Ricky war schon einen Schritt in diese Richtung unterwegs. „Und später Football schauen?“

„Natürlich“, lachte Katy und führte Ricky zur Hintertür.

„Aber zieht euch danach die Schuhe aus“, ermahnte ihr Vater die Jungen und zerraufte Rickys blonde Haare. „Und bleibt nicht zu lange draußen. Es wird kalt.“

Dayne kam aus dem anderen Zimmer zu ihnen und grinste sie alle an. „Eine Feier ist erst komplett, wenn die Flanigans dabei sind. Schön, dass ihr gekommen seid!“ Er umarmte ihren Vater herzlich mit einem Arm. Im anderen Arm hielt er die schlafende kleine Sophie, die mit ihren fünf Monaten eine perfekte Kombination aus Katy und Dayne war. Bailey betrachtete ihn lächelnd. Dayne Matthews mochte in den Rollen, die er in großen Filmen gespielt hatte, brillant gewesen sein, aber keine Rolle hatte je so gut zu ihm gepasst wie die, die er jetzt verkörperte: Ehemann und Vater.

Würde ihr Leben eines Tages auch so aussehen und sie wäre, nachdem sie ihre Träume auf der Bühne oder vor der Kamera wahrgemacht hatte, mit einem Schauspieler verheiratet? Oder wäre der Mann, der ihr Baby auf dem Arm hielt, ein früherer Footballspieler wie ihr Vater? Bailey hatte keine Ahnung, was die Zukunft bereithielt; sie sah nur die Gegenwart. Sie und Tim waren immer noch zusammen. Er wollte später zum Nachtisch kommen. Katy hatte ihn eingeladen.

Bailey brachte die Kuchen in die Küche, wo Ashley gerade geviertelte Kartoffeln in einen Topf mit kochendem Wasser warf. „Hey!“ Sie blickte auf und blies sich eine Haarsträhne aus der Stirn. „Ein frohes Thanksgiving!“

„Danke, dir auch.“ Bailey stellte die Kuchen ab und trat näher. Von der Familie Baxter verstand sie sich mit Ashley am besten. Sie war oft Babysitter bei Ashleys Kindern. Damals, als Bailey noch beim christlichen Kindertheater mitgespielt hatte, war Ashley bei vielen Theaterproben gewesen und hatte die Kulissen gemalt. „Wo sind die Kinder?“

„Bei Landon.“ Ashley nahm die nächste Handvoll Kartoffeln und gab sie ins Wasser. „Er ist davon überzeugt, dass Janessa Football liebt.“

Bailey lachte. Im Zimmer nebenan konnten sie ihre Eltern mit Kari und Ryan sprechen hören. Im Hintergrund waren auch noch andere Stimmen zu vernehmen. Luke und John Baxter und alle anderen waren heute da. Bailey bemerkte die Tüten mit den tiefgefrorenen Erbsen, die neben der Küchenspüle lagen. „Brauchst du Hilfe?“

„Im Moment noch nicht. Aber bleib hier. Mir fällt bestimmt eine Arbeit für dich ein.“

Sie unterhielten sich eine Weile über Ashleys Arbeit als Malerin und Baileys Theaterproben. „Ich werde ziemlich viel zu tun haben, bis die Aufführungen Mitte Dezember vorüber sind.“

„Ich liebe *A Christmas Carol.*“ Ashley warf die letzten Kartoffeln in den Topf und legte den Deckel auf. Dann drehte sie sich zu Bailey herum und wischte sich mit dem Handrücken über die Stirn. „Wir werden uns das Musical auf jeden Fall ansehen. Wahrscheinlich kommen wir zur Premiere.“

Eine leichte Nervosität befiel Bailey, aber sie legte sich schnell wieder. Sie hatte bei jeder Premiere des christlichen Kindertheaters vor einem vollen Haus gespielt. Diese Premiere an der Uni würde nicht viel anders sein. „Tim macht sich großartig. Manchmal glaube ich fast, er *wäre* Scrooge.“

Ashleys Augen waren freundlich, aber sie blickten ein wenig tiefer als vorher. „Wie läuft es? Zwischen dir und Tim?“

„Gut.“ Baileys Antwort kam ein wenig zu schnell. Sie sah Ashleys Miene an, dass sie keine oberflächliche Antwort hören wollte. „Wirklich. Ich würde mir nur wünschen …“

„Dass du aufhören könntest, an Cody zu denken?“

Bailey merkte, wie etwas Trauriges in ihre Augen trat. „Ja. Ich habe seit Wochen nicht mehr mit ihm gesprochen.“

„Das hat mir deine Mutter erzählt.“ Ashley schaute sie vielsagend an. „Du weißt, warum er das macht, nicht wahr?“

„Wegen Tim.“ Bailey atmete langsam ein. „Die Liebe ist so kompliziert.“

„Wem sagst du das!“ Ashleys leises Lachen verriet, dass sie aus eigener Erfahrung sprach. „Nur dank Gottes Gnade haben Landon und ich zueinandergefunden.“

Ich kann mir gar nicht vorstellen, dass ihr nicht zusammen wärt."

„Wir hätten unsere Chance beinahe verspielt." Ashley schaute aus dem Fenster. Der Schnee fiel jetzt stärker. „Das hätten wir für den Rest unseres Lebens bereut. Trotzdem hätten wir es beinahe nicht geschafft." Sie schaute Bailey wieder an. „Manchmal ist der Weg, den wir gehen sollen, der schwerste Weg."

„Hm." Sie hätte genauso gut von Bailey und Cody sprechen können. „Ich höre nicht auf zu beten und Gott zu bitten, dass er mir zeigt, was richtig ist."

„Das ist gut." Ashley legte die Hand auf Baileys Schulter. „Gott wird dich führen. Schritt für Schritt. Einen Rat würde ich dir aber trotzdem gern geben."

„Welchen?"

„Halte die Augen offen. Denn die Liebe, die Gott für uns vorgesehen hat, die Liebe, die Landon und mich verbindet … Eine solche Liebe erlebt man selten zweimal."

Baileys Mutter, Katy und Ashleys drei Schwestern kamen in die Küche, um bei den letzten Vorbereitungen zu helfen. Ihre fröhlichen Stimmen beendeten den stillen Moment zwischen Bailey und Ashley.

Bailey öffnete die Dose mit den schwarzen Oliven und kippte sie in eine Schüssel. Sie warf gerade die Dosen in die Mülltonne in der Garage, als sie fühlte, dass das Handy in ihrer Jeanstasche vibrierte. Wahrscheinlich wollte Tim wissen, wann er kommen sollte. Sie blieb auf den Garagenstufen stehen, um seine SMS zu lesen.

Aber die Nachricht war nicht von Tim. Sie stammte wieder von Cody. Bailey stockte der Atem, als sie die Worte auf ihrem Display las.

Wir haben eine Weile nicht mehr miteinander gesprochen … Ich wollte dir und deiner Familie ein frohes Thanksgiving wünschen.

Sie zögerte und ihr Blick wanderte zwischen seinem Namen und der Nachricht hin und her. Andi sprach fast täglich mit Cody. Sie hatte Bailey erzählt, dass er Thanksgiving mit seiner Mutter verbringen wollte. Nur sie beide. Andi und Cody mochten zwar befreundet sein, aber Bailey kannte ihn besser. Sie wusste, wie schwer es für ihn war, mit seiner Mutter zusammen zu sein. Sein Vater hatte sie verlassen, als Cody noch ein Baby gewesen war, und seine Mutter hatte ihn mit Alkohol bekannt gemacht, als er erst vierzehn gewesen war. Als er in sein letztes Schuljahr an der Highschool gekommen war, hatte sie wegen Drogendelikten im Gefängnis gesessen. Inzwischen hatte sie ihr Strafe schon seit mehreren Jahren verbüßt und bereute es sehr, dass sie Cody in seiner Kindheit und Jugend so vernachlässigt hatte. Soweit Bailey wusste, rührte sie keine Drogen und keinen Alkohol mehr an. Aber die Situation war trotzdem schwierig. In der Vergangenheit hatte Cody Thanksgiving bei Baileys Familie verbracht. Später hatte er seine Mutter mitgebracht. Es fiel ihm leichter, mit seiner Mutter zusammen zu sein, wenn sie in einer größeren Gruppe waren.

Er fühlte sich heute bestimmt einsam. Genauso wie Bailey.

Sie atmete tief aus, als ihr etwas bewusst wurde: Das musste der Grund gewesen sein, warum sie auf dem Weg hierher so niedergeschlagen gewesen war. Sie vermisste Cody. Egal, ob sie das zugeben wollte oder nicht, egal, ob sie erst vor wenigen Stunden miteinander gesprochen hatten oder seit Wochen nicht mehr … sie vermisste ihn.

Auf der anderen Seite der Garagentür hörte sie die fröhlichen Stimmen, aber hier, wo Bailey stand, ein paar Meter neben den Mülltonnen, war es kalt und still. Sie tippte schnell eine Antwort.

Dir und deiner Mutter auch ein frohes Thanksgiving! Wir vermissen dich auch.

Sie lehnte sich an die kalte Garagenwand und wartete. Sie las seine Nachricht und ihre eigene zweimal, bevor die nächste SMS kam.

Wie geht es Tim?

Ärger vermischte sich mit Baileys Melancholie. Konnte er ihr nicht wenigstens schreiben, dass es ihm genauso ging, dass er sie genauso vermisste wie sie ihn? So wie er es ihr geschrieben hatte, als Bailey auf dem Weg zur Theaterprobe gewesen war? Er vermisste sie. Das musste so sein, denn sonst hätte er ihr keine SMS geschickt.

Sie klappte das Handy ärgerlich zu und steckte es wieder in die Tasche. Solange er sich von ihrer Beziehung zu Tim aufhalten ließ, würden sie ihre Freundschaft nicht wieder aufnehmen können. Cody und sie waren schon lange befreundet gewesen, bevor Bailey angefangen hatte, sich mit Tim zu treffen. Dass er zuließ, dass Tim immer wieder zwischen ihnen stand, konnte nur eines bedeuten:

Cody störte es nicht, dass von ihrer Freundschaft nicht mehr viel übrig war.

Als Bailey in die Küche zurückkam, wurde gerade der Tisch gedeckt. Im Esszimmer herrschte ein fröhliches Chaos aus kleinen Kindern, die n einem der drei Tische saßen, und Hochstühlen, die an die Tische geschoben wurden. Bailey half mit, stellte Schüsseln mit Süßkartoffeln auf die verschiedenen Tische und setzte sich schließlich zwischen ihre Mutter und Ricky. Im ganzen Esszimmer wurde gelacht und die gemeinsame Zeit gefeiert, und alle lobten das köstliche Essen, das auf dem Tisch stand.

Aber Bailey hatte keinen Hunger. Sie wollte Cody anrufen und ihn auffordern, nicht länger so abweisend zu sein, sich einfach in sein Auto zu setzen und zu ihr zu kommen, damit sie am See spazieren gehen und herausfinden könnten, was sie in den letzten Monaten verloren hatten. Doch diese Idee war aus mehreren Gründen völlig lächerlich – allein schon deshalb, weil Tim in einer Stunde hier sein wollte.

Als alle saßen, stand Dayne auf und betete. „Vater, wir kommen am heutigen Thanksgivingtag mit dankbarem Herzen zu dir. Danke, dass du uns ewiges Leben schenkst. Danke für die Menschen an diesem Tisch. Danke für dauerhafte Beziehungen und für neues Leben …“, seine kräftige, gefühlvolle Stimme verstummte einen Moment, „… wie die kleine Sophie und Janessa. Es gibt so vieles, für das wir dankbar sein können, guter Gott. Segne dieses Essen, mit dem du unseren Körper stärkst. Und danke, dass du es uns schenkst. Wir lieben dich, Herr. In Jesu Namen. Amen.“

Ein lautes Amen erfüllte den Raum.

Nachdem jeder seinen Teller bekommen hatte, forderte Dayne alle auf, einander zu erzählen, wofür sie Gott am meisten dankten.

„Aber es gibt eine Regel.“ Katy lächelte. „Jede Antwort kann nur ein einziges Mal gegeben werden.“

„Ich fange an!“ Cole, Ashleys Sohn, sprang auf und hob die Hand. Landon zog ihn auf seinen Stuhl zurück.

„Cole ist Letzter.“ Er legte den Arm um Cole.

„Ach, Papa!“ Cole war nicht wirklich böse, denn seine Augen funkelten immer noch. „Dann sind ja alle guten Antworten schon weg!“

„Du kannst für mich dankbar sein, Coley!“ Maddie, Brookes älteste Tochter, warf ihrem Cousin einen Blick über den Tisch zu. „Es sei denn, das sagt vorher schon jemand anders.“

Alle lachten, und die Runde begann. Bailey war für diese Ablenkung dankbar. Die Ersten, die an die Reihe kamen, waren dankbar für Gott, für ihre Familie und ihre Freunde und dafür, dass sie genug zu essen hatten, doch dann wurden die Dinge, die genannt wurden, konkreter: der Erfolg des Zentrums, das Schwangeren in Not Hilfe bot; dass die Colts, die Baileys Vater trainierte, ein immer besseres Team wurden; dass Baileys Bruder Shawn in seiner Biologieprüfung eine Eins bekommen hatte. Baileys Handy vibrierte und meldete ihr, dass sie eine neue SMS bekommen hatte. Sie ignorierte die SMS, da sie gerade an der Reihe war. „Ich bin dankbar für meine Mitbewohnerin Andi. Sie ist wie eine Schwester für mich, und darüber freue ich mich sehr."

Am Ende kam Cole an die Reihe. Er dachte lange angestrengt nach und rang sichtlich nach einer Antwort. Schließlich warf er die Hände in die Luft. „Okay, meinetwegen. Ich bin für Maddie dankbar."

„Danke, Coley." Maddie faltete die Hände auf dem Tisch und lächelte ihren Cousin zuckersüß an. „Ich bin für dich auch dankbar."

Wieder lachten alle. Allmählich entstanden neue Gespräche am Tisch. Bailey stocherte mit ihrer Gabel in den Bohnen und dem Kartoffelbrei auf ihrem Teller, aber sie konnte an nichts anderes denken als an die SMS, die sie bekommen hatte. Auch bei einem normalen Essen störte es ihre Eltern, wenn sie sich mit ihrem Handy beschäftigten. Heute hätten sie erst recht etwas dagegen. Sie aß ein paar Bissen von dem Truthahn und legte dann ihre Gabel weg.

„Ist alles in Ordnung?" Aus dem Lächeln ihrer Mutter sprach tiefes Mitgefühl.

Wie üblich konnte sie sehen, wie Bailey sich fühlte, obwohl Bailey ihr kein Wort von Codys Nachrichten erzählt hatte. Bailey zuckte kurz die Achseln. „Cody hat mir geschrieben."

„Und?" Da so viele Menschen um sie herum sprachen, achtete niemand auf sie.

„Er hat mir ein frohes Thanksgiving gewünscht." Bailey seufzte. „Ich habe ihm geschrieben, dass ich ihn vermisse. Aber statt zu schreiben, dass er mich auch vermisst, hat er nur gefragt, wie es Tim geht."

Ihre Mutter lächelte sie mitfühlend an. „Vielleicht ist er nur klug."

„Wie meinst du das?"

„Er zwingt dich, dir über deine Entscheidungen Gedanken zu machen." Sie legte den Arm um Baileys Schultern und drückte sie sanft. „Überleg doch, an wen du denkst, während du hier sitzt."

Ihre Mutter hatte recht. Aber steckte hinter Codys Schweigen wirklich eine Absicht? Er sprach so oft mit Andi, dass Bailey das nicht für sehr wahrscheinlich hielt. „Vielleicht interessiert er sich für Andi. Er will nicht, dass ich ihn vermisse, wenn ich eigentlich an Tim denken sollte.“ Sie schaute ihre Mutter an. „Also werde ich nichts Dummes tun, wie zum Beispiel, ihn wieder zu mögen.“

„Das glaube ich nicht.“ Ihre Mutter nahm Messer und Gabel und schnitt ein Stück von ihrem Truthahn ab.

„Du wirkst so sicher.“

„Ich bin mir auch sicher.“ Zuversicht sprach aus ihren Augen. „Ich habe gesehen, wie Cody dich damals in unserem Haus angesehen hat. Er mag dich sehr, Bailey. Daran wird sich nichts ändern, egal, wie du dich entscheidest.“

Dieser Gedanke ließ Bailey nicht mehr los.

Nach dem Essen räumten alle zusammen die Tische ab und füllten Katys und Daynes zwei Geschirrspülmaschinen. Bailey half gerade ihrer Mutter und Ashley, die zehn Kuchen auf die Granitplatte in der Küche zu stellen, als es an der Tür klingelte. Dayne öffnete, und Bailey sah von der Küche aus, dass Tim Reed eintrat. Er und Dayne unterhielten sich wie immer, wenn sie sich trafen, eine Weile. Tim war einer der ersten Jugendlichen vom christlichen Kindertheater gewesen, die Dayne kennengelernt hatte, und die beiden verband eine besondere Freundschaft. Dayne war für Tim eine Art Mentor, und das war aus mehreren Gründen sehr gut.

Ihr Gespräch gab Bailey die Chance, Tim aus der Ferne zu beobachten. Er war größer als damals im Kindertheater und sah attraktiv und gepflegt aus. Er liebte Gott und passte gut zu Baileys Freunden und ihrer Familie. *Warum,* fragte sie sich, während sie drei Kuchenschaufeln aus einer Schublade holte und sie auf eine Serviette legte, *bin ich dann nicht Hals über Kopf in diesen Jungen verliebt?*

Sie wusste darauf keine Antwort.

Tim und Dayne hatten ihr Gespräch beendet, und Tim kam in die Küche. Er lächelte, als er Bailey sah, aber sie war nicht sicher, ob seine Augen bei ihrem Anblick wirklich heller strahlten. Wenigstens nicht so, wie sie es sich wünschen würde.

„Hallo! Frohes Thanksgiving.“ Er umarmte Bailey schnell und betrachtete die Kuchen. „Ich komme genau rechtzeitig.“

Sie erzählten sich von ihrem Tag, aßen Kuchen und spielten ein neues Brettspiel, und als der Abend irgendwann nach zehn Uhr zu Ende ging, umarmte Tim sie zum Abschied. Die Rückfahrt war ruhig, da Ricky und BJ einschliefen, sobald sie losfuhren. Die Fahrt gab Bailey Zeit, den Abend mit Tim Revue passieren zu lassen. Sie hatten Spaß gehabt, so viel stand fest. Sie hatten gelacht und die gemeinsame Zeit genossen. Aber wenn sie ganz ehrlich zu sich selbst war, hatte ihr etwas gefehlt. Etwas an der Art, wie Tim sie angesehen hatte.

Sie erinnerte sich an die Worte ihrer Mutter. *„Ich habe gesehen, wie Cody dich angesehen hat. Er mag dich sehr, Bailey.“*

Vielleicht war es das. Tim schaute sie nur oberflächlich an. Er lächelte und schien sich zu freuen, wenn er sie sah. Aber wenn Cody sie anschaute, blickte er tiefer. Cody verbarg nichts vor ihr, es gab nichts, das er nicht sah. Er schaute sie nicht nur an, er blickte in sie hinein bis hinab zu den tiefsten, ehrlichsten Stellen ihres Herzens und ihrer Seele.

Ihre Mutter schien zu spüren, dass Bailey Zeit für sich allein brauchte, deshalb fragte sie nicht nach Tim oder wie es für Bailey gewesen war, ihn zu sehen. Das war gut. Bailey hätte darauf keine Antwort gewusst, weder für sich selbst noch für ihre Mutter. Erst als sie in ihrem Zimmer war, fiel ihr die SMS ein, die sie noch nicht gelesen hatte. Sie zog das Handy aus ihrer Hosentasche und drückte einige Tasten.

Ich vermisse dich auch.

Diese vier einfachen Worte berührten Bailey so sehr, als ob Cody neben ihr stehen und sie ihr direkt sagen würde. Wieder stockte ihr der Atem. Sie blinzelte die Tränen, die in ihren Augen brannten, zurück. Sie weinte nicht, weil sie traurig gewesen wäre. Die Tränen kamen, weil ihre Mutter vielleicht recht hatte. Sie bedeutete Cody offenbar mehr, als er sich anmerken ließ, sonst hätte er ihr nicht eine ganze Stunde nach seiner letzten SMS diese Nachricht geschickt. Vielleicht hatte er über seine Frage nach Tim nachgedacht und sich überlegt, warum Bailey ihm nicht geantwortet hatte. Schließlich – nach einer sehr langen Denkpause – hatte er ihr geschrieben, wie er sich fühlte. Wie er sich wirklich fühlte.

Er vermisste sie auch.

Während Bailey sich fürs Bett fertig machte, wanderten ihre Gedanken von der SMS zu ihrem Gespräch mit Ashley an diesem Nachmittag. Die Liebe war kompliziert. Das stimmte, was Tim betraf, und es stimmte, was Cody betraf. Für Ashley war Landon der schwere Weg gewesen, und im Moment war für Bailey Cody der schwierige Weg.

Vielleicht würde Cody eines Tages wieder eine größere Rolle in ihrem Leben spielen. Vielleicht wären sie nur Freunde. Aber auch das wäre mehr, als sie im Moment hatten.

Sie dachte über Ashleys Rat nach: dass sie wegen Cody und Tim beten sollte, aber dass sie auch die Augen offen halten sollte. *„Denn die Liebe, die Gott für uns vorgesehen hat, erlebt man selten zweimal."* Ja, das hatte Ashley gesagt.

Bailey schlüpfte ins Bett und lag in der Dunkelheit still auf ihrem Kissen. *Ich halte die Augen offen, Gott. Ich will dich hören, aber alles wirkt so unklar.*

Ich bin hier, meine Tochter. Denen, die mich lieben, werden alle Dinge zum Besten dienen. Vergiss das nicht.

Die Antwort kam schnell und deutlich. Sie war Teil eines Bibelverses aus dem achten Kapitel des Römerbriefes. Bailey hatte diese Worte gestern Morgen vor ihren Vorlesungen gelesen. Aber trotzdem erschien es ihr irgendwie unwirklich, dass Gott sie so sehr liebte, dass er ihr einen solchen Frieden versprach. Dass er sie liebte, egal, ob sie eine Antwort von ihm hörte oder nicht. Er war trotzdem bei ihr.

Sie schloss die Augen und fühlte sich von Gottes Armen gehalten, geliebt und behütet. Nur ein einziger Gedanke ging ihr durch den Kopf, als sie einschlief, und er entlockte ihr in der Dunkelheit ein Lächeln.

Cody vermisste sie.

Das war etwas, wofür sie dankbar war.

Kapitel 6

Der Termin, an dem sie ihren Film fertig geschnitten haben mussten, war wie ein atmendes Lebewesen, das sie durch jeden Tag jagte und nachts mit ihnen ins Bett schlüpfte. Trotzdem nahmen sich Chase und Keith an Thanksgiving frei, um den Tag mit ihren Familien zu verbringen. Chase hatte vorgeschlagen, dass sie sich zum Essen bei ihnen treffen könnten, da sie dann die Mädchen nach der Nachspeise ins Bett bringen konnten. Aber jetzt, nach dem Essen, fragte er sich, ob es die falsche Entscheidung gewesen war. Vielleicht war es für Kelly zu anstrengend gewesen, ein großes Festessen vorzubereiten. Vielleicht war sie aber auch wegen seines vollen Terminkalenders immer noch verärgert. Was auch immer der Grund für ihre missmutige Laune war – Chase hatte es den ganzen Tag nicht geschafft, ihre Stimmung aufzuheitern. Jetzt war es spät, und sie saßen mit Keith und Lisa und deren Tochter Andi zusammen und unterhielten sich über die vor ihnen liegende Woche.

„Glaubt ihr wirklich, dass ihr bis zum 5. Dezember fertig seid?“ Lisa richtete ihre Frage an Chase. Er war der Regisseur, der Mann, der die Erfahrung im Schnittraum hatte.

„Es fehlen noch die Farbkorrektur und die Tonmischung. Anfang nächster Woche kommen Leute zu uns ins Studio, um die Stimmen zu verbessern. Und wir haben jemanden eingestellt, der an den Farben arbeitet. Der Mann ist faszinierend.“

„Ist dafür genug Geld da?“ Kellys Frage klang scharf. Sie saß ihm gegenüber in einem abgenutzten Sessel, den sie bei einem Garagenflohmarkt günstig erstanden hatten. Eines von den vielen Opfern, die sie für das Ziel, Filme zu drehen, bringen mussten.

„Wir arbeiten immer noch mit dem Geld, das Ben am Ende der Dreharbeiten investiert hat.“ Chase bemühte sich um besonders viel Verständnis. Er hatte ihr das alles schon mehrmals erklärt. „Das Geld reicht problemlos für den Filmschnitt.“

„Aber wenn der Film nicht in die Kinos kommt?“ Kelly sah müde und besorgt aus, die Falten zwischen ihren Augen waren tiefer als gewöhnlich. Chase gefiel es nicht, dass sie die möglicherweise bedrohlichen finanziellen Konsequenzen in Andis Anwesenheit ansprach.

„Niemand wird euch ernst nehmen, wenn der Film nur auf DVD erscheint." Andi saß auf der anderen Seite neben ihrem Vater. Sie war heute eine große Hilfe gewesen und hatte mit Macy und Molly gespielt. Jetzt schliefen die beiden, und Andi schien sich zu freuen, dass sie am Gespräch der Erwachsenen teilnehmen konnte.

Sie hatte recht. Fast hätte Chase es selbst erwähnt. Die finanziellen Sorgen waren nur ein Teil der Probleme, die ihnen drohten. Sie mussten den Film fertig schneiden und ihn bei den Filmfestivals einreichen, für die Kendall den Kontakt hergestellt hatte. Dann mussten sie um eine positive Reaktion von Seiten der Festivalleitung beten. Wenn sie das erreichten, hätten sie gegenüber dem Studio ein schlagkräftiges Argument für einen Kinostart. Nicht nur damit die Menschen sie ernst nahmen, sondern auch damit sie das Geld zurückbekamen, das sie investiert hatten.

„Luke Baxter arbeitet an dem Studiovertrag und sucht einen Ausweg. Aber er sagt auch, dass wir um Gottes Führung beten müssen."

Kelly zog warnend eine Braue hoch. „Anwälte arbeiten nicht kostenlos. Das kostet alles so viel Geld."

„Das haben wir einkalkuliert, Kelly. Wir sind schließlich nicht dumm." Chase bereute seinen Ton sofort. Kelly hatte ein Recht, nervös zu sein.

„Ich habe ja nur gefragt." Kelly bemühte sich, nicht zu zeigen, dass er sie verletzt hatte, aber ihre Augen verrieten sie. Sie stand auf und ging zur Küche, wobei sie einen Blick auf Keiths Frau warf. „Soll ich noch mehr Kaffee bringen?"

„Ja, gern." Lisa stand ebenfalls auf und folgte Kelly in die Küche.

Im selben Moment erhob sich auch Andi und ging nach nebenan, um an einer Hausarbeit für ihren Englischkurs zu arbeiten. Aus der Küche hörte Chase Kellys resigniertes Lachen: „Diese Sache wird uns allen das Genick brechen. Hast du nicht auch manchmal dieses Gefühl?"

Chase konnte Lisas Antwort nicht hören, aber das mangelnde Vertrauen seiner Frau machte ihn plötzlich müde. Zu müde, um das Gespräch fortzusetzen. Er schaute Keith an und sah, dass sein Freund Kellys Worte ebenfalls gehört hatte. Er bemühte sich, so leise zu sprechen, dass die Frauen und Andi ihn nicht hörten. „Ich dachte, das hätten wir hinter uns. Vor ein paar Monaten stand sie noch voll und ganz hinter diesem Film."

Keith legte Chase eine Hand auf die Schulter. „Du kannst ihr keine Vorwürfe machen, weil sie sich Sorgen macht."

„Lisa macht sich keine."

„Natürlich macht sie sich Sorgen." In Keiths Lächeln lag eine tiefe Weisheit. „Sie spricht nicht so darüber wie Kelly, aber wenn wir das Geld nicht zurückbekommen, das wir in den Film investiert haben, verlieren wir unser Haus."

Diese Information traf Chase und führte ihm die Realität schmerzlich vor Augen. „So schlimm?"

„Ja." Keith faltete die Hände und starrte einen Moment auf seine Füße. „Wir haben eine zweite Hypothek auf das Haus aufgenommen, und die Raten liegen so hoch, dass wir sie kaum tragen können. Es geht uns also ganz ähnlich wie euch."

Chase nickte und dachte über seine eigene Situation nach. Er und Kelly hatten das Haus, in dem sie wohnten, nur gemietet. Solange er durch seine Arbeit ein Gehalt verdiente, würden sie nicht obdachlos werden. Aber ihre Kreditkarten waren überzogen. Falls das Geld ausging und das Studio zu lang mit dem DVD-Start wartete, könnten Chase und Keith an den Punkt kommen, an dem sie nicht genug Geld hatten, um sich selbst auch nur einen mageren Lohn auszuzahlen. Er malte sich aus, wie er Kelly erklärte, dass sie sich eine Arbeit suchen müsse, damit sie ihre Rechnungen bezahlen könnten, und erschauderte. Eher würde er aufhören, Filme zu produzieren, und Tankstellentoiletten putzen, als Kelly zu bitten, arbeiten zu gehen. Besonders wenn sie ihn unterstützen müsste, damit er seinen Traum verwirklichen konnte. Diese ernüchternde Tatsache machte ihm ein wenig begreiflicher, warum Kelly so niedergeschlagen war.

Nach einer weiteren Tasse Kaffee fuhren Keith, Lisa und Andi nach Hause. Keith versprach, Chase für die Fahrt nach LA am Sonntagmorgen abzuholen. Sie wollten einen halben Tag Zeit haben, um ihre Pläne zu besprechen und sich noch einmal mit Ben Adams zu treffen, bevor sie wieder im Schneideraum untertauchten und ihre bislang arbeitsreichste Woche begann.

Als sie fort waren, lehnte sich Chase erschöpft an die geschlossene Tür. „Ist es das Geld? Ist das Geld dein Problem?"

„*Ich* bin nicht das Problem." Kelly deutete auf ihre Brust und schaute ihn ungläubig an. „Wir können nicht so tun, als wäre alles in bester

Ordnung." Sie brach ab. Nackte Angst sprach aus ihren Augen. „Was ist, wenn die Unkosten für den Film nicht wieder hereinkommen?"

Chase wollte nicht streiten. Er verschränkte die Arme vor sich und lehnte den Kopf an die kühle Holztür. Sein Tonfall war leise und resigniert. „Heute ist Thanksgiving, Kelly. Wir sollten dankbar sein."

„Ich bin dankbar. Aber ich bin auch realistisch." Sie warf die Hände in die Luft. „Uns geht das Geld aus, Chase. Du hast einen Film fast fertig, und das ist wunderbar. Aber wie geht es weiter?"

„Müssen wir das jetzt schon wissen?" Seine Verärgerung wuchs. „Was ist aus deinem Gottvertrauen geworden? Aus dem Glauben, dass Gott einen Plan für uns hat?"

„Fang jetzt nicht an, mein Gottvertrauen infrage zu stellen!" Kelly ließ die Hände fallen. Die Mädchen schliefen im Zimmer nebenan, und er sah, dass sie Mühe hatte, ihre Stimme zu beherrschen. „Natürlich hat Gott einen Plan. Das heißt aber nicht, dass der Plan vorsieht, dass du Filme drehst, nicht wahr? Oder hast du von Gott eine SMS bekommen und vergessen, es mir zu sagen?"

Chase hasste es, wenn sie sarkastisch wurde. Sie zog die Brauen nach unten, und die Falten auf ihrer Stirn vertieften sich. In solchen Momenten schien sie ein anderer Mensch zu sein; nicht die Frau, die er geheiratet hatte. Es war, als hätten sie nie miteinander gelacht und sich nie geliebt.

Er dachte an die klugen Antworten, die er ihr geben könnte. Er könnte ihr sagen, dass der Sarkasmus nicht zu ihr passte; er könnte sie daran erinnern, dass sie sich einig gewesen waren, dass Gott sie hier in Kalifornien haben wollte, um Filme zu drehen, als sie Indonesien verlassen hatten. Aber er war einfach zu müde, um zu streiten. Er winkte ab. „Vergiss es einfach."

„Warte!"

Doch Chase wollte nicht warten. Ohne sich noch einmal umzudrehen, ging er in die Küche und betrachtete das schmutzige Geschirr, das in großen Stapeln herumstand. Er krempelte seine Hemdsärmel hoch und begann, die Süßkartoffeln und die eingetrocknete Truthahnfüllung von den Tellern zu schrubben. Er hatte schon vier Teller gespült, als Kelly in die Küche kam. Sie betrachtete ihn eine Minute, dann packte sie den übrig gebliebenen Kuchen ein und räumte Gewürze und Schlagsahne weg, die von der Nachspeise übrig war. Aus dem Augenwinkel sah Chase, dass sie vor dem Gewürzschrank stehen blieb und etwas suchte.

Dann richtete sie sich hastig auf, wünschte ihm mit nur einem schwachen Zögern eine gute Nacht und verschwand. Als sie die Küche verließ, sah er etwas, das ihm vorher nicht aufgefallen war. Kelly trug eine Hose mit Gummizug. Solche Hosen trug sie nur, wenn sie Probleme mit ihrem Gewicht hatte. Er hatte gemerkt, dass sie ein wenig schwerer war als gewöhnlich, aber die Hose war ein deutlicher Beweis.

Chase trocknete sich die Hände ab und bückte sich zu dem Gewürzschrank hinab. Ganz hinten, wo es ihm normalerweise nie aufgefallen wäre, befand sich eine zusammengerollte Plastiktüte. Er zog sie heraus. Noch bevor er sie öffnete, ahnte er, was er finden würde. Das war Kellys Schwäche: Essen zu verstecken und Schokolade und Kekse heimlich zu essen, damit niemand wusste, dass es ihr nicht gut ging. Er öffnete die Tüte und hielt den Beweis in den Händen. In der Tüte lagen mindestens fünfzig Schokoriegel und mindestens genauso viele leere Papierchen.

Chase spürte, wie neuer Ärger in ihm aufstieg. Er ging zum Abfalleimer unter der Spüle. Doch bevor er die Tüte in den Müll warf, hielt er inne. Statt sie wegzuwerfen, legte er die Tüte gut sichtbar auf die Arbeitsplatte. Wenn Kelly Süßigkeiten essen wollte, konnte sie das tun. Er liebte sie trotzdem.

„Warum, Gott?" Das Gebet fühlte sich genauso müde an, wie er sich fühlte. Machten die Geldprobleme Kelly wirklich so sehr zu schaffen?

Er massierte mit den Daumen und Zeigefingern seine Schläfen, um seine Anspannung zu vertreiben. Mitgefühl vermischte sich mit seinem Ärger. Kelly wollte dieses Essverhalten eigentlich nicht. Sie machte sich Sorgen, sie war entmutigt und hatte Angst wegen ihrer Geldprobleme, und sie sorgte sich um Chases Zukunft als Filmproduzent. Er schaute wieder aus dem Fenster.

Was kann ich tun, Gott? Wie kann ich sie so lieben, dass ich alles bin, was sie braucht?

Fast im selben Moment, in dem er Gott diese Frage stellte, wusste Chase die Antwort. Er konnte Kellys Bedürfnisse nie befriedigen. Das konnte nur Gott. Solange sie nicht lernte, sich an Gott zu wenden, wenn ihr alles über den Kopf wuchs, hätte sie keine Chance, diesen Kampf zu gewinnen.

Wie lang war sie schon so niedergeschlagen? Kelly war zu den Dreharbeiten gekommen, wo sie zu zweit eine gute Zeit verbracht hatten – etwas, das selten vorkam. Sie hatte ihn unterstützt und geliebt und war sicher gewesen, dass Gott sie versorgen würde. Aber nach seiner zweiten Fahrt zu den Schnittarbeiten in LA war ihm aufgefallen, dass sich etwas an ihr verändert hatte. Sie war abweisend und kurz angebunden gewesen. Jetzt verstand er, wie hoffnungslos ihr zumute sein musste.

Bitte, Gott … gib ihr Kraft. Ich bin nicht sicher, wie viel ich ihr helfen kann.

Egal, von welcher Seite Chase das Thema in Angriff nahm – er konnte nicht gewinnen, er konnte ihr nicht helfen. Er spülte das Geschirr zu Ende und betete dabei die ganze Zeit. Als einzige Lösung sah er nur das, was Gott ihm vor einigen Minuten aufs Herz gelegt hatte: Kelly brauchte Jesus Christus. Sie brauchte seinen Frieden, seine Erfüllung, seine Kraft.

Als Chase das Licht ausschaltete, war er nicht mehr verärgert. Vielmehr war er fest entschlossen, das zu tun, was er tun konnte: Er wollte unaufhörlich für sie beten, dass sie die Kraft finden würde, auch bei Gott Hilfe zu suchen.

Bevor ihre Entmutigung noch schlimmer wurde.

* * *

Sie war überführt.

Kelly wusste es, als sie am Freitagmorgen die Tüte mit den Süßigkeiten auf der Arbeitsplatte sah. Ihr Herz schlug schnell und panisch. Wie sollte sie Chase unter die Augen treten, nachdem er es herausgefunden hatte? Er und die Mädchen schliefen noch, aber sie würden bald aufwachen. Chase würde sie mit einem Blick ansehen, in dem deutlich geschrieben stand, dass er von ihren Problemen wusste und dass er von ihr enttäuscht sei. Sie wäre gezwungen, ihm zu gestehen, dass sie sich ungesund ernährte, und sie würde sich vor ihrem Mann wie eine Versagerin fühlen. Sie war zu deprimiert, um den Weg aus dem Dunkel zu finden.

Kellys Herz begann wieder normal zu schlagen. Trotz vermischte sich mit ihrer Niedergeschlagenheit. Wenn Chase es wusste, war es nicht mehr nötig, die Süßigkeiten zu verstecken. Sie räumte die Tüte wieder in den Gewürzschrank, aber dieses Mal ganz vorne. Sie konnte essen, was sie wollte, und wenn sie zunahm, dann nahm sie eben zu. Sie musste sich um das Haus und den Garten kümmern, die Rechnungen bezahlen und die Familie über Wasser halten, und das mit fast keinem Geld. Sie würde sich später wieder beherrschen, im neuen Jahr. Chase war sowieso nie zu Hause. Er war die ganze Zeit fort und jagte einem Traum nach, der ihr immer unrealistischer erschien.

Die Pfannen standen noch in der Spüle, um einzuweichen. Kelly betrachtete sie resigniert, doch plötzlich fiel ihr Blick in den Spiegel. Sie blieb abrupt stehen und starrte sich an. Sie hasste, was sie sah. Sie nahm immer mehr zu, was sie nicht länger verbergen konnte. Ihr Gesicht sah aufgedunsen und ungesund aus, mit tiefen Falten, die ihre Sorgen und ihre Lügen verrieten.

Sie trat einen Schritt näher. Rebellion passte nicht zu ihr. Wann hatten ihre Augen den Glanz verloren, der noch vor Kurzem da gewesen war, als sie nach Bloomington gefahren war und Chase ihre uneingeschränkte Unterstützung zugesagt hatte? Man sah ihr die Vernachlässigung ihres eigenen Körpers an. Ihre leeren Augen erinnerten sie an einen Verlierer, der bei einem Boxkampf K. o. geschlagen worden war. Ihr Gegner war die Niedergeschlagenheit, und sie hatte keine Chance, aus diesem Kampf als Siegerin hervorzugehen.

Eine Erkenntnis machte sich in ihr breit, als Kelly merkte, wie sie überführt wurde. Sie wurde gerüttelt und aus dem Boxring geschickt. Das Leben sollte kein Lügennetz sein. Nur ein einziger Grund konnte erklären, warum Chase herausgefunden hatte, dass sie in letzter Zeit sinnlos Süßigkeiten in sich hineinstopfte.

Gott hatte gewollt, dass er es herausfand.

Sie ließ den Kopf hängen und versuchte nicht, die Tränen zurückzuhalten. Ein tiefer, langsamer Seufzer kam über ihre Lippen und vertrieb jedes Argument, mit dem sie die Tatsache vor sich verteidigt hatte, dass sie Essen versteckte und sich fast nur noch von Schokolade und Fastfood ernährte. Das alles war nicht Chases Schuld; es war ihre eigene Schuld. Chase liebte sie und kümmerte sich um sie und die Mädchen. Die Zeit, die er von zu Hause fort war, war unumgänglich, wenn er einen Film produzieren wollte. Sie hatte diesem Abenteuer zugestimmt und ihn durch ihren Flug nach Indiana noch vor wenigen Wochen unterstützt.

Kelly hörte Schritte auf dem Flur und wischte mit den Fingerspitzen die Tränen unter ihren Augen weg. Sie schniefte und schaute sich wieder im Spiegel an. *Gott, ich brauche dich. Ohne dich schaffe ich das nicht.* Die nächsten paar Minuten würden demütigend werden, aber wenn dies Gottes Weg war, um sie aus dem Boxring zu holen, dann blieb ihr keine andere Wahl, als diesen Weg zu gehen. Auch wenn sie sich schrecklich fühlte.

„Kelly?" Chase trat hinter sie und blieb ein Stück von ihr entfernt stehen. „Ich habe dich nicht aufstehen hören."

„Entschuldige." Sie war noch nicht bereit, ihren Mann anzuschauen. Sie wusste genau, was sie in seinen Augen lesen würde: Enttäuschung, Abscheu, Missbilligung. „Die Pfannen müssen geschrubbt werden."

Sie hielt die Luft an und drehte sich zu ihm herum. Aber als sie einander anschauten, stockte Kelly der Atem. Chases Blick war nicht verärgert oder misstrauisch. Aus seinen hellbraunen Augen sprachen eine Verwundbarkeit, eine Liebe und ein Mitgefühl, das Kelly dahinschmelzen ließ und ihre Abwehrmauern einriss.

„Kannst du zu mir kommen?" Seine Worte waren freundlich und ohne Anklage. Er unternahm keinen Versuch, zu ihr zu kommen. Es war fast, als könnte er ihre Verwundbarkeit spüren und versuchte, ihr klarzumachen, dass er sie nicht angreifen wollte.

Sie kam zu ihm, ohne den Blick von seinen Augen abzuwenden. Er war nicht ihr Ankläger, er war ihr Freund, der unabhängig von ihren Höhen und Tiefen zu ihr stand. Als er bei ihr ankam, hielt er ihr die Hände hin und sie schob die Finger zwischen seine Finger. Die Berührung seiner Haut fühlte sich berauschend an und verbesserte ihre Gefühle viel mehr als irgendetwas, das im Schrank versteckt war. Als würde die Ehrlichkeit zwischen ihnen eine Intimität wieder zum Leben erwecken, die lange unter mehreren dicken Schichten von Schuldgefühlen vergraben gewesen war.

Kelly lehnte den Kopf an seine Brust. „Es tut mir leid." Ihn anzusehen war immer noch zu schwer für sie. „Das mit den Süßigkeiten."

Er küsste sie auf den Kopf. Lange hielten sie sich an den Händen. „Du musst nichts vor mir verstecken, Kelly. Du stehst hier unter einem großen Druck. Das weiß ich."

„Aber …" Sie schaute ihm wieder in die Augen. „Ich suche an den falschen Stellen Trost."

Dazu musste er nichts sagen. „Ich bin hier, Kelly. Wenn du Hilfe brauchst, bin ich da. Ich liebe dich, egal, was du isst oder wie du aussiehst. Ich will nur, dass du glücklich bist."

Der Hinweis auf ihr Aussehen traf Kelly. Sie verzog das Gesicht. Er musste schon blind sein, um nicht zu bemerken, dass sie in den letzten Monaten zugenommen hatte. Gleichzeitig glaubte sie ihm, dass er das, was er sagte, ernst meinte: dass er sie liebte, egal, welche Konfektionsgröße sie hatte. Aber diese Worte ernst zu meinen und danach zu leben waren zwei völlig verschiedene Dinge. Wenn sie nicht wollte, dass ihre Ehe in Gefahr geriet, musste sie einen Weg aus der Dunkelheit finden. „Es deprimiert mich so, hier alles allein bestreiten zu müssen."

„Es tut mir leid." Chases Worte waren aufrichtig und ernst. „Mir gefällt es auch nicht, dass ich so oft fort bin."

Kelly ließ seine Hände los und schob die Arme um seine Taille. „Ich wünschte nur, du würdest nicht so bald wieder wegfahren." Wenn er nur die nächste Woche hierbleiben könnte, mit ihr spazieren gehen und einkaufen fahren würde, ihr helfen würde, eine ganz normale Woche zu verbringen. Vielleicht könnte sie dann die Dinge mit sich selbst, mit ihm und vielleicht sogar mit Gott ins Reine bringen.

„Ich liebe dich. Das weißt du, nicht wahr?" Er lehnte sich so weit zurück, dass er ihr in die Augen schauen konnte. „Du könntest nichts tun, das daran etwas ändert, Kelly. Das ist mein Ernst. Aber verstecke nichts vor mir."

„Damit ist jetzt Schluss. Ich werde es nie wieder tun." Kelly lehnte den Kopf wieder an seine Brust und hörte seinen Herzschlag. Den Herzschlag ihres Mannes, der sie bedingungslos liebte. Sie überlegte, ob sie Chase erzählen sollte, dass sie sich mit Süßigkeiten und Makkaroni über Wasser hielt, damit sie die Energie aufbrachte, um sich durch einen Tag zu schleppen, an dem sie den Rasen mähte, Rabattcoupons ausschnitt, Geschirr spülte und Wäsche wusch. Gleichzeitig versuchte sie, ihren Mädchen sowohl Vater als auch Mutter zu sein. Kein Wunder, dass sie ihren Vorrat an Naschzeug versteckte. Dieses Essen war ein Beweis dafür, dass sie entmutigt war und bei völlig falschen Dingen Trost suchte.

Bibelverse gingen ihr durch den Kopf, Verse, die Gottes Volk aufforderten, im Licht zu bleiben und die Dunkelheit zu meiden, wo die Sünde unkontrolliert überhandnehmen konnte. Statt vor diesen Ermahnungen zurückzuschrecken, hörte Kelly gut zu und nahm sie als

Wahrheit an. Sie standen noch fünf Minuten so da, hielten sich in den Armen, atmeten im Rhythmus zum Herzschlag des anderen und glaubten, dass Kelly ihr heimliches, unkontrolliertes Essen überwunden hätte. Dass sie nichts mehr verstecken würde. Dass sie es ihm sagen würde, wenn sie versucht war, sich nur von Eis und Schokoladenkeksen zu ernähren. Sie wollte neu anfangen, damit sie Weihnachten ohne Magenschmerzen und Verdauungsstörungen, ohne die erdrückenden Schuldgefühle und die Gewichtszunahme genießen könnte. Das hatte sie ein für alle Mal hinter sich. Noch bevor irgendetwas sie davon abhalten oder ablenken konnte, wollte Kelly, sobald sie sich aus Chases Umarmung löste, ihre verschiedenen Verstecke aufsuchen, die Süßigkeiten einsammeln und sie schnurstracks in die Mülltonne in der Garage bringen. Damit wäre die Sache erledigt.

Aber noch bevor sie den ersten Schritt gehen konnte, wachten die Mädchen auf. Sie kamen durch den Flur und hielten sich an den Händen. Ihre Flanellnachthemden bedeckten alles bis auf ihre nackten Füße und Finger. Als sie bei ihren Eltern ankamen, die sich in den Armen hielten, begannen die Mädchen zu kichern.

Kellys gute Absichten mussten warten, denn die Mädchen verlangten ihr Frühstück und wollten in den Park gehen und auf Chases Rücken reiten. Kelly musste Eier anbraten, Geschirr spülen und Wäsche waschen. Bei der Mischung aus Lachen und Chaos, aus dem ihr Vormittag bestand, kam Kelly nicht dazu, ihre heimlichen Verstecke zu plündern und die ganzen ungesunden Sachen wegzuwerfen.

Sie hatte es natürlich immer noch vor. Sie würde alles wegwerfen, sobald sie dazu Gelegenheit hatte, sobald der Vormittag es zuließ. Mindestens einen halben Tag lang glaubte sie das tatsächlich.

Als es Mittag wurde, nahm ein Kompromiss Formen an. Sie würde das Essen nicht sofort wegwerfen, denn was sollte sie tun, wenn die Mädchen etwas Süßes wollten? Sie waren knapp bei Kasse. Es war also fast Sünde, gute Kekse und Schokolade wegzuwerfen. Sie könnte die Sachen auf den Tisch stellen, wenn sie Besuch bekam, vielleicht, wenn Laurie Weeks das nächste Mal da war.

Der Kompromiss, den Kelly einging, wurde immer großzügiger, und für den Abend plante sie bereits eine Fahrt mit den Mädchen zu McDonald's, sobald Chase abgereist war. Sie könnten dort billiger essen, als wenn sie selbst kochte, und auf diese Weise musste sie wenigstens einen Abend kein Geschirr spülen. Was die Süßigkeiten anging, so wollte sie sie nicht jetzt gleich essen. Sie würde sie einfach aufheben für den Fall, dass sie irgendwann Appetit darauf hatte.

Nur für alle Fälle.

Kapitel 7

An dem Tag, als im Theater der Indiana University die Premiere von *A Christmas Carol* auf dem Programm stand, war Andi mit Bailey zum Mittagessen verabredet. Sie hatte noch nie in einem Musical mitgespielt und ihr Magen spielte schon den ganzen Tag verrückt. Andi setzte sich in der lärmenden Cafeteria an einen Tisch und ließ den Eingang nicht aus den Augen, um ihre Freundin nicht zu verpassen. Sie schaute immer noch in die Richtung, als ein Kommilitone aus ihrem Naturwissenschaftskurs auf sie zutrat. Er war groß und hatte ein freundliches Lächeln. Hin und wieder hatte er sie um ihre Mitschriften gebeten, aber sie konnte sich nicht erinnern, wie er hieß. „Wartest du auf jemanden?"

„Ja, auf meine Freundin." Andi bemühte sich, nicht zu viel Interesse zu zeigen. Ihr Kommilitone sah nett aus, und er schien auf seine Art charmant zu sein. Aber sie hatte mit Jungs, die sie nicht kannte, in letzter Zeit zu oft schlechte Erfahrungen gemacht. Sie lächelte, blieb aber auf Distanz. „Sie wird jeden Moment kommen."

„Kein Problem." Er setzte sich und legte seinen Rucksack auf den Tisch. „Ich bin Taz. Du kennst mich aus dem Naturwissenschaftskurs, aber ich bin auch Filmstudent. Du bist Schauspielerin, nicht wahr?"

Schauspielerin. „Ja, das stimmt." Das klang gut, auch wenn sie bis jetzt nur Statistin im Film ihres Vaters gewesen war. „Woher weißt du das?"

„Du bist umwerfend. Dein Vater ist Produzent. Ich habe dich als Statistin gesehen, als er auf dem Campus drehte. Und du spielst eine Hauptrolle in *A Christmas Carol.* Das Musical hat heute Abend Premiere." Taz zwinkerte ihr zu. „Ich werde auf jeden Fall kommen. Meine Mitbewohner auch. Sie sind ebenfalls Filmstudenten."

Er zog einen Umschlag aus seinem Rucksack und schob ihn ihr über den Tisch zu. „Das ist für dich. Ich wollte es dir nicht in der Vorlesung geben."

Andis Nerven waren bereits zum Äußersten gespannt, weil sie in sechs Stunden in das fließende Kleid schlüpfen würde, das sie in dem Musical trug, und sie hoffte, dass sie noch Luft zum Atmen bekäme, wenn der Vorhang aufging. Sie schaute den Jungen an, der jetzt auf

Baileys Platz saß. *Ein wenig aufdringlich,* dachte sie. Aber etwas an seiner Art gefiel ihr. „Du hast mir einen Brief geschrieben?"

„So etwas Ähnliches. Es ist eher ein Angebot." Er lehnte sich lächelnd und mit einem unübersehbaren Selbstvertrauen zurück.

„Hm." Andi ignorierte den leichten Anflug von Nervosität, der sie befiel, als er die Premiere erwähnte. Sie fühlte, wie ihre Schutzmauern bröckelten. Dass er Filmstudent war, weckte ihr Interesse. „Du drehst einen Film? Habe ich das richtig verstanden?"

„Einen Kurzfilm. Er ist für einen Kurs an der Uni, aber ich habe Beziehungen. Wenn ich die richtigen Leute als Schauspieler finde, könnten wir einige Preise gewinnen." Er stand auf und schaute sie mit funkelnden Augen an. „Das würde sich in deinem Lebenslauf gut machen."

Ein aufgeregtes Schaudern lief über ihren Rücken. Eine Hauptrolle in einem Kurzfilm? Das wäre eine viel bessere Erfahrung als eine Statistenrolle. Vielleicht würde ihr Vater dann ihren Traum von einer Schauspielkarriere endlich ernst nehmen. Wenigstens hätte sie dann etwas, das sie einem Agenten oder einem Regisseur vorzeigen könnte. Sie warf ihre blonden Haare über ihre Schulter und nahm den Brief. „Danke, dass du an mich gedacht hast."

Er lachte. „Machst du Witze? Du wärst atemberaubend."

Die Schmeichelei tat ihr gut.

In der Ferne sah Andi, wie Bailey auf ihren Tisch zukam. Deshalb beeilte sie sich mit ihren nächsten Worten. „Wie erreiche ich dich?"

„Das steht alles da drinnen." Taz deutete mit dem Kopf auf den Umschlag. Sein Lächeln war freundlich, selbstsicher und fast schon ein wenig eingebildet. Er berührte leicht ihre Schulter und schaute sie vielsagend an. „Dann bis heute Abend." Damit stand er auf und verschwand in der Richtung, aus der er gekommen war.

Ein paar Sekunden später erreichte Bailey Andis Tisch und setzte sich. Sie war von der kalten Luft draußen noch ganz außer Atem. Es lagen fünfzehn Zentimeter Schnee, und für das Wochenende waren weitere dreißig Zentimeter angesagt. Die perfekte Kulisse für *A Christmas Carol.*

Bailey schaute zu Taz hinüber, der schon bei der Tür war. „Wer war das?"

„Jemand aus meinem Naturwissenschaftskurs." Andi hatte den Umschlag immer noch in der Hand. „Ich glaube, er ist Filmstudent." Sie hielt den Umschlag hoch. „Er hat mir das hier gegeben."

„Was ist das?"

„Ein Angebot, in einem seiner Filme die Hauptrolle zu spielen."

„Wirklich?" Bailey schlüpfte aus ihrer Jacke und ihren Handschuhen und rutschte näher an den Tisch heran. Ihre Augen funkelten und sie sah entspannt und ruhig aus. Ihr war nicht die geringste Nervosität wegen der Premiere anzumerken. „Komm schon, mach ihn auf!"

Andi erzählte Bailey alles. Sie freute sich, dass ihre Freundin genauso aufgeregt war wie sie und wissen wollte, was sich in dem Umschlag befand. Sie riss den zugeklebten Umschlag auf und zog ein Blatt Papier heraus. Dann schob sie ihren Stuhl um den Tisch herum, damit sie und Bailey das Papier gemeinsam lesen konnten.

„Liebe Andi", las sie laut vor. „Ich heiße Taz Bazzi, und ich bin in deinem Naturwissenschaftskurs. Ich drehe einen Film, genauer gesagt einen Kurzfilm. Und ich würde mich freuen, wenn du die Hauptrolle darin übernehmen würdest."

„Andi!" Bailey packte Andi am Handgelenk. „Das ist ja fantastisch! Viele Schauspielerinnen haben ihre Karriere mit Kurzfilmen begonnen."

„Im Ernst?"

„Ja, natürlich." Bailey schaute wieder das Blatt Papier an. „Woher wusste er, dass du spielen kannst?"

„Er hat mich bei den Dreharbeiten für *Der letzte Brief* gesehen und weiß, dass mein Vater Produzent ist. Wenigstens hat er das gesagt." Andi las weiter. „Ich bin auf der Suche nach dem perfekten Mädchen für die Rolle, und ich weiß schon eine ganze Weile, dass du das bist. Ich erzähle dir jetzt kurz etwas über den Film. Es ist eine Art Doku-Drama über ein Mädchen, das sich von den überholten Regeln und Vorstellungen seiner Eltern befreien und aus seinem alten Leben ausbrechen will."

Andi stieß ein nervöses Lachen aus. „Das kommt mir ein wenig zu bekannt vor."

„Lies weiter."

Sie kam Baileys Aufforderung gern nach. „Ihre Eltern glauben, sie wäre an der Uni, aber sie nimmt sich ein Semester frei und geht auf die Straße. Sie probiert viele gefährliche und grenzwertige Dinge aus, bis sie erkennt, dass ihr Platz an der Uni ist." Das war die ganze Inhaltsangabe. Danach folgten nur noch Taz's Handynummer und seine E-Mail-Adresse.

„Klärt sie die Sache mit ihrer Mutter und ihrem Vater?" Bailey klang jetzt nicht mehr so begeistert wie am Anfang.

„Das wird hier nicht gesagt." Andi drehte das Blatt um, aber die Rückseite war leer. Sie drehte es wieder auf die Vorderseite und las noch einmal seine Handynummer. Dabei fielen ihr unten auf der Seite noch einige kleine Zeilen auf, die sie vorher nicht bemerkt hatte. Darin stand, dass sie eine Zeit festlegen könnten, wann der Film gedreht werden sollte, und dass die Dreharbeiten sich nach ihren Vorlesungen richten würden. Als sie bei der letzten Zeile ankam, konnte Andi sich nicht überwinden, sie laut vorzulesen.

Halbnacktszenen sind eingeplant.

Bailey schaute über Andis Schulter und las diesen Satz im selben Moment wie sie. „Halbnacktszenen?" Bailey schob sich vom Tisch zurück. „So ein widerlicher Kerl! Wahrscheinlich ist er nicht einmal ein Filmstudent, sondern steht nur auf Pornos."

Andi störten diese Halbnacktszenen, aber sie regte sich darüber nicht so auf wie Bailey. Halbnacktszenen bedeuteten ein paar Aufnahmen in BH und Unterwäsche. Etwas in der Art. Hatten das nicht die Schauspieler am Set ihres Vaters gesagt? Manchmal musste man Kompromisse eingehen, um eine Botschaft zu verdeutlichen …

Ihre Augen wanderten nach unten auf die Seite, wo eine Website aufgeführt wurde. Sie faltete das Papier zusammen und steckte es in den Umschlag zurück. „Wenigstens ist er ehrlich."

„Ehrlich?" Bailey lachte ungläubig. „Weil er sagt, dass er dich nackt sehen will? Begreifst du das nicht? Der Kerl will wahrscheinlich einen Softpornofilm drehen, und irgendwie habe ich den Eindruck, dass du dich auch noch geschmeichelt fühlst."

Das stimmte, aber sie war nicht bereit, das Bailey zu verraten. Ihre Mitbewohnerin war befreundet mit dem Megastar Dayne Matthews und seiner Frau, Katy Hart Matthews, die ebenfalls Schauspielerin war. Was konnte Andi hingegen vorweisen? Einen Vater, der mehr Missionar als Filmproduzent war und dessen erster Film es vielleicht nie weiter als auf eine DVD schaffen würde. Wenn sie Schauspielerin werden wollte, musste sie so viel Erfahrung sammeln, wie sie konnte.

Sie steckte den Umschlag in ihren Rucksack und lächelte Bailey an. „Ich habe eine Todesangst wegen heute Abend."

„Moment mal!" Bailey beugte sich vor und schaute sie noch durchdringender als vorher an. „Du ziehst sein Angebot doch nicht tatsächlich in Erwägung? Sag mir, dass du den Brief in den nächsten Abfalleimer wirfst!"

„Ich möchte mir nur seine Website anschauen." Andi bemühte sich um einen ruhigen Ton, als könnte sie Bailey dadurch zeigen, dass sie übertrieben reagierte. „Das bin ich ihm schuldig."

Baileys Augen funkelten. „Du bist ihm überhaupt nichts schuldig. Komm schon, Andi! Wenn du zum Casting für einen solchen Typen gehst, musst du damit rechnen, vergewaltigt zu werden."

„Also bitte! Jetzt übertreibst du aber." Andi zwang sich zu einem unbeschwerten Lachen. „Falls ich das machen sollte, wäre ich nicht mit ihm allein. Es wären noch andere dabei, und es würde irgendwo auf dem Campus stattfinden."

Bailey war immer noch schockiert. „Das kann nicht dein Ernst sein! Du überlegst tatsächlich, das zu machen? Trotz der Nacktszenen?"

„Halbnacktszenen. Im Bikini oder BH oder so etwas."

„Du hast es also wirklich vor?"

„Also …" Andi zögerte. Nur eine einzige Antwort war richtig. „Natürlich nicht. Ich finde nur, dass ich ihm eine Antwort geben sollte. Können wir jetzt bitte das Thema wechseln?"

„Sag ihm, dass du nicht mitmachst."

„Ist ja gut, ist ja schon gut." Andi hätte am liebsten geantwortet, dass sie Taz sagen würde, was sie wollte, und dass sich Bailey an diese Vorstellung gewöhnen müsste. Aber sie war ziemlich sicher, dass sie bei dem Film sowieso nicht mitmachen würde. Es spielte also keine Rolle. „Sprechen wir lieber über heute Abend. Hast du Angst?"

„Nein." Bailey sah aus, als hätte sie Mühe, ihre Missbilligung wegen Taz's Angebot zu vergessen und über das Stück zu sprechen, in dem sie heute Abend auftreten würden. Sie spielte mit ihren Handschuhen. Schließlich beruhigte sie sich und lächelte. „Du wirst großartig sein, Andi. Du brauchst keine Angst zu haben."

„Bist du wirklich nicht nervös?"

„Nicht im Geringsten." Baileys Miene wurde wieder weicher, und das Lächeln kehrte in ihre Augen zurück. „Es geht nichts über eine Premiere. Das volle Haus, die aufgeregte Vorfreude hinter den Kulissen, das Orchester, das für die erste Aufführung die Instrumente stimmt."

Andi merkte, dass sich ihr Magen wieder zusammenzog. „Und wenn ich auf die Bühne trete und meinen Text vergesse?"

„Das wirst du nicht." Bailey lachte. „Durch das Adrenalin wirst du sogar noch klarer denken können als sonst. Erinnerst du dich an das Vorsprechen?"

Andi, Bailey und Tim Reed hatten in einer Gruppe vorgesprochen, in der sie nacheinander vor dem Auswahlteam aufgetreten waren. „Ich hatte damals auch Angst."

„Und du warst brillant." Bailey zuckte die Achseln. „Du wirst heute Abend auch brillant sein."

Baileys Zuversicht war ansteckend. Als sie die Cafeteria verließen, waren zwei Dinge geschehen. Zum einen hatte sich Andis Nervosität gelegt und in ihr war nur noch eine energiegeladene Aufregung übrig geblieben. Und zum anderen hatte Bailey Taz und sein Angebot ganz vergessen. Wenigstens sah es so aus.

Doch als Andi nach ihren Vorlesungen ins Wohnheim kam, saß Bailey im Schneidersitz auf ihrem Bett und las in ihrer Bibel.

„Hey." Andi warf ihren Rucksack auf den Boden neben der Kommode. Es schneite wieder, und sie wischte sich den Schnee von den Schultern ihrer Jacke, bevor sie sich darausschälte und sie auf ihr Bett warf.

„Hey." Bailey blickte auf, aber nur kurz.

„Was liest du gerade?"

„Römer 12. *Passt euch nicht dieser Welt an, sondern ändert euch, indem ihr euch von Gott völlig neu ausrichten lasst.*" Sie klappte die Bibel zu und stützte die Ellbogen auf die Knie. „Dieses Kapitel."

Andi kannte diese Stelle gut. „Warum ausgerechnet dieses Kapitel?"

„Keine Ahnung", seufzte Bailey. „Mir geht einfach dieser Taz und sein verrücktes Angebot nicht aus dem Kopf. Es ist Wahnsinn, dass manche glauben, sie könnten sich alles erlauben, solange sie es als ‚Kunst' bezeichnen. Egal, was es ist."

Etwas Ähnliches hatte Andis Vater auch gesagt, als er vor der Entscheidung stand, das Missionsfeld zu verlassen und Filmproduzent zu werden. Er wollte Kunst neu definieren und höhere Maßstäbe setzen. Andi war sich da nicht so sicher. Sie konnte in einigen Filmen, die ihren Eltern nicht gefielen, auch etwas Gutes sehen. Sie war ziemlich sicher, dass sie und Bailey in diesem Punkt unterschiedlicher Meinung waren. Deshalb sagte sie nichts. Stattdessen konzentrierte sie sich darauf, ihre Handschuhe auszuziehen, ihren Schal abzulegen und alles auf ihre Schreibtischkante zu legen.

Bailey beobachtete sie. Sie waren Freundinnen und wohnten im selben Zimmer, sodass sie nicht mehr viele Geheimnisse voreinander hatten. „Du ziehst es in Erwägung, nicht wahr?"

„Was?" Andi zwang sich, sie unschuldig anzuschauen.

„Du weißt schon was." Bailey zog die Knie an sich heran. „Den Film. Den Film mit den Nacktszenen."

„Halbnacktszenen." Andi konnte sich jetzt nicht mehr vor Baileys Fragen drücken. Sie setzte sich auf ihre Bettkante, und ihre Schultern sackten leicht nach unten. „Ich glaube, ich sehe das vielleicht ein wenig anders."

„Ein wenig anders?"

„Die Sache mit der Kunst." Andi war schon immer in Bezug auf ihre unkonventionellen Gefühle ehrlich gewesen. Wenn sie weiterhin eine enge Beziehung zu Bailey haben wollte, konnte sie jetzt nicht damit aufhören. „Manchmal können Halbnacktszenen um der Kunst willen gut sein, findest du nicht?"

„Das finde ich überhaupt nicht." In Baileys Stimme lag kein Ärger. Die Aufregung und Missbilligung von heute Mittag war verschwunden. An ihre Stelle war ein Frieden getreten, ein Leuchten, das aus ihrer tiefsten Seele zu kommen schien. Trotzdem zögerte sie keinen Moment. „Unser Körper ist Gott geweiht. Er ist der Tempel des Heiligen Geistes. Wir sollen ihn mit Respekt behandeln."

Die Wahrheit stand unmissverständlich in der Bibel. Das wusste Andi. Sie fuhr sich mit den Fingern durch die Haare und suchte nach einer Erklärung. „Der Körper ist etwas Schönes. Vielleicht ehren wir ihn, wenn wir ihn ins Licht stellen." Sie streckte sich auf dem Bett aus. „Vielleicht ehren wir ihn, wenn ein Film die furchtbaren Dinge zeigt, die jemandem passieren können, der falsche Entscheidungen trifft. Und wenn dieser Film Halbnacktszenen enthält, um seine Aussage zu verdeutlichen, ist das vielleicht gut. Vielleicht lernt ein Mädchen dadurch, dass es sich anders entscheiden sollte."

„Komm schon, Andi!" Bailey zog eine Braue in die Höhe. „Du machst wohl Witze."

Das war das Problem: Sie machte keine Witze. Das bedeutete nicht, dass sie die Hauptrolle in Taz' Film übernehmen würde. Um das zu entscheiden, brauchte sie mehr Informationen, zum Beispiel, wo der Film gedreht wurde und wer dabei wäre und ob es wirklich ein Unterrichtsprojekt war und wie weit die Nacktszenen gingen und ob sie mit voller Beleuchtung oder nur schemenhaft gedreht wurden.

„Ich liege mit meiner Vermutung also richtig. Du ziehst es ernsthaft in Betracht." Bailey klang besorgt. „Andi, du weißt ganz genau, dass das nicht richtig ist. Ich könnte dir hundert Bibelverse nennen, die unterstreichen, dass es falsch wäre, diesen Film zu drehen. Der Römerbrief ist ein guter Anfang."

„Das ist es ja gerade." Andi setzte sich auf. „Mich interessiert die Welt. Ich bin nur ehrlich. Ich will damit nicht sagen, dass ich keine Christin sein will, aber … ich weiß auch nicht. Ich will das Leben spüren. Ich will mich nicht aus Angst, dass ich etwas falsch machen könnte, vor dem Leben verkriechen."

Bailey sprach lange kein Wort. Dann stand sie auf, durchquerte das Zimmer und setzte sich neben Andi. Sie drehten sich beide so, dass sie einander anschauen konnten. „Ich will dich nicht verurteilen, Andi. Aber wir sollten wenigstens darüber beten, okay? Es könnte sehr weitreichende Folgen haben."

„Natürlich." Andi hatte nichts dagegen zu beten. Die Vorstellung, dass Gott hier war und dass es ihn interessierte, was sie tat, gefiel ihr immer noch. Aber das änderte nichts an ihrem Wunsch, das Leben kennenzulernen. Wenigstens in einem sicheren Rahmen. Das ganze Leben. Das bedeutete nicht, dass sie sich bei Studentenpartys betrinken oder sich in gefährliche Situationen begeben wollte. Aber in einem Kurzfilm eines Mitstudenten mitzuspielen? Sogar die Hauptrolle zu übernehmen? Diese Vorstellung klang mit jeder Stunde verlockender.

Bailey schien zu spüren, dass Andis Entschluss schon feststand, aber sie sagte nichts dazu. Stattdessen ergriff sie Andis Hände und begann, mit Gott auf eine Weise zu sprechen, die vertraut und tröstend war. Sie betete für die Premiere, dass sie ihren Text nicht vergessen würden und dass viele Zuschauer kämen.

„Zeig ihnen den tieferen Sinn der Geschichte, Herr", fügte sie hinzu. „Die Botschaft, dass Menschen es bereuen, wenn sie nicht aus jedem Tag, den sie geschenkt bekommen, das Beste machen." Ihr Gebet ging weiter zu dem Filmangebot von Taz. „Die Welt wird uns immer ein scheinbar besseres Angebot vor Augen halten." Ihre Stimme war jetzt noch freundlicher und enthielt nicht den geringsten anklagenden Unterton. „Hilf uns, das Leben mit deinen Augen zu sehen, Vater. Damit wir wissen, wenn die Welt versucht, uns in die Irre zu führen. Wir brauchen deine Hilfe, denn sonst werden wir … sonst werden wir wie Menschen ohne Glauben. Und das wäre ein schrecklicher Verlust, Herr. Danke, dass du uns hörst. In Jesu Namen. Amen."

Andi war für das Gebet dankbar und auch dafür, dass sie und Bailey sich in solchen Momenten nahestanden. Aber sie fragte sich immer noch, ob Taz es ernst gemeint hatte, dass er und seine Mitbewohner heute Abend zur Aufführung kommen wollten. Würden sie danach auf sie warten? Wenn das der Fall wäre, könnte Andi ihm ihre Fragen vielleicht persönlich stellen. Dann hätte sie wenigstens alle Informationen.

Sie konzentrierten sich beide darauf, sich fertig zu machen. Für ihre Rollen brauchten sie lange, gelockte Haare. Deshalb standen sie vor dem kleinen Spiegel und benutzten abwechselnd Baileys Lockenstab und besprühten ihre Haare mit Haarspray. Sie schlüpften gerade in ihre Jacken und Handschuhe, als Andi eine SMS bekam. Ihr erster Gedanke war, dass es Taz sein könnte. Vielleicht hatte er ihre Nummer herausgefunden und schrieb ihr, um sie nach ihrer Antwort zu fragen. Aber als sie ihr Handy nahm, sah sie, dass sie sich geirrt hatte. Die SMS kam von Cody.

Hey Andi. Ich wollte dir nur sagen, dass ich heute Abend komme. Ich bringe meine Mutter mit. Ich kann es nicht erwarten, das Stück zu sehen. Viel Erfolg!

Sie grinste das Handy an und ihr Herz schlug höher. Sie schrieb ihm eilig eine Antwort.

Ja! Freut mich, dass du kommst, aber schau mich nicht an, wenn ich singe. LOL. Sonst vergesse ich womöglich meinen Text und laufe zu dir ins Publikum.

Andi wurde aus Cody Coleman nicht schlau. In Momenten wie jetzt war sie fast sicher, dass er Gefühle für sie hatte. Das wäre wunderbar. Es gab niemanden, den sie lieber als Freund hätte als Cody. Er war der attraktivste Junge, den sie kannte, aber vor allem besaß er eine Weisheit und einen Glauben, der auf echten Lebenserfahrungen beruhte, und er wusste, dass er Gott wirklich brauchte. Einen solchen Glauben hätte Andi auch gern.

„Wem schreibst du?" Bailey wickelte sich ihren dicken Wollschal um Hals und Kinn. Draußen waren die Temperaturen auf minus zehn Grad gefallen.

„Cody." Andi bemühte sich, keine Schuldgefühle zu haben, aber sie hatte trotzdem welche. Jedes Mal, wenn sie und Cody sich schrieben, hatte sie Bailey gegenüber ein komisches Gefühl. „Er kommt heute zur Premiere."

Baileys Augen zuckten leicht. Das war ein deutlicher Beweis, dass diese Information etwas in ihr anrührte. Aber ihre Miene verriet nicht, ob sie sich darüber freute oder ärgerte. Bailey nahm ihre Tasche und ging zur Tür. „Hat er sonst noch etwas gesagt?"

„Ja. Er kommt mit seiner Mutter."

Bailey blieb stehen und schaute sie an. „Kennst du Codys Mutter?"

„Nein." Andi zog die Nase kraus und verstand diese Frage nicht. „Woher sollte ich sie kennen?"

Bailey zuckte die Achseln. „Ich dachte einfach, dass er dir das nicht schreiben würde, wenn du sie nicht kennen würdest."

„Ich weiß, dass sie ein schweres Leben hinter sich hat. Dass sie im Gefängnis war, Drogen genommen hat und solche Sachen. Cody sagt, dass er versucht, eine neue Beziehung zu ihr aufzubauen."

Dieses Mal war nicht zu übersehen, dass Bailey verletzt war. „Gut." Sie schaute auf ihre Uhr. „Wir müssen los."

Sie beschlossen, mit dem Auto zu fahren, da das Theater sich auf der anderen Seite des Campus befand und selbst ein fünfminütiger Fußmarsch bei dem eisigen Schnee und Wind nicht leicht wäre. Auf dem Weg zum Auto und während der Fahrt zum Theater sprach Bailey über ihr Kostüm und darüber, dass Tim nervös war, weil er Scrooge spielte. Sie erwähnte, dass sie nach diesem Semester vielleicht mit dem Theaterspielen pausieren würde, um mehr Zeit zum Lernen zu haben. Aber Codys Name fiel nicht mehr.

Andi versuchte, Baileys Reaktion auf Cody einzuschätzen, ihr scheinbar fehlendes Interesse zu deuten. Sie vermutete schon die ganze Zeit, dass Cody Gefühle für Bailey hatte und dass die beiden sich nur etwas vormachten, wenn sie Abstand zueinander hielten und behaupteten, dass sie im anderen nie etwas anderes als einen guten Freund gesehen hätten. Jeder, der die beiden zusammen erlebte, spürte, dass zwischen ihnen mehr war. Aber als Andi sie jetzt beobachtete, fragte sie sich, ob sie Baileys Reaktionen vielleicht falsch gedeutet hatte. Vielleicht hatte Bailey tatsächlich keine Gefühle für Cody. Schließlich war sie immer noch mit Tim zusammen.

Sie liefen ins Theater und schützten mit ihren Rucksäcken, die sie sich über den Kopf hielten, ihre Locken vor dem Schnee. Plötzlich erfasste Andi eine große Freude und Begeisterung. Es lief gerade richtig gut für sie. Sie genoss das Leben. Ein Leben, das sie ihrer Freundin Rachel Baugher so sehr gewünscht hätte. Rachel war bei einem Verkehrsunfall gestorben, bevor ihre Träume hatten in Erfüllung gehen können. Andi würde das nicht passieren. Sie wollte hier und jetzt leben, ohne Vorbehalte.

Sie zählte im Geiste auf, was in ihrem Leben alles gut lief. Sie würde heute Abend eine Hauptrolle in ihrem ersten Musical spielen, und sie war gefragt worden, ob sie die Hauptrolle in ihrem ersten Film spielen wollte, auch wenn es nur ein Kurzfilm war. Dazu kam, dass Cody sie vielleicht doch mochte. Diese Möglichkeit erschien ihr so real, dass sie sich schon fast mit ihm als Paar sehen konnte und sich ausmalte, wie sie sich an den Händen hielten und miteinander lachten. Bailey würde das nicht stören. Wenigstens erweckte sie diesen Eindruck.

Und zum ersten Mal hatte Andi das Gefühl, dass jeder Traum, den sie je geträumt hatte, zum Greifen nahe war.

Sie konnte es kaum erwarten, dass der Vorhang aufging.

Kapitel 8

Bailey konnte den Schmerz in ihrem Herzen nicht erklären.

Es war Premiere, und sie wollte diesen Abend in vollen Zügen genießen. Sie stand mit Tim auf der Bühne, einem Jungen, den sie bewunderte und respektierte. Ihre Eltern und ihre Brüder saßen im Publikum, auch einige ihrer Freunde. Katy und Dayne hatten einen ganzen Kartenblock vorne in der Mitte gekauft. Sie waren tatsächlich gekommen, zusammen mit Ashley und Landon und den Kindern und Ashleys Schwestern mit ihren Familien. So viele Menschen, die Bailey liebte.

Sogar Cody Coleman.

Sie und Andi halfen sich gegenseitig in ihre Kostüme und gingen dann in den Warteraum, in dem alle Mitwirkenden sich für ihren Auftritt schminkten. Sie saßen nebeneinander an einer langen Tischreihe mit Spiegeln. Als Bailey begann, ihr Make-up aufzutragen, regte sich die Traurigkeit erneut in ihr. Oder war es Eifersucht?

Das ist alles wegen Cody, sagte sie sich. *Lieber Gott, ich weiß, dass er nicht mehr als eine Freundschaft mit mir will. Hilf mir, dass ich nicht länger an ihn denken muss.* Aber sobald sie dieses schnelle Gebet gesprochen hatte, tauchte sein Gesicht schon wieder vor ihrem geistigen Auge auf. Es lächelte sie an und ließ sie nicht los.

„Geht es dir gut?" Andi tupfte weißen Puder über ihre Grundierung. Für die Rolle der Isabelle musste sie blasser als gewöhnlich aussehen.

„Klar." Bailey lächelte Andi schnell an, fast ein wenig zu schnell. „Ich habe nur an meinen Text gedacht."

„Ach so." Andi tupfte weiter. „Du warst nur irgendwie so still."

„Entschuldige. Das bin ich vor einer Premiere immer." Sie lächelte ihre Freundin wieder an. „Mir geht es gut. Ehrlich."

Sie würde nur mit Gott über ihren Schmerz sprechen, wenigstens so lange, bis sie mit ihrer Mutter allein war. Ihre Gefühle für Cody zu klären war schon schwer genug, auch ohne ihre Mitbewohnerin einzubeziehen.

Bailey nahm einen Wattebausch und trug eine dicke Grundierung auf ihren Wangen auf. Warum fragte er nicht wenigstens nach ihr?

Cody wusste, dass sie in dem Stück mitspielte. Er hätte ihr genauso eine kurze Nachricht schicken können wie Andi. Eine gelegentliche SMS wie an Thanksgiving war nicht genug. Oder ging er ihr wirklich wegen Tim aus dem Weg?

Ihre Hand zuckte, sodass sie ihre Grundierung verwischte. *Beruhige dich,* ermahnte sie sich. Cody kam also heute Abend zur Premiere – und wenn schon? So wie er sie in letzter Zeit behandelte, war er nur ein Student von Zigtausend auf dem Campus. Aber trotzdem konnte sie sein Bild nicht aus ihren Gedanken verdrängen.

Bailey trug eine weitere Make-up-Schicht auf. Für ihre Rolle musste sie ganz blass aussehen. Der Geist der vergangenen Weihnacht sollte ein gespenstisches, unheimliches Aussehen haben. Als sie fertig war, trat sie zurück. „Eindeutig gespenstisch", murmelte sie.

„Du siehst großartig aus." Andi trug die letzten Tupfer ihres Lidschattens auf. Sie war blass, aber umwerfend. Genau so, wie Isabelle aussehen sollte.

Bailey war, seit die Rollenverteilung bekannt war, kein einziges Mal auf die Rolle ihrer Freundin eifersüchtig gewesen, aber jetzt, da sie wusste, dass Cody im Publikum sitzen würde … Einen kurzen Moment wünschte sie, sie könnte in dem Kleid, das Andi trug, auf die Bühne treten, statt in dem schweren Samtumhang, den der Geist der vergangenen Weihnacht tragen musste.

Sie betrachteten sich beide im Spiegel, als Bailey Tim hereinkommen sah. Wenigstens vermutete sie, dass es Tim war. Er sah vollkommen verändert aus. Er war eine halbe Stunde vor den anderen ins Theater gekommen, um sich von einem professionellen Maskenbildner schminken zu lassen, und jetzt sah er wie ein Sechzigjähriger aus. Seine Haare waren von vielen grauen Strähnen durchzogen, und sein Gesicht sah abgehärmt und faltig aus.

Bailey drehte sich zu ihm herum. „Das ist unglaublich. Du siehst völlig verändert aus."

„Ich spreche sogar anders." Ein paar andere, die in dem Stück mitspielten, starrten ihn an, als er den Raum durchquerte. „Man hat mir ein zähes Gel neben den Mund gestrichen, damit ich wie ein alter Mann klinge."

„Du hörst dich wirklich so an." Bailey trat einen Schritt näher und betrachtete sein Gesicht. „Im Ernst, ich hätte dich fast nicht erkannt."

„Ich hoffe, das geht alles wieder weg." Er versuchte zu lachen, aber es klang bei seinem starren Mund angespannt. „So möchte ich im normalen Leben nicht aussehen."

Bailey kicherte, als Andi Tim auch anschaute. „Eindeutig Scrooge." Sie stemmte die Hände in die Hüften und drehte sich langsam im Kreis. Ihr Kleid war hellblau mit kleinen, weißen Satinstreifen. Es saß eng anliegend an ihrem Oberkörper und breitete sich unten in weichen blauen Falten aus, die anmutig bis knapp über ihre Knöchel reichten. Mit ihren blonden Haaren, die in Locken über ihren Rücken fielen, sah Andi einfach atemberaubend aus. Das konnte jeder sehen. Sie grinste Tim an. „Was sagst du dazu?"

Tim schaute sie an. „Wow." Sein Make-up konnte die Bewunderung in seinen Augen nicht verbergen. „Scrooge wäre ein Narr, wenn er sich von dir trennen würde."

Bei dem Kompliment errötete Andi trotz ihres weißen Puders. „Danke, Ebenezer."

Bailey zog den roten Samtmantel über ihre Schultern und beschloss, sich durch dieses Gespräch nicht aus der Ruhe bringen zu lassen. Sie konnte Tim keinen Vorwurf machen. Seine Rolle wurde sehr stark von dem Bedauern geprägt, weil er sich von der Frau getrennt hatte, die er als junger Mann geliebt hatte. Scrooge musste sich zu Isabelle hingezogen fühlen, damit die Geschichte für das Publikum glaubhaft wirkte.

Trotzdem fühlte Bailey sich bei dieser Bemerkung dick und unattraktiv. Ihr Umhang wurde eng um ihren Hals zusammengezogen, aber ansonsten hing er formlos wie ein Sack an ihr herunter. Das Einzige, das ihre Rolle hervorhob, war der leichte Anflug von sarkastischem Humor, der im Textbuch stand. Der Regisseur hatte sie aufgefordert, diesen Sarkasmus voll zur Geltung zu bringen.

Aber nichts an ihrer Rolle vermittelte ihr das Gefühl, hübsch zu sein.

Tim schien zu merken, dass er Bailey nicht die gleiche Aufmerksamkeit geschenkt hatte wie Andi. Er kam zu ihr und legte die Hände auf ihre Schultern. „Mir gefallen deine Haare, wenn sie so gelockt sind." Er berührte mit den Fingern ihre Wange. „Du bist schön, Bailey. Ein Traum."

„In einem unförmigen Samtumhang?" Sie verzog albern das Gesicht. „Trotzdem danke für das Kompliment. Mir gefallen meine Haare so auch."

Er drückte sie von der Seite. In diesem Moment rauschte der Regisseur in den Warteraum. „Alles klar, Leute! Das Theater ist ausverkauft." Er schmunzelte. „Oh, und Dayne Matthews sitzt in der vierten Reihe. Das erlebe ich zum ersten Mal, seit ich als Theaterregisseur an der Uni arbeite." Er schaute Tim und einige andere, die in dem Stück eine Hauptrolle spielten, durchdringend an. „Gebt heute Abend euer Bestes."

Sie stellten sich im Kreis um ihn herum auf, und er erteilte noch einige letzte Anweisungen. „Also gut." Er klang ebenfalls leicht nervös. „Alle auf ihre Plätze."

Nur Tim und der Junge, der Bob Cratchet spielte, wurden für die erste Szene gebraucht, aber bevor er auf die Bühne trat, schaute Tim Bailey tief in die Augen. „Ich habe den ganzen Tag an dich gedacht. Irgendwie ist es wie beim christlichen Kindertheater und ... irgendwie ist es etwas ganz Besonderes, dass du hier bist." Er flüsterte: „Dass wir gemeinsam in diesem Stück mitspielen."

„Daran habe ich bis jetzt überhaupt nicht gedacht." Zum ersten Mal, seit sie Andi heute Mittag getroffen hatte, spürte Bailey, wie eine Last von ihr genommen wurde. Andi und dieses mehrdeutige Filmangebot hatten ihr keine Ruhe gelassen. Bailey konnte nicht verstehen, wie ein Mädchen, dessen Eltern Missionare waren, ernsthaft in Betracht ziehen konnte, in einem Film mitzuspielen, in dem Nacktszenen vorkamen. Außerdem hatte sich Cody nicht bei ihr gemeldet. Und ihr Kostüm hing wie ein schwerer Vorhang an ihr.

Aber als Tim sie jetzt anschaute – auch wenn seine Augen unter den künstlichen Falten nach unten hingen –, fühlte sie sich plötzlich wie eine Prinzessin. Erinnerungen an ein Dutzend Aufführungen des christlichen Kindertheaters liefen vor ihrem geistigen Auge ab. Erinnerungen an Tage, als sie davon geträumt hatte, Tim Reeds Freundin zu sein. Jetzt war sie seine Freundin und sie beide würden zum ersten Mal gemeinsam in einem Musical der Universität spielen. „Du wirst umwerfend sein. Wie immer."

„Du auch." Er sah aus, als wollte er sie küssen, aber dafür war jetzt nicht der richtige Zeitpunkt und nicht der richtige Ort. Stattdessen drückte er kurz ihre Hand und trat auf die Bühne. Das Orchester war still und wartete auf das Zeichen des Dirigenten. Der Dirigent hob die Hände, und die Musik setzte in einem perfekten Zusammenspiel der

Saiteninstrumente und der Blasinstrumente ein. Die Luft wurde von weihnachtlicher Stimmung erfüllt.

Die Eröffnungsszene war fehlerlos. Tim war so unglaublich, dass Bailey und die anderen ihm von der Seitenbühne aus zuschauten. Bailey musste sich immer wieder ins Gedächtnis rufen, dass der Mann auf der Bühne ihr neunzehnjähriger Freund war und nicht der verschrobene, hartherzige, alte Mann, den er spielte. Er war absolut überzeugend. Tim wurde sogar noch besser, als ihn sein toter Geschäftspartner warnte, dass er von drei weiteren Geistern Besuch bekäme.

Bailey und Andi standen auf der Seitenbühne und drückten sich die Hand. „Du wirst umwerfend sein", flüsterte Bailey.

„Ich glaube, ich muss mich übergeben." Andi schaute sie mit großen Augen an.

„Nein, das musst du nicht." Bailey hörte ihr Stichwort, aber plötzlich konnte sie an nichts anderes als an Cody denken. Wo er saß und was er dachte. Ob sie ihn von der Bühne aus sehen könnte. Sie verdrängte dieses Bild aus ihrem Kopf. „Ich muss los."

Sie rückte ihren Umhang zurecht und marschierte mit schwebenden, walzerähnlichen Schritten auf die Bühne. Tim war auf den Knien und suchte unter dem Bett nach irgendeiner Spur von einem Geist. Ärgerlich brummte er vor sich hin, dass die Warnung bestimmt nur Unsinn gewesen sei. Bevor er aufstehen konnte, tippte Bailey ihm auf die Schulter.

Seine theatralische Reaktion brachte ihm ein lautes Lachen des Publikums ein. Bailey blieb stoisch und verzog keine Miene. Sie musste sich anstrengen, um nicht die Ohren zu spitzen, ob sie Codys Stimme hören konnte.

„Wer bist du?", fauchte Tim sie mit finsterer Miene an, während er aufstand und sich den Staub von den Knien wischte.

Bailey hob würdevoll und angemessen das Kinn. „Der Geist, dessen Kommen dir vorausgesagt wurde."

Ihr Wortwechsel war kurz und perfekt eingeübt. Sie arbeiteten schon so lange gemeinsam auf der Bühne, dass sie in einem solchen Moment absolut professionell waren. Bailey führte Tim über die Bühne zu einer Stelle, an der er eine Szene aus seiner Kindheit sehen konnte. Danach förderte sie einen anderen Moment aus Scrooges Vergangenheit zutage: den Tanz bei Fezziweg, bei dem sich Scrooge in Isabelle verliebt hatte.

Andi trat auf die Bühne. Fast das ganze Publikum murmelte bei ihrer Erscheinung bewundernd. Sie sah wirklich umwerfend aus.

Andi tanzte mit dem jungen Scrooge, und gemeinsam sangen sie ein perfektes Duett. Trotz aller Nervosität, die Andi vorher wegen dieser Szene gehabt hatte, war sie jetzt voll und ganz in ihrem Element. Nachdem er zugesehen hatte, wie der Tanz zu Ende ging, streckte Tim die Hand nach Isabelle aus, die ihn aber natürlich nicht sehen konnte. Tims Gesichtsausdruck, die Sehnsucht in seiner Körpersprache verrieten jedem im Theater, dass er sich nichts sehnlicher wünschte, als die Zeit zu diesem Moment mit Isabelle zurückzudrehen. Dann würde er alles anders machen.

Genauso wie es mir in Bezug auf Cody geht, dachte Bailey. Wieder zwang sie sich, sich auf die Szene zu konzentrieren. Aber es fiel ihr schwer. Baileys Rolle verlangte, dass sie nur neben Tim stand und zuschaute, wie sich die Vergangenheit vor ihm abspielte. Sie musste nur noch wenige Worte sagen, bevor ihr Auftritt zu Ende wäre. War Cody von Andi genauso fasziniert, wie es alle anderen im Publikum sein mussten? Sie blinzelte. *Konzentrier dich, Bailey! Gott, bitte hilf mir, mich zu konzentrieren.*

Tim sah aus, als würde er jeden Augenblick weinen, während er zuschaute, wie der junge Scrooge sich niederkniete, einen Verlobungsring herauszog und ihn der überwältigten Isabelle hinhielt. Gleichzeitig ergriff Tim langsam den Ring, den er jetzt an einer Kette um den Hals trug. Es war derselbe Ring.

„Komm." Bailey nahm ihn an der Hand und führte ihn zu einer anderen Stelle auf der Bühne. Dieses Mal war die Szene viel trauriger. Es war die traurigste im ganzen Stück. Der junge Scrooge saß im Kontor, während Andi auf ihn zuging, genauso gekleidet, aber mit einem Hut auf dem Kopf und einem Tuch über den Schultern.

„Ich verlasse dich, Ebenezer." Sie sagte ihren Text wie ein Profi auf.

In den ersten paar Sekunden hob Scrooge kaum den Kopf und zählte weiter. Aber als Andi ihm klarmachte, dass er sie dort, wohin sie ging, nicht mehr sehen würde, hörte er auf zu zählen. „Warum? Du wolltest mich doch heiraten."

Tim trat einen Schritt näher auf die beiden zu und versuchte verzweifelt, sein jüngeres Ich aufzuhalten. „Lass sie nicht gehen, du Idiot!"

Aber Andi warf den Verlobungsring auf seinen Tisch und verließ ihn mit ein paar letzten Worten. Wieder sah Bailey, wie Tim die Hand ausstreckte und sich nach einem Weg zurück in die Vergangenheit sehnte. Jeder musste glauben, dass er über Andi, seine große Liebe, nie hinweggekommen war.

Die Szene endete mit einem weiteren Lied. Es war ein Duett von den zwei Scrooges, bei dem Andi in einem poetischen Tanz auf die Bühne zurückkehrte, der zeigen sollte, dass sie sich immer weiter aus seinem Leben entfernte. Wieder war sie anmutig, ein Traum von einer Frau, der sich über die Bühne bewegte.

Bailey beobachtete sie, aber in Gedanken war sie wieder bei Cody. *Wahrscheinlich verliebt er sich in diesem Moment in sie,* sagte sie sich. Welcher Junge würde das nicht? Baileys roter Umhang fühlte sich noch schwerer und dicker als vorher an. Sie musste im Vergleich zu Andi wie eine Bühnenrequisite aussehen. Vielleicht ein Garderobenständer.

Tim schaute sie an, als könnte sie verhindern, dass die Zeit verging. Dann wandte er sich an Andi und sang seine letzte Strophe des Liedes. Als das Lied zu Ende war, als Andi von der Bühne tanzte, drehte sich Tim mit schmerzverzerrter Miene zu Bailey herum und ergriff ihre Hand. „Geist, bring mich von hier fort! Ich kann das nicht länger ertragen."

Dass er ihre Hand ergriff, war ein Zeichen seines Flehens, ein Drängen von Scrooge, aber Tim hielt Baileys Finger ein wenig länger fest, als sie geprobt hatten. Er schaute ihr in die Augen. Obwohl niemand im Publikum – nicht einmal der Regisseur – bemerken konnte, dass er in irgendeiner Weise seine Rolle verließ, tat er es. Einen kurzen Moment war die Sehnsucht in Tims Augen genauso durchdringend wie vorher, als er Isabelle angesehen hatte. Aber dieser Blick war echt, daran bestand für Bailey nicht der geringste Zweifel. Und er galt ihr.

Der Moment war genauso schnell wieder vorbei, wie er gekommen war, aber er raubte Bailey den Atem. Sie wollte lächeln, aber das konnte sie nicht, denn der Geist der vergangenen Weihnacht lächelte unter keinen Umständen. Doch innerlich schlug sie vor Freude Purzelbäume. Tim hätte genauso gut das Stück unterbrechen und allen im Raum verkünden können, dass Andi ihn nicht interessierte, weil er in Bailey verliebt war.

Sie merkte, dass sie ein wenig aufrechter stand, als die Szene dem Ende zuging und sie ihre letzten Sätze sagte. Sätze, in denen sie Scrooge ermahnte, die Gegenwart zu nutzen, solange es die Zeit zuließ. „Es ist nie genug Zeit, um die Dinge zu sagen und zu tun, die du in diesem Leben sagen und tun willst. Nie genug Zeit, um so zu lieben, wie du lieben willst“, sagte sie zu ihm. „Wir sind nur eine kurze Zeit hier, Scrooge. Dann sind wir fort.“

Nach diesen Worten verließ Bailey mit langsamen, gespenstischen Schritten die Bühne, ohne auf Tims Flehen zu hören, dass sie bei ihm bleiben und ihm erlauben sollte, ein wenig länger in der Vergangenheit zu verweilen. Sobald sie auf der Seitenbühne ankam, lehnte sie sich an die Wand und erinnerte sich an den Moment mit Tim. Plötzlich schossen ihr ihre eigenen Worte durch den Kopf. *„Nie genug Zeit, um so zu lieben, wie du lieben willst.“* Warum vergeudete sie ihre Zeit mit quälenden Gedanken an Cody? Sie war mit einem attraktiven Jungen befreundet, für den sie schon ihr ganzes Leben lang geschwärmt hatte. Er hatte keine so verrückte Vergangenheit wie Cody. Er war noch nie betrunken gewesen oder hatte mit anderen Mädchen geschlafen. Am schönsten war, dass sie ihm so viel bedeutete, dass er genau gewusst hatte, wie sie sich mitten in dieser Szene gefühlt hatte.

Es war egal, welche Gefühle Bailey für Cody hatte, egal, wie frustriert sie seinetwegen war. Das alles spielte keine Rolle. Tim war ein wunderbarer Junge. Das hatte er ihr auf der Bühne bewiesen, ohne sich darum zu kümmern, ob jemand merkte, was er hier tat. Ihr war so leicht ums Herz wie den ganzen Tag noch nicht.

Sie zog ihren roten Umhang aus und hörte zu, wie Tim und der Geist der diesjährigen Weihnacht eines von Baileys Lieblingsliedern des Musicals sangen: „Ich liebe das Leben … das Leben meint es gut mit mir … Das Leben und ich passen ziemlich gut zusammen …“

Bailey konnte dem nur von ganzem Herzen zustimmen. Ja, sie machte sich Sorgen wegen Andis Entscheidungen, und ja, falls Cody sich in ihre Freundin verlieben würde, gäbe es sicherlich Augenblicke, in denen Bailey deshalb traurig wäre. Aber sie hatte Tim, und nach diesem herrlichen Moment auf der Bühne war sie überglücklich.

Tim war in der letzten Szene des ersten Akts wunderbar. Bailey verfolgte jede seiner Bewegungen und klatschte ihm im Stillen Beifall. Als der Vorhang zu Beginn der Pause fiel, wartete Bailey im Schatten auf ihn.

Er ging fast an ihr vorbei, da es hier zu dunkel war, um etwas zu erkennen. „Tim“, flüsterte sie, so laut sie konnte, ohne auf der anderen Seite des Vorhangs gehört zu werden.

„Bailey?“ Er war außer Atem. Zweifellos rasten Adrenalin und Begeisterung durch seine Adern.

„Ich bin hier.“ Sie berührte seinen Arm. „Du warst umwerfend.“

„Du auch.“

Sie konnten nicht lange hier auf der Seitenbühne stehen bleiben. Der Regisseur erwartete, dass alle in den Warteraum kamen, um seine Anmerkungen zum ersten Akt zu hören und letzte Anweisungen für die zweite Hälfte des Stücks zu bekommen. Aber ihnen blieben wenigstens ein paar Augenblicke.

„Ich glaube dauernd, dass du wirklich Scrooge wärst.“

Er kam näher und schaute sie an. Selbst aus der Nähe und obwohl sich ihre Augen an die Dunkelheit gewöhnt hatten, sah er wie ein alter Mann aus.

„Es ist unglaublich, auf der Bühne zu stehen. Ich könnte in New York auftreten, weißt du das?“

„Ja, das könntest du.“

„Du auch. Im Ernst, Bailey, du solltest Isabelle sein. Du bist so gut.“

Sie sollte Isabelle sein? Bailey öffnete den Mund. Sie wollte ihm danken, ihm sagen, dass es ihr sehr guttat, das heute Abend zu hören, aber sie brachte die Worte nicht über die Lippen. Stattdessen legte sie die Arme um seinen Nacken und umarmte ihn. Als sie ihrer Stimme wieder trauen konnte, zog sie den Kopf zurück und schaute ihm in die Augen. „Danke.“

Das war ein weiterer Beweis dafür, dass sich zwischen ihnen etwas entwickelte, das vorher nicht da gewesen war. Tim fragte nicht, wofür Bailey ihm dankte. Das musste er nicht. Seine Stimme wurde leiser. „Ich wollte dir sagen, dass meine Figur zwar Isabelle begehrt …“ Er strich sanft über ihre Wange. „Aber ich will dich, Bailey. Nur dich.“

Ihr Herz hämmerte kräftig in ihrer Brust, und sie hätte ihn gern geküsst. Ein kurzer Kuss hätte gegen keine Regeln des Studententheaters verstoßen, aber es war wieder nicht der richtige Moment. Deshalb trat sie aus seinen Armen zurück und grinste ihn an. „Komm. Wir müssen zu den anderen.“

Im zweiten Akt spielte Bailey eine Passantin. Wieder gab jeder der Schauspieler sein Bestes. Als Tim in der letzten Szene sang, dass er bereit sei, neu anzufangen, wäre Bailey am liebsten neben ihn getreten und hätte mitgesungen. Falls sie je bereit gewesen war, wirklich die Vergangenheit hinter sich zu lassen und sich auf die Zukunft zu konzentrieren, dann heute Abend. Erst als sie wieder auf der Bühne stand und sich über den tosenden Applaus des Publikums freute, wurde ihr das wahrscheinlich Wichtigste an diesem Abend bewusst: Seit dem Moment, in dem Tim sie mitten in der Szene angesehen hatte, hatte sie kein einziges Mal mehr an Cody gedacht.

Kapitel 9

Von seinem Platz im hinteren Teil des Theaters schaute Cody zu, wie die Schauspieler am Ende des Stücks noch einmal alle auf die Bühne kamen, um sich vor dem Publikum zu verbeugen. Vielleicht irrte er sich, aber er hatte das Gefühl, dass Bailey sich verändert hatte, auch wenn er es nicht genau beschreiben konnte. Bis jetzt hatte er bei den seltenen Momenten, wenn er und Bailey ein paar Worte wechselten oder sich unterhielten, immer den Eindruck gehabt, dass sie noch etwas für ihn empfand.

Allerdings nicht genug, um sich von Tim Reed zu trennen.

Aber jetzt? Zwischen Bailey und Tim schien eine stärkere Beziehung gewachsen zu sein. Als der Applaus sich allmählich legte und die Lichter angingen, sah Cody, wie Tim den Arm um Baileys Schultern legte und sie beide lachend zusammen mit den anderen von der Bühne gingen.

Er wandte den Blick ab. Auf der anderen Seite des Theaters ziemlich weit vorne saßen Baileys Eltern und ihre Brüder. Diese Menschen waren noch vor einem Jahr seine Familie gewesen. Er dachte daran, zu ihnen zu gehen und Hallo zu sagen, aber sie warteten jetzt auf Tim. Nicht auf ihn.

„Ich sehe dich." Seine Mutter beugte sich zu ihm herüber. Sie klatschte noch, aber sie sprach so laut, dass er sie trotz des Lärms im Zuschauersaal verstehen konnte.

Cody drehte sich zu ihr um und schaute sie verständnislos an. „Was siehst du?"

„Wie du sie anschaust."

„Andi?" Cody drehte den Kopf und beobachtete, wie Andi an den Rand der Bühne trat. Sie winkte dem Publikum immer noch zu. Er hatte seiner Mutter erzählt, dass er und Andi immer bessere Freunde würden und dass sie ihn zur Premiere eingeladen hatte. Er nickte, während er seine Mutter wieder direkt anschaute. „Sie war schön. Perfekt."

Seine Mutter hatte so viel von seinem Leben verpasst und war von ihren Dämonen und Süchten gefangen gewesen. Sie hatte vieles versäumt, aber das war jetzt vorbei. Jetzt ging sie mit einigen Freunden aus ihrer Gruppe von den Anonymen Alkoholikern zur Kirche und war schon sehr lange trocken. Zum ersten Mal in seinem Leben bauten sie eine Beziehung zueinander auf.

Sie schaute ihn an und zog eine Braue in die Höhe. „Nicht Andi." Sie hielt ihr *Christmas-Carol*-Programm hoch und deutete auf ein Foto gleich auf der Innenseite des Covers. „Bailey Flanigan. Du konntest den Blick nicht von ihr abwenden."

Von ganzem Herzen wünschte Cody, sie würde sich irren. Bailey war nicht an ihm interessiert. Sie war mit Tim zusammen, und damit war die Sache erledigt. Heute Abend hatte etwas ganz Besonderes zwischen den beiden in der Luft gelegen. Andi war als Isabelle faszinierend und umwerfend. Früher, als er fast jedes Mädchen ausgenutzt hatte, das ihm über den Weg gelaufen war, hätte Cody sich für niemand anderen als für Andi Ellison, die Hauptdarstellerin des Abends, interessiert.

Seine Mutter schaute ihn immer noch an, und er merkte, dass sein Widerstand ins Wanken geriet. Schließlich atmete er tief ein und gab wenigstens einen Teil zu. „Ich mag sie schon lange."

Das Publikum drängte sich an ihnen vorbei und strömte ins Foyer hinaus. Cody hätte viel lieber mit ihr über das Theaterstück oder darüber, wohin sie jetzt zum Kaffee gehen wollten, gesprochen. Über irgendein anderes Thema. Die Beziehung zwischen Bailey und ihm gehörte der Vergangenheit an. Es gefiel ihm nicht, dass seine Mutter ihm ins Herz schaute. Dazu hatte er ihr noch nicht die Erlaubnis gegeben.

Aber sie saßen am Ende ihrer Reihe und mussten warten. Seine Mutter berührte ihn am Arm und wartete, bis er sie wieder anschaute. „Das ist okay, Cody. Ich weiß es schon lange."

„Was weißt du?" Er bemühte sich, sachlich und nicht genervt zu klingen.

Ihre Stimme wurde wehmütig. „Was du für dieses Mädchen empfindest. Was du schon immer für sie empfunden hast."

„Mama." Er zwang sich, ruhig auszuatmen. „Ich will dich nicht beleidigen, aber du warst nicht da, als Bailey und ich befreundet waren. Und wir waren nur Freunde. Mehr hat es zwischen uns nie gegeben."

„Ich war oft nicht da." Ihre Augen wurden bei dem Schmerz aufgrund der Jahre, die sie verloren hatten, traurig. „Aber als ich herauskam, als ich nach Hause kam … habe ich deinen Blick gesehen, wenn du von ihr gesprochen hast. Da wusste ich es." Sie musste den Kopf heben, um ihm in die Augen schauen zu können, aber sie legte die Hand an seine Wange. „Und ich weiß es jetzt."

„Mama ..." Er wollte nicht über Bailey sprechen. Wenigstens nicht mit seiner Mutter. Er versuchte, etwas Neues mit ihr aufzubauen. Dazu gehörte auch, dass er nicht in die Vergangenheit zurückschauen wollte. Weder in Bezug auf seine Mutter und ganz bestimmt nicht in Bezug auf Bailey. Sie war ganz bestimmt keine Expertin in Bezug auf sein Herz. Er lächelte sie an. „Können wir über etwas anderes sprechen?"

„Es ist einfach …" Sie ließ die Hand sinken. Ihr Gesicht wurde ernst, fast besorgt. „Cody ... ich mag die Flanigans, aber … ich will nicht, dass du verletzt wirst. Du bist schon genug verletzt worden."

Cody dachte plötzlich an seine Beinprothese, an seine vielen einsamen Nachmittage und an die Jahre, in denen er seine Mutter nicht gekannt hatte … Er hasste das Gefühl, das diese Gedanken bei ihm auslösten. „Mama, bitte." Er war kein Opfer. Weder aufgrund seiner Kriegsverletzung noch aufgrund seiner Vergangenheit oder weil ihm Bailey etwas bedeutete. „Ich bin nicht verletzt. Mir geht es bestens."

Sie nickte leicht, und ihre Augen wanderten auf den Boden zwischen ihnen. „Es tut mir leid. Ich … mache mir einfach Sorgen um dich."

„Das musst du nicht. Ich kann gut auf mich selbst aufpassen." Cody konnte sich nicht über sie ärgern. Dafür war es zu spät. Er legte den Arm um ihre Schultern und führte sie langsam durch den Mittelgang zur Tür. Sie bemühte sich. Dafür hatte er lange gebetet. Seine Frustration wich einer neuen Freundlichkeit und Zuversicht. In ihrer neuen Beziehung war er der Stärkere und gab die Richtung vor. Das hatte er fast vergessen. „Also … was sagst du zu dem Stück?"

„Es war gut." Ihr Lächeln war zaghaft, aber sie verstand ihn. Das Gespräch über Bailey war vorbei. „Sehr gut sogar. Der Junge, der Scrooge gespielt hat, war unglaublich."

Tim Reed. Cody kniff die Augen zusammen. „Er spielt schon eine ganze Weile Theater. Er ist auch im ersten Semester."

„Wirklich?" Seine Mutter schien froh zu sein, dass sie das Thema wechselten, und war dankbar, dass Cody nicht mehr genervt war. Sie legte den Arm um seine Taille und drückte ihn freundlich. „Das Stück hat mich in Weihnachtsstimmung versetzt." Sie schaute zu ihm hinauf. „Ich finde, wir sollten dieses Jahr Lichterketten aufhängen. Was meinst du?"

Das Gespräch wurde wieder zwanglos. Das war Cody ganz recht. Sie sprachen immer noch davon, ob sie die Wohnung für Weihnachten schmücken wollten, als sie am hinteren Ende des Theaterfoyers ankamen. Das Publikum hatte sich im ganzen Raum verteilt und die Schauspieler hatten sich unter die Zuschauer gemischt. Alle lachten und unterhielten sich und machten Fotos.

Seine Mutter stieß ihn leicht mit dem Ellbogen in die Rippen. „Das dort ist deine Freundin. Sie hat die Isabelle gespielt. Wie heißt sie?"

„Andi." Er schaute in die Richtung, in die seine Mutter blickte. Sie stand da und sah genauso schön aus wie vorher auf der Bühne. „Andi Ellison." Cody beobachtete sie, wie sie den Kopf schief legte und die Haare zurückwarf. Sie unterhielt sich mit ein paar Jungen und genoss ganz offensichtlich ihre Aufmerksamkeit. Andi wusste, dass sie schön war. Das war nicht zu übersehen.

„Ich mag das Mädchen." Seine Mutter ging ein paar Schritte. „Ich muss kurz zur Toilette." Sie senkte die Stimme, obwohl sie bei dem lauten Geräuschpegel, der hier herrschte, bestimmt niemand hören konnte. „Geh und unterhalte dich mit ihr. Ich habe gesehen, dass sie zu uns herübergeschaut hat."

„Danke, Mama", sagte Cody gelassen. Als sie fort war, lehnte er sich an die Wand und steckte die Hände in seine Jeanstaschen. Er wünschte, er würde für Andi etwas empfinden und sich für sie interessieren. Seine Mutter hatte recht. Andi schwärmte für ihn. Das wusste Cody schon lange. Besonders nachdem sie an dem Abend, an dem er sie von der Studentenparty abgeholt hatte, versucht hatte, ihn zu verführen. Aber ihm fielen auf Anhieb zehn Gründe ein, warum er kein Interesse an ihr hatte. Der größte Grund: Bailey Flanigan. Er konnte Bailey auf der anderen Seite des Raumes lachen hören. Er seufzte und hatte das Gefühl, sein Seufzen komme aus der Tiefe seiner Seele.

Cody betrachtete die Holzverzierungen um die Fenster und Türrahmen herum. Er las die Plakate, die an der Wand hingen. Er tat alles, um seinem Wunsch, zu Bailey zu gehen, ihr in die Augen zu schauen und ihr zu sagen, dass sie ihre Rolle wunderbar gespielt hatte, auf keinen Fall nachzugeben. *Schau nicht in ihre Richtung,* forderte er sich auf. *Sie ist mit Tim zusammen. Sie wird jetzt mit ihm zusammen sein.*

Eine Minute verging, doch dann verlor er den Kampf. Cody bemühte sich, sich nicht zu auffällig zu benehmen, als er seinen Blick beiläufig durch den Raum wandern ließ. Er sah sie in der Mitte einer großen Gruppe stehen. Ihre Eltern und Brüder und einige aus der Baxter-Familie standen um sie herum. Sie hatte ihren roten Umhang über einen Arm geworfen. Sogar aus dieser Entfernung stockte ihm bei ihrem Anblick der Atem.

Cody bewegte sich ein paar Zentimeter zur Seite, um besser sehen zu können. Tim kam in sein Blickfeld. Von der anderen Seite des großen Raums sah er wie ein alter Mann aus, da er genauso wie die übrigen Schauspieler immer noch sein Kostüm trug.

Seine Augen wanderten zu Bailey zurück. Ihre langen, hellbraunen Haare fielen in Locken um ihre Schultern, ihre zarten Gesichtszüge waren wunderschön und ihr Lachen war ansteckend. Wie hatte er sie nur gehen lassen können? Ihre Geschichte war fast so ähnlich wie die Geschichte, die heute Abend auf der Bühne aufgeführt worden war. Eine Geschichte voll mit verpassten Gelegenheiten und einem tiefen Bedauern. Wenn er könnte, würde er nicht allein hier stehen und zusehen, wie sie ihr Leben mit einem anderen Jungen verbrachte. Er stünde wieder an ihrer Haustür, es wäre wieder der vierte Juli und er würde sie festhalten und ihr sagen, wie sehr er sie vermisst hatte, als er fort gewesen war. Gott hatte ihn nach seiner Kriegsgefangenschaft nach Hause gebracht. Cody wusste, dass er trotz seiner Kriegserlebnisse gut weiterleben konnte, aber eines ließ ihm keine Ruhe: die Erinnerung an Bailey Flanigan und die Hoffnung auf eine Beziehung zu ihr.

Aber anstatt ihr zu sagen, was er fühlte, anstatt zuzugeben, dass er in sie verliebt war, hatte er genau das Gegenteil getan. Er hatte sie gelobt, dass sie mit einem Jungen befreundet war, der eher zu ihr passte, und er hatte ihr versichert, dass er nur ihr Freund sein wollte. Um ihretwillen. Weil sie etwas Besseres verdiente.

Aber jetzt ... jetzt war er nicht mehr der Junge, der viel trank und mit Mädchenherzen spielte. Er war ein anderer Mensch geworden, ein junger Mann, der Gott liebte und sich eine Zukunft wünschte, die im Glauben an Gott und in einer Familie gründete. Er war jetzt der richtige Mann für Bailey Flanigan. Niemand würde sie je mehr lieben als er.

Cody richtete sich auf und atmete fest entschlossen ein. Er war sein ganzes Leben lang ein Kämpfer gewesen. Er hatte als Schlüsselkind überlebt, als er auf sich allein gestellt war, weil seine Mutter getrunken hatte. Er hatte hartnäckig dafür gekämpft, um bei den Flanigans bleiben zu können. Das war seine einzige Chance gewesen, um die Schule zu schaffen. Niemand hatte auf dem Footballfeld mehr gegeben als er, und als er in Kriegsgefangenschaft geraten war, hatte er immer weiter gehofft.

Warum hatte er Bailey so schnell aufgegeben?

Die Muskeln in seinem Kinn spannten sich an, und er zwang sich, den Blick abzuwenden. Vielleicht sollte er sich die Botschaft des Musicals zu Herzen nehmen. Bald begann ein neues Jahr. Er könnte beschließen, sich nicht mehr zu verstecken und sich ihr gegenüber anders zu verhalten. Zum Beispiel könnte er mit ihr sprechen und ihr schreiben. Er könnte sein Versprechen halten und ihr Freund sein. Bailey war nicht verheiratet. Solange sie nicht verlangte, dass er sie in Ruhe lassen sollte, könnte er viel mehr in ihrem Leben auftauchen.

Dieser Gesinnungswandel, der ihn erfasste, beschäftigte Cody so sehr, dass er Andi erst sah, als sie direkt vor ihm stand. Sie kicherte und strich mit der Hand über seinen Unterarm. „Hey … du siehst aus, als befändest du dich in einer anderen Welt."

Sie hatte keine Ahnung, wie recht sie damit hatte! „Oh, hallo! Entschuldige. Ich habe dich nicht gesehen." Er merkte, wie seine Schutzmauern hochgingen. „Du warst sehr gut."

„Danke." Sie verschränkte die Arme vor sich. „Ich hatte so große Angst. Du hast ja keine Ahnung."

„Das hat im Publikum niemand gemerkt."

Andi zögerte. „Fast hätte ich deine Mutter vergessen!" Sie schaute sich um. „Wo ist sie?"

„Auf der Toilette. Sie wird gleich wieder hier sein." Cody schaute in die Richtung, in der seine Mutter verschwunden war, und plötzlich wurde ihm bewusst, dass sie sich sehr viel Zeit ließ. Er wandte sich wieder an Andi. „Wie viele Aufführungen kommen jetzt noch?"

„Es geht das ganze Wochenende weiter. Fünf Aufführungen am Wochenende, und dann drei während der Woche und am nächsten Wochenende noch einmal fünf. Insgesamt noch dreizehn."

„Das ist sehr viel." Er wollte sich nicht zu lange mit Andi unterhalten. Sie war ein nettes Mädchen, aber er wollte ihr keine falschen Hoffnungen machen. Er lehnte sich wieder an die Wand. „Ihr beide, du und Bailey, seid diese Woche nicht bei Campus für Christus gewesen." Jeden Donnerstag fand eine Veranstaltung von Campus für

Christus auf dem Unigelände statt. Zu Beginn des Semesters waren sie alle hingegangen.

„Wir hatten Generalprobe.“ Andi zog auf eine süße, kokette Art die Nase kraus. „Diese Woche haben wir am Donnerstag eine Aufführung, und danach sind Weihnachtsferien. Ich schätze, wir kommen erst im Januar wieder.“

„Das kann ich verstehen.“ Cody fragte sich, wo seine Mutter so lange blieb. Vielleicht sollte er sie suchen gehen. Hoffentlich war ihr nichts passiert. Er schaute Andi zerstreut an. „Bist du bereit für die Prüfungen?“

„Ja, ich denke schon.“ Sie schlug die Hand vor den Mund. „Fast hätte ich vergessen, es dir zu sagen. Ein Junge in meinem Naturwissenschaftskurs ist Filmstudent. Er dreht einen Film und will, dass ich die Hauptrolle übernehme! Ich habe gerade mit ihm gesprochen! Ist das nicht wunderbar?“

„Ja, das ist wirklich schön.“ Cody wollte nicht unhöflich sein, aber er wollte sich wirklich nicht noch länger mit ihr unterhalten. „Hör zu, ich muss meine Mutter suchen.“ Er umarmte sie kurz. „Ehrlich, du warst heute Abend super.“

„Danke.“ Andi wirkte unsicher und verwirrt, weil er so schnell wieder ging. „Ich dachte irgendwie, dass wir vielleicht noch einen Kaffee trinken könnten, du, deine Mutter und ich. Aber ich kann auch mit dem Typen ausgehen, der den Film dreht.“ Sie zuckte enttäuscht die Achseln. „Er hat mich eingeladen, aber … ich weiß auch nicht. Ich wollte lieber mit dir zusammen sein.“

„Oh.“ Cody zögerte. Sie war ehrlich und nett, und sie war ein Mädchen, dessen wackeligem Glauben es guttun würde, wenn sie mit den richtigen Leuten zusammen war. Was konnte es schon schaden, wenn sie mit ihnen einen Kaffee trinken ging? Bailey hatte heute Abend unübersehbar sowieso keine Zeit. „Okay, klar. Ich muss aber erst noch meine Mutter suchen.“

Er verkniff es sich, noch einmal einen Blick auf Bailey zu werfen, bevor er auf einem Flur in der entgegengesetzten Richtung verschwand. Er wusste nicht genau, ob er sich um seine Mutter Sorgen machen sollte oder nicht. Er hatte jedes Zeitgefühl verloren, während er Bailey beobachtet hatte, und war sich nicht ganz sicher, wie lang seine Mutter schon fort war. Ein paar Minuten? Fünf? Zehn? Er beschleunigte seine Schritte.

Als er gerade um die Ecke biegen wollte, tauchte sie vor ihm auf und kramte in ihrer Handtasche. Sie blieb abrupt stehen, als sie ihn erblickte. „Cody! Was machst du denn hier?"

„Ich suche dich." Sein Blick wanderte zu ihrer Handtasche und dann wieder zurück zu ihr. Warum benahm sie sich, als hätte sie Schuldgefühle? Als verstecke sie etwas? „Wo warst du so lange?"

„Ich bekam einen Anruf." Sie hängte die Handtasche wieder über ihre Schulter, strich ihren Mantel glatt und wirkte selbstsicherer als noch vor ein paar Sekunden. „Von jemandem aus meinem Bibelkreis."

Cody zögerte. Er hatte schon zu oft erlebt, dass seine Mutter auf die Nase gefallen war. Viel zu schnell ließ sie sich wieder in etwas Verbotenes hineinziehen, und bisher war sie jedes Mal tiefer gefallen als vorher. Er schaute sie fragend an und suchte nach einem Hinweis, ob sie ihn anlog. Gab es irgendeine Andeutung oder ein verräterisches Zeichen? Zitternde Hände oder einen nervösen Blick? Aber er sah nichts, das ihm Anlass gegeben hätte, an ihr zu zweifeln. Cody atmete aus. „Okay." Er wollte ihr wirklich glauben. Das war ihre Chance, Mutter und Sohn zu sein, wie sie es früher nie gewesen waren. Seine Nerven beruhigten sich, und er lächelte wieder. „Ich habe mit Andi gesprochen und ihr gesagt, dass sie mit uns einen Kaffee trinken gehen kann."

„Das ist ja wunderbar!" Seine Mutter grinste ihn an. Vielleicht ein wenig zu begeistert. Vielleicht aber auch nicht. „Stell mich ihr bitte vor!"

Sie kamen wieder im Foyer an. Andi stand immer noch dort, wo Cody sie verlassen hatte, und unterhielt sich mit ein paar anderen Schauspielern. Er konnte nicht sagen, ob Bailey noch in der Gruppe am anderen Ende des Raumes stand oder nicht.

Als sie schon fast bei Andi ankamen, beugte sich seine Mutter näher zu ihm herüber. „Sie ist so hübsch."

„Ja, Mama." Cody schmunzelte. Er war es nicht gewohnt, mit seiner Mutter zusammen zu sein, und ihre ständigen Bemühungen, ihn zu verkuppeln, waren fast komisch. Als wollte sie unbedingt – und fast verzweifelt – seine Freundin und Vertraute werden.

Als sie bei Andi ankamen, legte Cody die Hand auf ihren Arm. „Mama, darf ich dir Andi vorstellen."

„Andi! Du siehst einfach himmlisch aus!" Seine Mutter war im Umgang mit anderen Menschen immer noch ziemlich unsicher. Sie war nervös, weil sie so viele Jahre im Gefängnis verbracht hatte, und manchmal kompensierte sie das dadurch, dass sie ein wenig zu theatralisch war und leicht übertrieb. Jetzt war einer dieser Momente.

„Mrs Coleman!“ Andi nickte. „Es freut mich, Sie kennenzulernen.“

„Du bist wirklich sehr nett.“ Sie lachte unsicher. „Sag Cami zu mir. So nennen mich meine Freunde.“ Sie umarmte Andi impulsiv. „Du bist die perfekte Isabelle.“

„Danke, Mrs Coleman.“ Andis Augen funkelten. Sie zeigte nicht, ob die Umarmung ihr unangenehm war oder nicht, aber sie saugte die Aufmerksamkeit förmlich auf.

Cody wollte aufbrechen. Auf der anderen Seite des Foyers sah er, wie Bailey sich von ihrer Gruppe löste und in ihre Richtung kam. Er wünschte sich, sie würde wegbleiben. Bailey argwöhnte bereits, dass er Gefühle für Andi hatte. Und da seine Mutter überzeugt war, dass Bailey ihm das Herz brechen würde, bahnte sich gleich eine Katastrophe an.

Seine Mutter bemerkte Bailey nicht. Sie lobte Andi immer noch so übertrieben, dass es fast peinlich war. „Cody hat dir bestimmt gesagt, dass wir dich heute Abend brillant fanden. Einfach brillant. Brillant.“

Sie war beim letzten „brillant“, als Bailey bei ihnen ankam. Bailey schien zu merken, dass sie möglicherweise in einem ungünstigen Augenblick kam. Ihre letzten Schritte waren langsamer und vorsichtiger. „Hallo. Entschuldigung … ich wollte nicht stören.“ Sie nickte Cody und seiner Mutter zu und richtete dann den Blick auf Andi. Sie wich schon wieder einen Schritt zurück. „Wir holen uns eine Pizza. Willst du mitkommen?“

„Ähm …“ Andi lächelte Cody an. „Ich gehe mit Cody und seiner Mutter noch einen Kaffee trinken.“

„Natürlich.“ Bailey schien zu merken, dass sie vielleicht unhöflich war. „Guten Abend, Mrs Coleman. Cody. Danke, dass Sie zu unserer Aufführung gekommen sind.“

„Ich habe Andi gerade gesagt, dass sie heute Abend brillant war.“ Codys Mutter hakte sich bei Andi unter. Falls Andi diese Geste befremdlich fand, zeigte sie das nicht. Cami Coleman grinste breit. „Die perfekte Isabelle.“

„Ja.“ Bailey war unsicher, was sie sagen sollte. „Ich wollte nur wissen, ob du heute noch etwas vorhast. Dann bis später!“

„Okay.“ Cami winkte Bailey auf eine Weise nach, die fast schon sarkastisch wirkte.

Cody war wütend auf seine Mutter. Sie hatte Andi absichtlich auf Baileys Kosten mit Lob überschüttet. Bailey hatte sich bereits umgedreht und ging weg. Codys Verstand arbeitete auf Hochtouren, um eine Möglichkeit zu finden, die Situation zu retten. „Bailey … warte.“ Er ging ein paar eilige Schritte in ihre Richtung, bis Andi und seine Mutter sie nicht mehr hören konnten. Er berührte ihren Ellbogen, sodass sie stehen blieb und ihn anschaute.

„Du solltest lieber gehen.“ Ihre Augen waren eiskalt. „Du willst doch bestimmt nicht, dass sie auf dich warten müssen.“

„Bailey, bitte … sei nicht so.“ Er wollte ihr sagen, dass sie eine viel glaubwürdigere Isabelle abgegeben hätte, dass er etwas Wichtiges erkannt hatte und dass er ab sofort viel mehr an ihrem Leben teilhaben wollte. Aber Andi und seine Mutter warteten, und jetzt war nicht genug Zeit, um Bailey alles zu erklären. „Du warst heute Abend wunderbar.“

Sie schaute ihn ein wenig länger als nötig an, aber trotzdem hatte sie ihre Schutzmauern hochgezogen. „Danke.“ Sie trat noch einen Schritt von ihm weg. „Ich wünsche dir und Andi heute Abend noch viel Spaß.“ Damit war sie verschwunden und eilte zu ihrer Familie und zu Tim zurück, von denen offenbar niemand gemerkt hatte, dass sie miteinander gesprochen hatten oder dass Cody überhaupt hier war.

Cody hätte die letzten zehn Minuten gern zurückgespult. Er hätte früher auf Bailey zugehen und ihr ein Kompliment machen sollen. Egal, ob Tim da war oder nicht. Das Problem war, dass er sich angewöhnt hatte, auf Abstand zu gehen. Diese neue Entschlossenheit, dieser Meinungsumschwung, den Gott ihm geschenkt hatte, war nichts, das er sofort in die Tat umsetzen konnte. Er musste sich die Sache vorher in Ruhe überlegen. Aber jetzt hatte er ungewollt alles nur noch schlimmer gemacht. Besser gesagt, seine Mutter hatte alles noch schlimmer gemacht.

Er ging langsam zurück. Seine Mutter war nicht mehr bei Andi untergehakt, aber sie unterhielt sich sehr angeregt mit ihr. Sie gestikulierte mit den Händen und erzählte Andi irgendeine lange Geschichte. Beim Kaffeetrinken ging es ähnlich weiter. Seine Mutter dominierte das Gespräch, sie sprach schnell und lachte an Stellen, an denen es nicht immer passend war. Cody versuchte, nicht daran zu denken, dass sie auf der Toilette vielleicht etwas geschluckt haben könnte, das ihre Stimmung aufhellte. Sie versuchte nur, die verlorene Zeit wiedergutzumachen und die bestmögliche Mutter zu sein. Das redete er sich ein.

Außerdem wanderten seine Gedanken immer wieder zu Bailey Flanigan zurück. Je länger der Abend dauerte, umso mehr wuchs seine Überzeugung, welchen Schritt er als nächsten tun wollte. Nachdem Cody seine Mutter zu Hause abgesetzt und Andi zurück zum Wohnheim begleitet hatte – wobei er ihr versicherte, wie gut sie heute Abend gespielt hatte, und geflissentlich ihren gekränkten Blick übersah, weil er sich an der Tür verabschiedete und sich nicht noch länger mit ihr unterhalten wollte –, stand sein Entschluss fest. Er war ein Kämpfer, und es bestand kein Grund, jetzt nicht zu kämpfen. Er wollte das tun, was er schon vor langer Zeit hätte tun sollen.

Um Bailey Flanigan kämpfen, als hinge sein Leben davon ab.

Kapitel 10

Der letzte Brief war fertig. Sie hatten es einige Stunden vor dem Termin geschafft, und Chase konnte die Gefühle, die ihn erfüllten, kaum beschreiben. Erschöpfung, Erleichterung, Vorfreude und eine unbändige Begeisterung. Er und Keith hatten sich auf diesen Tag gefreut, seit sie beschlossen hatten, Filme zu drehen. Es war Freitag, der 5. Dezember, und sie hatten gerade die erste Kopie ihres Films mit einem Kurierdienst losgeschickt, damit der Film noch vor Mitternacht im Büro des Los Angeles Film Festivals ankäme. Sie hatten ihre Frauen angerufen und ihnen die gute Nachricht mitgeteilt, aber sie hielten sich immer noch in ihrem gemieteten Schnittraum in Santa Monica auf und atmeten tief durch.

Chase lehnte sich auf seinem Stuhl zurück und streckte die Beine von sich. „Nach den Farb- und Tonkorrekturen und nach dem endgültigen Schnitt hat man den Eindruck, als wäre es ein völlig anderer Film." Seine Stimme verriet seine Begeisterung. „Er ist viel besser, als ich je erwartet hatte. Trotz der großartigen Leistungen bei den Dreharbeiten."

„Freu dich nicht zu früh." Keith war aufgestanden und lehnte an der Konsole mit den Schnittgeräten. Er trug eine alte Jeans und ein verknittertes T-Shirt und lächelte müde. „Wir sind noch nicht am Ziel."

„Ach, komm schon!" Ein leichtes Seufzen schwang in Chases Stimme mit. Er wollte nicht über das bevorstehende Studio-Screening sprechen oder über die Möglichkeit, dass der Film vielleicht nicht ins Kino käme. Er ertrug es im Moment nicht, über die Gespräche mit Ben und Kendall oder die Arbeit zu sprechen, die ihnen noch bevorstand, um den Film bei den anderen Filmfestivals einzureichen. Keith hatte recht. Vor ihnen lag noch ein langer und steiniger Weg, aber Chase wollte jetzt nicht daran denken. Noch nicht.

Er schloss die Augen. „Können wir uns nicht einfach einen Tag gönnen, an dem wir uns darüber freuen, dass wir mit einem Teil der Arbeit fertig sind?" Er schlug die Augen auf und setzte sich ein wenig aufrechter hin. „Vielleicht könnten wir etwas richtig Unkonventionelles tun und zum Beispiel feiern. Wir könnten uns eine Cola kaufen und zum Strand hinabgehen."

„Um halb zehn?“, lachte Keith. „Ja, das könnten wir. Aber weißt du, was ich vorher tun möchte?“

„Eine Runde schlafen?“ Chase musste mitten im Satz gähnen.

„Nein. Ich will beten.“ Keith setzte sich Chase gegenüber auf einen Stuhl.

„Ja. Das klingt gut.“ Ohne Gottes wunderbare Führung wären sie nie so weit gekommen. Chase wurde plötzlich ernst. „Fang an.“

Keith legte die Hand auf Chases Schulter und beugte den Kopf. Er wartete einige Sekunden. „Herr …“ Seine Stimme zitterte. Er atmete schnell ein. Sie hatten seit fünf Uhr morgens ununterbrochen gearbeitet, um rechtzeitig fertig zu werden, und jetzt waren sie beide völlig überwältigt. Er setzte erneut an. „Herr, wir haben dich gebeten, uns nach Los Angeles zu bringen und uns eine Gelegenheit zu schenken, Filme für dich zu drehen. Jetzt sind wir hier und haben einen Film fertig. Wir können nur staunen. Dieser Schnittraum kommt uns wie heiliger Boden vor, Vater, weil du uns hier begegnet bist. Nichts von allem …“ Er atmete wieder schnell ein, um seine Gefühle in den Griff zu bekommen. „Nichts von alledem wäre ohne deine Fürsorge und deine Führung möglich gewesen. Deshalb wollen wir dir danken, bevor wir den nächsten Schritt gehen. Danke, guter Vater, für alles, was du getan hast, und für alles, was du noch tun wirst. Danke. In Jesu Namen, Amen.“

Chase wollte ebenfalls Amen sagen, als er merkte, dass sein Handy vibrierte. Er zog es aus der Tasche, während Keith seinen Stuhl zurückschob und seine Aufmerksamkeit auf die Gerätekonsole richtete. Sie wollten mindestens zehn Masterkopien von dem Film anfertigen, bevor sie diesen Raum verließen. Acht waren bereits fertig, und die neunte würde gleich ausgeworfen werden. Chase öffnete sein Handy und konzentrierte sich auf das kleine Display. Die SMS kam von Kendall. Sie hatte ihnen ein Treffen mit Stephanie Fitzgerald und Brandon Paul versprochen, aber bis jetzt war ein solches Treffen nicht zustande gekommen. Chase lächelte. Sie hatten Gott für das gedankt, was er noch tun würde, und kaum hatten sie fertig gebetet, meldete sich Kendall bei ihnen.

Er hielt das Handy hoch. „Du wirst es nicht glauben. Kendall hat mir eine SMS geschickt.“

Ein müdes Lachen kam über Keiths Lippen. „Ich liebe es, wie Gott handelt.“

Die Nachricht war kurz.

Tut mir leid, dass wir eine Weile keinen Kontakt hatten. Mein Vater und ich waren geschäftlich in Portugal. Jetzt sind wir zurück und ich bin in LA. Sind Sie in San Jose oder hier?

Chase schrieb schnell zurück.

In Santa Monica. Wir haben den Film seit einer halben Stunde fertig.

Ihre Antwort kam umgehend.

Gratuliere! Perfektes Timing. Ich bin in der Nähe. Dritte Straße Ecke Wilshire ist ein Restaurant, das rund um die Uhr offen hat. Können wir uns in einer halben Stunde dort treffen? Wir müssen reden.

„Kendall will uns in einer halben Stunde treffen." Chase war aufgesprungen. Seine Energie kam schnell zurück. „Schaffen wir es bis dahin?"

„Die Zeit müsste reichen." Keith warf wieder einen Blick auf die Konsole. „Die letzte DVD ist in ungefähr zehn Minuten fertig. Dann haben wir noch genügend Zeit, um hier zusammenzupacken und die Schlüssel abzugeben."

Chase begann wieder, auf der kleinen Tastatur seines Handys zu schreiben.

Wir kommen.

Ihre Antwort klang begeistert.

Gut. Ich freue mich, Sie beide zu sehen.

Chase steckte das Handy wieder in seine Hosentasche. Dann fuhr er mit den Fingern durch seine Haare und ging im Raum auf und ab. „Was sagst du zu diesem Timing?" Ein kurzes Lachen kam über seine Lippen, aus dem mehr eine überwältigende Dankbarkeit als Belustigung sprach. Er blieb stehen und schaute seinen Freund an. „Wie oft haben wir versucht, sie anzurufen? Fünfmal am Tag und das mehrere Wochen lang?"

Keith überprüfte einige Einstellungen. „Du klingst überrascht."

„Das bin ich auch." Er lachte wieder. „Ich bin völlig überwältigt."

Eine tiefe Ruhe trat in Keiths Augen. „Hast du nicht neben mir im indonesischen Dschungel gearbeitet? Hast du nicht gesehen, wie vor unseren Augen auf unerklärliche Weise die Überflutung zurückging oder Menschen, die jahrelang krank gewesen waren, plötzlich gesund wurden?" Sein Lächeln war herzlich. „Sag mir nicht, dass dich das jetzt überrascht. Gott hat alles unter Kontrolle."

„Richtig." Chase erlaubte sich, sich ein wenig zu entspannen. „Natürlich.“ In diesem Moment kam er sich töricht vor, weil er sich Sorgen gemacht hatte, weil er daran gezweifelt hatte, dass sie diesen ersten Film jemals fertigbringen würden oder dass sie mit Kendall den nächsten Film in Angriff nehmen könnten. Er versuchte, sich diesen Moment genau einzuprägen und sich zu merken, wie es sich anfühlte, wenn man mit absoluter Gewissheit wusste, dass Gott alles unter Kontrolle hatte. Er hatte das Gefühl, dass ihm diese Erinnerung auf dem Weg, der vor ihnen lag, helfen würde.

Die letzte DVD war fertig, und sie packten das Original und die zehn Masterkopien sorgfältig in eine abschließbare Aktentasche. Chase schaute sich noch einmal um, bevor er den Raum verließ. „Wahrscheinlich werde ich diesen Raum sogar vermissen. Er fühlte sich allmählich wie ein zweites Zuhause an.“

Sie lachten beide, während Chase das Licht ausschaltete und die Tür abschloss. Zehn Minuten später betraten sie das Restaurant und schauten sich um. Der Geruch nach Pommes und etwas Süßem lag in der warmen Luft, und trotz des etwas gedämpften Lichts entdeckten sie Kendall schnell. Sie saß zusammen mit einer anderen Frau an einem Tisch. Chase erkannte ihre Begleiterin sofort. Sie war die Autorin von *Der Löwenzahnjunge*. Seit das Buch erschienen war, war ihr Gesicht fast täglich auf den Titelseiten der Zeitschriften und in vielen Talkshows zu sehen gewesen. Er stieß Keith mit dem Ellbogen in die Seite, aber sein Freund hatte sie bereits entdeckt. Dass Kendall und die Schriftstellerin zusammen hier saßen, konnte nur eines bedeuten:

Gott tat das nächste Wunder in ihrem Leben.

* * *

Keith wurde nicht so emotional wie Chase, aber trotzdem hatte er Mühe, sich von dem, was er erlebte, nicht überwältigen zu lassen.

„Zwei Personen?“, sprach eine junge Kellnerin mit grellrosa Haaren und einer gepiercten Lippe sie an. Sie kaute auf ihrem Kaugummi und nahm zwei Speisekarten, während sie auf ihre Antwort wartete.

„Äh …“ Keith sah, dass Kendall ihn und Chase bemerkte. „Wir sind verabredet.“

„Gut.“ Sie reichte ihnen zwei Speisekarten. „Setzen Sie sich zu Ihren Bekannten. Eine Bedienung kommt sofort.“

Keith und Chase begaben sich zum Tisch. Die Frauen standen auf, um sie zu begrüßen. Die Schriftstellerin hatte dunkle Haut und faszinierende schokoladenbraune Augen. Sie war viel hübscher als im Fernsehen. Es war nicht zu übersehen, dass sie und Kendall einander gut kannten.

„Hallo!" Kendall kam um den Tisch herum und gab zuerst Keith und dann Chase die Hand. „Ich freue mich sehr, dass es geklappt hat." Sie drehte sich um. „Das ist Stephanie Fitzgerald, die Autorin von *Der Löwenzahnjunge*. Sie ist eine Freundin von mir."

Keith staunte über die Energie, die von den beiden Frauen ausging. Stephanie strahlte etwas Besonderes aus. Er wusste, dass sie etwa Anfang vierzig war, aber sie war groß und schlank und sah in ihrem schwarzen Hosenanzug und in ihrer hellblauen Seidenbluse keinen Tag älter als dreißig aus.

Sie setzten sich um den Tisch. Stephanie beugte sich vor und platzte fast vor Begeisterung. „Hat Kendall es Ihnen gesagt?" Sie schaute Keith an. „Ich bin ein großer Fan Ihrer Arbeit."

Keith widerstand dem Drang, sich umzudrehen, um zu sehen, ob sie vielleicht mit jemand anderem sprach. Er unterdrückte ein nervöses Lachen. „Sie hat etwas angedeutet. Vor ein paar Monaten."

„Ich weiß." Stephanie warf Kendall einen frustrierten Blick zu. Sie sprach schnell und hatte einen melodischen Unterton in der Stimme. „Wir haben beide ständig viel zu tun. Ich hatte den Abgabetermin für mein nächstes Buch, und zwei meiner sechs Kinder hatten Geburtstag. Mein Mann und ich haben unseren zwanzigsten Hochzeitstag gefeiert. Es waren ausgefüllte Wochen in unserer Familie." Sie atmete tief ein und erzählte dann, dass sie auf einen Kurzfilm gestoßen sei, den Keith als Student gedreht hatte, und dass sie sein Einfühlungsvermögen und die nicht zu leugnenden Glaubenselemente fasziniert hätten.

„Jeder in Hollywood fragt nach den Filmrechten für *Der Löwenzahnjunge*." Kendall schaute Keith und Chase mit hochgezogenen Brauen an. „Aber Stephanie will mit Ihnen beiden arbeiten."

„Unbedingt." Stephanie grinste Chase an. „Ich kann es nicht erwarten, *Der letzte Brief* zu sehen. Über den Film spricht man in der ganzen Stadt." Sie schloss Keith in ihre Worte ein. „Sie beide strahlen etwas Besonderes aus, und wir wissen, was es ist." In ihren Augen stand ein Leuchten, das so echt war, dass es die Atmosphäre im Raum erwärmte.

„Es ist Ihr Glaube an Jesus Christus. Genauso wie bei Kendall und mir."

Keith hätte sich keinen besseren Beginn ihres Gesprächs wünschen können, selbst wenn er das Drehbuch dafür geschrieben hätte. Stephanie Fitzgeralds Bücher sprachen eine breite Leserschaft an. Sie waren Nummer eins der Bestsellerliste der *New York Times*, sie waren fesselnd und ermutigend, und Keith wusste, dass Stephanie Christin war.

„Heute habe ich schließlich Kendall angerufen und gesagt, wenn sie für heute Abend kein Treffen mit Ihnen vereinbaren kann, werde ich Sie persönlich suchen."

Alle lachten, und Kendall tätschelte Stephanies Hand. „Gut, dass ich in der Stadt war. Mir gefiel die Vorstellung nicht, wie sie auf dem gesamten Santa Monica Boulevard an die Studiotüren klopft."

Keith wollte nicht unhöflich wirken, erst recht nicht, nachdem Stephanie sie gerade mit Lob und Vertrauensbeweisen überschüttet hatte. Aber er wollte es genauer wissen. „Ein Vorkaufsrecht für die Filmrechte wäre der nächste Schritt, nicht wahr?"

„Genau." Stephanie zog ein zweiseitiges Dokument aus der überdimensionalen Tasche, die neben ihr lag. „Mein Agent hat das hier vor einer Woche in meinem Auftrag aufgesetzt. Er sagte, der Vertrag entspreche den üblichen Gepflogenheiten." Sie deutete auf eine Zeile in der Mitte der ersten Seite. „Das Vorkaufsrecht für Filmrechte kostet normalerweise um die fünftausend Dollar, manchmal auch mehr."

„Aber ich habe ihr gesagt, dass Sie beide bis jetzt noch kein Geld eingenommen haben und mit dem Geld von Investoren arbeiten." Kendalls Lächeln breitete sich über ihr ganzes Gesicht aus, als sie sich an Stephanie wandte. „Also …"

„Also habe ich meinen Agenten gefragt, ob wir eine Null streichen und Ihnen stattdessen das Vorkaufsrecht für fünfhundert überlassen können." Stephanie schien mit dieser Entscheidung nicht das geringste Problem zu haben, sondern schien sich darüber noch zu freuen.

Unter dem Tisch trat Chase ihn gegen das Schienbein. Keith schluckte und war nicht sicher, was er sagen sollte. „Das ist … das ist erstaunlich."

„Ich will, dass es für uns alle ein gutes Geschäft wird." Stephanie lehnte sich zufrieden zurück. „Gott hat mir bereits gesagt, dass der Film eine richtig große Sache wird. Später ist noch genug Zeit für Nullen. Außerdem gehört sowieso alles Gott."

„Ja." *Es ist noch genug Zeit für Nullen.* Der Glaube der Schriftstellerin schien unerschütterlich, und Keith sprach im Stillen ein Dankgebet. Wenn sie mit Stephanie und Kendall an einem Strang zogen, würde sich vieles schnell realisieren lassen.

„Ich muss Ihnen sagen, Mrs Fitzgerald, dass *Der Löwenzahnjunge* wirklich faszinierend ist." Chase hatte bis jetzt geschwiegen. Wahrscheinlich hatte er Mühe, sich bei diesen ganzen guten Neuigkeiten ruhig und gelassen zu geben. „Ich konnte das Buch nicht aus der Hand legen."

„Danke. Und bitte sagen Sie Stephanie zu mir." Sie lächelte alle drei an. „Ich glaube, wir werden ein wunderbares Team abgeben."

Kendall fügte hinzu: „Stephanie hat nicht die Zeit, um bei jedem Schritt des Prozesses dabei zu sein. Sie muss im nächsten Jahr zwei Bücher schreiben, und sie spricht bei Schriftstellerinnenkonferenzen im ganzen Land. Sie möchte das Drehbuch sehen und ungefähr eine Woche am Set dabei sein, aber ansonsten vertraut sie uns."

„Ich nehme an, dass Kendall in Ihrem Produktionsteam mitarbeiten wird?" Stephanie schaute die beiden hoffnungsvoll an.

„Auf jeden Fall." Darüber hatten Keith und Chase bei ihrem letzten Gespräch mit Ben und Kendall gesprochen. Kendall hatte Erfahrung in fast jeder Phase der Filmproduktion. Sie waren froh, sie in ihrem Team zu haben. „Das ist bereits geplant."

„Sie ist die Beste." Stephanie umarmte Kendall herzlich. In diesem Moment erschien die Kellnerin, und sie bestellten einen Teller Nachos und vier Gläser Eistee. Als sie wieder unter sich waren, stieß Stephanie Kendall in die Seite. „Sag es ihnen endlich. Ich platze gleich vor Aufregung."

Kendall lachte. „Ich habe es ihnen schon gesagt."

Keith merkte, wie Chase neben ihm wieder den Atem anhielt.

„Aber erzähl ihnen von dem Anruf, der heute kam."

„Okay, okay." Kendall sprühte vor Freude und Optimismus. Sie strahlte richtig, als sie weitersprach. „Heute hat mich Brandon Paul angerufen. Er spielt in einer Serie bei den NTM-Studios und hatte heute endlich etwas Zeit. Er hat mir gesagt, dass er mit seinem Agenten gesprochen hat und dass er die Hauptrolle in *Der Löwenzahnjunge* spielen möchte. Das ist ihm sehr wichtig. Wir sind der Sache also einen Schritt näher gekommen.“

Keith wollte fragen, warum dem jungen Megastar der Film so wichtig war, aber dafür wäre später noch Zeit. Das Schwindelgefühl war wieder da, und er hielt sich unauffällig an der Tischkante fest. „Ich war mir nicht sicher ... Wir wussten nicht, ob er immer noch Interesse hat.“

„Er ist sehr daran interessiert.“ Stephanie sah befriedigt aus. „Brandon und ich sind Freunde. Wir haben uns vor einem Jahr am Set kennengelernt. Ich habe dort Recherchearbeiten gemacht.“ Ihr Lächeln wurde ein wenig schwächer. „Er ist kein Christ, aber ich erzähle ihm immer wieder von meinem Glauben. Ich denke, das Glaubenselement in *Der Löwenzahnjunge* reizt ihn.“

„Außerdem reizt es ihn natürlich, dass es eine brillante Geschichte ist.“ Kendalls Lächeln verblasste, und ihr Tonfall wurde ernster. „Gott hat einen Grund, warum er Brandon Paul zu uns führt. Ich kenne ihn seit ein paar Jahren. Er ist ein wunderbarer junger Mann, der sehr große Anforderungen an sich selbst stellt.“

Keith kannte den jungen Schauspieler nicht persönlich. Wie die meisten NTM-Stars der letzten Jahre war sein Gesicht allgegenwärtig – überall, ob auf Plakatwänden oder Limonadendosen, Mädchenschmuck, Kopfkissen oder Kinogutscheinen. Er konnte nur ahnen, wie sehr einem jungen Menschen ein solcher Ruhm in den Kopf steigen konnte und wie schwer es sein musste, damit zurechtzukommen. „Wir haben *Der letzte Brief* in Bloomington, Indiana, gedreht. Dort wohnt Dayne Matthews mit seiner Frau und seiner kleinen Tochter.“

„Interessant“, bemerkte Stephanie. „Ich wusste, dass er sich aus der Hollywoodszene zurückgezogen hat. Ich wusste aber nicht genau, wo er jetzt wohnt.“

„Chase und ich waren bei ihm und seiner Familie zum Essen eingeladen, als wir dort waren. Er hat gelernt, mit dem Ruhm richtig umzugehen. Sie wissen von seinem Autounfall, nicht wahr?“

„Das hat die ganze Welt mitbekommen.“ Kendall runzelte die Stirn. „Wenn man gegen diesen Wahnsinn nicht bald etwas unternimmt, bringen die Paparazzi noch jemanden um.“

„Er könnte Brandon vielleicht irgendwann helfen.“ Chase schaute zu Keith hinüber. „Dayne ist ein großartiger Mann. Stark in seinem Glauben. Er weiß, was Brandon durchmacht.“

„Das ist ein sehr guter Gedanke." Kendall wechselte einen Blick mit Stephanie. „Das sollten wir im Hinterkopf behalten, wenn wir mit diesem Projekt weitermachen."

Stephanie zog ein zweites Exemplar des Vorkaufsrechts für den Film aus ihrer Handtasche und schob beide Exemplare über den Tisch. „Nehmen Sie diesen Vertrag mit. Ich erwarte nicht, dass Sie ihn jetzt gleich unterschreiben. Aber lesen Sie ihn bitte durch und zeigen Sie ihn Ihrem Anwalt."

Die Kellnerin brachte ihr Essen. Während sie aßen, unterhielten sie sich über das Buch, an dem Stephanie gerade arbeitete, und über ein paar Geschichten, die sie für die Zukunft plante.

„Wie schaffen Sie es, nichts durcheinanderzubringen?" Chase trank einen großen Schluck von seinem Eistee. „Verwechseln Sie die Personen nicht irgendwann miteinander?"

„Nie." Stephanie lachte wieder. „Meine Bücher sind wie Filme in meinem Kopf. Völlig getrennt und unterschiedlich. Wenn ich mich zum Schreiben an den Computer setze, sehe ich den Film, als wäre ich irgendwie dabei. Ich habe nie das Gefühl, ich würde den Stoff erfinden. Es ist eher, als bekäme ich ihn diktiert und versuchte, alles einzufangen, was ich sehe, höre und fühle."

„Erstaunlich." Keith staunte immer wieder, auf welche vielfältige Weise Gott Talente verteilte. Als Student hatte er schon große Mühe gehabt, seine fünfzehnseitige Abschlussarbeit zu schreiben. Einen ganzen Roman zu verfassen wäre für ihn ein Ding der Unmöglichkeit. „Wie kamen Sie darauf, *Der Löwenzahnjunge* zu schreiben?"

Die Frage schien einen empfindlichen Nerv bei Stephanie zu treffen. Sie senkte den Blick ein paar Sekunden auf ihren Teller. „Durch meine Schwester, Jasmine. Sie war Autistin."

Keith fiel auf, dass Stephanie in der Vergangenheit sprach, aber er wollte nicht nachfragen.

„Stephanies Schwester wurde von einem Auto überfahren, als sie neunzehn war", erklärte Kendall mit leiser Stimme. „Sie und ihre Mutter waren einkaufen, und irgendetwas erschreckte Jasmine. Sie geriet in Panik und lief in ein Auto, bevor ihre Mutter sie zurückhalten konnte. Sie starb noch in derselben Nacht im Krankenhaus."

Stephanie traten Tränen in die Augen. „Das ist zweiundzwanzig Jahre her. Aber es ist immer noch schwer."

„Das tut mir leid." Keith beugte sich über den Tisch und legte einen Moment die Hand auf ihre. Als er die Hand zurückzog, schaute er Chase an. „Wir haben die Widmung für Jasmine gesehen und uns gefragt, wer sie ist."

„Wir hatten ein gemeinsames Zimmer." Bei der Erinnerung daran strahlten Stephanies Augen wieder. „Die Ärzte hatten uns immer gesagt, dass man nicht zu ihr durchdringen könne, dass sie in ihrer eigenen kleinen Welt lebe." Sie schüttelte den Kopf. „Aber ich wusste es besser. Wenn wir allein waren, legte ich Musik auf ... Diana Ross oder die Temptations, Lionel Richie oder sogar Elvis. Dann begann ich zu tanzen, und nach einer Weile lächelte sie und tanzte mit. Die Musik gab uns eine Brücke. Wir sind oft über diese Brücke getanzt."

Keith faszinierte dieses Bild. „Genauso wie in *Der Löwenzahnjunge*."

„Ja." Eine starke, unbeschreibliche Liebe brannte in Stephanies Augen. „Wir müssen lernen, autistische Menschen mit anderen Augen zu sehen. Man kann zu ihnen durchdringen, wenn man es wirklich versucht."

Kendall lächelte ihre Freundin traurig an. „Stephanie und ich haben uns darüber unterhalten. Solange wir den lebensrettenden Glauben an Jesus nicht finden, sind wir irgendwie alle Autisten. Wir leben in unserer eigenen Welt, wir sind von unserer kleinen Welt gefangen und brauchen etwas, das die Stille durchdringt und uns die Augen für die Realität um uns herum öffnet. Das kann auch die Musik sein. Die Musik kann Menschen zu Gott bringen."

Plötzlich spürte Keith eine unbändige Leidenschaft für ihr künftiges Projekt. Genau dafür hatten sie gebetet, nicht wahr? Sie wollten Filme drehen, die die Welt berührten und veränderten. Er versuchte, sich die Aussagekraft eines Filmes wie *Der Löwenzahnjunge* vorzustellen. Die Aussagekraft des Soundtracks. Eine Gänsehaut lief über seine Arme und er wechselte einen kurzen Blick mit Chase. Sein Freund hatte zweifellos ähnliche Gedanken. „Ich habe das Gefühl, dass Gott diesen Film auf faszinierende Weise benutzen wird."

Stephanie lächelte, und wieder traten Tränen in ihre Augen. „Deshalb bin ich hier." Sie schaute zuerst Keith und dann Chase an. „Ich glaube, dass Sie beide die Welt mit diesem Film berühren können. Genauso wie Jasmines Leben, ihre Freude und ihr Licht mich tief berührt haben."

Diese Frau war sowohl schön als auch poetisch. Keith hoffte, dass sie – trotz ihres vollen Terminkalenders – viel Zeit mit ihr verbringen würden.

Sie unterhielten sich noch eine Weile, bevor Stephanie aufbrechen musste. „Zu Hause wartet mein Mann auf mich." Sie hielt Keith die Hand hin und lachte dann. „Ach, Unsinn! Kommt um den Tisch herum und umarmt mich. Wir sind eine Familie. Wir haben denselben Vater."

Keith und Chase kamen um den Tisch herum und umarmten Stephanie zum Abschied. Sie lächelte fröhlich, als sie mit tanzenden, energischen Schritten das Restaurant verließ. Sie strahlte immer noch eine spürbare Energie aus.

Als sie fort war, setzten sich Keith und Chase wieder mit Kendall an den Tisch. Keith verschlug es bei allem, was vor ihnen lag, die Sprache. „Sie ist unglaublich."

„Nicht wahr?", grinste Kendall. „Ich wusste, dass ihr sie mögen würdet."

„Sie ist faszinierend." Chase schüttelte den Kopf „Hier geschieht etwas ganz Besonderes."

„Vor uns liegt ein interessanter Weg." Kendall zog ein Notizbuch aus der Tasche. „Okay, wir müssen in kurzer Zeit viel schaffen." Als ersten Punkt sprach sie die Idee an, dass sie ein offizielles Produktionsteam bilden könnten. „Ich wollte das eigentlich schon früher ansprechen, aber es war keine Zeit dafür."

„Chase und ich sind von Ihrer Begeisterung und Vision fasziniert. Von den Menschen, die Sie für diesen Film aktivieren."

„Ja, das stimmt." Chase trank seinen Eistee leer, ohne den Blick von Kendalls Augen abzuwenden. „Gott hat uns aus einem bestimmten Grund zusammengeführt."

„Das glaube ich auch. Ich freue mich, wenn wir noch enger zusammenarbeiten können. Und von daher lassen wir die Formalitäten jetzt weg und bleiben beim Du. So, das wäre erledigt. Jetzt das andere: Ich denke, wir brauchen einen neuen Namen. *Oak River* ist gut, aber wir brauchen etwas, das der Welt unsere Vision zeigt."

Keith freute sich, dass sie von einer gemeinsamen Vision sprach. Kendall riss nicht alles an sich, sondern stellte sich auf ihre Seite und half, wo sie konnte. „Wir haben uns noch keinen neuen Namen überlegt. Aber wir sind für Ideen offen."

Chase stimmte ihm zu. Nach ein paar Minuten hatten sie einen Namen, der ihnen allen besser gefiel: *Jeremiah Productions.* Der Hintergrund für diesen Namen war die Bibelstelle in Jeremia 29,11: *„Denn ich allein weiß, was ich mit euch vorhabe: Ich, der Herr, werde euch Frieden schenken und euch aus dem Leid befreien. Ich gebe euch wieder Zukunft und Hoffnung."*

„Das Ziel war immer", überlegte Keith, „dass die Welt durch die Filme, die wir drehen, Hoffnung in Jesus Christus findet. Der Name passt also perfekt."

Als sie diesen Punkt geklärt hatten, schlug Kendall ihren Terminkalender auf und tippte mit dem Stift auf eine Stelle. „Ich habe für den kommenden Montagvormittag einen Termin mit Brandon Paul vereinbart. Zehn Uhr, hier in diesem Restaurant. Hier kann man sich gut unterhalten, und es gibt ein leckeres Frühstück. Es ist legendär. Einen Tag später, um sechzehn Uhr, habt ihr einen Termin mit seinem Agenten in Studio City. Und mein Vater möchte auch mit euch sprechen."

Keith verzog das Gesicht. Sie hatten geplant, morgen früh nach Hause zu fahren, und er und Lisa hatten für Montag Flugtickets nach Indiana. Sie hatten vorgehabt, die Woche mit Andi zu verbringen und sich mehrere Aufführungen von *A Christmas Carol* anzusehen.

„Habt ihr am Montag und Dienstag keine Zeit?" Kendall bemerkte sein Zögern.

„Natürlich haben wir Zeit. Nicht wahr?" Chase schaute ihn an. Er konnte es nicht erwarten, diese Gespräche zu führen.

Keith konnte ihn verstehen. In dieser Branche konnte leicht ein Monat vergehen, bis wieder alle einen gemeinsamen freien Termin fanden. „Diese Woche wird Andis Musical aufgeführt." Er schaute nachdenklich in seinen Kalender. „Aber ich denke, wir können auch am Ende der Woche fliegen und uns die Wochenendaufführungen ansehen."

„Gut", nickte Chase. „Dann passt es am Montag und Dienstag."

„Seid ihr sicher?" Kendall schaute die beiden an. „Die Familie geht vor. Das verstehe ich."

„Nein. Der Termin passt." Keith überlegte bereits, wie er diese Terminänderung Lisa schonend beibringen sollte. Und dann Andi. Chase müsste auch mit Kelly sprechen. Aber sie würden es verstehen. Alles würde gut gehen. Diese Gespräche waren von großer Wichtigkeit, wenn sie die Produktion von *Der Löwenzahnjunge* voranbringen wollten. „Halten wir diese Termine fest."

Kendall sagte ihnen zum Abschluss ihres Gesprächs noch einmal, dass sie das Gefühl habe, dass ihnen und ihren Familien eine verrückte Zeit bevorstehe. „Ihr habt die Filmfestivals und die Screenings für *Der letzte Brief*. Jeder wird über euch, eure Vision und euer Talent sprechen und darüber, dass ihr mit den Filmrechten für *Der Löwenzahnjunge* einen Coup gelandet habt." Sie brach ab und schaute beide so ernst an wie den ganzen Abend noch nicht. „Wir müssen für eure Familien beten, für euren Glauben und dafür, dass ihr einen klaren Kopf behaltet. Für uns alle, dass wir mit den Füßen auf dem Boden bleiben."

Keith und Chase stimmten ihr zu. Bevor sie sich trennten, hielten sie sich an den Händen und dankten Gott für die erstaunliche Situation, in die er sie gestellt hatte. Sie baten ihn, vor ihnen herzugehen, sie und ihre Familien zu beschützen und ihnen zu helfen, dass sie in seiner Wahrheit verwurzelt blieben.

Als sie das Restaurant verließen, blieb Keith stehen und schaute Chase an. „Ist das gerade wirklich passiert?" Er stieß ein ungläubiges Lachen aus. „Im Ernst? Ist das wirklich gerade passiert?"

Chase lachte ebenfalls. „Ich habe das Gefühl, dass wir uns noch oft gegenseitig daran erinnern werden, dass das alles wirklich passiert."

Sie unterhielten sich über das, was in der letzten Stunde geschehen war. Das Gespräch mit Stephanie Fitzgerald und ihre Leidenschaft für dieses Projekt. Kendalls Begeisterung, die Vision, die sie für die Zukunft hatte. Dass Brandon Paul die Hauptrolle spielen wollte. Sie beschlossen, bis morgen damit zu warten, ihre Frauen anzurufen. Als sie im Georgian Hotel ankamen, stellte Keith erneut fest, wie dankbar er für das Gebet am Ende ihres Gesprächs war. Es war wichtig, dass sie während der Dreharbeiten mit beiden Beinen auf dem Boden blieben.

Denn er konnte schon jetzt die Straße kaum noch unter seinen Füßen fühlen.

Kapitel 11

Die Samstagsmatinee war zu Ende. Die *Christmas-Carol*-Besetzung hatte wieder eine hervorragende Leistung gezeigt. Andi wollte gerade ins Foyer gehen, um sich mit Leuten aus dem Publikum zu unterhalten, als sie sah, dass ihre Eltern ihr auf den Anrufbeantworter gesprochen hatten. Sie drückte einige Tasten und hörte die Nachricht ab.

„Hallo, Andi, hier ist dein Vater. Wir sitzen auf dem Flughafen in Denver fest. Sie müssen erst die Startbahn von Eis befreien." Er machte eine Pause. „Es tut mir leid, Schatz. Wir kommen so bald wie möglich. Bestimmt irgendwann heute Abend."

Andi klappte das Handy zu und bemühte sich, nicht verletzt zu sein. Ihre Eltern konnten nichts für den Eissturm, aber trotzdem ... Sie hatten die ganze Woche hier verbringen wollen. Aber die Termine ihres Vaters in LA hatten das unmöglich gemacht, und jetzt blieb ihnen nur dieses Wochenende, um die Aufführung zu sehen. So wie die Dinge standen, würden sie auch die Aufführung heute Abend verpassen und nur die Matinee morgen Vormittag sehen können, da die Abendaufführung schon ausverkauft war.

Auch gut, dachte Andi enttäuscht. Wenn für ihren Vater seine Filmproduktion die oberste Priorität einnahm, konnte sie seinem Beispiel folgen. Das Angebot von Taz sah von Tag zu Tag besser aus.

Sie hatte neben dem Anruf ihrer Eltern noch eine SMS bekommen. Sie schaute nach, wer sie geschickt hatte. Codys Name tauchte auf ihrem Display auf.

Hey Andi. Ich hatte dir gesagt, dass ich heute vielleicht kommen würde, aber ich muss viel lernen und schaffe es nicht. Ich bin sicher, dass du deine Rolle wunderbar spielst. Bis bald!

Andis Enttäuschung wuchs noch mehr. Cody zog sich vor ihr zurück, das fühlte sie, aber sie wusste nicht, warum. Er musste sich ja nicht in sie verlieben, aber es war trotzdem nett, mit ihm zu sprechen. In der letzten Woche hatten sie kaum ein Wort miteinander gewechselt. Und jetzt hatte er zu viel zu tun, um zu ihrer Aufführung zu kommen.

„Ist alles in Ordnung?", fragte Bailey, die neben ihr saß und ihr Make-up überprüfte.

„Meine Eltern.“ Andi steckte das Handy wieder ein. „Sie sitzen in einem Eissturm in Denver fest.“

„Oh, das tut mir leid.“ Bailey schaute Andi mitfühlend an. „Meine Eltern kommen heute Abend. Falls es deine nicht rechtzeitig schaffen, kannst du danach mit zu uns kommen. Wir spielen Pictionary.“

„Okay“, lächelte Andi. Baileys Einladung half ihr, sich nicht ganz so einsam zu fühlen. Sie wünschte sich wirklich sehr, dass ihre Eltern kämen, aber wenigstens musste sie den Abend nicht ganz allein verbringen. Sie umarmte ihre Freundin. „Danke. Das wäre super.“

Sie gingen mit den anderen Schauspielern ins Theaterfoyer hinaus. Der Regisseur fand es gut, wenn sie sich ungefähr eine Viertelstunde lang in ihren Kostümen unter das Publikum mischten, bevor sie sich für ihre Mittagspause umzogen. Andi liebte diesen Teil der Schauspielerei, wenn sie von völlig fremden Menschen gelobt wurde und merkte, dass ihr Auftritt sie zutiefst angerührt hatte. Sich unters Publikum zu mischen gehörte zu den schönsten Teilen der Theaterarbeit.

Die Lokalzeitung hatte in der Montagsausgabe eine Rezension über das Musical abgedruckt, und der Journalist hatte sie persönlich herausgehoben. „Andi Ellison bringt frischen Wind in diese alte, oft verstaubte Geschichte von einem kauzigen, verhärmten, alten Mann und seiner späten Reue. Wenn Ebenezer Scrooge sich von der schönen, talentierten Isabelle abwenden konnte, hatte er eine Persönlichkeitsveränderung wirklich dringend nötig.“ Andi hatte ihren Eltern nichts von der Rezension erzählt, weil sie sie mit eigenen Augen auf der Bühne sehen sollten. Aber ihr Besuch verzögerte sich ständig.

Draußen im Foyer wurden sie sofort entdeckt. Bailey ging zu einer Gruppe von Studenten, die sie von den Veranstaltungen von Campus für Christus kannte. Andi wurde von Leuten, die mit ihrem Theaterprogramm winkten, auf die andere Seite geholt. Sie ging auf sie zu, und in den nächsten zehn Minuten unterschrieb sie Autogramme, beantwortete Fragen über das Theaterspielen und lächelte in etliche Handykameras. Erst jetzt bemerkte sie Taz und seinen Freund, den sie bei der Premiere kennengelernt hatte. Aus dem Augenwinkel beobachtete sie, dass die beiden über etwas diskutierten. Dann winkte der Freund lächelnd und verließ das Foyer. Taz blieb allein zurück.

Sobald er allein war, drehte sich Taz zu ihr um. Er hielt Abstand und beobachtete sie, da er sah, dass sie immer noch von Leuten umringt wurde. Als sich ihre Blicke begegneten, lächelte er sie an. Andi schaute zu dem kleinen Mädchen hinab, das ihr ein Programmheft hinhielt, auf dem sie unterschreiben sollte. Sie hoffte, niemand könne sehen, dass ihre Wangen plötzlich glühten.

Was war das für ein Gefühl? Sie blinzelte und merkte, dass ihre Knie auf einmal ganz weich wurden. Dass Taz ihr eine Hauptrolle anbot, war natürlich aufregend. Sie konnte es nicht erwarten, mit ihm über die Termine für die Dreharbeiten seines Kurzfilms zu sprechen. Aber bis jetzt hatte sie sich nicht persönlich zu ihm hingezogen gefühlt. Sie versuchte, sich zu konzentrieren, aber das war nicht möglich. Aus zehn Metern Entfernung konnte sie seinen Blick genauso stark fühlen, als würde er sie berühren.

Als die anderen Leute weitergegangen waren, schlenderte Taz langsam auf sie zu, wobei er unübersehbar viel Selbstvertrauen ausstrahlte. Er lächelte, und wieder hatte sie das Gefühl, als blickten seine Augen tief in ihre Seele hinein. „Können wir miteinander reden?"

Andi wusste nicht recht, was sie sagen sollte, und das ärgerte sie. Sie strich den Stoff ihres blauen Kleides glatt und zwang sich, sich ruhig und gelassen zu geben. „Ich muss mich vorher umziehen. Allerdings haben wir in ein paar Stunden schon die nächste Aufführung."

„Ich hole dir einen Kaffee. Wir können draußen sprechen, wenn du fertig bist."

Andis Herz schlug schneller. Er fragte sie nicht direkt, und das beunruhigte sie ebenfalls. Aber sie fühlte sich zu ihm hingezogen, und ein starkes, aufregendes Gefühl durchflutete sie mit rasender Geschwindigkeit. Ein solches Gefühl hatte sie noch nie zuvor erlebt. Sie hörte sich sagen, dass sie gern einen großen Latte macchiato hätte und dass sie in einer Viertelstunde draußen sei.

Sein Grinsen kam langsam und träge, und seine Augen funkelten. „Ich warte draußen."

In der Garderobe verwendete der Regisseur zehn Minuten darauf, mit den Schauspielern über die Szenen der Stadtbewohner zu sprechen. „Ihr übertreibt ein wenig." Er runzelte die Stirn. „Ihr geht zu viel herum und unterhaltet euch zu angeregt. Das lenkt von den Hauptdarstellern ab."

Als der Regisseur fertig war, trat Bailey auf sie zu und zog die Brauen hoch. „Ich habe euch gesehen."

„Was?“ Andi wollte sich für das, was sie vorhatte, nicht rechtfertigen. Sie hatte nichts Unrechtes getan, und Taz war anders als die anderen Jungen. Er war interessant.

„Du weißt was.“ Baileys Tonfall war nicht verurteilend oder unfreundlich, aber sie klang besorgt. „Der Filmstudent. Mir gefällt nicht, wie er dich ansieht.“

„Er ist in Ordnung.“ Andi knöpfte ihr Kostüm auf und schlüpfte aus dem Kleid. Was wusste Bailey schon davon, wie es war, an der Uni Jungen kennenlernen zu müssen? Sie hatte Tim. Und jetzt, da Cody das Interesse an Andi verloren hatte …

„Ich mag ihn.“ Andi warf ihre Haare zurück. „Wir haben vieles gemeinsam. Außerdem müssen wir über den Film sprechen.“

Eine unübersehbare Enttäuschung trat in Baileys Miene. „Andi, nein! Du wirst diese Rolle doch nicht übernehmen.“

„Vielleicht doch.“ Sie bemühte sich, selbstsicher und beherrscht zu klingen. Als hätte sie diese Frage genau durchdacht.

Baileys Gesicht spiegelte ihre Skepsis wider.

„Ich weiß, die Halbnacktszene.“ Andi hob die Hände und ließ sie wieder fallen. „Ich sehe es so, dass um der Kunst willen hin und wieder Opfer gebracht werden müssen.“ Sie dachte daran, dass ihre Eltern bis jetzt nicht gekommen waren, weil ihr Vater in LA beschäftigt gewesen war. „Das gilt für jeden im Filmgeschäft.“

„Lass dich nicht auf faule Kompromisse ein.“ Bailey stieß ein verzweifeltes Seufzen aus. „Bitte, Andi! Sei klug. Du kennst diesen Jungen nicht einmal.“

„Das muss ich auch nicht. Ich bin ja nicht an ihm interessiert“, log sie. „Er will, dass ich in seinem Film die Hauptrolle spiele. Er ist faszinierend. Das ist alles.“

Bailey zögerte, als wollte sie noch mehr sagen. „Tim wartet auf mich. Wir holen uns etwas zu essen und setzen uns hinten auf die Mauer. Komm doch mit!“

„Vielleicht komme ich später nach.“ Andi hängte ihr Kleid auf, zog die Tanzschuhe aus und schlüpfte in ihre Jeans und in ihren Rollkragenpullover. „Taz holt mir einen Kaffee.“

Wieder ein Seufzen. „Sei vorsichtig.“

„Ja.“ Andi blickte lang genug auf, um Bailey ein schnelles Lächeln zuzuwerfen. „Das tue ich.“

Sobald Bailey fort war, verlangsamte Andi ihr hektisches Tempo. Sie wünschte sich, ihre Mitbewohnerin wäre wenigstens ein einziges Mal ein wenig abenteuerlustig. Schließlich waren sie Studenten. In welcher anderen Phase ihres Lebens würde sie ein solches Angebot bekommen, eine solche Chance, in einem Studentenfilm die Hauptrolle zu spielen? Das machte das Studentenleben doch aus.

Die Ruhe, die sie in den letzten fünf Minuten verloren hatte, kehrte allmählich zurück. Sie, Andi, würde sich nicht in ihr Zimmer im Wohnheim setzen und sich vor der Welt oder vor Gott fürchten. Das Leben war nichts anderes als eine Ansammlung von Erfahrungen, und diese Erfahrung würde sie ihr Leben lang nicht vergessen.

Sie brachte ihre Haare in Ordnung und überprüfte ihr Make-up. Es war ein wenig dick aufgetragen, aber sie wollte sich vor dem nächsten Auftritt nicht neu schminken müssen. Sie schlüpfte in ihre Jacke, hob ihre Handtasche vom Boden auf und vergewisserte sich, dass sie ihr Handy hatte. Mit einem letzten Blick in den Spiegel kehrte Andi ins Foyer zurück. Sie war nicht sicher, ob Taz es ernst gemeint hatte und – falls er es ernst gemeint hatte – schon zurückgekommen war. Aber er war da und lehnte mit einem Pappbecher in jeder Hand am Türrahmen des Haupteingangs. Sobald er sie erblickte, schaute er sie direkt an und unterbrach den Augenkontakt nicht, als sie auf ihn zuging.

„Du bist dieses Wochenende sogar noch besser als letzte Woche." Er reichte ihr einen heißen Becher. „Einen Latte macchiato."

„Danke." Andis Herz begann wieder, wie wild zu schlagen, und sie wünschte, sie hätte sich etwas ohne Koffein bestellt. Das war verrückt. Warum machte er sie so atemlos? Sie sah ihn seit dem Beginn des Semesters fast jeden Tag in ihren Naturwissenschaftsvorlesungen. Warum fühlte sie sich jetzt plötzlich zu ihm hingezogen? Sie starrte ihren Kaffee an und bemühte sich, sich ihre Nervosität nicht anmerken zu lassen. „Wohin gehen wir?"

„In der Nähe gibt es eine Bank. Dort sind wir ungestörter als hier." Taz hielt ihr die Tür auf und ging neben ihr her, während sie durch den Park schlenderten. Die kalte Luft traf sie wie eine gefrierende Wand und raubte ihr den Atem. Wenigstens hoffte sie, dass es die kalte Luft war, die ihr das Atmen schwer machte.

Taz trug eine teure, modische Jacke. In der eiskalten Luft konnte sie sein Rasierwasser riechen. Sein Gang war langsam und ungezwungen, genauso wie sein Lächeln. „Umschwirren dich nach einem Auftritt immer die meisten Fans?“

„Nein“, kicherte sie und genoss dieses Kompliment. Besonders heute, da Cody abgesagt hatte und ihre Eltern in Denver festsaßen. „Tim Reed hat kaum genug Zeit, um alle Programme zu unterschreiben, die ihm hingehalten werden. Er ist als Scrooge brillant.“

„Weil er es so schmerzlich bedauert, dass er dich verloren hat.“ Ihre Blicke begegneten sich erneut. „Das würde jeden Mann um den Verstand bringen.“

Andi wusste nicht, was sie sagen sollte. Verlegen lächelte sie ihn an und schaute dann wieder nach vorne. Auf beiden Seiten des Weges lag der Schnee dreißig Zentimeter hoch, aber der Weg war freigeräumt. Sie kamen bei der Bank an. Andi wischte den Schnee von der Bank und setzte sich. Er ließ genug Platz zwischen ihnen, als er sich auf die andere Seite setzte. Andi fühlte, wie sie sich entspannte. Baileys Sorgen waren unbegründet. Taz wollte sie nicht verführen. Er wollte sie in seinem Film haben. Das war etwas völlig anderes.

Sie saßen fast eine Minute schweigend da, nippten an ihrem Kaffee und schauten zu, wie ihr Atem in der Luft zwischen ihnen interessante Formen annahm. Schließlich ließ er seinen Becher sinken, kniff die Augen zusammen und schaute sie mit einer Freundlichkeit und Tiefe an, die ihr vorher nicht aufgefallen waren. „Ich wollte schon immer Filme drehen, solange ich zurückdenken kann.“

Er schien auf keine Antwort zu warten. Deshalb trank sie einen Schluck, beobachtete ihn und wartete.

„Ein Film ist ein ganz besonderes Medium, ausdrucksstark und allumfassend.“ Sein Blick wanderte zu den kahlen Bäumen, die in der Nähe der Bank, auf der sie saßen, standen. „Nur durch einen Film kann ein Mensch stellvertretend die Hochspannung der Spionage oder den Schmerz hinter Gefängnisgittern, die Befriedigung von Rache oder die Macht erleben, einem anderen das Leben zu nehmen.“ Taz schaute ihr wieder in die Augen. „Ein Film kann einen Menschen wissen lassen, wie die Liebe sein sollte, wie sich die körperliche Liebe anfühlt. So real kann das Erleben sein.“ Er atmete langsam ein. „Es ist ein Medium, das größer ist als wir selbst.“

Andi dachte, dass seine unverhohlene Beschreibung sie verlegen machen sollte, aber sie war eher fasziniert. Er hatte recht. Gingen die

Menschen nicht deshalb ins Kino? Damit sie das Leben der Schauspieler auf der Leinwand führen konnten, wenn auch nur für ein paar Stunden in der dunklen Privatsphäre ihres Kinositzes? Sie ließ den Kaffeebecher sinken. „Bei der Schauspielerei ist es genauso. Man schlüpft in die Haut eines anderen und erweckt etwas zum Leben, das man sonst nicht kennen würde."

Ihre Beschreibung schien ihn angenehm zu überraschen. „Hm. Ein Mädchen, das nicht nur schön ist, sondern auch Tiefgang hat." Er neigte den Kopf in ihre Richtung, und seine Augen flirteten gnadenlos mit ihr. „Du bist etwas ganz Besonderes, Andi Ellison. Wie kommt es, dass du noch nicht in festen Händen bist?"

„Keine Ahnung." Ihre Wangen glühten wieder. „Ich habe den größten Teil meines Lebens im Ausland verbracht."

„Erzähl mir von deinem Leben." Er hatte es nicht eilig. Das war Teil seines Charmes.

Zum ersten Mal wünschte Andi, ihre Geschichte wäre exotischer – beispielsweise als Tochter eines großen, erfolgreichen Archäologen, die mit ihrer Familie ein Jahrzehnt gemeinsam irgendwo in Afrika an einer weltberühmten Ausgrabungsstätte verbracht hätte. Aber sie musste ehrlich sein. Sie war nun einmal der Mensch, der sie war. „Meine Eltern waren Missionare." Sie lächelte schwach. „Ich bin in Indonesien aufgewachsen."

„Christliche Missionare?" Taz wirkte interessiert, wenn auch vielleicht ein wenig amüsiert. „Ich bewundere Missionare."

„Wirklich?"

„Ja. Sie geben alles für ihre Träume und für ihren Glauben. Sein Leben in den Dienst für ein anderes Volk zu stellen ist bewundernswert. Genauso wie alles andere, das in der Seele widerhallt."

Das in der Seele widerhallt … Ja, das war es. Die neuen Ideen und Gedanken, die sie fühlte, hallten in ihrer Seele wider. Andi fühlte, wie sich in ihrem Kopf etwas drehte. Nach einem solchen Gespräch hatte sie sich mit Bailey oder Cody gesehnt. Aber sobald das Gespräch den engen Rahmen biblischer Wahrheiten verließ, nahmen ihre Freunde einen unnachgiebigen Standpunkt ein. Für sie war etwas entweder richtig oder falsch. Andi hatte das Gefühl, dass Taz das nicht so sah.

Er schaute sie auf eine Weise an, die ihr das Gefühl gab, als würde er sie schon ewig kennen, als könnte niemand sie je besser kennen.

„Meine Eltern waren Muslime, aber irgendwie verloren sie ihren Eifer für den Glauben, als sie in die USA zogen." Er nippte bedächtig an seinem Kaffee. „Ich bin Agnostiker. Skeptiker, könnte man sagen. Ich vertrete den Standpunkt, dass jeder ein Recht auf seinen Glauben hat, egal, wie sein Glaube aussieht." Er schmunzelte und legte den Arm auf die Rückenlehne der Bank. Seine Schultermuskeln waren durch seine Jacke gut zu sehen. „Wie siehst du das?"

Sie lachte ebenfalls. „Das gefällt mir."

Sie unterhielten sich eine halbe Stunde über Politik und Frieden, radikale Fanatiker und Religion, bevor er eine lange Pause einlegte. „Wegen des Films." Taz legte den Kopf schief, und Andi versank in seinen Augen. „Hast du dir darüber Gedanken gemacht?"

Seine Anziehungskraft wurde mit jeder Minute stärker. Er war interessant und intelligent, und bis jetzt benahm er sich tadellos. Als habe er die Begabung, hinter die Schichten der Formalität und Fassaden zu blicken. „Ich würde gern das Drehbuch sehen." Sie legte die Hände um ihren Becher und hoffte, er könnte ihr die Wahrheit nicht ansehen: dass ihre Entscheidung bereits feststand. Sie wollte die Rolle spielen. Sie konnte es kaum erwarten, unter seiner Regie zu arbeiten.

„Ich habe ein Exemplar im Auto. Wie viel Zeit hast du noch?"

Sie zog ihr Handy aus der Tasche und schaute auf die Uhr. „Zehn Minuten, höchstens eine Viertelstunde. Wir haben vor der Aufführung heute Abend eine zusätzliche Tanzprobe. Mit der ganzen Besetzung."

Er schaute sie lange an, und sie merkte, dass sie darauf reagierte. Sein Blick war wie eine körperliche Streicheleinheit. Nach mehreren Sekunden senkte sie den Blick und schaute in ihren Becher. *Was ist das für ein Gefühl?*, fragte sie sich. *So etwas habe ich mein ganzes Leben lang noch nicht erlebt.*

„Andi." Seine Stimme war samtig weich.

Sie hob erneut den Blick.

„Dich auf der Bühne zu sehen ist ein Genuss. Du spielst die Rolle mit deinem ganzen Körper, deinem Herzen und deiner ganzen Seele. Das ist wichtig." Er beugte sich vor und stützte die Ellbogen auf die Knie. „In der Schauspielkunst ist unser Körper die Farbe. Unser Herz ist die Leinwand. Diese Art von Kunst wird durch die Seele ausgedrückt. Jedenfalls dann, wenn wir begabt sind." Er tätschelte ihr Knie. „Du bist begabt, Andi. Wenn du eine Rolle spielst, ziehst du mich in deinen

Bann. Das darfst du mir glauben." Er stand auf. „Ich hole jetzt das Drehbuch." Mit lässigen, ungezwungenen Schritten ging er in Richtung Parkplatz.

Andi atmete tief aus und lehnte sich auf der Holzbank zurück. Es war, als besäße Taz eine übernatürliche Kraft, etwas, das sie gefangen nahm und in seinem Zauber fesselte. Sie nippte an ihrem Kaffee und versuchte zu verstehen, warum es ihr vorher in seiner Nähe nicht so ergangen war. Plötzlich strahlte er etwas aus, bei dem ihr der Atem stockte und ihr Herz unkontrolliert raste.

Sie atmete tief durch. *Beherrsche dich, Andi. Du benimmst dich lächerlich.* Aber noch während sie versuchte, wieder klar zu denken, konnte sie sein Rasierwasser riechen, das in der gefrorenen Luft lag, und seine Stimme hören. *„Dich auf der Bühne zu sehen ist ein Genuss … Du bist begabt … Du ziehst mich in deinen Bann …"*

Andi schloss die Augen. Das war verrückt. Sie kannte diesen Jungen kaum. Das Drehbuch war wichtig, auch wenn sie das vor einer Minute noch nicht so gesehen hatte. An das nächste Gespräch mit ihm würde sie anders herangehen und sich von ihrem Verstand leiten lassen.

Sie setzte sich höher auf, atmete einige Male tief durch und zwang sich, klar zu denken. Einen Moment später kam er zurück und setzte sich wieder neben sie, dieses Mal ein wenig näher als vorher. Hatte er frisches Rasierwasser aufgetragen, oder reagierten ihre Sinne so sensibel auf ihn? Andi blinzelte zweimal und versuchte, sich zu konzentrieren.

„Hier." Er reichte ihr einen dünnen, gehefteten Papierstoß. Es konnten nicht mehr als dreißig oder vierzig Seiten sein.

Als sie die Papiere entgegennahm, berührten sich ihre Finger und ein Stromstoß lief durch ihre Adern, kribbelte in ihrem Magen, machte ihre Knie weich und erschwerte ihr den nächsten Atemzug. Ihr Mund wurde trocken, und sie fuhr mit der Zunge über ihre Unterlippe. „Danke."

Taz schaute sie direkt an. „Der ganze Film wird höchstens eine halbe Stunde lang sein. Aber ich habe das Ziel, dass in dieser Zeit eine sehr starke Energie spürbar wird, dass eine eindrückliche Botschaft vermittelt wird."

Andi war nicht sicher, ob sie fragen sollte, aber ihre Neugier war stärker. „Du hast mir ein bisschen etwas über die Handlung erzählt, aber … was ist die Kernaussage?"

„Es geht darum, an seine Grenzen zu stoßen, Risiken einzugehen und bereit zu sein, die Konsequenzen zu tragen." Er wandte den Blick ab. „Konsequenzen sind nicht immer etwas, das man erleidet, sondern etwas, das man erlebt. Ganzheitlich. Mit Körper, Verstand, Herz und Seele." Er schaute ihr wieder in die Augen. „Wenn wir bereit sind, etwas ehrlich zu erleben, können wir über uns hinauswachsen." Er grinste, und der Philosoph verschwand wieder. „Aber egal, was die Kernaussage ist, der Film wird unvergesslich, wenn du die Hauptrolle spielst."

„Danke." Der Wind wurde stärker, und Andi begann zu zittern. „Ich werde es lesen." Sie senkte das Kinn und merkte, dass ihr Blick scheu wurde. „Wann musst du Bescheid wissen?"

„Lass dir eine Woche Zeit. Du kommst sicher erst dazu, es zu lesen, wenn morgen die letzte Aufführung vorbei ist."

Sie fühlte sich geschmeichelt, dass er ihren Terminplan kannte. „Dann bis in einer Woche."

Er legte den Kopf schief und schaute sie verführerisch an. „Aber … ich habe mir noch etwas überlegt."

„Was denn?" Sie merkte überhaupt nicht mehr, dass ihr kalt war.

„Es könnte sein, dass ich in dem Drehbuch noch eine oder zwei Zeilen einfügen muss. Du weißt schon, als Regisseur und Produzent. Und dann müsste ich dich fragen, was du davon hältst."

„Natürlich."

„Also …", seine Augen schauten sie treuselig und hoffnungsvoll an, „… habe ich mir überlegt, dass es – natürlich nur wegen des Films – vielleicht gut wäre, wenn du mir deine Handynummer gibst."

Sie bemühte sich, keine Miene zu verziehen, aber das gelang ihr nicht. Sie konnte sich ein Lachen nicht verkneifen. „Gib mir dein Handy."

Er reichte es ihr, und sie tippte ihren Namen und ihre Nummer als neuen Kontakt ein. „Hier." Sie reichte es an ihn zurück. „Nur für den Fall, dass dir noch eine oder zwei Zeilen einfallen."

„Genau." Er stand auf und half ihr auf die Beine. Wieder strömte bei der Berührung seiner Hand ein berauschendes Gefühl durch ihren ganzen Körper. Sie ließ ihre Finger ein paar Sekunden länger als nötig in seiner Hand liegen und schaute ihm während der ganzen Zeit unverwandt in die Augen.

„Ich hoffe, dir gefällt das Drehbuch." Seine Stimme war leise, sein Gesicht war nur wenige Zentimeter von ihrem entfernt.

„Ich auch." Sie blinzelte nicht, da sie es nicht wagte, den Augenkontakt zu ihm abzubrechen.

Er drückte ihre Hand noch ein letztes Mal und ließ sie dann los. „Das könnte interessant werden."

„Ja."

„Kompliziert, aber interessant." Er war ihr so nahe, dass er sich vorbeugen und sie küssen könnte. Aber er trat einen Schritt zurück und begleitete sie zurück zum Theater.

An den Türen zum Foyer steckte er die Hände in seine Hosentaschen und zuckte die Achseln. Aus seinen Augen sprachen eine Tiefe, eine Freundlichkeit und eine Kraft, die sie nicht ganz verstand. „Bis bald, Andi."

„Ja." Sie winkte leicht. „Man sieht sich."

Sie hatte noch fünf Minuten bis zum Beginn der Tanzprobe. Die Abendaufführung, die danach folgte, nahm sie nur verschwommen wahr. Ihre Eltern kamen nicht, aber sie hinterließen ihr eine weitere Nachricht. Ihr Flugzeug würde irgendwann gegen Mitternacht landen, und sie würden Andi am Morgen sehen. Vor der Sonntagsmatinee. Trotz dieser Enttäuschung war Andi unerklärlich glücklich, als sie und Bailey zum Spieleabend bei den Flanigans aufbrachen. Während der Fahrt fragte Bailey nach Taz, aber Andis Antworten waren knapp und ausweichend. Sie wollte nicht über ihn sprechen, sie wollte nicht, dass andere ihn verurteilten. „Es ist nicht der Rede wert", log sie. „Wahrscheinlich lehne ich die Rolle sowieso ab."

„Worüber habt ihr euch denn unterhalten?" Bailey schaute sie misstrauisch an. „Ihr seid ziemlich lange draußen geblieben."

„Hauptsächlich übers Filmemachen. Ein wenig über das Drehbuch." Sie zuckte die Achseln. „Nichts Besonderes."

Bailey ließ das Thema fallen, wofür Andi ihr dankbar war. Sie spielten mit Baileys Mutter im selben Team und wurden Sieger der ersten Pictionary-Runde.

„Das ist nicht fair." Baileys Bruder Shawn lehnte sich enttäuscht zurück. „Mädchen kennen sich einfach besser."

Alle lachten, und die Mädchen gewannen auch die nächste Runde. Auf dem Rückweg zum Wohnheim war Andi dankbar, dass Bailey Taz nicht mehr erwähnte. Stattdessen hörten sie leise Musik. Die Musik gab Andi Gelegenheit, im Geiste die Zeit mit Taz Revue passieren zu lassen. Sie war so in ihre Gedanken versunken, dass sie, als sie ins Bett ging, zum ersten Mal nicht daran dachte, in ihrer Bibel oder in Rachels Tagebuch zu lesen. Sie hatte keine beunruhigenden Gedanken oder Gewissensbisse. Nur Erinnerungen an Taz. Sein Lächeln und seine Augen, seine Denkweise, die ganz anders war als die der anderen jungen Leute, die sie kannte. Die Gefühle, die er in ihr weckte. Als sie einschlief, wurde ihr bewusst, dass sie von dem Filmstudenten aus ihrem Naturwissenschaftskurs nicht nur fasziniert war.

Sie war Hals über Kopf in ihn verknallt.

Kapitel 12

Bailey saß in ihrem Algebrakurs und schaute auf die Uhr an der Wand. Sie wünschte, die letzten fünf Minuten würden schnell vergehen. Sie war in der Mittagspause mit Tim verabredet und konnte es kaum erwarten, ihn zu sehen. Seit Weihnachten hatten sie beide einen so vollen Terminkalender, dass sie kaum Zeit füreinander fanden. Bailey hatte sich im Dezember und Januar so sehr auf ihr Studium konzentriert, dass sie seit Wochen nichts mehr miteinander unternommen hatten. Und ihre Tage wurden immer ausgefüllter. Für das nächste Musical, das an der Universität aufgeführt werden sollte – *Robin Hood* –, hatten Tim und Andi vorgesprochen. Baileys Stundenplan war so voll, dass ihr keine Zeit zum Theaterspielen blieb, aber sie nahm privaten Unterricht bei Katy Matthews, Daynes Frau, und abends Tanzstunden auf dem Campus.

Außerdem wollte Bailey sich mehr bei Campus für Christus engagieren, die einen Missionseinsatz in Costa Rica im Spätsommer planten. Bei den Veranstaltungen von Campus für Christus saßen sie und Tim immer ziemlich weit vorne, während Cody in einer der hinteren Reihen saß. Andi fand an den meisten Donnerstagen einen Grund, um nicht mitzukommen. Bailey fühlte zu Cody eine so große Distanz, als hätten sie sich nie gekannt. Aber statt sich auf ihre Gefühle zu konzentrieren, interessierte sich Bailey lieber für die geistlichen Themen der Veranstaltung. Sie und mehrere andere Studentinnen von Campus für Christus hatten angefangen, sich einmal in der Woche in einem Gemeinschaftsraum in Baileys Wohnheim zu treffen. Dafür war Bailey sehr dankbar. Sie hatten sich bis jetzt zweimal getroffen, aber jedes Mal hatte Andi zu viel lernen müssen, um mitzukommen.

Bailey hatte das Gefühl, dass mehr dahintersteckte. Ihre Mitbewohnerin verbrachte ihre Zeit entweder mit Lernen oder mit Taz, aber jedes Mal, wenn Bailey sich nach dem Filmstudenten erkundigte, wurde Andi sehr wortkarg. So schwer es für Bailey auch gewesen war, sich Cody und Andi als Paar vorzustellen, wäre Cody für Andi zweifellos besser gewesen als Taz.

„Wie steht es um seinen Glauben?“, hatte Bailey vor ein paar Wochen gefragt.

Andi hatte sie müde angesehen. „Er findet, dass jeder das Recht haben sollte zu glauben, was er will."

Bailey hatte die Frage auf der Zunge gelegen, in welchem Bibelvers das stand, aber sie wollte nicht sarkastisch sein. Mit Zynismus würde sie Andi nur noch weiter von der Wahrheit wegtreiben. Stattdessen hatte sie nachdenklich genickt. „Und wie steht es mit ihm? Was glaubt *er*?"

„Er ist Agnostiker. Skeptiker, wie er gern sagt." Andi hatte schnell weitergesprochen. „Deshalb ist es gut, dass er jemanden wie mich hat."

Bailey tippte mit dem Stift auf ihr Algebrabuch und versuchte, sich zu konzentrieren. Der Professor sprach von ganzen Zahlen und Absolutbeträgen bei mathematischen Beweisen. Baileys Blick wanderte zum Fenster und zum Schnee, der draußen lag. Sie vermisste Tim, aber die Tage ohne ihn hatten auch ihre guten Seiten. Bailey und ihre Familie waren öfter zusammen, was ihr Gelegenheit gab, mehr Zeit mit ihrem jüngsten Bruder Ricky zu verbringen. Er war seit einigen Tagen krank. Er hatte sich erkältet, hustete viel und fühlte sich müde. Wenn sie zu Hause war, konnte Bailey mit ihm Gesellschaftsspiele oder Computer spielen, um ihn ein wenig von seinem Husten abzulenken. Sie machte sich nicht wirklich Sorgen um ihn. Ricky war als Baby am Herz operiert worden, war aber mittlerweile gesund. Aber jeder Winter war für ihn anstrengend.

Vorne am Pult schaute der Professor auf die Uhr und lächelte den vollen Hörsaal an. „Das war für heute alles. Morgen ist Freitag. Bereiten Sie sich auf ein Quiz über Kapitel zwei vor."

Bailey warf den Rucksack über ihre Schulter und eilte aus dem Raum. Sie ließ ihren Blick vom Mathematikgebäude zur Cafeteria wandern und entdeckte Tim. Sie trafen sich donnerstags immer in der Cafeteria, wenn ihre Vorlesungen ihnen Zeit ließen, miteinander zu essen. Sie lächelte und winkte. Als er sie sah, hielt er seinen Rucksack fest, den er eng über seine Schultern gezogen hatte, und joggte auf sie zu.

„Hey." Er umarmte sie kurz, während sie nebeneinanderher gingen. „Unglaublich, wie kalt es ist."

Der Winter brach alle Rekorde, und es lag so viel Schnee wie seit Jahren nicht mehr. In der letzten Woche waren sogar an einigen Tagen die Vorlesungen ausgefallen. Ein Student hatte einen Zettel an das Mathematikgebäude gehängt: „Aufgrund der globalen Erwärmung fallen die Vorlesungen aus."

Bailey zog ihre Jacke enger um ihre Schultern. „Ich kann es kaum erwarten, dass es wieder wärmer wird." Sie fühlte, wie ihre Augen aufleuchteten. „Bevor ich es vergesse: Meine Mutter fährt in den Frühlingsferien mit uns nach New York City. Sie möchte sich dort mit einer Freundin treffen." Sie grinste ihn an. „Sie hat gesagt, dass du mitkommen kannst."

„Wirklich?" Tim blieb abrupt stehen und ließ seinen Rucksack auf den Betonweg fallen. „Ist das dein Ernst?"

Ihr Lachen war fröhlich und ungezwungen. „Ja, das ist mein Ernst!"

„Wir fahren nach New York City!" Er stieß einen Freudenschrei aus, hob sie hoch und drehte sie im Kreis. Als er sie wieder auf den Boden stellte, tanzte er noch einmal allein im Kreis. „Das ist ja unglaublich." Er legte die Hand auf seinen Kopf und strahlte Bailey an. „Das ist wirklich unglaublich!"

„Ich weiß." Sie lachte erneut. „Komm jetzt. Wir fallen schon auf." Sie hakte sich bei ihm unter und schmiegte sich eng an ihn. „Wenn wir eines Tages in New York wohnen und am Broadway spielen wollen, solltest du wenigstens lernen, dich dort zurechtzufinden."

„Ich kann es immer noch nicht glauben." Tim blieb erneut stehen. „Ich muss meine Arbeitsstunden im Buchladen verdoppeln."

„Nein, du Dummerchen." Sie stieß ihn leicht in die Seite. „Meine Mutter zahlt. Du bist eingeladen."

„Jetzt bin ich aber wirklich schockiert." Er lief ein paar Schritte vor ihr her, drehte sich zu ihr um und ging rückwärts weiter. „Ist das dein Ernst?"

„Tim." Sie schüttelte den Kopf. „Du bist albern!"

„Okay, okay." Er atmete ein paarmal tief durch. „Ich kann nur immer noch nicht ganz glauben, dass ich das nicht nur träume."

In der Cafeteria holten sie sich ihr Essen an der Theke und fanden zwei freie Plätze in einer ruhigen Ecke im hinteren Teil des Raums. Tim hatte sich inzwischen wieder beruhigt. „Werden wir Theateraufführungen und so etwas sehen?"

„Natürlich", lachte Bailey. Ihr fiel etwas auf, das ihr erst in letzter Zeit bewusst geworden war: Tim brachte sie zum Lachen. Alles an ihrer Freundschaft war wunderbar und wurde mit jedem Tag besser. „Was für eine Frage! Wir fahren doch extra hin, um ins Theater zu gehen!"

„Ehrlich gesagt, habe ich mich nie genauer über den Broadway informiert. Was wird dort gespielt?"

„Meine Mutter hat erwähnt, dass wir zu *Mary Poppins* gehen, obwohl wir dieses Stück schon gesehen haben. Aber es ist einfach so gut. Vielleicht auch noch *Shrek, das Musical.* Das wäre lustig, und Sutton Foster spielt die Hauptrolle. Sie ist so ziemlich die beste Broadwayschauspielerin, die es je gab."

Sie unterhielten sich über die faszinierende Kulisse und die Musik von *König der Löwen* und ein neues Stück, *In the Heights,* in dem es um das Leben in den spanischsprachigen Stadtteilen von New York City ging.

„Schade, dass wir nicht mehr Zeit haben." Tim aß seinen Cheeseburger. Er war in Gedanken so sehr mit New York beschäftigt, dass er gar nicht merkte, dass er Ketchup auf der Backe hatte. „Wir werden nur eine Woche dort sein."

Bailey deutete auf seine Wange, und Tim verstand sofort, was sie ihm sagen wollte. Er wischte sich mit der Serviette das Gesicht ab und grinste sie an. „Ich stehe noch zu sehr unter Schock, um etwas zu spüren."

„Ja, das sehe ich. Die Aufführungen sind jeden Abend außer am Montag. Zwei am Mittwoch und zwei an den Wochenendtagen. Wir können uns mehr oder weniger ansehen, was wir wollen. Meine Mutter liebt Broadwaystücke."

„Wow!" Er war wirklich fast sprachlos. „Sag deinen Eltern vielen Dank. Ich kann es kaum erwarten."

Sie wechselten das Thema und sprachen über *Robin Hood.* „Wir werden morgen erfahren, ob wir eine Rolle bekommen."

„Natürlich spielst du mit." Bailey beugte sich näher zu ihm vor. „Du bist auf der Bühne unglaublich, Tim. Du spielst ganz bestimmt den Robin Hood. Du und Andi, ihr werdet das Stück genießen." Sie machte sich keine Sorgen mehr, dass Tim sich zu ihrer Freundin hingezogen fühlen könnte. Andi hatte sich in den letzten Wochen verändert und verbrachte jetzt viel Zeit mit Taz. Ihre Freundschaft litt darunter, dass sie kaum noch miteinander sprachen. Wenigstens hatte Bailey diesen Eindruck. Andi sagte, sie hätte Taz nicht zugesagt, in seinem Film mitzuwirken. Aber Bailey hatte das Gefühl, dass ihre Mitbewohnerin sie möglicherweise anlog. Sie hoffte, dass Andi eine

Rolle in dem Musical mit Tim bekäme, damit er sie ein wenig zur Vernunft bringen könnte.

„Dieses Mal ist die Konkurrenz größer." Tim warf ihr einen Blick zu, während er seinen Burger aß. „Bist du froh, dass du es nicht versucht hast?"

„Auf jeden Fall. Ich brauche eine Pause. Katy Matthews gibt mir Stimmunterricht, und ich habe ein paar Abendtanzkurse belegt. Das hilft mir mehr, als wenn ich im Moment in einem Stück mitspielen würde." Baileys Stärke war das Tanzen, aber es konnte nie schaden, sich darin zu verbessern. Besonders wenn es ihr ernst damit war, dass sie in New York City vorsprechen wollte. „Noch etwas zu New York: Die Freundin meiner Mutter kennt den Regisseur von *Wicked – Die Hexen von Oz*. Ich glaube, er will uns mit einigen Leuten bekannt machen, wenn wir dort sind."

„Das ist ja der Wahnsinn!" Tim konnte es kaum fassen. „Das ist so unglaublich. Stell dir das nur einmal vor! Du und ich spielen beide am Broadway! Unser Traum wird wahr!"

„Eines Tages." Sie grinste ihn breit an. „Aber jetzt sollten wir lieber fertig essen. In zehn Minuten geht die nächste Vorlesung los."

Sie aßen auf und verabschiedeten sich vor der Cafeteria, bevor jeder zu seiner nächsten Vorlesung verschwand. Tim war lustig, dachte Bailey, während sie den Gehweg hinabging. Es war nicht so wichtig, dass sie sich manchmal wünschte, er wäre ein wenig romantischer, ein bisschen mehr wie der Junge, der bei der Premiere von *A Christmas Carol* ihre Hand auf der Bühne gehalten hatte. Sie sehnte sich nach solchen Momenten, aber sie kamen nur selten. Tim schaute sie nicht lang genug an, um sie in seine Seele blicken zu lassen. Aber das würde sicherlich später kommen, falls sie zusammenblieben. Im Moment war es einfach schön, einen wunderbaren Jungen in ihrem Leben zu haben, der ihren Glauben teilte und sie nicht im Stich lassen würde.

So wie sie schon einmal im Stich gelassen worden war.

Es begann zu schneien, als Bailey das Englischgebäude erreichte. Als sie am Ende des Flurs die Treppe hinaufgestiegen war, entdeckte sie den Zettel. Ihr Englischkurs fiel aus. Der Dozent war krank und kam erst am Montag wieder. Bailey rückte ihren Rucksack zurecht und zog ihre Jacke enger um sich. Der Weg von ihrem Englischkurs zurück zu ihrem Wohnheim war der längste an diesem Tag. Als sie wieder ins

Freie hinaustrat, half ihre Kapuze, den beißend kalten Wind ein wenig abzuwehren, aber dadurch hatte sie nur ein sehr begrenztes Sichtfeld. Sie war schon auf halbem Weg zu ihrem Wohnheim, als sie fühlte, dass jemand neben ihr herging.

„Bailey!" Es war Codys Stimme. Auch wenn noch so viel Zeit verging, würde ihr Herz seine Stimme immer erkennen. „Hast du mich denn nicht gehört?"

„Was?" Ihr Herz hämmerte so laut, dass sie sicher war, dass er es hören würde. Sie zog ihre Kapuze ab, um ihn sehen zu können. Um diese Tageszeit war fast niemand auf dem Campus. Nur wenige Leute, die gerade keine Vorlesungen hatten, waren unterwegs.

Cody schaute sie durchdringend an. In seinem Blick lagen viele Fragen. „Ich musste laufen, um dich einzuholen."

„Oh." Ihr Mund wurde plötzlich trocken, und sie fragte sich, ob ihr Herz aus ihrer Brust springen würde. „Meine Kapuze … ich höre nichts, wenn ich sie aufhabe."

Der Schnee fiel leise um sie herum, und Cody rang nach Atem. „Hast du ein neues Handy?"

„Nein." Bailey senkte den Blick und trat gegen den lockeren Schnee, der zwischen ihren Füßen lag. Sie hob den Blick. „Ich hatte zu tun."

Er sah aus, als habe er Mühe, diese Antwort zu verarbeiten. „Okay." Er zuckte die Achseln und sah einen langen Moment so aus, als wüsste er nicht, was er sagen sollte. Die Muskeln in seinem Kinn zogen sich zusammen, als er ausatmete. „Ich habe dich mehrere Male angerufen. Das hast du gemerkt, oder?"

„Ich schätze, ich bin mir einfach nicht sicher, warum du das getan hast." Bailey trat einen Schritt zurück und verschränkte die Arme vor ihrer Brust. Ein Schaudern überlief sie, das mehr mit Codys Nähe als mit dem Winterwind zu tun hatte. „Du hast mich monatelang nicht angerufen, und jetzt … jetzt verstehe ich nicht ganz, was du willst."

„Deshalb habe ich dich ja angerufen." Cody sah aus, als wollte er einen Schritt näher auf sie zutreten, überlegte es sich dann aber anders. Er stopfte die Fäuste in seine Jackentaschen und rührte sich nicht vom Fleck. „Bei der *Christmas-Carol*-Premiere sah es so aus, als ob …" Er zögerte und suchte nach den richtigen Worten. Er hob den Blick zum bleigrauen Himmel hinauf. Nach ein paar Sekunden schaute er sie wieder an. Tiefe Gefühle standen in seinen Augen. „Ich kann dich nicht loslassen, Bailey. Es war meine Schuld. Ich habe gesagt, dass wir Freunde bleiben wollen, aber ich habe mich nicht wie ein Freund benommen."

Bailey dachte an die vielen Male, als Cody sie schlichtweg ignoriert hatte, an die Male, als er mit Andi gesprochen hatte, es aber nicht für nötig befunden hatte, sie anzurufen. Tränen brannten in ihren Augenwinkeln, aber sie drängte sie zurück. „Ich war so wütend auf dich." Ihre Stimme stockte. Sie war zwischen herzzerreißender Traurigkeit und glühender Wut hin und her gerissen. „Du hattest Andi und es war ... als wäre ich für dich Luft."

„Das war aber nicht so." Er seufzte. „Du bist mir sehr wichtig. Du hast ja keine Ahnung, wie sehr ich dich vermisse!"

„Du vermisst das, was früher zwischen uns war." Sie wich einen weiteren halben Schritt von ihm zurück. Ein solches Gespräch würde zu nichts führen. Jeder von ihnen hatte jetzt sein eigenes Leben. „Du hast nur Augen für Andi. Nimm doch sie als Freundin!"

„Nein!" Codys Antwort war scharf und überraschte sie beide. Er bemühte sich, sich wieder zu beruhigen. „Zwischen Andi und mir läuft absolut nichts."

„Okay." Bailey hatte ebenfalls Mühe, ruhig zu bleiben. „Aber ich bin in Tim verliebt."

„Wirklich?" Ein paar Studenten gingen an ihnen vorbei, und er senkte wieder die Stimme. „Wirklich, Bailey? Denn ich sehe dich manchmal mit ihm, und abgesehen von damals auf der Bühne hast du ihn noch nie so angesehen wie ..."

„Wie was?", fauchte sie ihn an. In diesem Moment war es ihr egal, ob sie ihn mit ihren Worten verletzte. Sie wollte ihm fast wehtun, damit er es aufgäbe und sie in Ruhe ließe. Sie würde es nicht verkraften, wenn er jetzt mit ihrem Herzen spielte.

Tränen raubten ihr eine klare Sicht, und sie konnte nicht sagen, wo ihre Wut aufhörte und wo ihr Schmerz begann. „So wie ich *dich* angesehen habe? Damals, als ich dachte, du würdest etwas für mich empfinden?" Sie warf einen Blick hinter sich, als plante sie ihre Flucht. „Ich habe mich geirrt, okay. Ich war damals jünger und habe mich albern benommen. *Du* hast mich nie so gesehen." Sie wich noch weiter zurück. „Jetzt ist es zu spät. Für uns beide ist das Leben weitergegangen."

Er trat ein paar Schritte näher auf sie zu. „Geh nicht.“ Aber noch bevor er mehr sagen konnte, klingelte ihr Handy.

Sie drückte die Finger auf ihre Augen und zog das Handy aus der Tasche. Es waren ihre Eltern. „Es ist meine Familie.“ Sie nahm den Anruf entgegen. „Hallo?“

„Schatz, hier ist deine Mutter. Wir sind im Krankenhaus. Ricky hat Herzprobleme.“ Baileys Mutter klang beherrscht, aber sie konnte ihre Angst nicht verbergen. „Der Arzt ist nicht sicher, was mit ihm los ist. Sie bemühen sich, ihn zu stabilisieren.“

„Mama, nein!“ Sie drückte sich die Hand aufs Gesicht und wandte sich von Cody ab. „Es geht ihm gut, nicht wahr? Er ist doch nicht ernsthaft in Gefahr?“

„Das kann der Arzt nicht genau sagen.“ Tränen schwangen in der Stimme ihrer Mutter mit. „Kannst du bitte kommen?“

„Ich komme, so schnell ich kann.“ Sie klappte ihr Handy zu.

„Was ist passiert?“ Cody stand wieder neben ihr und schaute sie besorgt an.

„Ricky. Sein Herz.“ Sie schaute zu ihm hinauf und war für einen Moment vor Angst wie gelähmt. „Er ist im Krankenhaus.“ Sie ging einen Schritt in eine Richtung, überlegte es sich dann aber anders und lief in eine andere los. Ihr Auto stand auf dem Parkplatz vor ihrem Wohnheim, aber sie konnte sich nicht erinnern, wie man dorthin kam. „Ich muss los.“

„Komm.“ Er ergriff ihre Hand. „Mein Auto steht ganz in der Nähe. Ich fahre dich hin.“

Bailey versuchte, nicht daran zu denken, wie gut sich seine Hand anfühlte, als sie neben ihm herlief. Die hitzige Auseinandersetzung von vor wenigen Minuten war vergessen. Cody hatte bei ihnen gewohnt und er liebte Baileys Brüder, als wären sie seine eigenen Brüder.

Cody ließ ihre Hand erst los, als sie in seinem Auto saßen. Auf dem Weg zum Krankenhaus unterhielten sie sich über Rickys Erkältung. „Er war in den letzten Tagen müder als sonst.“ Baileys Magen zog sich zusammen. „Wir haben alle gedacht, er würde nur wachsen oder so etwas.“

„Wir müssen beten.“ Wieder ergriff Cody ihre Hand. Er flehte Gott an, bei Ricky zu sein und den Ärzten Weisheit zu geben. Als das Gebet beendet war, zog Bailey ihre Hand zurück. Ihr Verstand arbeitete auf Hochtouren. Was hatte Ricky, und warum hatte er so viele Jahre nach seiner Operation plötzlich Herzprobleme? Und warum … warum zitterte sie am ganzen Körper, nur weil Cody sie kurz berührt hatte?

Sie trafen vor dem Krankenhaus ein, eilten hinein und fuhren mit dem Fahrstuhl in die vierte Etage hinauf in die Kardiologie. Sobald die Fahrstuhltüren aufgingen, entdeckte Bailey ihre Eltern, die auf dem Flur mit einem Arzt sprachen. Ihre Mutter kam ihnen auf dem Flur entgegen. „Er ist stabil." Sie umarmte Bailey stürmisch. „Gott sei Dank, sein Zustand ist stabil." Sie zog die Arme zurück und küsste Bailey auf die Stirn. „Du bist schnell gekommen."

„Cody hat mich gefahren." Baileys Knie zitterten und sie erschauerte. „Was ist passiert?"

„Danke." Ihre Mutter umarmte Cody und lehnte sich dann an die Krankenhauswand. Sie sah blass und erschöpft aus. „Er hat vor der Garage Basketball gespielt."

„Draußen ist es eiskalt." Baileys Knie wurden weich. Sie lehnte sich mit der Schulter an die Wand und schaute ihre Mutter an.

„Du kennst doch Ricky. Er friert nie."

„Das weiß ich noch ganz genau." Cody trat zu ihnen. „Man kann den Jungen auch im tiefsten Winter nicht dazu bewegen, eine lange Hose anzuziehen."

Bailey konnte sich die Ursache nicht erklären, aber in Codys Nähe fühlte sie sich sicher und warm und beschützt. Doch im Moment konnte sie die Gründe dafür nicht analysieren. „Und dann?"

„Er kam ins Haus und war kreidebleich. Er sagte, er habe ein komisches Gefühl in der Brust. Deshalb habe ich seinen Puls kontrolliert." Ihre Mutter schloss die Augen. Als sie sie wieder aufschlug, hingen Tränen an ihren Wimpern. „Er raste wie verrückt, Bailey. Sein Pulsschlag war so schnell, dass ich ihn nicht zählen konnte."

„Hast du ihn ins Krankenhaus gebracht?"

„Das wollte ich, aber dann verlor er das Bewusstsein." Sie schluckte, und Tränen liefen über ihre Wangen. „Ich habe den Notarzt gerufen und bin im Krankenwagen mitgekommen. Dein Vater ist mit den Jungen im Auto nachgekommen. Sie sind im Wartezimmer."

In Baileys Kopf drehte sich alles. Ihr kleiner Bruder war bewusstlos gewesen? Bedeutete das, dass er fast … dass er fast … Sie konnte sich die schrecklichen Möglichkeiten gar nicht vorstellen. „Was war der Grund? Weiß man das inzwischen?"

Ihre Mutter nickte. „Er bekam Herzrhythmusstörungen. Vielleicht wegen der Kälte oder wegen der körperlichen Anstrengung. Vielleicht stimmt aber auch mit seinem Herz etwas nicht."

„Das heißt, dass so etwas wieder passieren könnte?"

„Möglicherweise. Sie machen verschiedene Tests, solange wir hier sind, und am Montag fahren wir in die Kinderklinik in Indianapolis. Dort werden weitere Untersuchungen durchgeführt."

„Was wäre das Schlimmste, das passieren könnte?" Bailey war nicht sicher, ob sie die Antwort auf diese Frage hören wollte. Sie sah im Geiste ihren kleinen Bruder vor sich, wie er am letzten Wochenende vor der Garage Bälle in den Basketballkorb geworfen hatte. Wenn er nicht mehr so viel Sport treiben dürfte, wäre er am Boden zerstört.

„Schlimmstenfalls braucht er einen Herzschrittmacher. Etwas, das dafür sorgt, dass so etwas nicht wieder passiert."

Diese Vorstellung klang entsetzlich. „Er ist noch so jung."

„Es ist nur eine Möglichkeit. Momentan muss er Medikamente nehmen, die seinen Herzschlag steuern." Ihre Mutter richtete sich auf und legte den Arm um Bailey. Mit ihrer freien Hand wischte sie sich wieder die Tränen weg. Dann legte sie den Arm um Codys Schultern. „Es war so beängstigend."

„Ist er wach?" Jetzt, da sie nicht mehr draußen an der eiskalten Luft waren, konnte Bailey Codys Rasierwasser riechen. Sie hasste es, dass sie so selbstverständlich auf seine Nähe reagierte, als hätte sie keinen Freund, als hätte Cody sie nie ignoriert und nie eine Beziehung zu Andi der Freundschaft mit ihr vorgezogen. Sie biss sich auf die Lippe. „Können wir zu ihm gehen?"

Ihre Mutter atmete tief ein und ließ die beiden wieder los. „Er ist müde, aber er freut sich bestimmt, dich zu sehen." Sie schaute Cody an. „Dich auch." Sie schaute ihn ernst an. „Du warst lange nicht mehr bei uns."

„Zu lange." Codys Bedauern war nicht zu überhören.

Baileys Vater unterhielt sich immer noch mit dem Arzt, aber als Bailey und Cody näher kamen, umarmte er die beiden. Seine Augen verrieten, dass er sich genauso große Sorgen um Ricky machte wie ihre Mutter. „Es sah eine Weile ziemlich schlecht aus."

„Wir haben auf der Fahrt hierher gebetet." Bailey ließ den Arm auf dem Rücken ihres Vaters liegen. „Sicher haben alle gebetet."

„Ja, in der Gemeinde haben auch viele gebetet. Ich habe auf dem Weg ins Krankenhaus den Pastor angerufen. Der Mannschaftspastor der Colts hat die Jungs zusammengerufen."

„Ich konnte die Gebete während der ganzen Fahrt hierher fühlen." Ihre Mutter lehnte sich an ihren Vater.

Bailey entspannte sich ein wenig. „Wenigstens geht es ihm wieder gut."

„Im Moment. Sie wollen ihn über Nacht beobachten. Wenn sein Herzrhythmus im Normalbereich bleibt, können wir ihn morgen früh nach Hause holen." Ihr Vater runzelte die Stirn. „Die Untersuchungen nächste Woche werden mehr zeigen."

„Jenny hat etwas von einem Herzschrittmacher gesagt." Cody verlagerte sein Gewicht, sodass er ein wenig näher bei Bailey stand.

„Es könnte noch einmal eine Operation am offenen Herzen nötig sein."

Bailey wurde übel. Sie konnte den Gedanken nicht ertragen, dass ihr Bruder eine solche Operation über sich ergehen lassen müsste. Sie erschauderte leicht und trat zur Tür von Rickys Zimmer. „Wir wollen zu ihm gehen. Ist das in Ordnung?"

„Geht nur." Ihr Vater lächelte die beiden müde an.

Ihre Eltern blieben auf dem Flur und unterhielten sich mit gedämpfter Stimme, während Bailey und Cody zu Ricky ins Zimmer traten. Er sah müde, aber glücklich aus und hatte keine Ahnung, wie gefährlich es in den letzten Stunden um ihn gestanden hatte. „Hey, Cody, wie kommst du denn hierher?"

„Ich habe deine Schwester ins Krankenhaus gefahren." Cody nahm den Platz auf einer Seite des Bettes ein, und Bailey trat auf die andere Seite. „Wir waren gerade zusammen, als sie hörte, dass du im Krankenhaus bist."

„Ja, das war schon komisch." Ricky verzog das Gesicht. „Ich glaube, mir ist nur ein wenig zu kalt geworden."

„Draußen ist es definitiv eiskalt." Bailey strich mit der Hand über seine jetzt klebrigen kurzen Haare. „Wie fühlst du dich, Ricky?"

„Müde." Er gähnte. „Aber ich bekomme schon wieder viel besser Luft."

Sie unterhielten sich eine Weile, und später gesellten sich Baileys Eltern und ihre Brüder zu ihnen. Nach einer halben Stunde wurde es für Bailey und Cody Zeit aufzubrechen. Beide mussten Hausaufgaben machen, und am Abend war Campus für Christus. Da Ricky sich nicht mehr in unmittelbarer Gefahr befand, bestand kein Grund, noch länger zu bleiben. Sie verabschiedeten sich. Ihr Bruder Connor umarmte Bailey besonders lange. „Es war wirklich schlimm", flüsterte er. „Gott hat sein Leben gerettet, Bailey. Ganz ehrlich."

Wieder überkam Bailey eine starke Übelkeit. *Gott, danke, dass du ihm geholfen hast.* Sie sprach das stumme Gebet genauso selbstverständlich aus, wie sie ihren nächsten Atemzug machte. „Schreib mir eine SMS, falls es schlimmer wird."

Connor nickte. „Du bist am Wochenende zu Hause, nicht wahr?"

„Auf jeden Fall."

„Gut." Connor spielte in der aktuellen Aufführung des christlichen Kindertheaters mit, aber an diesem Wochenende waren keine Proben angesetzt. Sie hätten also Zeit, um sich zu erzählen, was sie in den letzten Tagen erlebt hatten, und um miteinander über die neuesten lustigen Videos auf YouTube zu lachen oder über die letzten Neuigkeiten an der Clear Creek High zu sprechen, wo Connor in die zehnte Klasse ging.

Bevor sie sich trennten, zog Connor eine Augenbraue hoch. „Was ist mit Cody?"

Bailey wurde schwer ums Herz. „Nichts. Er war zufällig da, als Mama mich anrief. Das ist alles." Sie trat zurück und winkte Ricky und den anderen noch einmal zu.

„Hey!" Ricky versuchte, sich aufzusetzen, aber er hatte offenbar nicht genug Kraft dafür. „Cody, du musst uns öfter besuchen kommen. Ich kann einen Football jetzt dreißig Yards weit werfen."

Cody schmunzelte. Er und Ricky hatten sich wegen ihrer gemeinsamen Begeisterung für Football immer besonders gut verstanden. „Das muss ich unbedingt sehen."

Bailey war vor Aufregung und Erleichterung sehr erschöpft, als sie und Cody zu seinem Auto zurückgingen. Sein Ellbogen streifte einige Male ihren Arm, und sie bemühte sich, dieses Gefühl nicht zu genießen. Dieser ganze verrückte Nachmittag war wie etwas aus einem Traum, als wäre es nie wirklich passiert. Auf der Rückfahrt zum Wohnheim schwiegen sie, aber diese Zeit gab Bailey eine Gelegenheit, ihre Gedanken zu sammeln und wieder festen Boden unter den Füßen zu finden.

Als Cody sie an der Haustür zu ihrem Wohnheim absetzte, stieg er aus und blieb vor ihr stehen. Jetzt, da sie keinen Grund mehr hatten, zusammen zu sein, war die Unsicherheit zurückgekehrt. Der Wind biss in ihre Wangen, und die kahlen Zweige der Bäume über ihnen klapperten bei jedem Windstoß.

Cody suchte Baileys Blick und schaute ihr tief in die Augen. Ihm gelang es immer, direkt in ihr Herz zu schauen. Das war auch jetzt an diesem Spätnachmittag nicht anders. Schließlich atmete er langsam ein. „Ich habe das, was ich gesagt habe, ernst gemeint."

„Was?"

„Dass wir Freunde sind. Ich gebe nicht auf." Er hatte seine Frustration, die er vor ein paar Stunden gezeigt hatte, jetzt besser im Griff. „Ich werde dich weiterhin anrufen und dir schreiben, bis du mir wieder vertraust."

Bailey hatte das Gefühl, die Luft werde aus ihrer Lunge gepresst. Bis sie ihm wieder vertraute? Kannte er sie wirklich so gut? Konnte er so genau sagen, wie sie sich fühlte, obwohl sie so lange nicht mehr miteinander gesprochen hatten? Sie war nicht sicher, was sie sagen sollte. Deshalb senkte sie wieder den Blick und betrachtete den Schnee.

„Das ist es doch, nicht wahr? Ich bin von der Bildfläche verschwunden, und jetzt vertraust du mir nicht mehr."

Sie wollte ihn auffordern, damit aufzuhören, und ihm erklären, dass er kein Recht habe, ihre Gedanken zu lesen. Aber es berührte sie sehr, dass er sie immer noch so gut kannte. Trotzdem musste sie ehrlich sein. „Ich habe jetzt Tim … und du … du musst mich auch vergessen."

Er wollte etwas sagen, überlegte es sich aber anders. „Das kann ich nicht."

Bailey fühlte, wie die Traurigkeit in ihr wuchs und immer größer wurde. Denn in diesem Punkt irrte er sich. „Doch, das kannst du."

„Ich möchte über dich und mich sprechen. Darüber, was wir …"

„Es gibt kein *dich und mich*, Cody." Sie schottete ihr Herz vor ihm ab, um sich zu schützen. „Du wolltest, dass ich mit Tim zusammen bin, und das bin ich."

„Bist du in ihn verliebt?"

„Ja." Gegen das Zögern in ihrer Stimme war sie machtlos. „Manchmal glaube ich schon, dass ich in ihn verliebt bin."

Ein paar Sekunden glaubte sie, dass er sie darauf hinweisen würde, dass jemand, der verliebt war, das immer war. Und nicht nur manchmal. Aber er schien den Willen verloren zu haben, mit ihr zu streiten. Seine Schultern sanken leicht nach unten. „Also gut.“ Er zog sie zärtlich in eine lange Umarmung. „Ich bin froh, dass es Ricky wieder gut geht.“

„Im Moment.“ Sie bekam fast keine Luft, weil ihr Herz so sehr raste, sobald seine Arme sie umschlossen. Sie konnte sich nicht erinnern, dass sie sich in Tims Armen auch nur ein einziges Mal so gefühlt hätte.

„Ja, im Moment.“ Er umarmte sie immer noch. „Es war schön, dich heute zu sehen. Ich habe mich so gut gefühlt wie schon sehr lange nicht mehr.“

Bailey atmete aus und bemühte sich, nicht zu weinen. „Danke“, sagte sie leise, „dass du heute da warst.“

Als sie es nicht ertragen konnte, Cody auch nur einen Moment länger so nahe zu sein, trat sie zurück. Sie wollte ihm sagen, wie wunderbar es war, ihn zu sehen, und dass sie sich trotz ihrer großen Angst um Ricky in seiner Nähe sicher und beschützt gefühlt hatte. Aber das würde zu nichts führen. Sie trat einen Schritt auf ihr Wohnheim zu. „Bis später bei Campus für Christus.“

Eine leichte Enttäuschung trat in seine Augen, aber er lächelte trotzdem. „Okay. Bis später.“

Bailey drehte sich um und ging schnellen Schrittes den Gehweg hinauf und ins Wohnheim. Sie drehte sich nicht um und winkte ihm kein letztes Mal zu, obwohl sie ihm gern noch einen letzten verstohlenen Blick zugeworfen hätte. Aber sie konnte sich nicht umdrehen. Nicht weil sie Angst hatte, dass er die Tränen sehen würde, die jetzt über ihr Gesicht liefen, sondern weil sie nicht wollte, dass er etwas noch viel Schlimmeres sehen würde. Ihre Augen würden zweifellos eine unverrückbare Tatsache verraten, egal ob sie mit Tim zusammen war oder nicht:

Sie war immer noch in Cody Coleman verliebt.

Kapitel 13

Kelly wollte sich für Chase freuen, aber sosehr sie sich auch bemühte, fühlte sie nichts anderes als die bekannte Verzweiflung. Sie saß auf der Kante ihres gemeinsamen Bettes und schaute zu, wie ihr Mann aufgeregt durchs Zimmer eilte, seine Tasche packte und vor Vorfreude auf das, was diese Woche bringen würde, fast platzte.

„Das kannst du mir glauben, Kelly, ich hatte ehrlich schon angefangen, daran zu zweifeln, ob das mit *Der Löwenzahnjunge* wirklich Realität werden würde. Es hätte ja sein können, dass Kendall nur zu optimistisch ist. Verstehst du?“

Von den Waffeln, die Kelly zum Frühstück gegessen hatte, bekam sie Bauchschmerzen. Sie verschränkte die Arme vor sich und nickte. „Ich hatte auch meine Zweifel.“

„Aber so ist Gott. Vier Wochen passiert nichts, kein Anzeichen, dass Kendalls Informationen sich bestätigen würden. Brandon Paul hätte seine Meinung ändern können oder die Studios hätten ihr Interesse verlieren können. Und dann …“ Er schnippte mit den Fingern. „Dann kommt aus heiterem Himmel ein solcher Anruf. Ehrlich, Kendall ist wirklich eine Wucht. Sie macht Träume wahr, das kannst du mir glauben.“

Kelly fragte sich, ob ihrem Mann eigentlich bewusst war, was er da sagte. „Sie muss wirklich eine ganz besondere Frau sein.“

„Das ist sie.“ Chase brach ab, als begreife er zum ersten Mal, was er seit fünf Minuten von sich gab. „In Bezug auf die Filmindustrie.“

Es war Ende Februar und der Anruf war gestern gekommen. Kendall hatte offenbar hinter den Kulissen ihre Kontakte geknüpft, und jetzt wollte sie, dass Chase und Keith für eine Woche zu Verhandlungen und Besprechungen nach LA kämen. Sie wollten über die Realisierung ihrer Träume sprechen. Eifersucht war für Kelly nie ein Thema gewesen, aber jetzt regte sich dieses Gefühl sehr stark in ihr. Ihr Mann konnte überhaupt nicht aufhören, von Kendall und den Wundern, die sie in Hollywood wirkte, zu schwärmen.

Der erste Termin diese Woche war eine private Vorführung von *Der letzte Brief* am Montagabend in Kendalls Haus. Dabei sein wollten

Kendall, ihr Vater, Stephanie und der berühmte Brandon Paul von NTM, Teenagerschwarm und ohne Übertreibung einer der bekanntesten Superstars der USA. Kelly konnte Chases Aufregung nachvollziehen. Wenn nur Kendall nicht ein so wichtiger Bestandteil der ganzen Sache wäre!

„Ich kann es kaum glauben." Chases Lächeln schien dauerhaft in sein Gesicht gemeißelt zu sein. Sein Tonfall war seit Kendalls Anruf pausenlos begeistert. „Diese ganzen einflussreichen Menschen kommen zusammen, um unseren Film zu sehen."

„Sie müssen sehen, ob ihr euer Geld wert seid." Kelly meinte diese Bemerkung positiv, aber die Worte fühlten sich schal an, als sie über ihre Lippen kamen. Wieder drückte sie die Arme fest auf ihren schmerzenden Bauch.

„Ob wir unser Geld wert sind?" Sein Lächeln verblasste ein wenig. „Sie wissen bereits, dass wir unser Geld wert sind. Sonst kämen sie nicht, um sich den Film anzusehen." Er lachte kurz, als wollte er keine Zeit damit vergeuden, negativen Gedanken Raum zu geben oder sich von seinen Zielen ablenken zu lassen. Ein Stapel Hemden lag auf einer Seite des Bettes. Er legte ihn in seinen offenen Koffer. „Es geht darum, dass Kendall zeigt, was wir können, und dass sie alle anderen auch dafür begeistert, damit wir anfangen können, für *Der Löwenzahnjunge* alles unter Dach und Fach zu bringen."

„Etwas anderes wollte ich auch nicht sagen." Kelly stand seufzend auf. Sie schaute zu, wie Chase Socken und einige dunkle Jeanshosen in den Koffer packte. Dann trat sie ans Schlafzimmerfenster und schaute zum Nachbarhaus hinüber. In solchen Momenten hatte sie das Gefühl, die Häuser stünden so nahe zusammen, dass sie praktisch nur den Arm auszustrecken bräuchte, um den Nachbarn die Hand zu schütteln. Sie schloss die Augen und dachte daran, wie einsam sie sich fühlte, wenn Chase fort war. Er fuhr weg und zeigte den Leuten in Hollywood seinen Film. Aber was wurde aus ihr?

Chase unterbrach das Packen und schaute sie an. „Ist mit dir alles in Ordnung?" Er lächelte immer noch und seine Augen strahlten. Aber zum ersten Mal an diesem Abend trat eine leichte Besorgnis in seine Miene.

„Es ist schwer, wenn du fort bist."

„Schatz." Chase kam zu ihr und legte die Hände auf ihre Schultern.

„Das ist nur für kurze Zeit. Gott öffnet uns so viele Türen. Kendall sagt, es ist nur eine Frage der Zeit, bis wir uns ein Haus in LA kaufen können. Dann kann ich jeden Abend zu Hause sein."

„Kendall muss es ja wissen." Ein müdes Lächeln trat auf Kellys Lippen. Sie wollte nicht bitter oder ausgelaugt klingen. „Das wäre schön."

„Ja, ich fände das auch schön." Er beugte sich vor und küsste sie auf den Mund. Es war ein zärtlicher, intensiver Kuss. „Das wäre für uns alle schön."

„Was soll ich bis dahin machen?" Sie schaute aus dem Fenster. „Du überlässt mir die Erziehung der Mädchen, die Regelung der Finanzen, den Haushalt." Sie drehte sich wieder zu ihm herum. „Das bleibt alles ganz allein an mir hängen."

Chase hatte immer noch die Hand auf ihrem Rücken liegen, ließ sie aber jetzt sinken. „Ich war im Februar fast die ganze Zeit zu Hause."

„Ich weiß." Wieder zwang sie sich zu einem schwachen Lächeln. „Es tut mir leid. Es ist einfach … dass ich das Gefühl habe, ausgeschlossen zu sein, Chase."

„Wovon?"

„Von allem, was du machst. Von der Aufregung und den Meetings, den Kontakten zu Leuten in der Filmindustrie. Die Filmvorführung bei Kendall, die Gesprächen mit Leuten wie Stephanie Fitzgerald und Brandon Paul." Sie schaute ihn an. „Findest du das nicht manchmal ein wenig unwirklich?"

Chase dachte über ihre Frage nach. „Nein, eigentlich nicht." Er schaute sie an. „Wir haben dafür gebetet. Wir alle. Weißt du noch? Tag für Tag, monatelang. Jetzt erhört Gott unsere Gebete und ich bin einfach nur dankbar."

Kelly nickte, fühlte aber, wie ihr Lächeln verschwand. Er packte wieder weiter und erzählte von dem Gespräch, das er mit Kendall und Brandon Pauls Agenten geführt hatte, und wie begeistert der junge Schauspieler sei, weil er die Hauptrolle in *Der Löwenzahnjunge* spielen könne, und dass Stephanie Fitzgerald ihm eine SMS geschickt habe. Sie hatte ihm tatsächlich geschrieben! Stephanie konnte es kaum erwarten, seine Arbeit am Montagabend bei Kendall zu bewundern.

Kelly betrachtete ihren Mann, während er sprach und packte und sich mit der Energie eines Menschen bewegte, der zu einer einmaligen Chance aufbrach, die man nicht oft im Leben bekam. Etwas an ihm wirkte anders, selbstsicherer vielleicht. Das war besser, als wenn er niedergeschlagen und entmutigt wäre und in Angst oder Resignation versinken würde. Aber trotzdem gab es Momente, in denen sie das Gefühl hatte, sie würde zuschauen, wie ein Fremder seine Sachen packte. Die Energie in seinem Gesicht, der Schwung in seinen Schritten, die Begeisterung in seiner Stimme. Und die Erkenntnis, dass sie in seiner Begeisterung keine Rolle spielte.

Plötzlich spielten sich mehrere Szenarien vor Kellys innerem Auge ab: Chase kam in Los Angeles an, wurde vom Lebensstil in Hollywood verführt und wollte länger als eine Woche bleiben und dort vielleicht ein Haus mieten, damit er nicht ständig pendeln müsste. Sie malte sich aus, dass er nach Hause käme und ihr mitteilte, dass er bei Stephanie wohnen würde oder vielleicht bei Kendall. Er würde sie anrufen und ihr sagen, dass er von ihrer Niedergeschlagenheit genug habe und dass ihn ihre Gewichtszunahme frustriere. Vielleicht zogen er und Brandon Paul in die Nachtklubs und Bars und Chases Foto würde in der Boulevardpresse erscheinen.

„Kelly?“ Chase stand mit leicht geöffneten Lippen da und schaute sie verständnislos an. „Ich habe mit dir gesprochen.“

„Entschuldige.“ Sie atmete erneut tief ein und brachte nur mit Mühe die Energie auf, durch den Raum zu gehen. Sie ließ sich auf der Bettkante nieder und schaute ihn an. „Was hast du gesagt?“

„Ich habe gefragt, ob bei den Mädchen diese Woche irgendetwas Besonderes ansteht.“

Kelly war nicht sicher, ob er diese Frage ernst meinte, und konnte ihn nur anstarren. „Abgesehen von Mollys fünftem Geburtstag am Freitag, meinst du?“

„Äh …“ Chase blinzelte und stammelte ein wenig. „Genau. Abgesehen davon.“

„Du hast ihren Geburtstag vergessen.“

„Nein.“ Er drehte sich wieder zu seinem Koffer herum und kramte in den Sachen, die er schon eingepackt hatte. „Ich war abgelenkt. Das ist alles.“

„Du hast den Geburtstag deiner Tochter vergessen, Chase. Gib es doch einfach zu!“ Die Wut, die jetzt in Kelly flackerte, war das erste starke Gefühl, das sie seit heute Morgen hatte. Sie fühlte sich besser, weil es ihr irgendwie guttat, dass sie wenigstens darüber die Kontrolle hatte.

„Ich habe viel zu tun, okay." Einen kurzen Moment vertrieb seine Ungeduld seine Begeisterung. „Natürlich weiß ich, wann Molly Geburtstag hat. Ich habe nur vergessen, dass er schon diese Woche ist. Das ist alles."

„Ja, er ist schon diese Woche." Kelly verlor die Lust, mit ihm zu streiten. „Du bist bis dahin zu Hause. Zerbrich dir also nicht den Kopf, Chase. Ich werde dafür sorgen, dass alles vorbereitet ist. Ein paar Geschenke, Luftballons, eine Torte und Eis. Alles. Du brauchst nichts anderes zu tun, als aus Hollywood nach Hause zu kommen."

„Danke." Sein Stirnrunzeln blieb. Offenbar verstand er selbst nicht, wie er hatte vergessen können, welche Woche war. Aber nach ein paar Sekunden deutete er zur Schlafzimmertür. „Ich brauche ein paar Sachen aus der Küche. Ich bin gleich wieder da."

Einen panischen Moment lang fragte Kelly sich, ob er ihre Kekse finden würde, aber dann entspannte sie sich. Sie hatte sie ganz hinten im Kühlschrank versteckt; dort würde Chase sie bestimmt nicht finden. Niemand würde dort nachsehen. Sie stand auf und trat an den Spiegel über ihrer Schlafzimmerkommode, die sie gebraucht gekauft hatten. Eine Seite des Eichenrahmens war zerkratzt, aber abgesehen davon erfüllte die Kommode ihren Zweck. Kelly sah sich jedes Mal im Spiegel, wenn sie das Schlafzimmer betrat oder verließ. Jeden Tag stellte sie fest, dass sie sich ein wenig weiter von ihrem Normalgewicht entfernte. Ein deutliches Indiz dafür, dass ihr Leben immer mehr außer Kontrolle geriet. Sie starrte ihr Spiegelbild an und sah, wie sich ihre Seiten gerundet hatten und ihre Hüften breiter geworden waren.

Warum tue ich mir das an, Gott? Kelly musterte sich und wartete. Aber sie hörte keine göttliche Antwort. In ihr regten sich nur die Scham und die Schuldgefühle, die mit jedem Tag erdrückender wurden, an dem sie es weiter vor sich herschob, ihre Essgewohnheiten zu ändern. Das Verrückte war, dass sie diesen ganzen Müll eigentlich gar nicht essen wollte. Ehrlich gesagt schmeckte nichts, das sie sich in den Mund schob, so gut, dass sie dafür ihre Gesundheit und ihr Aussehen ruinieren wollte. Aber sie aß trotzdem weiter. Es war fast, als wollte sie sich mit dem Essen umbringen. Oder wenigstens etwas von sich umbringen. Denn wenn sie mit diesem Essverhalten anfing, gab es nie genug Schokolade, nie genug Kekse oder Eis, um die schmerzliche Leere zu füllen. Sie hatte keinen Hunger, sie war am Ende. Sie war zu sehr entmutigt, um die Sonne draußen zu sehen.

Kelly hörte Chase zurückkommen und trat vom Spiegel weg. Es war besser, wenn er sie nicht dabei ertappte, wie sie sich im Spiegel betrachtete. Das würde ihm womöglich die Augen dafür öffnen, wie sehr sie sich verändert hatte. Sie redete sich ein, dass ihm vielleicht nicht auffiele, was mit ihr los war, solange sie seine Aufmerksamkeit nicht auf sich lenkte. In einem Moment wie jetzt glaubte sie diese Lüge. Deshalb trat sie hastig vom Spiegel weg, bevor er die Schlafzimmertür erreichte.

„Vitamine!" Er hielt eine Flasche mit Vitamintabletten hoch und warf sie in seinen offenen Koffer. „Die darf ich auf keinen Fall vergessen!" Summend holte er ein Deo und eine Zahnpasta aus dem Badezimmer.

Wie kann er so glücklich sein?, fragte Kelly sich. *Sieht er denn nicht, dass ich zerbreche?* Sie beobachtete ihn, aber er platzte fast vor Freude und Glück und konnte es nicht erwarteten, wohin Gott sie bei ihrer Filmproduktion führen würde. Unübersehbar freute Chase sich darauf, eine Woche mit Keith und Kendall und seinen neuen Freunden zu verbringen. Kelly und ihre Fragen, ihre Unsicherheit, ihre Zweifel und ihre Niedergeschlagenheit tauchten auf seinem Radar nicht auf. Und die Mädchen auch nicht.

Molly und Macy stürmten ins Zimmer. Macy lief hinter ihrer älteren Schwester her und schrie nach der Puppe in Mollys Händen. „Meins!" Ihre Stimme durchschnitt die Luft. „Meine Puppe!"

„Nein!" Molly hielt die Puppe so hoch, dass Macy sie nicht erreichen konnte. „Sie gehört mir. Mama, sag ihr, dass sie mir gehört!"

Chase packte seinen Rasierapparat in seinen Waschbeutel und schien die beiden gar nicht zu bemerken. Kelly seufzte und bückte sich zu Macy hinab, um mit ihr auf Augenhöhe zu sein. „Dir gehört die Puppe mit dem blauen Kleid. Weißt du noch?"

Macy schob schmollend die Unterlippe vor. „Ich will aber diese Puppe!"

Kelly dachte, dass sie viel Ähnlichkeit mit ihrer jüngsten Tochter hatte, weil sie das ungesunde Essen wollte, das nicht gut für sie war. Dieses Problem war genauso alt wie die Menschheit. Schon im Garten Eden hatte es dieses Problem gegeben. Sie zog Macy nahe an sich heran und strich über ihre blonden Haare. „Die rosa Puppe gehört Molly." Sie bemühte sich, mit den Mädchen ruhig zu sprechen. „Jetzt komm, wir suchen deine Puppe. Okay?"

Da ihr kaum eine andere Wahl blieb, zögerte Macy nur einen Moment. Dann legte sie die Hand in Kellys Hand und schob das Kinn vor. „Ich habe Mama."

Molly sah beunruhigt aus, bis Kelly seufzte. „Ihr habt mich beide, und ich habe euch beide." Sie lächelte die Mädchen an und ging dann mit Macy ins Kinderzimmer, um die Puppe mit dem blauen Kleid zu suchen.

„Siehst du?" Sie hielt sie Macy hin. „Diese Puppe ist für dich die beste, weil sie dir gehört."

Macy klammerte sich an die Puppe und drückte sie an ihr Gesicht. „Meins."

Kelly sank vor dem Bett ihrer Tochter auf die Knie und schloss die Augen. In letzter Zeit fühlte sich ihr Körper an wie auf einer wilden Achterbahnfahrt. In der einen Minute war sie voll Energie, doch im nächsten Moment erlebte sie einen so starken Einbruch, dass sie kaum genug Kraft aufbrachte, um durchs Haus zu gehen. Wie in diesem Augenblick. Molly hüpfte ins Zimmer und hatte ihre Puppe fest umklammert. „Siehst du, Macy, da ist deine Puppe."

Macy hatte keine Lust mehr zu streiten und klammerte sich nur noch fester an ihre Puppe. „Meins", sagte sie wieder.

„Mädchen!" Kelly hatte jetzt die Augen wieder aufgeschlagen. „Wir dürfen nicht vergessen, dass wir uns lieben. Ihr zwei seid die besten Freundinnen. Deshalb solltet ihr euch auch so verhalten. Das würde Jesus von uns wollen." Kelly kam sich wie eine Heuchlerin vor, als sie diese Worte aussprach. Was Jesus wollen würde? Hatte sie in den letzten Monaten überhaupt an so etwas gedacht? Das eigentliche Problem war ihre Beziehung zu Chase. Was würde passieren, wenn die Träume der beiden Männer wahr würden? Das Risiko wäre dann weniger finanzieller Art, sondern vielmehr moralischer Art. Was wäre, wenn Chase sich mit der schönen Kendall Adams zu sehr anfreundete? Oder was wäre, wenn sie plötzlich in Geld schwämmen? Wie könnten sie ein unbeschwertes Hollywoodleben führen und sich trotzdem noch um die Seelen der Menschen sorgen?

Das alles jagte Kelly eine große Angst ein und trieb sie an, ihre Gefühle lieber zu vergraben, als ihre Zweifel vor Chase oder gar vor Gott auszusprechen.

„Schatz? Ich muss los“, rief Chase aus der Küche.

„Kommt mit, Mädchen.“ Kelly fühlte sich wie eine alte Frau, als sie sich auf die Beine schob. „Wir wollen Papa Tschüs sagen.“

„Aber …“ Mollys Augen wurden vor Sorge ganz groß. „Er kann doch nicht wegfahren. Ich habe bald Geburtstag.“

„Zu deinem Geburtstag ist er wieder da.“ Kelly hoffte, ihr Lächeln könnte Molly beruhigen.

Sie gingen in die Küche und umarmten Chase nacheinander. Er strahlte immer noch eine aufgeregte Begeisterung aus, als könne er es nicht erwarten, nach LA zu kommen.

„Was steht heute Abend auf dem Programm?“ Kelly schaute ihn mit verschränken Armen an.

„Wir gehen den ersten Entwurf des Drehbuchs für *Der Löwenzahnjunge* durch. Wir werden heute nicht alles schaffen, aber wir haben morgen fast den ganzen Tag Zeit. Am Abend ist dann die Filmvorführung bei Kendall.“

Kelly nickte langsam. Sie hatte Kendall nie persönlich kennengelernt, aber sie hatte sie gegoogelt und Bilder von ihr gesehen. Die Frau war jung, blond, sah umwerfend aus und strahlte die Begeisterung aus, zu der Kelly sich in letzter Zeit nicht aufraffen konnte. Alles an ihr schien den Glamour von Hollywood und die Faszination der Filmwelt zu repräsentieren. Kelly seufzte und schob die Arme um Chases Taille. „Fahrt vorsichtig.“

„Das werden wir.“ Er hob mit dem Zeigefinger ihr Kinn hoch. „Geht es dir gut?“

„Bestens.“ Sie setzte das eingeübte Lächeln auf, bei dem er jedes Mal aufhörte, weiter nachzubohren. „Ich freue mich für dich.“

„Ich will, dass du dich für *uns* freust. Für dich *und* mich. Wenn alles so weitergeht, könnten wir in einem Jahr schon in LA wohnen. Dann sind wir nicht mehr tagelang voneinander getrennt.“

Kelly versuchte, sich vorzustellen, wie sie in die Hollywoodwelt passen sollte. Sie müsste wochenlang hungern, bis sie sich in eine Jeans Größe 36 zwängen könnte, und sie müsste ihre Haare so blond wie Kendall färben. Sie würde nie in diese Welt passen. Was dann? Wie könnten sie und Chase weiter zusammenleben, wenn er diese Welt wollte und sie sich darin wie ein Fremdkörper fühlte? Sie behielt ihr Lächeln bei. „Wie du willst, Chase.“

„Nicht wie ich will." Er beugte sich vor und küsste sie sanft. „Wie Gott will. Er erhört unsere Gebete. Du wirst schon sehen." Seine Augen leuchteten. „Wir schaffen das, Schatz. Wir werden die Welt mit der Macht des Films verändern. Gott hilft uns dabei."

„Dann werde ich weiter beten." Das war eine Sache, die sie tun konnte, auch wenn ihr nicht der Sinn danach stand, mit Gott zu sprechen. Sie würde beten. Und vielleicht würde sie morgen das ungesunde Essen wegwerfen und versuchen, sich gesünder zu ernähren: Lachs und Brokkoli, Eiweiß und Gemüse, Joghurt und Leinsamen. Sie wusste, wie es ging. Jetzt musste sie es nur dringend genug wollen, um die Veränderungen anzugehen.

Chase rollte seinen Koffer zur Haustür und umarmte noch einmal alle zum Abschied. „Ich rufe an, wenn wir heute Abend im Hotel sind."

„Ihr wohnt wieder im Georgian?" Kelly schwang Macy hoch und setzte sie auf ihre Hüfte.

„Ja. Dasselbe Hotel, dasselbe Zimmer. Unser Zuhause, wenn wir nicht zu Hause sind."

Es hatte sich herausgestellt, dass Ben Adams den Eigentümer des Georgian kannte, und jetzt zahlten die Männer deutlich weniger für die Übernachtung. Das war wirklich gut, da ihre Ersparnisse aufgebraucht waren und sie noch einige Monate überstehen mussten, bevor ein Studio ihnen ihren Anteil an den Einnahmen auszahlte und sie das Geld, das sie in *Der letzte Brief* investiert hatten, zurückbekommen konnten. Chase hoffte, dass es zu einem Screening in NTMs Heimkino-Abteilung käme, wenn Brandon Paul der Film gefiel, und dass der Studioriese den Film vielleicht aufnehmen würde. Das war ein weiteres Anliegen, für das sie beteten.

Kelly, Molly und Macy standen vor dem Haus auf der Treppe und winkten, als Chase in seinem alten Auto wegfuhr. Die Mädchen wollten in den Garten hinter dem Haus gehen und schaukeln. „Schubs uns an, Mama! Bitte!"

Kelly öffnete ihnen das Gartentor und versprach, in ein paar Minuten nachzukommen. Als sie allein war, holte sie eine Schüssel mit Schokonüssen aus dem Küchenschrank und stellte sie auf die Arbeitsplatte. Sie brauchte Energie, wenn sie eine weitere Woche als alleinerziehende Mutter überstehen sollte. Sie nahm sich eine kleine Handvoll und schob sie sich in den Mund.

„Mama!", kreischten die Mädchen vor Begeisterung, als sie im Garten auftauchte. Der Garten war klein und beengt, die Schaukel ein verrostetes Überbleibsel von ihren Vormietern. Aber das störte die Mädchen nicht. Für sie war es das Paradies, ein Spielplatz nur wenige Schritte von der Haustür entfernt. „Anschubsen, Mama!" Molly versuchte, sich mit ihren kleinen Beinen anzuschieben, aber sie kam nicht sehr hoch.

„Mich auch anschubsen!" Macy saß neben ihrer Schwester auf der Schaukel und klammerte sich an die Ketten, um nicht herunterzufallen.

„Das ist nicht fair! Ich bin dran!", beschwerte sich Molly und schob schmollend die Unterlippe vor.

„Ihr kommt beide dran." Kelly schaute ihre älteste Tochter vielsagend an. „Du musst mit deiner Schwester Geduld haben." Kelly gab Macy ungefähr eine Minute lang Anschwung. Dann ging sie auf die andere Seite zu Molly. „Seht ihr, ihr kommt beide nicht zu kurz."

Während sie die Mädchen anschubste, fiel Kelly auf, dass das Gras im Garten schon wieder viel zu hoch war. Aber der Rasenmäher brauchte ein neues Messer und musste insgesamt überholt werden. Das konnten sie sich aber im Moment nicht leisten. Außerdem hatten beide Mädchen am nächsten Tag einen Zahnarzttermin; das bedeutete fünfzehn Dollar Behandlungsgebühr für jede. Sie blinzelte die Tränen zurück und schubste ihre Töchter weiter an. *Guter Gott, ich fühle mich so überfordert. Bitte hilf mir, das alles zu schaffen. Ich schaffe es nicht allein.*

Geliebte Tochter, du bist nicht allein. Ich bin immer bei dir.

Die Erinnerung hallte laut und deutlich in den einsamen Stellen ihres Herzens wider. Auf dem Missionsfeld hatte sie Gottes Stimme ständig gehört. Aber hier wurde Gott vom Lärm des Alltags übertönt. Ein neuer Friede erfüllte sie und warf ein Licht auf diesen Moment. *Danke, Herr … dass du mich hier siehst und dass ich dir nicht gleichgültig bin.*

„Ich schaukle höher als du, Macy." Molly schob das Kinn vor und schwang die Füße hoch in die Luft.

„Nein! Ich bin auch höher!"

„Jetzt wird es Zeit für eine Pause." Kelly richtete sich auf und drückte die Hand in ihren Rücken. Sie hoffte auf ein weiteres sanftes Flüstern, aber bei den lauten Stimmen ihrer kleinen Töchter konnte sie nichts hören. „Kommt, wir gehen hinein und malen."

Die Mädchen zögerten, aber dann grinsten sie sich an, rutschten von den Schaukeln und liefen lachend ins Haus. Ihre Streitereien waren vergessen. Kelly fuhr sich mit den Fingern durch ihre schulterlangen, dunklen Haare und folgte ihnen.

Molly lief in die Küche und entdeckte sofort die Schüssel mit den Süßigkeiten. „Hey!“ Sie deutete auf die Schüssel. „Das ist Schokolade.“ Sie kicherte. „Das ist besser als Malen.“

Kellys Wangen begannen zu glühen, aber sie fing sich schnell wieder. Molly hatte keine Ahnung, dass man Essen verstecken konnte. Deshalb fiel ihr nicht auf, dass plötzlich Süßigkeiten auf dem Tisch standen, sobald ihr Vater fort war. „Süßigkeiten sind für besondere Momente.“ Sie schob die Schüssel nach hinten auf die Arbeitsplatte, dass sie teilweise hinter einer Pflanze stand – auf jeden Fall so weit weg war, dass sie aus der Augenhöhe der Mädchen nicht zu sehen war. Sie wollte, dass ihre Töchter sich gesund ernährten und in ihrer Kindheit und Jugend so wenig wie möglich von den Süßigkeiten aßen, die Kelly so süchtig machten. „Vielleicht ein paar nach dem Mittagessen.“

„Mama“, jammerte Molly laut. „Bitte, können wir ein paar haben?“

„Später.“ Sie stemmte die Hände in die Hüften. „Und wenn du so jammerst, bekommst du überhaupt keine.“

Molly brauchte ein paar Sekunden, aber dann setzte sie ihr süßestes Lächeln auf. „Ja, Mama.“

Sie malten eine halbe Stunde. Kelly schaltete den Mädchen gerade den Fernseher ein, damit sie eine Kindersendung sehen konnten, als das Telefon klingelte. Sie sah Chases Handynummer auf dem Display und lächelte. Natürlich. Er rief an, um sich dafür zu entschuldigen, dass er ihre Opfer nicht gewürdigt hatte. Er hatte den ganzen Spaß, und sie hatte die Arbeit. Nach einer Stunde im Auto hatte er seinen Fehler bestimmt eingesehen.

„Hallo?“ Ihre Stimme war freundlich und verständnisvoll. „Chase?“

„Es tut mir leid, Schatz.“ Er klang eher frustriert als reumütig. „Kendall hat gerade angerufen. Sie hat für Freitag einen Termin mit Brandon und seinem Agenten vereinbart. Das ist der einzige Tag, an dem beide Zeit haben.“

Sie erstarrte. „An Mollys Geburtstag?“

„Ja.“ Sein Seufzen drang an ihr Ohr. „Es tut mir so leid. Wir feiern am Sonntag, wenn ich zu Hause bin.“

„Sie ist keine zwei mehr, Chase. Sie weiß, an welchem Tag sie Geburtstag hat, und sie wird wissen, dass du nicht da bist.“

„Was soll ich denn machen?" Sein Tonfall klang leicht gereizt, als hätte er keinen Widerspruch erwartet. „Du weißt, dass ich da wäre, wenn ich könnte. Es ist nicht so, dass ..."

„Was?"

„Komm schon, Kelly." Seine Stimme nahm wieder einen sanfteren Tonfall an. „Mir gefällt das genauso wenig wie dir. Das ist ein Opfer, das wir bringen müssen."

„*Wir?*" Die Woche lag wie eine endlose Reihe wolkiger, grauer Nachmittage ohne die geringste Aussicht auf Sonnenschein vor ihr. „Meinetwegen, Chase. Wie du meinst."

Eine lange Weile sagte er überhaupt nichts. Sie konnte den Wind und den Verkehr im Hintergrund hören. Schließlich stöhnte er leise. „Ich tue mein Bestes, Schatz. Das musst du mir glauben."

Molly und Macy saßen im Wohnzimmer, hatten die Arme umeinander gelegt und schauten wie gebannt auf den Fernsehbildschirm. Kelly und die Mädchen würden diese Woche überstehen. Welche andere Wahl blieb ihnen? Sie schloss die Augen und rieb sich den Nasenrücken. „Ich glaube dir."

„Also gut." Er klang erleichtert. „Wir sprechen heute Abend weiter."

Er legte auf, und Kelly spürte, dass ihr Tränen in die Augen traten. Wie konnte sie erklären, dass sie den Haushalt nicht allein führen wollte, dass sie es müde war, so oft eine alleinerziehende Mutter zu sein? Trotz der ganzen guten Nachrichten in Bezug auf *Der letzte Brief* und *Der Löwenzahnjunge* gab es keine Garantie. Jeder Schritt auf dem Weg schien Chase weiter von ihr wegzuführen und ihn weiter von dem einfachen Leben als Missionar wegzuholen, das sie früher geführt hatten.

Gott, bist du hier? Wirklich? Sie schniefte und lauschte, aber dieses Mal hörte sie nichts. Keine Antwort, keine Bibelverse, die ihr Weisheit oder Trost oder Frieden gaben. Plötzlich hatte sie den starken Wunsch wegzulaufen, schnell und weit weg, irgendwohin – Hauptsache fort von diesem alten, kleinen Haus. Sie wollte sich Chase gegenüber öffnen, aber sie war nicht bereit, ihm von ihrem aussichtslosen Kampf gegen die Entmutigung zu erzählen. Sie sagte ihm nicht, dass sie unter Depressionen litt. Denn dann würde er überhaupt nicht mehr heimkommen wollen. Aber das bedeutete, dass sie wenig zu sagen hatte. Weder zu ihm noch zu sich selbst. Sie nahm sich noch eine Handvoll Schokonüsse und steckte sich alle auf einmal in den Mund. Dann ging sie in den hinteren Teil des Hauses, starrte aus dem Fenster und weinte. Nicht nur wegen der Dunkelheit, in die sie sich hineinmanövriert hatte.

Sondern weil sie nicht mehr wusste, wie sie ins Licht zurückfinden sollte.

* * *

Keith sah, wie sein Freund sein Handy zuklappte und es auf die Konsole zwischen den zwei Sitzen zurücklegte. Eine gewisse Beunruhigung regte sich in seiner Brust. „Wie geht es ihr?" Keith fuhr die erste Etappe der Strecke. Er warf einen Blick auf Chase und sah dessen Frust.

„Nicht gut." Chase stützte den Ellbogen auf den Fensterrahmen und ließ den Kopf in seine Hände fallen. „Manchmal glaube ich, sie versteht das nicht. Die Zeit, die ich fort bin, ist für mich auch schwer."

Eine Weile sprach keiner von ihnen ein Wort. Dann atmete Keith tief ein, ohne den Blick von der Straße vor sich abzuwenden. „Mein Vater hat immer gesagt, dass das Leben wie ein roher Pizzateig ist."

Chase warf ihm einen fragenden Blick von der Seite zu.

„Denk einmal darüber nach." Keith lehnte sich zurück und hielt mit einer Hand das Lenkrad fest. Es herrschte nicht viel Verkehr an diesem schönen Nachmittag mit blauem Himmel und fünfundzwanzig Grad. Er rückte seine Sonnenbrille zurecht. „Du bekommst eine Teigkugel, und du rollst den Teig dein Leben lang aus und machst ihn so groß, wie du kannst." Er warf wieder einen Blick auf Chase. „Beim Ausrollen bilden sich kleine Risse an den Rändern. Wenn du sie sofort kittest, gibt es keine Probleme. Aber wenn du nichts unternimmst, werden sie den ganzen Teig zerreißen."

„Das hat dein Vater gesagt?" Chase klang müde.

„Er war ein kluger Mann. Er hat jede Woche Pizza für uns gemacht. Und fast jedes Mal hat er uns dabei diese Geschichte erzählt." Keith sah im Geiste seinen Vater vor sich, wie er den Teig ausrollte und immer wieder innehielt, um die Risse zu kitten. „Risse in der Pizza und Risse im Leben haben vieles gemeinsam. Entweder du unternimmst frühzeitig etwas dagegen, oder du verlierst alles, wofür du gearbeitet hast."

Chase ließ die Hände auf seinen Schoß sinken und kniff die Augen zusammen. „Risse." Er drehte sich so, dass er Keith besser sehen konnte. „Wie der Riss zwischen Kelly und mir?"

„Genau." Keith wollte nichts dramatisieren. Chase hatte schon eine ganze Weile Probleme in seiner Beziehung mit Kelly, und es sah immer so aus, als könnten sie ihre Meinungsverschiedenheiten beilegen. Aber falls sich ein Riss gebildet hatte, war es wichtig, ihn zu kitten. Seine Miene wurde ernster. „Chase, egal, worum es geht, du solltest diesen Riss nicht ignorieren. Du und Kelly, eure Ehe, eure Familie, das ist wichtiger als alles andere. Weißt du, was ich meine?"

Langsam nickte Chase. Er drehte sich um und schaute aus dem Seitenfenster. Es wurde wieder still im Auto. Keith störte diese Gesprächspause nicht. Vielleicht schenkte Gott Chase ein Bild: der Pizzabäcker, der den Teig ausrollt und immer wieder Pausen einlegt, um die Risse zu kitten.

Gott, sprich mit ihm. Gib ihm Weisheit in Bezug auf Kelly. Wir sind so weit gekommen und dürfen nicht zulassen, dass unsere Familien dadurch zerstört werden, dass wir Filme drehen wollen. Bitte, Gott.

Ich bin bei dir, mein Sohn. Ich bin der starke Turm, zu dem du in Zeiten der Not flüchten kannst. Ich bin hier.

Die stille Antwort hallte in Keiths Herz wider. Es störte ihn nicht, wenn Chase den Vergleich mit dem Pizzateig für ein wenig seltsam hielt. Dieses Bild hatte ihm schon oft geholfen und Keith hatte es seit seiner Kindheit nicht vergessen. Keith machte sich nicht wirklich Sorgen um Chases Ehe. Wenigstens im Moment noch nicht. Aber er wollte nicht warten, bis es zu spät war. Der Teigrand in Chases und Kellys Leben war schon eine ganze Weile eingerissen. Es war höchste Zeit, dass sie die Risse kitteten, denn sonst würde sich etwas viel Schlimmeres entwickeln.

Ein Riss, den keiner von ihnen kitten konnte.

Kapitel 14

Chase hatte während der Filmvorführung Mühe, Luft zu bekommen. Er konnte kaum fassen, was um ihn herum geschah. In einem solchen Haus war er noch nie gewesen. Kendall wohnte in einem luxuriösen, weiträumigen, dreistöckigen Haus mit riesigen Fensterfronten in den Hollywood Hills. Er saß mit Leuten im Raum, die er bisher nur aus der Zeitung oder aus dem Fernsehen gekannt hatte: Kendall und ihr Vater, Stephanie Fitzgerald und Brandon Paul. Selbst Luke Baxter war für die Woche mit den verschiedenen Verhandlungen und Meetings nach LA geflogen, da er davon ausging, dass seine Anwesenheit bestimmt hilfreich wäre.

Kelly hatte Chase gefragt, ob er je das Gefühl habe, dass sein Leben fast ein wenig unwirklich geworden sei. Er hatte mit Nein geantwortet und gesagt, dass ihn der Glanz und Glamour um ihn herum nicht beeindruckten. Aber jetzt fragte sich Chase alle paar Sekunden, warum er mit ein paar der mächtigsten Leute der Filmbranche in gemütlicher Runde zusammensaß.

Der letzte Brief kam ihm viel länger vor als sonst. Mehr als einmal wechselten Chase und Keith einen Blick, der deutlich verriet, dass es beide nicht erwarten konnten, ein Feedback von diesen Leuten zu bekommen, die den fertigen Film zum ersten Mal sahen. Ihre ganze Zukunft mit *Der Löwenzahnjunge* hing von den nächsten Stunden ab.

Chase versuchte, sich zu entspannen und den Film zu genießen, aber das war unmöglich. *Gott, es liegt in deinen Händen. Lass sie den Film lieben und schenke uns Erfolg. Bitte …*

Als Antwort erinnerte sich Chase an einen seiner Lieblingsbibelverse, der im vierten Kapitel des Philipperbriefes stand: *„Macht euch keine Sorgen! Ihr dürft Gott um alles bitten. Sagt ihm, was euch fehlt, und dankt ihm! Und Gottes Friede, der all unser Verstehen übersteigt, wird eure Herzen und Gedanken im Glauben an Jesus Christus bewahren.*" Ja, das war es. Er musste seine ganzen Fragen und Sorgen in die Hände von Jesus legen, damit der Friede Gottes nicht nur über diesen Moment, sondern auch über alle anderen Momente, die dieser Abend noch bringen würde, herrschte. Egal, ob dieser Abend ihnen Erfolg brachte oder nicht.

Als der Film zu Ende war, bemerkte Chase etwas, das ihm vorher entgangen war: Stephanie weinte. Sie wischte mit den Fingern die Feuchtigkeit unter ihren Augen weg. Während der Abspann lief, saß die Gruppe noch lange im Dunkeln und sprach kein Wort. Schließlich nahm Stephanie ein Taschentuch vom Tisch und schnäuzte sich. Dann wandte sie sich an Chase und Keith und grinste viel breiter als bei ihrem ersten Treffen.

„Das …" Sie deutete mit dem Ellbogen zu der großen Leinwand. „… war schön. Absolut schön." Sie stand auf und ging zuerst zu Keith und dann zu Chase und umarmte beide stürmisch. „Das habe ich die ganze Zeit gemeint! Ich wusste, dass ihr die richtigen Männer seid. Alles, was ich gesehen und gelesen habe, zeigt das. Euer Talent und eure Entschlossenheit, euer Können und euer Glaube." Sie trat zurück und stieß einen Freudenschrei aus. „Danke, Jesus! Vor uns liegen ein strahlender Sonnenschein und ein wolkenloser Himmel. *Der Löwenzahnjunge* wird atemberaubend werden!"

Die anderen im Raum schmunzelten über ihre Begeisterung.

„Hey!" Stephanie drehte sich um und deutete auf Brandon. „Lach mich nicht aus!" Sie neckte ihn, was sie unübersehbar genoss. „Sag jetzt nicht, dass in deinen schönen Augen nicht auch Tränen gestanden haben!"

„Okay, okay." Brandon atmete tief durch. „Du hast recht. Der Film war gut."

„Ich habe geweint wie ein kleines Kind." Luke schüttelte verlegen den Kopf und nahm sich ebenfalls ein Taschentuch.

Dass ihr Anwalt genauso emotional reagierte wie Stephanie, entlockte allen ein Lachen. Chase verfolgte den Wortwechsel und betete, dass das alles nicht nur ein Traum wäre. Er betete, dass er dieses Feedback wirklich hörte und nicht jeden Augenblick aus einem Traum aufwachen würde. Keith schlug ihm grinsend auf die Schulter. Es war kein Traum. Die Leute, die in Kendalls Privatkino saßen, liebten *Der letzte Brief*.

„Der Film ist genauso großartig, wie ich erwartet habe." Kendall stand auf und schaltete das Licht ein. „Was meinst du, Dad?"

„Erstaunlich." Ben Adams erhob sich und schüttelte zuerst Keith und dann Chase herzlich die Hand. „Ihr habt meine Unterstützung. Wie ich schon sagte, werde ich die Werbungskosten für einen Kinostart dieses Films finanzieren, und ich bringe die Hälfte des Geldes für *Der Löwenzahnjunge* auf."

Chase stockte der Atem. Er drückte sein Bein an das Sofa hinter sich, damit er nicht auf den Boden fallen würde. Das Werbebudget belief sich auf fünf Millionen Dollar, und obwohl Ben schon angedeutet hatte, dass er die Kosten übernehmen würde, war das jetzt ein richtiges Versprechen. Chase hatte das Gefühl, dass er später bei Nachos und Salsa einen Vertrag aus der Tasche ziehen würde. Natürlich mussten sie die Studioverantwortlichen erst noch überzeugen, dass *Der letzte Brief* das finanzielle Risiko wert war, das mit einem Kinostart verbunden war. Aber bei einer solchen Reaktion machte sich Chase plötzlich keine Sorgen mehr.

Doch vor allem bedeutete Bens Angebot, die Hälfte des Brandon-Paul-Films zu finanzieren, zweierlei: Erstens konnten sie mit seiner Unterstützung im Rücken mit einem Studio über das Projekt verhandeln. Und zweitens könnten sie die kreative Kontrolle behalten, da sie sich dieses Privileg erwarben, wenn sie die Hälfte des Budgets aufbrachten.

Chase hörte die anderen um sich herum sprechen, aber er konnte an nichts anderes denken als an Kelly und an ihre Zweifel, ob sie Filme auf diesem Niveau mit Schauspielern wie Brandon Paul drehen könnten. Gott hatte ihnen allen bewiesen, dass sie das konnten.

Sie gingen ins Esszimmer, wo Kendalls Haushälterin ein mexikanisches Gericht aufgetischt hatte. Sobald sie saßen und das Essen serviert war, unterhielten sich Chase und Keith angeregt mit den anderen. Luke Baxter erwies sich als erfahrener Profi. Ihr Anwalt kannte sich im Medienrecht bestens aus und hatte bereits verschiedene Finanzierungsmodelle erstellt.

„Wenn ich Sie richtig verstanden habe, stehen Sie uns morgen auch zur Verfügung?" Ben nahm von dem Teller, der vor ihm stand, drei Taquitos. „Wir müssen schriftlich festhalten, wie viel Geld ich bereits für *Der letzte Brief* investiert habe. Und natürlich müssen wir unsere Vereinbarung mit Brandon schriftlich fixieren."

„Unbedingt", antwortete Luke schnell. „Ich bin die ganze Woche hier."

Brandon legte seine Gabel weg. „Mein Agent und mein Anwalt wollen bei den Verhandlungen dabei sein. Wir treffen uns ja am Freitag." Er lud sich einen Löffel Avocadocreme auf den Teller. „Mein Agent wird ein fertiges Drehbuch haben wollen, bevor wir uns auf irgendetwas festlegen."

So viele Puzzleteile. Chase wurde schwindelig, und er verspürte nicht den geringsten Hunger, auch wenn alle um ihn herum ihr Essen genossen. Das Gespräch wandte sich allmählich anderen Themen zu.

„Brandon?" Kendall saß auf Chases anderer Seite. „Erzähl den Produzenten doch deine Geschichte. Die Geschichte, die die meisten Menschen nicht kennen."

Chase konnte es nicht erwarten, mehr über den jungen Mann zu erfahren. Sie wollten zig Millionen Dollar in ihn investieren. Ihre Zukunft als Filmproduzenten hing mit von ihm ab. Er und Keith wussten nicht viel über diesen Schauspieler, nur das, was aus den Zeitschriften allgemein bekannt war. Brandon war zweiundzwanzig. Er war mit seiner Rolle in einer NTM-Serie über den Schüler einer amerikanischen Highschool, der in Wirklichkeit der Sohn eines europäischen Königs war, berühmt geworden. *Prinz Jake* hieß die Fernsehreihe, die alle Erwartungen von NTM übertroffen hatte. Prinz Jake war auf allem abgebildet, was man sich nur vorstellen konnte: auf Limonadendosen, Pizzaschachteln, T-Shirts und Handtüchern. Brandon Paul konnte singen und tanzen und er war ein außergewöhnlicher Schauspieler. Außerdem war er ein Mädchenschwarm, wie das Land seit drei Jahrzehnten keinen mehr erlebt hatte. Der einzige dunkle Fleck in seiner Biografie war Brandons jüngere Schwester Paisley, die ebenfalls im Showbusiness arbeitete. Laut Boulevardpresse hatte sie hin und wieder Drogenprobleme. Mehr hatte Chase nie herausgefunden.

Brandons Augen verrieten keine große Gefühlsregung. Er konnte mit seiner Geschichte leben, aber es bereitete ihm unübersehbar kein Vergnügen, sie zu erzählen. „Meine Eltern sind mit meinem Beruf als Schauspieler nicht einverstanden. Sie hatten uns zu Hause unterrichtet und gehofft, meine Schwester und ich würden nach Harvard gehen, Doktor werden und ein Heilmittel gegen Krebs erfinden. Ich rufe sie regelmäßig an und erzähle ihnen, was ich tue, aber sie schauen sich meine Filme nicht an, und sie nehmen meinen Beruf nicht ernst." Er zuckte die Achseln. „Daran lässt sich nichts ändern."

„Erzähle ihnen von deiner Schwester", bat Kendall mit leiser Stimme.

„Wenn du meinst." Brandon atmete langsam aus. „Wir standen uns früher sehr nahe. Meine Eltern waren nicht damit einverstanden, dass wir als Schauspieler arbeiteten, aber wenigstens hatten wir einander. Doch das genügte Paisley nicht. Sie wünschte sich die Zustimmung unserer Eltern." Er schaute einen langen Moment auf seinen Schoß. Als er den Blick wieder hob, war der Schmerz in seinen Augen unübersehbar. „Sie nimmt Drogen. Heroin. Sie schafft es, ein paar Monate clean zu bleiben, und bekommt eine Rolle in einem Werbespot oder eine Statistenrolle in einem Film. Aber dann ist sie wieder weg. Sie lebt auf der Straße und teilt mit Fremden die Spritze. Sie lebt unter einem anderen Nachnamen. Die Presse hat keine Ahnung, wie schlimm es um sie steht."

Chase litt mit dem Jungen. Es schmerzte ihn, dass Brandon und seine Schwester wegen der engstirnigen Haltung ihrer Eltern so viel verloren hatten.

Brandon kniff die Augen zusammen, als könnte er dadurch etwas von seinem Schmerz vertreiben. „Es ist schon komisch, dass viele glauben, Geld wäre die Lösung. Ich habe so viel Geld, dass ich nie alles ausgeben kann, aber mit Geld kann ich Paisley nicht helfen, solange sie keine Hilfe will. In jeder Rolle, an jedem Tag, den ich am Set arbeite, komme ich mir vor, als würde ich für uns beide leben. Als wäre ich ihr das schuldig."

Chase dachte einen Moment nach. In gewisser Weise erinnerte ihn Brandons Geschichte an Dayne Matthews. Ein junger Mann ohne die Unterstützung seiner Eltern. Der einzige Unterschied war, dass Daynes Adoptiveltern beim Absturz eines Flugzeugs gestorben waren, als er achtzehn gewesen war. Trotzdem hatten die zwei Schauspieler unübersehbare Gemeinsamkeiten. Brandon könnte von der Kraft und dem Glauben eines Mannes wie Dayne wirklich profitieren.

Kendall erklärte gerade, dass Brandon genau genommen kein Christ war. „Wenigstens noch nicht." Sie tätschelte Brandons Hand. „Ich lasse aber nicht locker."

„Ich bin dafür offen. Es ist nur so …", sein Blick wanderte in die Ferne, „dass ich nicht ganz sicher bin, ob Gott an mich glaubt. Versteht ihr?"

Es herrschte ein breites Verständnis für Brandon. Keith gab zu, dass er in seinen letzten Schuljahren eine ähnliche Phase durchgemacht hatte. „Ich war mein ganzes Leben lang im Glauben an Gott erzogen worden, aber in diesen paar Jahren war ich nicht sicher, was ich wirklich glaubte."

„Genauso geht es mir auch." Brandon nickte langsam. „Man könnte wahrscheinlich sagen, dass ich auf der Suche bin."

„Im Moment noch." Kendalls Lächeln, mit dem sie Brandon bedachte, war freundlich und voller Wärme.

„Ja." Er schmunzelte. „Im Moment noch."

Keith schaltete sich in das Gespräch ein und sprach sowohl mit Brandon als auch mit Ben über die Themen, die in *Der Löwenzahnjunge* behandelt wurden, und wie sie auf der Leinwand wirken würden. Doch bevor das Gespräch zu ernst und zu geschäftlich werden konnte, stand Ben auf und lächelte die anderen an. „Wisst ihr, was wir jetzt brauchen?"

Chase hatte keine Ahnung, worauf er hinauswollte.

„Ein gutes, altmodisches Tischtennisturnier." Er grinste Kendall an. „Meine Tochter ist darin fast unschlagbar. Und ich finde, dass nichts die Fantasie mehr anregt als ein paar Runden Tischtennis."

Sein Vorschlag wurde lachend angenommen. Chase und Keith folgten den anderen durch die Hintertür in den Garten und einen Gehweg hinab zu einem kleineren Gebäude mit zwei Tischtennisplatten und einem halben Dutzend Sofas, die um die Tischtennisplatten herum standen. „Dieses Gebäude war früher ein Lagerplatz für die Boote meines Vaters", klärte Kendall sie lächelnd auf, als sie eintraten. „Vor ein paar Jahren haben wir es in einen Tischtennisraum umfunktioniert."

Chase hatte so etwas noch nie gesehen. Eine Tafel hing an der Wand neben einem Tisch; darauf stand eine Tabelle mit Tischtennisergebnissen. Kendall lachte wieder. „Mein Vater ist ziemlich ehrgeizig. Wir führen Buch über die Spiele, die wir in einem Jahr spielen."

„Denn irgendwann werde ich sie schlagen, das könnt ihr mir glauben." Ben trat zu einem Regal neben der Eingangstür und nahm einen roten Schläger. „Das ist mein Schläger. Mit ihm bin ich unschlagbar – es sei denn, es geht gegen Kendall."

Chase war fasziniert. Wer hätte gedacht, dass berühmte Filmleute abends Tischtennis spielten?

Stephanie nahm einen Schläger, der ähnlich aussah wie Bens. „Ich bin auch nicht schlecht." Sie drehte den Schläger in der Hand und deutete damit auf Kendall. „Wir werden gleich sehen, wer die Königin in diesem Palast ist."

„Wir setzen in der ersten Runde aus." Keith nickte Chase zu. Sie setzten sich gemütlich auf ein Sofa. „Wir wollen erst einmal sehen, wie stark unsere Konkurrenz ist."

Damit blieben Kendall und Stephanie an einer Platte und Ben und Brandon an der anderen übrig. Kendall ließ es langsam angehen, und nach der Hälfte des Spiels lag Stephanie mit zwei Punkten vorne. Aber dann schaltete Kendall anscheinend in einen anderen Gang um. Sie schnitt ihre Aufschläge an und gab die Bälle scharf zurück.

„Oh, das Mädchen kann es wirklich!" Stephanie hob die Hände und führte einen kleinen Siegestanz auf. „Es stört mich nicht, wenn ich gegen jemanden verliere, der es wirklich gut kann."

Am anderen Tisch lieferten Ben und Brandon sich einen spannenden Schlagabtausch. Brandon spielte seine jugendliche Kraft aus, sodass das Spiel sich stark zu seinen Gunsten neigte. Chase gefiel Brandons Stil: Angriff und Risiko. Im Filmgeschäft musste man die gleiche Strategie an den Tag legen.

Trotzdem ertappte er sich dabei, dass sein Blick immer wieder zu Kendall wanderte. Sie lachte fröhlich und ungezwungen, und abgesehen davon, dass sie eine geschickte Tischtennisspielerin war, besaß sie ein ansteckendes Selbstvertrauen. Als zweifle sie nie wirklich daran, dass sie das Spiel gewinnen würde. Genauso, wie es für sie anscheinend keine Zweifel gab, dass die Filme, die sie mit Chase und Keith drehen wollte, ihre kühnsten Erwartungen übertreffen würden.

Wenn nur Kelly auch so sein könnte, Herr! Voller Vertrauen und überzeugt. Und mit einem zuversichtlichen Glauben an unsere Arbeit.

Sobald ihm dieser Gedanke durch den Kopf schoss, schalt sich Chase dafür. Er konnte Kendall nicht mit Kelly vergleichen, weder jetzt noch sonst irgendwann. Kendall war in die Welt des Reichtums und der Filme hineingeboren worden. Natürlich war sie deshalb ruhiger in Bezug auf die Risiken, die sie eingingen, und hatte mehr Selbstvertrauen. Kelly wusste nur, dass ihr Kreditrahmen ausgeschöpft war und dass sie sich Geld geborgt hatten, um *Der letzte Brief* zu finanzieren, und dass sie es nicht zurückzahlen konnten. Sie war zu oft mit den Mädchen allein, und sie war darüber nicht glücklich. Das zeigten die Spannungen zwischen ihnen nur allzu deutlich.

Falls sie mit Kendall und ihrem Vater zusammenarbeiten wollten, durfte Chase keine Sekunde einem persönlichen Interesse an Kendall Raum geben. Punkt.

Keith schaltete sich in der nächsten Runde ins Spielgeschehen ein und nahm es mit Brandon auf, während Ben sich an Stephanie maß. Damit blieben Chase und Kendall übrig.

„Ich habe Durst." Kendall bedeutete Chase, ihr zu folgen. „Hilfst du mir, einen Kasten Wasser zu holen?"

Sobald sie im Freien waren, verlangsamte Kendall ihre Schritte. Ihre Augen funkelten im Mondschein, als sie ihn ansah. „Du bist wirklich unglaublich, Chase Ryan. Ich bewundere dich."

Er bemühte sich, sich durch dieses Lob nicht allzu sehr geschmeichelt zu fühlen. „Warum?"

Ihre Stimme klang ungezwungen und unbeschwert. „Dein Ehrgeiz und deine Träume, deine Mission, Filme zu drehen, die Menschenleben verändern." Sie betrachtete die Sterne am Himmel. „Es wird alles Wirklichkeit werden. Ich bete schon so lange dafür, und ich kann es fühlen."

Chase bemühte sich, sich nicht auf ihr hübsches Gesicht und auf ihr Selbstvertrauen zu konzentrieren. Er richtete den Blick auf das Haus. Aber dann schaute er ihr wieder in die Augen. „Manchmal ist es schwer zu glauben."

„Du solltest es aber glauben." Ihr Lächeln berührte ihn. „Es wird nicht lange dauern, bis ganz Hollywood sich an dem beteiligen will, was du und Keith hier angefangen habt."

Sie verlangsamten ihre Schritte und blieben fast stehen. Chase war schon länger neugierig, aber bis jetzt hatte sich keine Gelegenheit ergeben, ihr diese Frage zu stellen. „Wie steht es mit dir, Kendall? Was treibt dich an, dich in dieser Sache zu engagieren?"

Sie dachte eine Sekunde nach, und ihre langen, blonden Haare wehten sanft im Nachtwind. „Umkehr, glaube ich. Ich habe in dieser Stadt schon viel Not gesehen." Ihr Lächeln war von einer Traurigkeit begleitet, einer Miene, die mehr verriet, als sie wahrscheinlich zeigen wollte. „Ich will, dass meine Tage in diesem Geschäft etwas Positives bewirken. Genauso wie du."

Sie kamen beim Haus an. Kendall gab neben dem dritten Garagentor einen Code ein, um das Tor zu öffnen. Dann ging sie auf einen Stapel Wasserkästen zu. Chase versuchte, ihr zuvorzukommen, damit sie nicht auf die Idee käme, das Wasser zu tragen. Aber als er sich vorbeugte, um die oberste Kiste zu nehmen, berührten sich ihre Hände.

„Ich … ich habe ihn schon."

„Ich kann mittragen." Sie schaute ihn an. Ihr Blick wich einen Moment lang nicht von seinen Augen, und für einen kurzen Augenblick spürte Chase es. Zwischen ihnen bestand eine Anziehungskraft, die ihn erschreckte. Er verstärkte seinen Griff um die Kiste und hob sie hoch. „Sei nicht albern."

Kendall versuchte unübersehbar, ihre Unruhe zu verbergen, aber es gelang ihr nicht ganz. Sie ging schnell zum Garagentor zurück. „Danke. Ich … wollte nicht, dass du es allein trägst."

Der Rückweg zum Tischtennisraum verlief viel schneller. Kendall sprach über Tischtennis und den Ehrgeiz ihres Vaters, sie zu besiegen. Aber weder jetzt noch irgendwann später an diesem Abend sah er die Verwundbarkeit, die sie einen kurzen Moment lang gezeigt hatte.

Als sie genug gespielt und mehrere Wasserflaschen geleert hatten, gingen sie hinaus und betrachteten die Lichter der Hollywood Hills. Chase stand neben Keith. Kendall hatte sich mit einem gewissen Abstand auf seine andere Seite gestellt. „Es ist hübsch, nicht wahr?"

„M...hm. Ja." Chase schaute zuerst sie und dann seinen Freund an. Er wollte Kendall fragen, was sie damit gemeint hatte, dass sie in Hollywood viel Leid gesehen habe. Aber dafür war jetzt nicht der richtige Zeitpunkt. „Was meinst du, Keith? Es ist schön hier oben, nicht wahr?"

„Unbedingt. Das perfekte Hollywoodhaus."

Nach ein paar Minuten verkündeten Brandon und Stephanie, dass sie aufbrechen mussten.

„Gut, dann …", Ben hielt den anderen die Hände hin, „… beten wir noch." Er wartete, während die anderen sich um ihn herum im Kreis aufstellten.

Als Chase begriff, neben wem er stand und was gleich passieren würde, war es zu spät. Er nahm sich vor, Kendall nicht anzuschauen, als sie sich an den Händen fassten, und er bemühte sich erneut, nicht daran zu denken, wie sich ihre Finger in seiner Hand anfühlten.

Ben beugte den Kopf. „Es gibt so vieles, für das wir dankbar sind, so vieles, um das wir unseren mächtigen Gott bitten wollen. Wir haben nie geträumt, dass wir hier stehen würden und kurz davor sind, einen Film zu drehen, den die Welt sehen will – einen Film, der die Kraft besitzt, jedem Zuschauer neues Leben zu schenken."

Das Gebet ging noch eine Minute weiter und endete damit, dass

Stephanie einige gerührte Worte hinzufügte. „*Der Löwenzahnjunge* ist ein Film, der das Denken der Menschen verändern könnte. Wenn wir es richtig anstellen, laufen die Menschen in deine Arme, wenn sie den Film gesehen haben." Sie dankte und lobte Gott. „Wir kommen vor dich und wollen deine Stimme hören. Alles, was du uns aufträgst. In Jesu Namen."

„Amen." Kendall ließ Chases Hand sofort los und klatschte. Sie grinste die anderen an. „Es geht um Gottes Ehre. Aus diesem Grund sind wir alle hier."

Chase bemühte sich zu vergessen, dass er sich zu ihr hingezogen gefühlt hatte. Zwischen ihm und Kendall konnte es nie mehr als Freundschaft und eine Geschäftsbeziehung geben. Sie würden das tun, was sie sich von Anfang an vorgenommen hatten, und Hollywood im Sturm erobern. Dabei würden sie das einzige Ziel verfolgen, das wirklich zählte.

Menschenherzen mit der Kraft von Filmen zu verändern.

* * *

Der Abend war besser gelaufen, als Kendall sich erhofft hatte. Mit einer Ausnahme: Sie fühlte sich zu Chase hingezogen. Sie hatte sich schon vorgenommen, dass sie in Bezug auf ihn aufpassen musste, aber sie würde noch viel vorsichtiger sein müssen. Natürlich bestand nicht wirklich eine Gefahr. Er war glücklich verheiratet, und sie kam nie auf die Idee, die Grenze der Freundschaft zu überschreiten. Ihr Glaube und ihre Vergangenheit würden das niemals zulassen. Aber sie musste trotzdem vorsichtig sein.

Der Film war natürlich faszinierend gewesen. Das hatte sie vorher schon gewusst.

Als Brandon und Stephanie wegfuhren, brach auch Kendalls Vater auf. Damit blieben Kendall, Keith und Chase übrig. Kendall war noch nicht müde. Außerdem wollten sie noch den ersten Entwurf des Drehbuchs durchgehen. Sie führte die beiden Männer in ein freundlich erhelltes Wohnzimmer und holte drei Exemplare des Drehbuchs heraus, für jeden von ihnen eines. Bevor sie jedoch anfingen, zog sich Keith ein paar Minuten zurück, um zu Hause anzurufen. Kendall dachte daran, Chase zu erinnern, dass er auch zu Hause anrufen könnte. Immerhin waren es genau solche Situationen allein mit Chase, die sie unbedingt vermeiden musste. Aber sie wollte nicht zu persönlich werden und setzte sich deshalb auf das andere Sofa.

Während Chase das Drehbuch überflog, betrachtete Kendall ihn verstohlen und stellte erneut fest, dass er sehr attraktiv war. Er würde in der Filmindustrie auffallen, wenn er und Keith sich erst einmal einen Namen gemacht hatten. Sein athletischer Körperbau und sein klar gezeichnetes Gesicht würden im Nu die Blicke der Frauen auf sich lenken. Er würde mit Sicherheit verlockende Angebote erhalten. Gefährliche Angebote. Das wusste Kendall deshalb so genau, weil sie selbst auch immer wieder damit konfrontiert wurde. Sie biss sich auf die Lippe und fühlte sich genötigt, für ihn zu beten.

Bitte, Gott, hilf ihm, stark zu sein, wenn die Versuchungen kommen. Hilf auch mir. Wir müssen uns an dich halten.

Sie stützte sich auf die Sofalehne. „Erzähl mir von deiner Frau. Sie muss wunderbar sein, wenn sie sich zu Hause um alles kümmert, während du hier bist und deinen Traum verfolgst."

„Ja." Chase zögerte, aber nur einen kurzen Moment. „Sie ist meine beste Freundin. Ich hoffe, dass wir bald hierherziehen können. Dann kann sie an solchen Treffen teilnehmen, und abends könnten wir gemeinsam nach Hause fahren." Er sah jetzt gefasster aus als vorher, als sie das Wasser aus der Garage geholt hatten. „Ich denke, du würdest sie mögen."

„Das denke ich auch." Kendall ignorierte den Anflug von Neid, der sich in ihr regte. „Es passiert selten, dass man mit seiner besten Freundin verheiratet ist." Kendall war nicht sicher, ob jetzt der richtige Zeitpunkt war, Chase von ihrer eigenen traurigen Vergangenheit zu erzählen. Vielleicht später, wenn Keith wieder hier war. Es wäre gut, wenn beide Männer irgendwann ihre Geschichte hörten. Doch im Moment wollte sie Chase nur zeigen, dass sie seine Ehe schützen wollte. „Lass nie zu, dass diese Arbeit das zerstört, was wirklich zählt. So etwas kommt leider viel zu oft vor."

Er lächelte, und eine feste Entschlossenheit sprach aus seiner Miene. „Keith nennt es Pizzateig-Philosophie. Kitte die kleinen Risse am Rand, damit der Teig nicht in der Mitte zerreißt und nicht mehr zu gebrauchen ist."

Sie lachte laut und nickte. „Genau."

Keith trat wieder zu ihnen, und sie gingen die Höhepunkte des Drehbuchs durch. Sie unterhielten sich noch eine ganze Stunde über die nächsten Schritte in Bezug auf *Der Löwenzahnjunge* und darüber, dass alles bald ziemlich verrückt werden würde. Als die Männer fort waren, betete Kendall noch lange für sie. Sie setzte sich auf ihre Veranda, betrachtete die Sterne am Himmel und bat Gott, sie vor den Fängen des Teufels zu schützen. Sie spielten mit einem hohen Einsatz. Stolperfallen waren also unvermeidlich. Enttäuschungen und Entmutigung, Ablenkungen und Versuchungen würden nicht ausbleiben.

Kendall schaute zum weiten Himmel hinauf und fühlte Gottes Nähe. „Gott, bitte hilf mir, diese Sache so durchzuführen, dass du dadurch verherrlicht wirst", flüsterte sie. „Hilf mir, meinen Teil dazu beizutragen, damit keiner von uns vom richtigen Weg abkommt." Ihr eigenes Privatleben war zwar vielleicht kein strahlendes Beispiel für Gottes Liebe und Hingabe. Aber daran konnte sie jetzt nichts mehr ändern. Doch sie konnte ihren neuen Freunden helfen, auf dem richtigen Weg zu bleiben.

Denn es wäre niemandem geholfen, wenn sie durch die Botschaft eines Films die Welt gewinnen, aber dabei sich selbst verlieren würden.

Kapitel 15

Ein weiterer Monat war vergangen, doch Cody kam bei Bailey immer noch keinen Schritt weiter. Er saß in einer Diskussion in seinem Soziologiekurs. Sein Bein schmerzte an der Stelle, an der die Beinprothese angebracht war – ein Zeichen dafür, dass sich das Wetter änderte. Die warmen Temperaturen der letzten Woche waren wieder gefallen, und obwohl schon Ende März war, hatte man das Gefühl, dass der Winter in seinem Kampf mit dem Frühling noch nicht aufgegeben hatte.

„Ich finde es falsch, dass unsere Truppen in einer Situation wie dem Krieg im Irak kämpfen." Der Student, der das sagte, war ein drahtiger Kerl mit Brille und einer lauten Stimme. „Hier geht es nicht um Patriotismus, sondern um den gesunden Menschenverstand."

Cody verdrehte die Augen. Seit dem Beginn des Sommersemesters hatte die Professorin diesen Kurs nicht im Griff. Stunden, in denen Vorlesungen geplant waren, entwickelten sich zu hitzigen Diskussionen, meistens über Themen wie Krieg, Terrorismus oder das Recht, Kritik an der eigenen Regierung zu üben. Fast jede dieser Diskussionen wurde durch den Studenten mit der Brille ausgelöst. Peter Irgendwas. An seinen Namen konnte sich Cody nicht erinnern.

„Was sagen die anderen dazu?" Der politische Standpunkt der Professorin war nicht vorhersehbar. Sie saß mit gefalteten Händen hinter ihrem Pult. Draußen rüttelte ein eiskalter Wind an den Fenstern. „Vertritt jemand einen anderen Standpunkt?"

Cody wollte lieber an Bailey denken und eine Möglichkeit suchen, wie er wieder eine Beziehung zu ihr aufbauen könnte. Er drängte sich nicht um die Aufgabe, sich mit den Ansichten seines Kommilitonen auseinanderzusetzen, aber irgendjemand musste ihm widersprechen. Cody war nicht in den Irak gezogen und hatte dort einen Unterschenkel verloren, um jetzt kommentarlos zuzuhören, wie über die Freiheit seines Landes diskutiert wurde. „Ich gehöre zu den Leuten, die nach der Schule zur Armee gingen."

Ein Raunen ging durch den Raum. Die Professorin nickte. „Sprechen Sie weiter, Cody."

„Ich ging zur Armee, weil ich an mein Land glaube, weil ich an die

Freiheit für alle Menschen in diesem Land glaube und daran, dass wir für Frieden, Wohlstand und Menschenwürde kämpfen sollen." Seine Stimme wurde kräftiger, als er weitersprach. „Ich bin zur Armee gegangen, weil ich bereit bin, mein Leben für die Sicherheit meines Landes einzusetzen, damals wie heute."

„Ein Krieg im Irak?" Der andere Student wandte sich zu Cody um. „Du glaubst wirklich, dass das richtig ist?"

„Kein Krieg ist richtig, aber manchmal ..." Cody verlagerte sein Gewicht, um den Druck auf seine Prothese zu verringern. „Manchmal ist ein Krieg nötig. Um die Rechte und die Freiheit, die wir in diesem Land haben, zu verteidigen."

Er war nicht sicher, ob er noch mehr sagen sollte. Schließlich beschloss er, dass er genug gesagt hatte, aber noch während er sich wieder setzte, klopften einige Studenten Beifall und ihre Zustimmung auf ihre Tische. Diese Reaktion war viel mehr, als Cody erwartet hatte. Sie tat ihm gut. Trotzdem war er am Ende der Stunde erschöpft. Die Tatsache, sich und seine Entscheidung, zur Armee zu gehen, verteidigen zu müssen, hatte ihn viel Überwindung und Kraft gekostet.

Er hatte an diesem Tag keine Vorlesungen mehr und brauchte frische Luft, um wieder einen klaren Kopf zu bekommen. Stellenweise lag immer noch Schnee, aber entlang der Wege schaute schon überall das Gras durch. Er entschied sich für den längeren Spaziergang und steuerte auf das Footballstadion und das Trainingsgelände zu. Eine Gruppe in Trainingskleidung warf Bälle und übte mit ein paar Trainern in der Nähe der Fünfzig-Yard-Linie.

Cody blieb stehen und schaute zu.

War es nicht erst gestern gewesen, dass er begeistert Football gespielt hatte? Bevor er in den Irak gegangen war, bevor er sein Bein verloren hatte? Damals waren er und Bailey fast wie Bruder und Schwester gewesen. Er war ganz sicher gewesen, dass er irgendwo auf College-Niveau Football spielen würde. Aber die Angebote waren nicht so gekommen, wie Cody es sich erhofft hatte, und da bei ihm zu Hause alles so schwierig gewesen war, hatte er es für die beste Idee gehalten, zur Armee zu gehen. Noch heute war Cody überzeugt, dass es richtig gewesen war.

Als er im Irak gewesen war, war das Überleben jeden Tag das wichtigste Ziel gewesen. Aber jetzt, da er zu Hause war, änderten sich seine

Zukunftsvorstellungen alle paar Monate. Cody hatte daran gedacht, Arzt zu werden; danach hatte er sich überlegt, vielleicht Feuerwehrmann oder Sanitäter zu werden, falls man ihn mit seiner Beinprothese überhaupt einstellte. Er hatte sogar erwogen, Jura zu studieren, damit er auf andere Weise helfen könnte, die Freiheit zu verteidigen.

Aber als er hier neben dem Footballfeld stand, regte sich in Cody eine Vertrautheit, die ihn in letzter Zeit schon öfter erfasst und beherrscht hatte. Er wollte Footballtrainer werden. Wie Jim Flanigan wollte er seine Zeit mit dem Spiel verbringen, das er so sehr liebte. Er wollte nichts lieber, als mit Jugendlichen zu arbeiten und sie zu lehren, was Opferbereitschaft, schwere Arbeit und Hingabe bedeuteten. Diese Dinge lernte man durch Football.

Ja, das wollte er tun. Er wollte Geschichtslehrer und Footballtrainer werden, und er würde dafür beten, dass er Generationen von Jugendlichen, wie er selbst einer gewesen war, positiv beeinflussen könnte. Jugendliche, die in Gefahr standen, sich von Alkohol und wilden Partys verführen zu lassen; Jugendliche, die zu Hause nur wenig Halt bekamen und ohne die Trainer und Rollenvorbilder in ihrem Leben verloren waren.

Das Bild vor seinen Augen verschwamm, und er konnte sich fast sehen, wie er mit den Quarterbacks und den Receivern trainierte und sie lehrte, den freien Mann zu suchen und einen Ball zu werfen.

Und wie er ihnen half, lebenstüchtig zu werden.

Cody ging weiter. Als er sich vom Footballfeld abwandte, tauchte ein anderes Bild vor seinem geistigen Auge auf. Das Gesicht von Bailey Flanigan. Sie musste auch ein Teil dieser Zukunft sein. Aber sie war immer noch mit Tim zusammen, sie antwortete kaum auf seine Nachrichten und ging selten ans Telefon, wenn er anrief. Sie hatte eine Mauer um ihr Herz aufgebaut, und er wusste nicht, wie er diese Mauer einreißen sollte. Wenn er sie dazu bewegen könnte, ihm wieder zu vertrauen, würde er herausfinden können, wie es um ihre Beziehung zu Tim stand und ob sie wirklich in ihn verliebt war. Dieser Gedanke jagte ihm Angst ein.

Er richtete den Blick auf den Boden, während er zum Parkplatz ging und sein Auto suchte. Er brauchte ein wenig Abstand zum Universitätsgelände. Er musste ein paar Stunden von hier wegkommen, um nicht ständig nach Bailey Ausschau zu halten. Er hatte eine neue Stelle im Supermarkt in Clear Creek, wo er die Einkäufe einpackte und sie den Leuten zu ihren Autos trug. In diesem Job verdiente er mehr als in seinem letzten, genug, um seine Miete zahlen zu können. Aber heute hatte er noch vier Stunden Zeit, bis seine Schicht begann. Deshalb bog er zum Lake Monroe ab.

An den Bäumen, die die zweispurige Straße säumten, begannen die ersten Blätter zart zu sprießen. Der Frühling stand vor der Tür. Nur die kalten Temperaturen mussten noch nachlassen. Cody kam am Wasser an und parkte an seinem Lieblingsplatz neben dem Fußweg, der um den See herum führte. Fünf Minuten lang marschierte er schnell und mit weit ausholenden Schritten, ohne auf die Schmerzen in seinem Bein zu achten, bis er einen Felsvorsprung erreichte. An diese Stelle war er früher öfter gekommen, um nachzudenken und mit Gott zu sprechen. Er ging hinaus und setzte sich auf eine flache, glatte Stelle. Ein leichter Wind wehte übers Wasser und brannte in seinen Augen, aber das störte ihn nicht.

Gott, ich habe so viele Fragen. So vieles an meiner Zukunft ist ungewiss. Cody schaute mit zusammengekniffenen Augen gegen den Wind und hob den Blick zum klaren, blauen Himmel hinter dem See. *Dein Wort sagt, dass du herrliche Pläne für mich hast und mir eine Zukunft und Hoffnung geben und mich vom Leid befreien willst. Aber woher soll ich wissen, welchen Weg ich einschlagen soll?*

Mein Sohn, mach dir keine Sorgen. Hab keine Angst.

Die Worte wurden ihm im Rascheln der Zweige auf beiden Seiten des Felsens zugeflüstert. Gott war hier bei ihm, er hielt ihn fest und sprach ihm Mut zu.

Manchmal wünschte er sich einen Neuanfang, eine neue Universität Tausend Meilen von Bailey und seinem Leben in Bloomington entfernt. Einen Ort, an dem die Menschen ihn nicht als den GI erkannten, der mit einem amputierten Unterschenkel nach Hause gekommen war. Wo er nicht jedes Mal, wenn er einen Vorlesungssaal verließ, automatisch nach Bailey Ausschau hielt. Andererseits würde er sie dann nur noch mehr vermissen.

Sie gehört zu einem anderen, Gott. Warum kann ich sie nicht aus dem Kopf bekommen?

Warte auf mich, mein Sohn. Denk an die Früchte des Geistes.

Cody schloss die Augen. Die Worte, die Jenny Flanigan ihren Kindern regelmäßig eingetrichtert hatte und auch ihm, als er bei ihnen gewohnt hatte, gingen ihm durch den Kopf. *Liebe und Freude, Frieden und Geduld, Freundlichkeit, Güte und Treue, Besonnenheit und Selbstbeherrschung.* „Wenn ihr wirklich Gottes Pläne für euer Leben sucht", hatte sie ihnen fast jeden Tag erklärt, „wird euer Leben Frucht bringen." Dann hatte sie wieder mit dieser Liste angefangen. *Liebe und Freude, Frieden …*

Geduld war eine der Früchte, aber Cody war es müde, Geduld zu haben. Er hatte ein paar Freunde, mit denen er früher an der Clear Creek High Football gespielt hatte, aber die meisten aus seiner früheren Mannschaft schlugen sich die Nächte mit Partys und Alkohol um die Ohren. Lieber blieb er zu Hause und lernte. Aber heute wünschte er sich die Freundschaft von Bailey und ihrer Familie so sehr, dass ihn jeder Atemzug schmerzte.

Zeig mir den Weg, Herr. Ich will ihr Freund sein. Ich will sie nicht verlieren.

Wieder gingen ihm Jennys Worte durch den Kopf. *Liebe und Freude, Frieden und Geduld, Freundlichkeit, Güte und Treue …* Vielleicht war es das. Wenn er der Welt das zeigen wollte, musste er aufhören, den Flanigans aus dem Weg zu gehen. Er hatte sich von der Familie genauso zurückgezogen wie von Bailey. Ein starkes Bedauern regte sich in ihm. Rickys Untersuchungen hatten ergeben, dass keine Herzoperation nötig war, wenigstens vorerst nicht. Aber keiner wusste, was die Zukunft bringen würde. Wie konnte Cody es rechtfertigen, dass er sich von ihnen fernhielt, wenn er keine Garantie hatte, dass sie morgen noch alle hier waren?

Er stand auf und atmete tief ein. Gott war hier bei ihm; Cody fühlte seine Nähe. Jetzt hatte er wenigstens einen Plan. Bailey war vielleicht mit Tim zusammen, aber das bedeutete nicht, dass Cody sich von ihrer Familie fernhalten musste.

Die Flanigans waren auch seine Familie, und das würden sie immer bleiben.

Cody kehrte mit entschlossenen Schritten zu seinem Auto zurück und legte auf dem Weg zu den Flanigans nur einen Zwischenstopp ein: bei seiner Mutter. Er stellte das Auto ab, trat auf die Veranda, klopfte und wartete.

„Mama?" Die Tür war unverschlossen, und als sie ihm nicht antwortete, ging er hinein. „Bist du zu Hause?“ Er hörte im Schlafzimmer ein Geräusch, aber sie antwortete immer noch nicht. „Mama?“

Er hatte sich vorgenommen, mehr Zeit mit ihr zu verbringen, besonders seit Weihnachten. Ihr gemeinsamer Theaterbesuch zur Premiere von *A Christmas Carol* war eine Art Neuanfang gewesen, aber jedes Mal, wenn er sie besuchen kam, konnte er den Verdacht nicht ganz von sich abschütteln, dass sie vielleicht wieder Drogen nahm. Sie war abhängig, genauso wie er. Das bedeutete, dass die Versuchung immer da war.

Als er an der Küche vorbeiging, sah er auf der Arbeitsplatte etwas liegen, das ihn erstarren ließ.

Ein kleiner Spiegel. Im Licht, das durch das Fenster ins Zimmer fiel, konnte er einen dünnen weißen Staub darauf erkennen. Er wollte es nicht glauben, aber der Spiegel sah aus wie etwas, das jemand für Kokain benutzt hatte. Er packte ihn und schaute sich nach einer Rasierklinge um, die seinen Verdacht noch mehr erhärten würde. Aber er sah nichts. Mit dem Spiegel in der Hand ging er ins Schlafzimmer. „Mama?“

„Ja!“ Sie klang sehr fröhlich. „Ich bin hier.“

Er folgte ihrer Stimme und fand sie im Schlafzimmer, wo sie ihr Bett machte und ihre Kissen aufschüttelte. „Entschuldige.“ Sie brach ab, stemmte die Hände in die Hüften und atmete tief durch. „Ich habe dich nicht gehört. Heute ist mein Putztag.“

Er wollte sie nicht nach dem Spiegel fragen, aber er musste es tun. Sie musste wissen, dass er ihr Verhalten beobachtete. Er hielt ihn ihr hin. „Den habe ich in der Küche gefunden.“

Sie zögerte einen kurzen Moment. „Ach, der Spiegel. Er gehört ins Badezimmer. Ich habe meine Parfums darauf stehen.“ Sie nahm ihn. „Ich wollte ihn einsprühen und wurde abgelenkt.“

Er ließ den Spiegel los und betrachtete sie noch einige Sekunden. „Ich habe ihn noch nie zuvor gesehen.“

„Ich habe ihn schon ewig.“ Seine Mutter brachte den Spiegel eilig in ihr Badezimmer und kam mit leeren Händen zurück. Sie wischte sich die Handflächen an ihrer Jeans ab. „Es gibt viel zu tun. Alles war so staubig.“

Cody wollte ihr glauben. Ein Spiegel war noch kein Beweis, dass seine Mutter Kokain oder irgendwelche anderen Drogen nahm. Aber sein Verdacht war nicht unbegründet. Jedes Mal, wenn sie aus dem

Gefängnis gekommen war, war sie wieder rückfällig geworden. Er hatte gebetet, dass es dieses Mal anders wäre, und bis jetzt glaubte er das auch. Aber sie brauchte dazu die Kraft von Gott genauso wie er selbst. „Kommst du am Wochenende mit mir zum Gottesdienst?"

„Natürlich." Seine Mutter lachte fröhlich. „Zum Gottesdienst und zur Sonntagsschule." Sie hatte eine Gesprächsgruppe für ehemalige Drogenabhängige gefunden. Zusammen mit ihrer Selbsthilfegruppe unter der Woche waren ihre Aussichten, clean zu bleiben, jetzt besser als früher.

Trotzdem machte sich Cody Sorgen. „Also dann." Er trat zu ihr und küsste sie auf die Wange. „Ich war nur in der Nähe und dachte, dass ich kurz vorbeischauen könnte."

„Mir geht es gut, Dummerchen. Aber danke, dass du gekommen bist." Sie erwähnte die Drogen nicht. Keiner von ihnen sprach gern über diese Gefahr. „Meine Nachbarin Linda hat mich zum Abendessen eingeladen. Ich muss also bis dahin mit dem Putzen fertig sein. Sie ist Witwe, weißt du. Wir beide leisten uns gegenseitig ein wenig Gesellschaft."

Cody blieb noch ein paar Minuten, bevor er wieder fuhr. Die schnellen Bewegungen und die hektischen Worte seiner Mutter beunruhigten ihn, aber er hoffte, dass sie die Wahrheit sagte.

Als er ins Auto stieg, schaute er auf die Uhr am Armaturenbrett. Er hatte noch über zwei Stunden Zeit, bis seine Schicht begann, und es gab nur einen Ort, an dem er wirklich sein wollte.

Zehn Minuten später bog er in die Einfahrt der Flanigans, stellte sein Auto auf seinem alten Platz ab und ging über die Veranda zur Haustür. Jim öffnete ihm und sie umarmten sich. „Ich war lange nicht mehr hier", sagte Cody, als er eintrat.

„Viel zu lange." Jim führte ihn ins Haus. „Kannst du zum Essen bleiben?"

„Vielleicht am Wochenende." Er schaute Jim an. „Ich habe euch sehr vermisst."

Jenny begrüßte ihn in der Küche. „Cody! Wie schön, dass du gekommen bist."

Als sie seinen Namen hörten, kamen die fünf Flaniganjungs in die Küche gelaufen. Sie umringten Cody, klopften ihm auf den Rücken und luden ihn zu einem Footballspiel oder einer Basketballrunde ein.

Ricky sah glücklich und gesund aus, und Cody wurde von einer tiefen Dankbarkeit erfüllt.

Sie spielten eine Runde am Computer, und als Ricky sie alle klar besiegt hatte, gingen sie hinaus und griffen zum Basketball. Cody nahm seinen Platz in ihrer Mitte genauso selbstverständlich ein wie damals, als er ihr Haus das erste Mal betreten hatte. Die Flanigans liebten ihn. Egal wie viel Zeit verging, sie würden ihn immer lieben.

Erst als er auf dem Weg zur Tür war, um rechtzeitig zur Arbeit zu kommen, fragte ihn Jenny, ob er mit Bailey gesprochen habe. Jenny schien besser als alle anderen zu verstehen, welche Gefühle Cody für ihre einzige Tochter hatte.

„Sie spricht nicht viel mit mir." Er lächelte, spürte aber die Traurigkeit in seinen Augen. „Ich habe den Fehler gemacht, sie eine Weile zu ignorieren, weil ich ihr und Tim Raum geben wollte." Er verzog das Gesicht. „Der Schuss ging leider nach hinten los. Jetzt vertraut sie mir nicht mehr."

Jenny schwieg einen Moment. Schließlich legte sie Cody die Hand auf die Schulter und bedachte ihn mit einem verständnisvollen Lächeln. „Ich kenne meine Tochter, und ich weiß, wie sehr sie dich mag." Sie legte den Kopf schief und wägte ihre nächsten Worte lange ab. „Hab Geduld. Ihr seid beide noch jung. Gib die Freundschaft zu ihr noch nicht auf."

Ihre Worte hallten tief in seiner Seele wider. Auf dem Weg zur Arbeit ließ ihn das Thema dieses Nachmittags nicht los. *Geduld.* Er war nicht sicher, was sich in den kommenden Wochen und Monaten ergeben würde, aber einer Sache war er sich sicher: Wenn Gott wollte, dass er Geduld haben sollte, würde er sich in Geduld üben, weil Bailey das Warten wert war.

Selbst wenn nicht mehr als eine Freundschaft mit ihr möglich sein sollte.

Kapitel 16

Mit ihren Eltern sprach Andi nicht mehr als unbedingt nötig. Ihr Vater hatte viel zu tun und ihre Mutter stellte viel zu viele Fragen. Sie wollte wissen, ob sie zur Kirche ging und was sie in ihrer Bibel las und ob sie einen Freund hatte. Wie sollte Andi ihren Eltern erklären, dass sie ihre Bibel seit Weihnachten nicht mehr aufgeschlagen hatte?

Aber heute war der letzte Märztag, der Geburtstag ihres Vaters, und als sie allein in ihrem Zimmer im Wohnheim saß, vermisste sie ihn plötzlich so sehr wie schon lange nicht mehr. Sie rief ihn an und lächelte, als er sich nach dem ersten Klingeln meldete. „Papa!" Sie war nicht mehr das Mädchen, das sie früher gewesen war, aber in diesem Moment klang sie, als hätte sich nichts verändert. „Alles Gute zum Geburtstag!"

„Andi! Danke, Schatz. Ich war schon gespannt, ob ich heute etwas von dir hören würde."

„Wo bist du?"

„Zu Hause. Wir sind fast jede Woche in LA. Wir führen viele Verhandlungen und haben jede Menge Meetings. Es gibt so vieles zu planen und so viele Details, die für den nächsten Film geklärt werden müssen."

„Ihr werdet diesen Film also tatsächlich drehen?" Andi lief ein Schaudern über den Rücken. „Mit Brandon Paul?"

Ihr Vater lachte. „Wir treffen uns morgen mit ihm."

„Was?" Andi sprang auf und schritt aufgeregt in ihrem kleinen Zimmer auf und ab. „Ich will auch dabei sein! Wer spielt die weibliche Hauptrolle?"

Er ratterte eine Liste von bekannten Namen herunter, Schauspielerinnen mit jahrelanger Berufserfahrung. „Es wird mit großer Wahrscheinlichkeit ein bekannter Name sein."

Eine starke Enttäuschung machte sich in Andi breit. Sie hatte *Der Löwenzahnjunge* zweimal gelesen und war von der Geschichte fasziniert. Es ging um einen Autisten – einen Jungen, der im Alter von drei Jahren durch eine Erkrankung den Kontakt zu seiner Außenwelt verliert. Durch die Begegnung mit einer Mitschülerin, die in einem Schulmusical mitsingt, und durch die Macht der Musik gelingt es dem

Jungen, sich aus dem Käfig des Autismus zu befreien. Zwischen den beiden Jugendlichen entsteht eine tiefe Beziehung. „Kann ich wenigstens für die Rolle vorsprechen?"

„Nein, Liebes." Die Stimme ihres Vaters war unerbittlich. „Es ist ein NTM-Film mit NTM-Stars. Es werden nur bekannte Namen mitspielen."

„Aber wie wird man ein bekannter Name, wenn einem niemand eine Chance gibt?" Andi wollte nicht jammern, aber was nützte es ihr, dass ihr Vater Filme drehte, wenn sie beim Casting nicht einmal vorsprechen durfte?

„Man wartet geduldig, bis man an die Reihe kommt. Und in deinem Fall konzentriert man sich zuerst einmal auf sein Studium." Sein Tonfall wurde wieder entspannter. „Wie läuft es an der Uni?"

„Gut. Die Proben für *Robin Hood* fangen bald an." Sie spielte Maid Marian, eine noch größere Rolle als die Isabelle in *A Christmas Carol.* Aber Tim hatte die Rolle des Robin Hood nicht bekommen. Er war einer der Vogelfreien. Sie arbeitete also hauptsächlich mit Studenten zusammen, die sie nicht kannte. „Meine Noten sind gut und ich habe viel zu tun."

„Wie sieht es mit Freunden aus? Du hast deiner Mutter gesagt, dass du dich mit jemandem triffst?" Die Stimme ihres Vaters klang plötzlich zurückhaltend, als wollte er es eigentlich überhaupt nicht wissen.

„Er heißt Taz. Er ist Filmstudent." Andi war nicht bereit, in Bezug auf Taz oder ihre Gefühle ganz ehrlich zu sein. Und sie würde ihrem Vater bestimmt nichts von dem Studentenfilm erzählen, in dem sie mitspielen würde. „Er ist interessant. Wir unterhalten uns über alles Mögliche. Aber es ist nichts Ernstes."

Sie unterhielten sich noch eine Weile, und Andi wünschte ihm noch einmal alles Gute zum Geburtstag, bevor sie auflegte. Erst dann atmete sie tief aus und sank auf ihr Bett zurück. Es kostete sie viel Kraft, diese Fassade für ihre Eltern aufrechtzuerhalten. Aber ihr blieb keine andere Wahl. Wenn ihre Eltern von Taz's eigenwilliger Einstellung wüssten oder von der Rolle, die Andi in seinem Film spielen sollte, säßen sie im nächsten Flugzeug nach Indianapolis. Womöglich würden sie sie sogar von der Uni nehmen. Es war besser, sie nicht zu beunruhigen. Sie hatte ein Recht, das Leben ein wenig zu erkunden. Dafür war die Studentenzeit schließlich da.

Andi warf einen Blick auf Baileys Seite des Zimmers und fragte sich, was ihre Freundin wohl machte. Es war Freitagmittag. Am Abend würde Andi in einem kleinen Unterrichtsraum auf dem Campus ihre ersten Szenen für Taz drehen. Bailey war wahrscheinlich mit Tim unterwegs und tauschte sich mit ihm über den Römerbrief aus oder trank einen Latte macchiato im Café neben dem Campus. Später würde Tim sie wahrscheinlich ins Kino einladen oder sie würden einen Spieleabend bei den Flanigans verbringen. Ihre liebe Freundin Bailey war so gut und anständig.

Andi wollte mehr vom Leben.

Sie hatte gedacht, Cody könnte der richtige Junge für sie sein. An seiner Seite hätte sie ein christliches Leben führen und an Gott und seine Pläne und die gleichen alten Sprüche glauben können, an die sie ihr ganzes Leben lang geglaubt hatte. Aber Cody hatte kein Interesse, und sie wollte bestimmt nicht allein in ihrem Zimmer bleiben und in ihrer Bibel lesen.

Zwei Stunden später war Andi mit ihren Hausaufgaben fertig und schaute auf die Uhr. In weniger als einer Stunde war sie mit Taz und seinem Filmteam verabredet. Sie zog sich um und schlüpfte in ihre engste Jeans, ein knappes Top und einen Pullover. Die Szene verlangte, dass sie rebellisch aussah. Deshalb schminkte sie ihre Augen mit dunklem Lidschatten und trug mehrere Schichten Mascara auf. Obwohl Andi mit ihrem Aussehen zufrieden war, packte sie ihre Schminksachen in einen Kosmetikbeutel und steckte sie in den Rucksack. Taz hatte gesagt, dass sie für alle Fälle ihre Schminkutensilien mitbringen sollte.

Die Entscheidung, in dem Film mitzuspielen, war ihr leichtgefallen, nachdem sie das Drehbuch gelesen hatte. Ihre Figur war ein braves Mädchen, das mehr vom Leben wollte. Mehr als ihre Eltern ihr erlaubten. Wenn Andi sich im Moment mit irgendeiner Figur identifizieren konnte, dann mit diesem Mädchen, das sich Taz für seinen Studentenfilm ausgedacht hatte. Außerdem hatte Taz ihr drei seiner früheren Studentenfilme gezeigt, und Andi war total begeistert gewesen. Die Qualität und der Tiefgang seiner Filme hatten ein sehr hohes Niveau. Ihrer Meinung nach gehörten sie zu den besten unabhängigen Filmen, die es gab. Andi konnte sich geehrt fühlen, dass sie die Rolle bekommen hatte, und Taz hatte ihr versprochen, dass die Halbnacktszene ganz harmlos sei. Eine kurze Szene, die für die Aussagekraft des Films nötig sei. BH und Jeans, also eigentlich keine wirkliche Nacktszene.

„In einem Badeanzug würdest du mehr Haut zeigen", hatte er sie beruhigt.

Andi starrte in den Spiegel. Die Worte ihres Vaters gingen ihr durch den Kopf. Sie sollte geduldig warten, bis sie an der Reihe wäre. Sie sollte auf die Chance warten, die er selbst in den Händen hielt und die er ihr verweigerte. Die Chance, mit Brandon Paul einen Film zu drehen. Ihre Enttäuschung verwandelte sich in Bitterkeit. Ihr eigener Vater war nicht bereit, ihr zu helfen. Dann musste sie es eben selbst in die Hand nehmen!

Sie malte sich den vor ihr liegenden Abend aus. „Der heutige Abend ist für mich", flüsterte sie ihrem Spiegelbild zu. „Ich werde es allen zeigen."

Es gab kaum eine bessere Chance, als in Taz's Film die Hauptrolle zu spielen. Sie konnte sich einen Namen machen und sich die Anerkennung erarbeiten, die offenbar nötig war, um irgendwann an der Reihe zu sein. Sie würde es NTM und der Filmindustrie und ihrem Vater schon zeigen! Ihnen allen. Sie wollte wie die Starschauspielerinnen sein, die die großen Rollen bekamen und von den Mädchen im ganzen Land beneidet wurden.

Andi betrachtete ihr Gesicht. Sie hatte das nötige gute Aussehen, nicht wahr? Aber die Superstars waren in Hollywood zu Hause, seit sie laufen konnten. Und Andi? Sie hatte im Dschungel gelebt. Ihre Entschlossenheit verdoppelte sich. Sie war eben ein Späteinsteiger. Das College gab ihr die Chance, der Welt zu zeigen, dass sie auch ohne die Erfahrung, die die anderen vorzuweisen hatten, eine talentierte Schauspielerin war.

Auf dem Weg zur Tür fiel ihr Blick auf Rachel Baughers Tagebuch. Wie lange hatte sie nicht mehr in den Worten ihrer Freundin geblättert? Zögernd trat sie an ihre Kommode. Lange betrachtete sie Rachels Foto, das daraufstand. Es war dasselbe Bild, das an ihrer Wand hing. Die arme Rachel, die viel zu früh gestorben war, um das Leben richtig kennenzulernen. Andi fühlte den Verlust ihrer Freundin, wie sie ihn schon seit Monaten nicht mehr gespürt hatte. Sie schlug das Spiralbuch irgendwo in der Mitte auf und begann zu lesen.

„Wie ein Kamel sich am Ende des Tages vor seinem Herrn niederkniet,

damit er ihm die Last abnehmen kann, solltest du jeden Abend niederknien und dem Herrn erlauben, dir deine Last abzunehmen." Das Zitat war in Rachels ordentlicher Handschrift geschrieben; darüber und darunter hatte sie Platz gelassen, sodass die Worte auf der Seite richtig herausstachen. Dieses Bild war schön, und vor ein paar Jahren hätte Andi ihr zugestimmt. Knie vor Gott nieder, und er nimmt dir deine Lasten ab.

Aber Andis Lasten sahen jetzt anders aus. Sie wollte ein Filmstar werden. An den meisten Tagen konnte sie nicht begreifen, wie ihr Studium sie ihrem Ziel näher bringen sollte. Mit einer einzigen Ausnahme: der Film, den sie mit Taz drehen wollte. Solche Filmprojekte würden ihr Erfahrung bringen und Türen öffnen, die ein einfaches Gebet nie öffnen konnte.

Dessen war sich Andi sicher.

Sie klappte Rachels Tagebuch zu und legte es wieder auf die Kommode. Doch nach ein paar Sekunden schob sie es zusammen mit dem Bild ihrer Freundin in die oberste Schublade ganz nach hinten. Rachel war tot. Jeden Tag ihr Gesicht zu sehen verwirrte Andi. Und bei der Chance, die Taz ihr bot, konnte sie es sich nicht leisten, sich verwirren zu lassen. Sie schob die Schublade zu und eilte aus ihrem Wohnheim und über das Unigelände zum Theatergebäude.

Als Andi die Tür zu dem Raum erreichte, den Taz für das Filmprojekt reserviert hatte, sah sie, dass dunkles Papier über das kleine Fenster geklebt war. Sie lächelte. Taz hatte ihr versprochen, dass ihre Privatsphäre gewahrt würde. Sie klopfte, und er öffnete ihr nach nur wenigen Sekunden die Tür. Bei seinem Lächeln wurde ihr warm ums Herz. „Du kommst früh."

„Für den Fall, dass du mich schon eher brauchst." Sie war plötzlich vor Aufregung ganz außer Atem. Das Drehbuch war wirklich klar und eindeutig, es war auf das Wesentliche konzentriert und ehrlich. Sie würde ihre bislang größte Rolle spielen und wollte beweisen, dass sie dieser Aufgabe gewachsen war.

Taz berührte mit den Fingern ihre Wangen. „Ich brauche dich immer, Andi." Seine Stimme war leise und weich, nur für sie allein bestimmt. „Das darfst du mir glauben."

Er führte sie in den Raum, in dem mehrere andere Studenten daran arbeiteten, alles aufzubauen. Zwei junge Männer brachten große Lampen neben dem Set an, das aus einem Bett, einem Nachttisch und einer Kommode mit Spiegel bestand. In einer anderen Ecke des Raums arbeitete ein Student an der Tonanlage und prüfte ein drahtloses Mikrofon.

Eine spürbare Erleichterung erfasste Andi. Sie hatte Baileys Warnung nicht ganz aus ihrem Kopf verdrängen können: dass Taz vielleicht nicht wirklich ein Filmstudent war, sondern irgendein Verrückter, der nur wollte, dass sie sich in einem Studentenfilm auszog. Jetzt war sich Andi sicher, dass sogar Bailey einverstanden wäre. An den Dreharbeiten war nichts Unanständiges.

„Fühlst du es?“ Taz drehte sich zu ihr um. Er berührte ihre Schultern und ließ die Finger über ihre Arme gleiten.

Ihre Wangen begannen zu glühen. Sie fühlte seine Nähe wie eine körperliche Kraft. Meinte er das mit seiner Frage?

Er grinste. „Die Rolle, meine ich. Fühlst du die Rolle?“

Andi entspannte sich wieder. „Natürlich. Ich habe das Drehbuch mindestens zehnmal gelesen.“

„Gut.“ Er trat näher und schaute sie prüfend an. „Ein wenig mehr Eyeliner.“ Er ging um sie herum und betrachtete ihre Kleidung. „Deine Haare sollten ein wenig rebellischer sein. Sie sehen zu brav aus.“

Sie gab ihm mit einem schnellen Nicken recht. „Ich war nicht sicher, wie ich das ändern sollte.“

„Kein Problem.“ Er rief eine Studentin, die in einem anderen Teil des Raums an einem Clipboard arbeitete. „Norma, kannst du Andi ein wenig aufstylen?“

„Natürlich.“ Das Mädchen lächelte Taz verführerisch an.

Ein gewisser Stolz erfasste Andi, als sie Taz beobachtete. Er zeigte kein Interesse an Norma oder an einem anderen Mädchen. Er hatte nur Augen für sie.

Als Norma mit Andis Haaren und dem Make-up zufrieden war, kehrten die beiden in den Vorlesungsraum zurück. Die Beleuchtungsleute teilten Taz mit, dass sie bereit seien, und traten dann in den Hintergrund, wo sie sich leise unterhielten. Ein schalldichter Beobachtungsraum grenzte an den Raum. Taz schickte die anderen dorthin. „Alle an ihre Plätze.“ Seine Stimme war selbstsicher und sachlich, nicht aggressiv wie bei den meisten Regisseuren. „Ruhe am Set.“

Andere Szenen sollten im Tageslicht auf dem Campus gedreht werden. Zwei waren in einem Bloomingtoner Restaurant geplant. Aber die

Szenen, die heute Abend anstanden, waren die intensivsten. In diesen Szenen zerbrach etwas in Andis Figur, woraufhin sie die Entscheidung traf, von ihren Eltern wegzuziehen. Andi konnte sich jeden Tag ein wenig mehr mit dieser Figur identifizieren.

„Andi." Taz kam zu ihr und berührte wieder mit den Fingern ihre Wange. Seine sanfte Berührung jagte einen Stromstoß durch ihre Arme und Beine. „Bist du bereit?"

Sie schluckte. „Ja." Das war ihre Chance. Sie würde es allen zeigen.

„Okay, dann nimm deinen Platz ein."

Andi stand auf und strich die Falten aus ihrem Pullover. Sie sah ihr Gesicht im Spiegel und betrachtete sich einen Moment. Was bedeutete dieser Blick in ihren Augen? Schuldgefühle? Doch ein plötzlicher Ärger und eine ungeahnte Wut gewannen die Oberhand über ihre Gefühle. Sie brauchte keine Schuldgefühle zu haben. Sie tat nichts Falsches. Sie blinzelte und bemühte sich, sich in die Rolle hineinzuversetzen.

Nur ein einziger anderer Student blieb im Raum, in dem die Szene gedreht wurde. Es war der Kameramann, der schon hinter dem großen Objektiv stand.

„Jetzt denk daran …" Taz stand ein kleines Stück von ihr entfernt und schaute ihr in die Augen. „Du hattest gerade einen heftigen Streit mit deiner Mutter. Du hast ihre Regeln satt, du hast dein Leben satt. Du willst weglaufen." Taz's Worte waren langsam und melodisch und zogen Andi in ihren Bann. „Du bist wütend, gefangen, du haderst mit deinem Schicksal. Doch dann konzentrierst du dich langsam auf dein Bild im Spiegel. Zum ersten Mal siehst du, dass du schön bist und dass dein Körper vielleicht deine Fahrkarte in die Freiheit sein könnte. Du könntest als Model oder als Schauspielerin arbeiten. Während du dein Spiegelbild betrachtest, fängst du langsam an, deine Kleidung auszuziehen. Zuerst den Pullover, dann das Top … bis du nur noch deinen BH anhast. Bleib in dieser Stellung stehen, bis ich *Schnitt* sage."

Andi kannte ihren Text und die Motivation ihrer Figur. Sie hatte das Drehbuch unzählige Male gelesen und damit gerungen, ob sie das tun sollte, doch dann hatte sie erkannt, dass ihr keine andere Wahl blieb. Das waren die Stufen, die eine Schauspielerin besteigen musste, wenn sie oben ankommen wollte. Außerdem war der Film sinnlich, und die Handlung erforderte diese Szene. Wenigstens aus künstlerischer Sicht.

Taz trat ein paar Schritte zurück. „Okay, sag uns Bescheid, wenn du fertig bist."

Andi dachte an das Mädchen, an den Kampf mit seinen Eltern. Sie hatten kein Recht, ihr zu sagen, wie sie leben sollte oder wann sie zu Hause sein sollte. Sie wollte endlich selbst bestimmen, wie sie leben wollte; sie wollte jemand sein, den sie selbst geschaffen hatte. Sie wartete, während die Figur in ihr zum Leben erwachte, und nickte dann in die Kamera.

„Ruhe!" Taz hob die Hand. „Drei, zwei, eins … Kamera läuft."

Andi stürmte ins Zimmer und ließ sich aufs Bett fallen. Sie legte den Arm über ihre Augen. Nach ein paar Sekunden setzte sie sich auf. Sie war wütend. Sie fühlte sich gefangen. Sie atmete schwer aus. Dann schaute sie sich im Zimmer um und suchte nach einer Möglichkeit, diesem Leben zu entfliehen. Die Pinnwand mit den Schulfotos, die Schlichtheit der Bettdecke, die über dem Fußende ihres Betts lag. Jeden Tag dasselbe alte Zeug. Sie stand auf und betrachtete mit angewiderter Miene die Wände um sich herum, die ihr alle so bekannt waren. Langsam trat sie ans Fenster und umklammerte das unechte Fensterbrett. „Ich hasse das alles", zischte sie mit zusammengebissenen Zähnen. „Ich hasse es jeden Tag mehr."

Wie ein Tier in einem Käfig stapfte sie zu ihrem Bett zurück und nahm ein Notizbuch von ihrer Kommode. Sie starrte es ein paar Sekunden lang an und warf es dann aufs Bett. „Ich will hier weg!" Ihre Worte waren hart und scharf. Andi liebte diese Rolle.

Dann entdeckte sie aus dem Augenwinkel ihr Bild im Spiegel. Langsam und mit neuem Interesse trat sie zum Spiegel und betrachtete sich. Ihre Miene verriet, was in ihr vorging. Es war das erste Mal, dass sie ihren Körper als Kapital sah, als ein Mittel, das sie aus der Enge des Lebens, das sie mit ihren Eltern führte, herausholen könnte.

Langsam und mit sinnlichen, trägen Bewegungen zog sie den Pullover über den Kopf und warf ihn aufs Bett. Nur in ihrem Top und ihrer Jeans blieb sie vor dem Spiegel stehen und betrachtete sich noch einmal. Sie fuhr mit den Händen über ihre Arme und Schultern und dann weiter an ihren Seiten hinab zu ihrer schmalen Taille. Sie ließ zu, dass sich ein schwelendes Gefühl in ihr aufbaute, ein Gefühl, das ganz von selbst kam. Dann schälte sie sich langsam aus ihrem Top und stand vor dem Spiegel. Ihr Brustkorb hob und senkte sich unter ihrem Atem, während sie sich die Möglichkeiten, die vor ihr lagen, ausmalte. Andi konnte nicht mehr sagen, wo die Rolle endete und sie selbst begann. Es war, als sähe sie sich tatsächlich zum ersten Mal. Sie starrte in den Spiegel und wartete.

„Schnitt." Taz lachte kurz und trat neben sie. Er berührte ihren Arm. Mit unübersehbarer Zurückhaltung, da sie immer noch im BH dastand. „Das war umwerfend. Ehrlich, Andi. Du bist ein Naturtalent. Ich habe das Gefühl, dass du bald keine Zeit mehr für Studentenfilme haben wirst. Bei deinem Talent wäre das kein Wunder."

Seine Worte sprachen direkt in ihr Herz und rührten die Stelle an, für die ihre Eltern blind waren. Wenn Taz ihr Talent erkannte, dann würden Hollywoodagenten und -regisseure es auch sehen. Taz trat zum Bett und reichte Andi ihre Kleidung. „Zieh dich bitte an. Wir drehen die Szene noch einmal." Seine Stimme sprach ihr Innerstes an. Es war, als zöge er sie in seinen Bann. „Du warst beim ersten Mal schon brillant. Ich bin gespannt, was du uns beim nächsten Versuch zeigst."

Andi spielte die ganze Szene ein zweites Mal und dann ein drittes Mal. Mit jeder Aufnahme wuchs Taz's Begeisterung von ihrer Leistung. Es war fast, als würde ihr Auftritt ihn auf eine Weise erregen, die Andi nicht ganz verstand. Als sie fertig war, forderte er sie auf, sich zum letzten Mal anzuziehen, und sagte der übrigen Crew, dass sie gehen könnten. Die Szenen auf dem Campus wollten sie nächste Woche drehen.

Zum Schluss waren nur noch Andi und Taz da. „Ich habe nachgedacht." Er packte seine Sachen zusammen und hielt den nötigen Abstand zu ihr. „Ich könnte selbst eine Rolle in dem Film übernehmen. Ganz am Ende."

Am Ende des Drehbuchs traf Andis Figur einen jungen Mann von der Straße, und die beiden küssten sich. Nur ein einziger Kuss, aber trotzdem war die Szene leidenschaftlich. Andi räumte ihre Schminksachen in ihren Rucksack und schaute ihn fragend an, während sie versuchte zu verstehen, was er meinte. „Du meinst … du würdest den Jungen spielen …?"

„Den Jungen, den du küsst." Er legte seine Sachen weg und trat auf sie zu. „In dieser Szene geht es um die richtige Chemie." Er trat noch einige Schritte näher zu ihr, bis er so dicht vor ihr stand, dass sie die Pfefferminze in seinem Atem und den frischen Duft seines Shampoos riechen konnte. Er berührte leicht ihr Kinn. „Zwischen dir und mir stimmt die Chemie."

Sie bemühte sich, ein schnelles Schlucken zu verbergen. Was hatte dieser Junge an sich, das sie so sehr faszinierte und das es ihr schwer machte, klar zu denken? „Die Chemie zwischen uns ist eindeutig da."

„Vielleicht … vielleicht sollten wir das überprüfen." Sein Lächeln ließ sie dahinschmelzen. Vorsichtig hob er den Abstand zwischen ihnen auf. Er legte die Hände zärtlich um ihr Gesicht und küsste sie einen herrlichen Moment lang. Ihr wurde bei seinem Kuss ganz schwindelig. Nichts, das Andi bisher erlebt hatte, hatte je solche Gefühle in ihr ausgelöst. Sie wünschte, der Kuss würde nie enden.

Als Taz den Kopf zurückzog, glühte in seinen Augen ein grenzenloses Verlangen. „Ja." Seine Stimme war schwer und rauchig, seine Finger lagen immer noch sanft auf ihrem Gesicht. „Die Chemie stimmt."

Andi hoffte, er würde sie noch einmal küssen, aber er trat zurück und grinste sie an. „Wir sollten uns vor dem nächsten Dreh noch einmal unterhalten, okay?"

Damit war der Drehtag vorbei. Taz begleitete sie zu ihrem Wohnheim zurück und umarmte sie schnell und züchtig, bevor er ihr eine gute Nacht wünschte. Der Kuss war nichts Unanständiges gewesen und genauso wenig war die Szene in ihrem BH etwas Abartiges, mit dem Taz nur seine Neugier befriedigen wollte. Er drehte einfach einen Film und wollte testen, ob die Chemie zwischen ihnen stimmte. Jetzt würde der Film noch mehr Aussagekraft haben.

Sie ging ins Wohnheim und eilte durch den Flur zu ihrem Zimmer. Bailey war noch nicht zurück, aber das überraschte Andi nicht. Sie verbrachte das Wochenende wahrscheinlich zu Hause bei ihrer Familie. Vielleicht würde Andi morgen zu ihr fahren. Aber im Moment wollte sie allein sein und diesen Abend immer wieder Revue passieren lassen. Sie wollte sich an Taz's Reaktion auf ihre Rolle erinnern und seinen Kuss auf ihren Lippen fühlen. Ihre Schuldgefühle waren verschwunden. Die Halbnacktszene war völlig harmlos gewesen und jetzt lag dieser Teil des Films hinter ihr. Das Ganze war keine große Sache.

Als sie ins Badezimmer ging, um sich abzuschminken, betrachtete Andi überrascht ihr Spiegelbild. Das Ungewohnte waren nicht ihre Haare, die für die Szene anders frisiert waren, und auch nicht das dicke Make-up um ihre Augen. Sondern etwas an ihrer Miene. Andi bekam ein seltsames Gefühl und sogar ein wenig Angst. Denn in diesem Moment sah sie nicht wie Andi Ellison aus, die Missionarstochter und Schauspielerin auf der Suche nach Erfolg in Hollywood.

Sie sah aus wie jemand, den sie nicht mehr erkannte.

Kapitel 17

Bailey konnte es kaum erwarten, nach New York City zu kommen. Sie waren am frühen Morgen von Indianapolis abgeflogen und waren jetzt vom Flughafen La Guardia im Taxi nach Manhattan unterwegs. Bis zur Abendaufführung von *Mary Poppins* hatten sie noch drei Stunden Zeit.

„Ich kann kaum glauben, dass wir hier sind." Sie schaute aus dem Fenster und versuchte, die Skyline von New York City zu sehen. Aber das Taxi saß kurz vor dem Midtown-Tunnel im Stau fest. Der Blick zum Himmel musste warten.

Tim hatte es seit ihrer Landung fast die Sprache verschlagen. „Ich bin völlig überwältigt, und dabei haben wir noch nicht einmal den East River überquert."

„Das ist der schlimmste Teil. Es dauert immer ewig, bis man durch den Tunnel kommt." Connor saß auf Baileys anderer Seite, ihre Mutter vorne auf dem Beifahrersitz.

Der Tunnel war immer anstrengend, da die Autos sich im Schneckentempo vorwärtsbewegten und immer wieder stehen bleiben mussten. Die Fahrzeuge waren eng aneinandergepfercht. An einer Stelle fuhr ihr Taxi ganz nahe neben einen großen Bus heran. Bailey starrte den Bus an. „Das ist ja verrückt. Wenn du die Hand ausstreckst, kannst du den Bus berühren."

„Ich lasse das Fenster lieber zu", lachte Tim.

„Da fällt mir ein ..." Baileys Mutter reichte ihnen ihren Reiseplan nach hinten. „Hier ist eine Liste mit den Aufführungen, die wir uns ansehen wollen. Euer Vater hat seine Beziehungen zu alten Freunden spielen lassen. Wir haben bei jeder dieser Aufführungen die besten Plätze."

„Das ist wie ein Traum." Tim las die Liste. „Ich hätte nie gedacht, dass ich auch nur eines dieser Stücke sehen würde, geschweige denn alle auf einmal. Es muss schön sein, ein solches Leben zu führen."

Tims Bemerkung löste ein sonderbares Gefühl bei Bailey aus. Die meiste Zeit machte sie sich keine Gedanken darüber, dass ihre Eltern wohlhabend waren. Ihr Vater war erfolgreicher Profifootballspieler gewesen und arbeitete jetzt als Trainer. Ihre Familie war sehr großzügig.

Das wusste Bailey, weil ihre Eltern es immer für richtig gehalten hatten, in diesem Punkt keine Geheimnisse vor ihren Kindern zu haben. Aber trotzdem hatten sie unübersehbar genug Geld, um gut leben zu können. Mehr, als sich die meisten Menschen erträumen konnten. Bailey warf einen Blick auf den Jungen, mit dem sie befreundet war. Tims Mutter war Krankenschwester, sein Vater war Manager eines Hotels in Bloomington. Natürlich hatte Tim bis jetzt noch keine solche Reise nach New York gemacht.

Aber das war es nicht, was sie störte.

In den letzten Wochen war Tim ihr gegenüber viel aufmerksamer gewesen als sonst. Er hatte es fast übertrieben. Manchmal erweckte er fast den Anschein, als habe er Ehrfurcht vor dem Geld der Flanigans und davor, dass sie sich solche Reisen leisten konnten. Bailey hatte mit ihrer Mutter darüber gesprochen. „Es ist irgendwie komisch. Mag er mich jetzt plötzlich mehr, weil er mit uns nach New York fahren kann?"

Die Antwort ihrer Mutter war weise gewesen. „Geld kann in Beziehungen ein Problem darstellen, so oder so." Aber mehr hatte sie nicht dazu gesagt. „Ich denke, man sollte die Augen offen halten."

Sie hatte recht. Tim kannte Bailey schon so lange und hatte sich von ihrem Reichtum nie beeindruckt gezeigt. Warum sollte er jetzt anfangen, sich deshalb anders zu benehmen? Geld war ein Mittel zum Zweck, aber Baileys Familie brauchte keine solchen Ausflüge, um das Leben genießen zu können. Die Flanigans hatten genauso viel Spaß, wenn sie samstagabends zusammensaßen und miteinander spielten.

Bailey warf einen Blick auf die Liste, und Tim lugte über ihre Schulter. Sie verbrachten die ganze Ferienwoche in der Stadt und würden insgesamt sechs Broadwayaufführungen besuchen.

„Das ist unglaublich." Tim legte die Hand auf die Schulter von Baileys Mutter. „Das muss ein Vermögen gekostet haben."

Baileys Mutter drehte sich um und lächelte Tim an. „Gott hat uns schon viele wunderbare Zeiten miteinander geschenkt." Sie wechselte einen schnellen Blick mit Bailey, der verriet, dass ihr seine Bemerkung nicht entgangen war. „Und diese Woche wird bestimmt auch sehr schön werden." Ihr Vater hatte mit jemandem von den Giants gesprochen, der mit einem Casting Director vom Broadway befreundet war. „In dieser Woche findet das Casting für mehrere Stücke in diesem Sommer statt. Euer Vater denkt, dass ihr vielleicht gern zusehen wollt."

Bailey vergaß ihre Bedenken wegen Tim und kreischte vor Freude über diese Neuigkeit. Ihre Mutter hatte bis jetzt kein Wort davon erwähnt. „Ist das dein Ernst?“

„Ja. Ich wollte es euch erst erzählen, wenn es sicher ist, und jetzt ist es sicher. Wir sind nach der Aufführung am Donnerstagabend mit ihm verabredet.“

Hinter ihnen drückte ein Taxifahrer auf die Hupe, und das Licht am Ende des Tunnels war noch immer nicht zu sehen. Aber das alles spielte keine Rolle. Sie würden mit einem echten Casting Director vom Broadway sprechen. Etwas Besseres konnte es nicht geben.

Als der Verkehr sich wieder in Bewegung setzte und sie den Tunnel hinter sich ließen, brachte der Fahrer sie auf mehreren Abkürzungen durch Lower Manhattan, bis sie schließlich an der Ecke zwischen dem Broadway und der 47. Avenue im DoubleTree ankamen. In diesem Hotel stiegen Bailey, ihre Mutter und ihr Bruder immer ab, wenn sie nach New York City fuhren. Ihre Mutter zahlte das Taxi, und kurze Zeit später fuhren sie im Fahrstuhl zu ihren zwei nebeneinanderliegenden Suiten im zweiundzwanzigsten Stock hinauf. Beide Räume boten einen Blick auf den Times Square. Wieder konnte Tim das alles überhaupt nicht fassen.

„Seit ich das erste Mal auf der Bühne stand, träume ich davon, hier oben über dem Times Square zu stehen und den Broadway mit eigenen Augen zu sehen.“ Er drehte sich zu Bailey herum und ergriff ihre Hand. Connor und ihre Mutter waren damit beschäftigt, ihre Koffer auszupacken. Deshalb waren sie zu zweit allein in dem Wohnzimmer, das an die zwei Schlafzimmer grenzte. „Wenn ich hier stehe, habe ich das Gefühl, dass unsere Träume wahr werden.“

Bailey lächelte, aber obwohl eine faszinierende Woche in New York City vor ihnen lag, erreichten Tims Worte nicht die gewünschte Wirkung bei ihr. Sie verstand nicht, woran das lag. Das hier war doch ihr Traum, oder? In einer Broadwayaufführung zu singen und zu tanzen, in New York zu leben und Tim in der Nähe zu haben. Das war seit Jahren ihr Traum, nicht wahr? Sie malte sich aus, wie sie beide jeden Abend zu ihrem Auftritt fuhren und alles gaben, um den Regisseur zufriedenzustellen und das Publikum bei jeder Aufführung zu begeistern. Natürlich war es ihr Traum. Es gab nichts, das sie lieber tun wollte, als hier zu leben und neunmal in der Woche vor einem Publikum aufzutreten.

Als ihre Mutter und Connor mit dem Auspacken fertig waren, fuhren sie ins Erdgeschoss hinab und aßen auf der gegenüberliegenden Straßenseite einen Salat. Danach gingen sie zu Fuß zum New Amsterdam Theater, in dem *Mary Poppins* seit über einem Jahr aufgeführt wurde. Bailey, ihre Mutter und ihr Bruder hatten das Stück schon gesehen und waren völlig begeistert gewesen. Bailey konnte es kaum erwarten, Tims Reaktion zu sehen.

Sie betraten das Theater. Als die Lichter ausgingen und die Bühne zum Leben erwachte, konnte sie fühlen, wie Tim geradezu an den Lippen der Schauspieler hing und sich auf seinem Sitz vorbeugte, als wolle er näher beim Geschehen sein und kein Wort verpassen. Bailey lächelte. Es war herrlich, dass Tim ihre Leidenschaft fürs Theater verstand. Diese Leidenschaft, die sie weder mit ihrem Vater noch mit einem Jungen wie Cody teilen konnte, würde sie immer mit Tim verbinden. Sie verdrängte solche Gedanken und beugte sich näher zu Tim hinüber. „Wie gefällt es dir?"

„Ich bin sprachlos." Tim ergriff ihre Hand, aber er schob nicht die Finger zwischen ihre. Vielmehr hielt er sie locker fest, wie es ihr Vater tun würde.

Diese Situation wiederholte sich in dieser Woche mehrmals, doch Bailey fühlte sich immer weiter von ihm entfernt, auch wenn sie sich das selbst nicht genau erklären konnte. Die Theateraufführungen waren immer noch unglaublich, aber der Rest von New York City hatte irgendwie etwas von seinem Reiz verloren, seit sie das letzte Mal hier gewesen war. Sie ertappte sich dabei, dass ihr der beißende Urin- und Müllgeruch auffiel, der in den Straßen der Stadt lag, und dass der ständige Strom von hupenden Taxis und aggressiven Autofahrern eine starke Sehnsucht nach Bloomington in ihr weckte. Selbst die hohen Wolkenkratzer empfand sie nicht mehr als Ehrfurcht einflößend, sondern eher wie Mauern, die den Himmel aussperrten und sie erdrückten.

Bailey erzählte niemandem von ihren Gefühlen. *Das ist verrückt, Gott. Ich bin dankbar, dass ich hier sein kann.* Aber statt eine Antwort zu hören, entdeckte sie nur noch mehr Dinge, die an ihrem langjährigen Traum, hier in dieser Stadt zu leben, rüttelten.

Der Höhepunkt war ein Besuch am Ground Zero, an dem früher die Twin Towers gestanden hatten. Sie besuchten die St. Paul's Chapel, und Bailey erklärte Tim, dass Ashley Baxters Mann, Landon, einer der Feuerwehrleute gewesen war, die nach dem Einsturz der Türme den Schutt und die Überreste nach Toten und Verletzten durchsucht hatten. Seit der Zeit am Ground Zero plagte Landon immer noch ein lästiger Husten.

„Es ist immer noch schwer zu glauben." Ihre Mutter zog Bailey und Connor nahe an sich heran, während sie eine Fotoreihe an einem Maschendrahtzaun betrachtete, der den Platz umgab. „Niemand hätte je damit gerechnet, dass so etwas irgendwann passieren könnte."

Bailey erinnerte sich plötzlich an ein Gespräch, das sie vor langer Zeit mit Cody über die Terroranschläge geführt hatte. *„Wenn ich es irgendwie verhindern kann, wird so etwas nie wieder passieren. Nie wieder!"*

An einem anderen Tag gingen sie alle in den Central Park, aber wieder raubte die Realität Bailey einen Teil ihrer Illusionen. Statt den Park als eine lebendige Oase inmitten der Stadt zu sehen, fielen ihr die leeren Augen in den Gesichtern der Menschen auf den Parkbänken und das schmutzige, schale Wasser im See auf.

„Dieser See ist weltberühmt! Er hat schon in mehr Filmen mitgewirkt als die meisten Schauspieler." Tim war von allem begeistert, was sie sahen.

Dann kam der Donnerstag, und sie besuchten die Abendaufführung der *West Side Story.* Das Singen und Tanzen verschlug Bailey den Atem. Sie sah Tim, der neben ihr saß, an, dass es ihm genauso erging. Gleichzeitig konnten sie es kaum erwarten, dass die Aufführung zu Ende ging, denn danach waren sie mit dem Casting Director verabredet.

„Kommt mit." Ihre Mutter ging voraus, als die Aufführung zu Ende war. „Hier entlang zur Bühnentür. Unsere Namen stehen auf einer Liste."

Eine junge Frau an der Tür kontrollierte ihre Namen und führte sie dann durch einen Flur zu einem Aufzug. „Ein Stockwerk höher kommen Sie zu den Seitenbühnen."

Bailey konnte es kaum fassen. Die Seitenbühnen eines echten Broadwaytheaters?

Doch als sie aus dem Aufzug traten, war Bailey überrascht. Der Raum hinter der Bühne war viel kleiner, als sie ihn sich vorgestellt hatte. Trotzdem war die Hektik, die hier herrschte, aufregend und erinnerte sie gleichzeitig an das christliche Kindertheater in Bloomington. Schauspieler gaben Kostüme und Requisiten ab, während andere sich vor einer langen Spiegelreihe abschminkten oder sich von den anderen verabschiedeten und das Theater verließen.

Ein schlanker Mann mit einer Baskenmütze und einem entspannten Lächeln trat auf sie zu und zog fragend die Brauen hoch. „Sind Sie die Flanigans?“

„Ja.“ Baileys Mutter hielt ihm die Hand hin. „Ich bin Jenny Flanigan.“ Sie drehte sich um und deutete auf die anderen. „Das sind meine Kinder Bailey und Connor und das ist unser Freund Tim Reed. Bailey und Tim spielen an der Indiana University Theater.“

„Interessant. Ich bin Sebastian.“ Der Mann musterte Bailey und dann Tim. „Ich habe über die Musical- und Theaterfakultät in Indiana viel Gutes gehört.“

„Wir haben auch im christlichen Kindertheater in Bloomington mitgespielt. Wir spielen schon seit Jahren in Musicals mit.“ Bailey gab Sebastian die Hand, und Tim tat es ihr gleich. „Unser christliches Kindertheater wird von Katy Hart Matthews geleitet. Sie haben vielleicht schon von ihr gehört.“

Der Mann legte den Kopf schief und nickte beeindruckt. „Allerdings. Sie ist die Schauspielerin, die Dayne Matthews geheiratet hat. Ich habe einmal einen Bericht über die Theatergruppe in *People* gelesen.“

„Das waren wir“, grinste Tim.

„Was haltet ihr davon …“, Sebastian deutete zu den Seitenbühnen, „… wenn ich euch jetzt erst einmal herumführe?“

Es war nicht zu übersehen, dass Sebastian seinen Beruf liebte. Er wurde von mehreren Schauspielern begrüßt, als sie durch den schmalen Gang hinter der Bühne zum Kulissenbereich und zu den verschiedenen Garderoben gingen.

Tim flüsterte: „Es ist schon komisch, dass die Kulissen auf der Bühne eine Szene zum Leben erwecken, aber hier hinten …“

„… ist alles schlicht und gewöhnlich.“

„Das stimmt“, mischte sich Connor ein. „Die Seitenbühnen sind kleiner als am Bloomingtoner Theater.“

„Viel kleiner“, flüsterte Bailey. Sie kam sich vor wie Dorothy, die den Zauberer durchschaute und endlich sah, wie er wirklich war. Es war fast, als wäre es besser gewesen, nicht hinter die Bühne zu gehen und sich den Zauber zu bewahren.

Sebastian erzählte weiter, dass die Bühne leicht nach vorne geneigt ist, damit das Publikum auch aus der hintersten Reihe alles sehen konnte. „Kommt mit und stellt euch auf die Bühne.“ Er trat auf die Holzbretter, und sie folgten ihm.

„Wow.“ Connor beugte ein wenig die Knie, um das Gleichgewicht nicht zu verlieren. „Sie ist schräger, als ich gedacht habe.“

„Die Schauspieler gewöhnen sich daran“, lachte Sebastian. „Aber es dauert eine Weile.“

Bailey überlegte, wie man in hohen Schuhen auf dem schiefen Boden tanzen konnte. Es war zweifellos schwerer, als es aus dem Zuschauerraum aussah. Tims Augen leuchteten vor Aufregung. Er war so davon begeistert, hier zu stehen, dass er ganz vergaß, dass sie neben ihm stand.

Als sie die Führung beendet hatten, schrieb Sebastian für Bailey und Tim Namen und Telefonnummern auf und gab Jenny seine Nummer. „Wir haben Ende Juni ein offenes Casting“, erklärte er. „Meldet euch vorher bei mir, dann müsst ihr nicht zusammen mit der übrigen Herde in der Schlange stehen.“ Er lachte. „Die Schlange kann schon vor zehn Uhr morgens rund um den Häuserblock herum reichen.“

Bailey wurde schwindelig, als sie versuchte, sich dieses Bild vorzustellen. Eine Schlange von Schauspielern, die um das ganze Gebäude herum reichte? „Wie viele Stellen werden besetzt?“

„Zwei, vielleicht drei.“ Sebastian verzog das Gesicht. „Es ist ein harter Wettbewerb. Wir schauen uns Tausend Tänzer an, die sich für eine Stelle bewerben.“

Tänzer. Er hatte sie als Tänzer bezeichnet, weil Schauspieler, die in einem Ensemble spielten, tanzten und sowohl visuell als auch klanglich die Kulisse bildeten. Nicht mehr. Trotzdem war das Casting eine einmalige Chance. Besonders jetzt, da weder Tim noch Bailey ein abgeschlossenes Studium vorzuweisen hatten.

Jenny fragte nach der Vertragsdauer für die Tänzer, die das Casting bestanden.

„Ein halbes Jahr bis zu einem Jahr. Das hängt davon ab, wie viel Zeit der Tänzer hat und wie gut er uns gefällt.“

Bailey wusste, was ihre Mutter dachte. Falls sie in diesem Sommer am Casting teilnahmen und es erfolgreich meisterten, würden sie mindestens das erste halbe Semester des nächsten Studienjahres verpassen. Diese Möglichkeit gefiel ihrer Mutter nicht besonders gut.

Als sie sich von Sebastian verabschiedet hatten, gingen sie ins *Ellen's*

Stardust Diner an der Ecke 51. Straße und Broadway mitten auf dem Times Square. Das Restaurant war im Stil der Fünfzigerjahre eingerichtet. Es gab Hamburger und selbst gemachtes Malzbier und roch nach frischen Pommes, die im hinteren Teil brutzelten. Das Beste war, dass die Kellner bei der Arbeit tanzten. Ein bekannter Hit nach dem anderen klang durch den Raum, während die Kellner abwechselnd dazu sangen.

Sie fanden einen freien Tisch in der Mitte des Raums und schlugen gerade ihre Speisekarten auf, als ein Kellner an ihnen vorbeiging und *Love Me Tender* sang. Der Mann war sehr attraktiv und seine Stimme unglaublich gut ausgebildet. Tim beugte sich zu den anderen vor. „Was macht der Mann hier in einem Restaurant? Er ist so gut, dass er in einem der vielen Theater hier in der Stadt auftreten sollte."

Jenny nickte. „Er stand schon auf der Bühne. Er hat die Zweitbesetzung für Danny in *Grease* gespielt, als wir letztes Jahr hier waren. Viele Schauspieler arbeiten zwischen ihren Bühneneinsätzen hier in diesem Restaurant."

„Nur der Mann dort nicht." Connor deutete auf einen großen, lockigen Mann, der mit einem Tisch junger Mädchen flirtete. „Er kann unglaublich gut singen, aber er ist jedes Mal hier, wenn wir kommen."

Bailey betrachtete den Mann nachdenklich. Sie hatten sich mit ihm unterhalten, als sie das letzte Mal hier gewesen waren. Er hatte ihnen erklärt, dass er als Kellner genug Geld verdiene, um sich über Wasser zu halten. „Und ich tue das, was ich liebe. Ich singe auf dem Broadway."

Bei diesem Gedanken war Bailey damals ein Schaudern über den Rücken gelaufen, und auch jetzt bekam sie wieder eine Gänsehaut. Es war eine Sache, auf der Bühne eines berühmten Theaters aufzutreten – aber zu singen, während man Hamburger und Pommes servierte? Es musste eine andere Möglichkeit geben, um den Kontakt zum Theater nicht zu verlieren. Vielleicht zu Hause mit Katy am christlichen Kindertheater zu unterrichten? Ihr Wunsch, in New York zu leben, würde niemals so groß sein, dass sie auf Dauer hier arbeiten wollte.

„Wisst ihr was?", lachte Tim sie an. „Wenn ich hierherziehe, werde ich mich in diesem Restaurant bewerben. Wenn ich nie eine Rolle bekomme, wäre es hier doch auch ganz nett."

Bailey schaute ihn kurz an und senkte dann den Blick auf ihre Speisekarte. Tims Bemerkung verwirrte sie. Was sie immer am meisten zu ihm hingezogen hatte, war die Tatsache, dass sie so viele Dinge gemeinsam hatten. Aber jetzt … Sah er seine Zukunft wirklich so? Wollte er unbedingt hier in New York City leben, egal um welchen Preis? Selbst wenn das bedeutete, dass er nach seinem Studienabschluss jahrelang als Kellner arbeiten musste? Bailey konnte sich nicht vorstellen, dass sie länger als ein paar Jahre hier leben würde. Danach wollte sie in einer Stadt wie Bloomington wohnen, wo sie heiraten und eine Familie gründen konnte.

Sie befanden sich auf dem Rückweg zu ihrem Hotel, als Baileys Handy in ihrer Jackentasche vibrierte. Sie zog es heraus, und ihr Herz schlug sofort höher. Es war eine SMS von Cody.

Ich habe einfach an dich gedacht. Bist du noch in New York?

Seine Nachricht hellte ihre Stimmung mehr auf als irgendetwas anderes an diesem Abend. Sie überlegte, ob sie ihm wirklich antworten sollte, da sie ja gerade mit Tim zusammen war. Oder sollte sie ihm doch schreiben? Bailey schaute zu Tim, der wieder ein paar Schritte vor ihr ging und alles, was er sah und hörte, fasziniert auf sich wirken ließ. Er nahm sie kaum wahr. Er würde es nicht einmal merken, wenn sie sich umdrehte und in die andere Richtung ginge, geschweige denn, wenn sie Cody eine SMS schrieb. Sie ging neben ihrer Mutter und Connor her und konzentrierte sich auf ihr Handy.

Ja. Aber es ist anders, als ich es in Erinnerung hatte. Ich wäre lieber bei dir.

Bailey schickte die SMS ab und merkte, dass ihre Wangen zu glühen begannen. Cody konnte ihre Worte so oder so verstehen. Sie hatte gemeint, dass sie im Moment lieber in Bloomington und nicht in New York City wäre. Nicht dass sie im buchstäblichen Sinne lieber bei Cody wäre. Oder doch? Sie verdrängte ihre Schuldgefühle und ließ das Handy sinken, als die nächste SMS kam.

Wir sollten uns treffen, wenn du zurück bist. Ich vermisse dich. Ich möchte immer noch mit dir reden.

Ihre Mutter verlangsamte ihre Schritte ein wenig, bis sie direkt neben Bailey herging. „Wem schreibst du?“

Neue Schuldgefühle regten sich in ihr. Tim war immer noch ein Stück vor ihnen und unterhielt sich mit Connor. Trotzdem sprach Bailey so leise, dass ihre Mutter sie kaum verstehen konnte. „Cody.“

Ihre Mutter fragte nicht weiter. Sie nickte nur verständnisvoll und legte den Arm um Baileys Schultern. Schweigend gingen sie weiter.

Bailey dachte an Codys Einladung. Wenn sie ihm jetzt antwortete, würde er bestimmt glauben, dass sie lieber mit ihm zusammen wäre. Sie sah ihn im Geiste vor sich, das Handy in der Hand und in Gedanken bei ihr. Plötzlich wusste sie ganz genau, was sie mit ihrer SMS gemeint hatte. Sie schluckte schwer. Wieder hob sie das Handy, damit sie es sehen konnte, und schrieb ihm noch einmal.

Das wäre schön. Ich vermisse dich auch.

Sie schickte die SMS ab, bevor sie es sich anders überlegen konnte. Dann steckte sie das Handy in ihre Tasche zurück. Es war falsch, Cody zu schreiben, während sie mit Tim zusammen war. Bailey nahm sich vor, ihm heute Abend nicht mehr zu schreiben. Aber ihr war plötzlich so leicht ums Herz und sie war ganz aufgeregt und nahm den Großstadtlärm um sich herum überhaupt nicht mehr wahr. Ihre Schuldgefühle verblassten neben der Begeisterung, die diese wenigen Worte in ihr auslösten. Plötzlich konnte sie das, was vor ihr lag, kaum erwarten. Sie hatte geglaubt, dass sie es nie wieder erleben würde.

Sie bekam die Gelegenheit, sich wieder mit Cody zu treffen.

Kapitel 18

Das Gespräch mit NTM war fünfmal verschoben worden. Jetzt, Ende April, wurden sie endlich durch einen eindrucksvollen Flur zum Büro von Ace L. Rustin, Vizepräsident und verantwortlich für die Filmauswahl des Studios, geführt. Keith bemühte sich, äußerlich ruhig zu bleiben, obwohl der ganze Nachmittag irgendwie unwirklich war – angefangen bei dem Privatparkplatz, der vorher für sie arrangiert worden war, bis hin zum Spaziergang durch die Brandon-Paul-Avenue des Studios bis hin zu den gerahmten Postern, die einen Kinohit nach dem anderen präsentierten. Dabei hatte das eigentliche Gespräch überhaupt noch nicht begonnen.

Eine Sekretärin hielt ihnen eine Tür auf und führte sie in ein Besprechungszimmer mit einem Tisch, der größer war als alles, was Keith je gesehen hatte. *Schenk uns Frieden, Gott. Du hast uns diese Tür geöffnet. Lass uns im Vertrauen auf dich durch diese Tür gehen.* Er merkte, wie er ein wenig ruhiger wurde.

Außer ihm bestand ihre Gruppe aus Chase, Kendall, Stephanie Fitzgerald und Luke Baxter, dem Anwalt, den Dayne Matthews ihnen empfohlen hatte. Die fünf nahmen an einem Ende des Tisches einander gegenüber Platz.

„Ich kann kaum glauben, dass wir tatsächlich hier sind." Chase faltete die Hände und sprach in einem ehrfürchtigen Flüstern.

„Sprechen Sie nicht so!", tadelte Stephanie ihn mit erhobenem Zeigefinger, obwohl ihre Augen gleichzeitig funkelten. „Gott hat das gewirkt. Sie sind ein Kind des Königs!"

Keith hätte am liebsten gestanden, dass er es ebenfalls kaum glauben konnte. Sie befanden sich im Gebäude der NTM-Studios! Das bedeutete, dass er und Chase schon froh sein konnten, wenn sie atmen, geschweige denn aufrecht am Tisch sitzen konnten. Aber er behielt seine Gedanken für sich. Es war wichtig, dass sie ihren Standpunkt mit dem nötigen Selbstvertrauen vertraten. Die NTM-Leute würden ihnen sicher nichts schenken.

Eine Sache beunruhigte Keith, auch wenn er außer mit Chase noch mit niemandem darüber gesprochen hatte. Die vielen Terminverschiebungen von Seiten von NTM machten Keith misstrauisch. Sie hatten kein einziges Mal angedeutet, dass sie sich mit Keith und Chase vielleicht überhaupt nicht treffen wollten.

„Wenn Brandon interessiert ist, dann sind wir das auch“, hatte Ace zu Luke Baxter gesagt. „Es geht nur darum, einen Termin zu finden.“

Falls Luke Zweifel hatte, ließ er sich davon nichts anmerken. Aber Keith hatte das Gefühl, dass alles viel zu leicht ginge. NTM brauchte ihn und Chase nicht. Brandon war für noch mindestens einen Film vertraglich an NTM gebunden. Es wäre für NTM leichter und kostengünstiger, von einem eigenen Drehbuchautor ein neues Drehbuch schreiben zu lassen. Sie könnten einen Weg finden, sie zu umgehen, und Brandon zu überreden, ein anderes Projekt zu übernehmen, bei dem sie sich den Kuchen nicht mit einer Schriftstellerin und zwei Produzenten von außen teilen mussten.

Die Tür ging auf, und Ace L. Rustin trat ein. Keith hatte gehört, dass dieser Mann eine Aura ausstrahlte, die jeden nötigte, ihm bedingungslos recht zu geben. Keith stellte fest, dass die Ausstrahlungskraft dieses Mannes deutlich untertrieben dargestellt worden war. Ace wurde von zwei Assistenten begleitet, Männer mit Klemmbrettern und Aktenmappen. Sie nahmen neben Keith und den anderen am Tisch Platz, während Ace an die Stirnseite des Tisches trat.

Er gab ihnen die Hand und schaute jedem dabei in die Augen. Dann setzte er sich und grinste. „Es sieht so aus, als hätten wir viel zu besprechen.“

„Allerdings.“ Luke hatte einen Vorschlag in seiner Aktenmappe. Er holte ihn jedoch noch nicht heraus. „Wie Sie wissen, haben wir ein Filmprojekt, das wir gern realisieren würden.“

„Und Brandon will unbedingt die Hauptrolle darin spielen.“ Ace nickte ruhig. „Mir ist die Situation bekannt. Ich kann es selbst nicht erwarten, dass der Stein ins Rollen kommt.“ Er hob die Hände und ließ sie wieder auf den Tisch fallen. „Wie oft kommt es schon vor, dass Stephanie Fitzgerald in unser Studio marschiert und einen Film mit uns drehen will?“ Er lachte ein wenig zu laut, ein wenig zu ungezwungen. Er schaute die Schriftstellerin an. „Wie haben Sie von Brandon gehört?“

„Wir sind Freunde. Wir lernten uns vor einer Weile am Set kennen. Das war das Letzte, womit ich gerechnet hätte“, schmunzelte Stephanie und begann, die Geschichte zu erzählen. Keith hatte die Kurzversion schon gehört, aber dieses Mal ging Stephanie ins Detail. Was sie erzählte, kam einem Wunder gleich, selbst für die normalerweise abgehärteten NTM-Leute.

Der Kontakt war entstanden, als Stephanie am Set für den ersten Film war, der über einen ihrer Romane gedreht wurde. Sie saß eines Abends auf der Heckklappe eines Materialwagens und schaute zu, wie in der Einfahrt des Hauses eine Szene gedreht wurde, als sie plötzlich eine SMS von Brandon bekam. „Ich schreibe genauso gern SMS wie jeder andere." Stephanie lachte wieder. „Er hatte sich schon ein paar Wochen vorher bei mir gemeldet und mir gesagt, dass er meine Bücher liebe. Jetzt wollte er nur Hallo sagen."

Ich bin am Set meines Films, schrieb sie ihm zurück. *Diese Arbeit ist schwerer, als man ahnt. Meine Hochachtung vor deinem Leben steigt, wenn ich das hier sehe.*

Hey, antwortete er. *Jemand muss aus „Der Löwenzahnjunge" einen Film machen.*

„Ich weiß noch, dass ich lächeln musste, denn Brandon Paul kannte meine Bücher, als hätte er sie selbst geschrieben." Stephanie genoss es, diese Geschichte zu erzählen. „Ich antwortete ihm, dass bereits großes Interesse bestehe, das Buch zu verfilmen. Seine nächste SMS kam wenige Sekunden später."

Was??? Ich will unbedingt die Hauptrolle spielen.

„Ich las diese SMS und schüttelte den Kopf. *Verrückter Junge,* dachte ich. Er war wahrscheinlich für mindestens ein Dutzend Filme vertraglich gebunden und hätte keine Zeit, in einer Verfilmung meines Buches mitzuspielen, nahm ich an. Doch am nächsten Tag rief Brandons Agent an." Sie lachte. „Es stellte sich heraus, dass es ihm ernst war. Er will unbedingt in dem Film mitspielen."

Ace hörte sich die Geschichte mit einem höflichen Lächeln an. Er schaute Keith an. „Entschuldigung, aber … wie kamen Sie und Chase dazu?"

Das hatte Keith befürchtet. Es war eine Sache, dass Brandon in einem Film nach der Vorlage eines Bestsellerromans mitspielen wollte. Aber warum hatten zwei namenlose Produzenten ein Vorkaufsrecht auf die Filmrechte des Romans? Warum sollte sich ein großes Studio auf ein solches Szenario einlassen?

Chase räusperte sich. „Wir wurden vor mehreren Monaten von Ben Adams und seiner Tochter Kendall angesprochen.“ Die beiden mussten in Hollywood nicht vorgestellt werden. „Wir erfuhren von Kendall, dass Stephanie will, dass wir *Der Löwenzahnjunge* produzieren.“

„Das war, bevor Brandon auf der Bildfläche auftauchte.“ Stephanie grinste Chase und dann Keith an. „Das Talent und die Integrität dieser beiden Männer haben mich fasziniert. So etwas habe ich in diesem Geschäft noch nirgends gesehen. Wenn *Der Löwenzahnjunge* produziert wird, will ich, dass die beiden das übernehmen.“

„Verstehe.“ Ace nickte langsam, und das Lächeln lag immer noch auf seinen Lippen. Er richtete sich auf. „Jetzt liegen also alle Fakten auf dem Tisch.“

„Richtig.“ Stephanie sah zufrieden aus.

„Und Sie wollen die kreative Kontrolle?“ Ace schaute Chase und dann Keith an. „Ist Ben deshalb beteiligt?“ Er stellte diese Frage in einem Tonfall, als sei es selbstverständlich, dass Keith und Chase allein nicht das nötige Geld für einen Brandon-Paul-Film hatten.

„Ja.“ Dieses Mal ergriff Kendall das Wort. „Mein Vater ist einer unserer Hauptinvestoren. Dank ihm können wir die Hälfte des Geldes aufbringen.“

Luke war der Einzige im Raum, der nicht begeistert wirkte. „Meine Klienten wollen die kreative Kontrolle und eine prozentuale Beteiligung an den Einspieleinnahmen.“

„Gut.“ Ace nickte langsam und schaute in sein Notizbuch. Als er den Blick wieder hob, lächelte er die Gruppe an. „Dann ist es eigentlich ganz einfach. Sie brauchen ein Drehbuch, mit dem jeder einverstanden ist – Brandon, sein Agent und unser Team hier bei NTM. Dann legen wir einen Termin für die Dreharbeiten fest und wählen die Drehorte und die Schauspieler aus. Ich habe einige Schauspielerinnen unter Vertrag, die perfekt zu Brandon passen würden. Wenigstens sollte man sich das überlegen.“

„Das klingt gut.“ Kendall nickte Ace und dann den anderen zu. „Wir sollten zu gegebener Zeit über die Namen sprechen, die Ihnen vorschweben.“

„Dann hätten wir vorerst alles geklärt.“ Ace schob sich vom Tisch zurück. „Danke, dass Sie gekommen sind.“ Er gab wieder jedem am Tisch die Hand und richtete seine letzte Bemerkung an Keith. „Ich schicke Ihnen eine E-Mail mit den Adressen von einigen unserer Drehbuchautoren. Ich gehe davon aus, dass Sie über das Budget verfügen, das nötig ist, bis wir von allen Seiten das Okay haben?"

Keith hatte Mühe, nicht laut zu schlucken. Ein Drehbuchautor von NTM würde eine halbe Million Dollar für das Drehbuch eines Filmes mit Brandon Paul verlangen. Das bisherige vorläufige Drehbuch hatte ein Freund von Keith geschrieben, dessen Honorar nicht einmal bei einem Zehntel dieses Betrages lag. Über dieses Detail könnten sie später sprechen. Keith zeigte unerschütterliches Selbstvertrauen und Nerven aus Stahl, als er lächelte. „Darauf sind wir vorbereitet, ja."

„Gut." Ace ging vor ihnen her zur Tür. „Wir sollten noch vor dem Sommer ein Drehbuch haben. Dann können wir uns wieder zusammensetzen und die nächsten Entscheidungen treffen." Er hob zum Abschied kurz die Hand. „Auf Wiedersehen. Meine Sekretärin führt Sie hinaus." Seine zwei Assistenten standen ebenfalls auf und folgten ihm. Einen Moment später war er verschwunden.

Keith wollte noch nichts zu dem Gespräch sagen. Sie brauchten einen Ort außerhalb der NTM-Studios, wo sie über den Verlauf des Gesprächs sprechen konnten und über die Ängste, die ihm keine Ruhe ließen. „Ich würde mich gern noch mit euch zusammensetzen." Er schaute die anderen an. Sein Blick blieb an Luke hängen. „Natürlich nicht hier."

„Nicht weit von hier gibt es einen Starbucks. Man kann dort auch im Freien sitzen. Ich schlage vor, dass wir uns in zehn Minuten dort treffen."

Als sie alle im Café zusammensaßen, kam Keith ohne lange Vorrede zur Sache. „Ich habe bei dieser Sache ein komisches Gefühl."

„Warum?" Chase hatte sich einen Vanille-Cappuccino bestellt und steckte gerade seinen Strohhalm durch den Deckel. „Das waren die leichtesten Verhandlungen, die ich je erlebt habe."

„Sie waren zu leicht." Luke schaute Chase mit hochgezogener Augenbraue an. „Keith hat recht. Ich habe das Gefühl, dass NTM uns hinhalten will, damit wir mit dem Projekt nicht zu einem anderen Studio gehen. In der Zwischenzeit arbeitet jemand an einem Konkurrenzprojekt, bei dem NTM das Drehbuch schreibt und den Film produziert und dessen Geschichte Brandon genauso gut gefallen wird. Warum sollten sie bereit sein, kampflos auf die Hälfte des Gewinns oder die Hälfte der Kontrolle zu verzichten?"

Keith war froh, dass ihr Anwalt ähnlich dachte wie er. Chases Lächeln verschwand, als er seinen Kaffee abstellte. „Brandon will in *Der Löwenzahnjunge* die Hauptrolle spielen. Das ist alles, was zählt."

„Das stimmt leider nicht ganz." Luke runzelte die Stirn. „Brandon ist noch für einen Film mit NTM vertraglich verpflichtet. Dieser Vertrag kann natürlich jederzeit verlängert werden. Was NTM betrifft, könnten sie ihn verpflichten, in einem NTM-Originalfilm mitzuspielen, und ihn außerdem zwingen, ein paar Jahre zu warten, bevor er bei *Der Löwenzahnjunge* mitwirken kann. Es besteht für NTM einfach kein finanzieller Anreiz, mit uns zusammenzuarbeiten."

„Natürlich gibt es einen Anreiz!" Kendall sah entrüstet aus. Sie saß neben Chase und suchte mit ihrem Blick seine Unterstützung. „Der Film wird ein großer Hit werden. Das Buch belegte wochenlang den ersten Platz der *New-York-Times*-Bestsellerliste. Das muss doch ein Anreiz sein."

„Kendall hat recht." Chase zuckte die Achseln. „Ohne das Buch haben sie nichts."

Luke stützte die Ellbogen auf den Tisch. „Ace Rustin hat solche Spiele schon öfter mit mir gespielt. Ich werde nicht zulassen, dass er uns ausspielt. Aber mir sind Grenzen gesetzt." Er zog ein Blatt mit Notizen heraus. „Wir müssen folgendermaßen vorgehen." Er warf einen Blick auf das Papier und erklärte ihnen dann seine Strategie.

Zuerst brauchten sie einen von NTM unterschriebenen Vertrag, in dem sie erklärten, dass sie – nach Treu und Glauben – an dem Projekt interessiert waren. Chase und Keith konnten nicht eine halbe Million Dollar für ein Drehbuch ausgeben, ohne eine schriftliche Willenserklärung des Studios zu haben. Zweitens mussten Brandon Paul und sein Agent mit Ace und dem NTM-Team sprechen. „Es muss unmissverständlich klar sein, dass *Der Löwenzahnjunge* der einzige Film ist, den Brandon drehen will."

Sie diskutierten noch über andere Möglichkeiten, aber am Ende des kurzen Gesprächs präsentierte Luke ihnen die unverblümte Wahrheit: „Es besteht die Gefahr, dass NTM die Idee stiehlt und eigene Wege geht. Nein, es wäre kein Film auf der Grundlage eines Bestsellerromans. Aber es wäre ein Film mit Brandon Paul in der Hauptrolle. Ehrlich gesagt würde das genügen. Sie könnten *ihm* sogar eine Gewinnbeteiligung versprechen oder seinen Agenten überzeugen, dass er weniger

Geld verdient, wenn er in *Der Löwenzahnjunge* mitspielt anstatt in einem Film, den das Studio produziert."

Keith wurde schwindelig. Sie waren in dieser unbekannten Hollywoodwelt oben angekommen, und jetzt erklärte ihnen ihr Anwalt mehr oder weniger, dass sie vielleicht wieder ganz nach unten geworfen werden könnten, ohne etwas dagegen tun zu können. Luke versprach ihnen, morgen weiter daran zu arbeiten. Dann fuhr er zum Flughafen, um nach Indiana zurückzufliegen. Alle anderen unterhielten sich immer noch, als Keiths Telefon klingelte. Es war Lisa. Sobald Keith ihren Namen sah, regte sich eine so große Erleichterung in ihm, wie er sie den ganzen Tag nicht gefühlt hatte.

Er gab ihr eine schnelle Zusammenfassung des Gesprächs mit NTM und nannte ihr die Bedenken, die er und ihr Anwalt hatten.

„Es gibt noch etwas anderes, das mir Sorgen bereitet." Lisas Tonfall klang so ernst, wie er sie lange nicht mehr gehört hatte. „Es betrifft Kelly. Es geht ihr nicht gut."

„Woher weißt du das?"

„Sie war seit vier Wochen nicht mehr in der Bibelstunde. Jedes Mal, wenn ich sie sehe, hat sie irgendeine Ausrede parat, warum sie nicht kommen oder sich nicht mit mir unterhalten könnte. Selbst ihre Freundin Laurie kommt mit ihr nicht weiter."

Keith gefiel es überhaupt nicht, dass im Moment alles so mühsam war. „Was, glaubst du, ist das Problem?"

„Ich glaube, sie leidet unter Depressionen. Sie macht sich nicht die Haare und achtet überhaupt nicht auf ihr Äußeres. Ich habe den Eindruck, dass sie sich von allen zurückzieht." Lisa zögerte. „Chase muss doch wissen, dass etwas nicht stimmt."

„Es ist ihm bewusst, aber wir haben die ganze Zeit so viel zu tun. Da passiert es leicht, dass man die Probleme zu Hause vergisst." Keith massierte sich die Stirn. „Wir dürfen diesen Filmvertrag mit Brandon Paul nicht verlieren."

„Er sollte lieber anfangen, an Kelly zu denken." Lisa klang eher besorgt als frustriert. „Sonst verliert er mehr als einen Filmvertrag."

„Ist es so schlimm?" Keith warf einen Blick hinter sich auf seinen Freund. Er saß neben Kendall. Die beiden waren in ein Gespräch mit Stephanie vertieft und schienen keinen Blick für die Welt um sich herum zu haben.

„Ja. Sprich mit ihm. Bitte. Vielleicht braucht sie eine Therapie oder Medikamente. Irgendetwas."

„Ich denke, sie macht sich immer noch Sorgen darüber, ob wir mit Filmen wirklich unseren Lebensunterhalt verdienen können."

„Natürlich macht sie sich Sorgen. Das tun wir alle." Die Ruhe war in Lisas Stimme zurückgekehrt. „Aber vielleicht macht sich Kelly mehr Sorgen als wir anderen. Sie kümmert sich ganz allein um zwei kleine Mädchen und muss von einem Haushaltsgeld leben, das gleich null ist."

Keith wusste, dass sie recht hatte. Er machte sich auch Sorgen wegen der Situation mit den Filmen, sowohl wegen *Der letzte Brief* als auch wegen *Der Löwenzahnjunge.* Aber er hatte früher im Glauben gehandelt, und er würde jetzt nicht damit aufhören.

Als er das Gespräch mit Lisa beendete, schloss er die Augen und schickte ein stummes Gebet für Kelly Ryan zu Gott. *Sie braucht dich, Gott. Sie braucht deine Berührung, eine Erinnerung, dass du da bist. Denn wir alle müssen im Glauben handeln. Aber das müssen wir uns jeden Tag ins Gedächtnis rufen. Hilf ihr bitte, das nicht zu vergessen. In Jesu Namen. Amen.*

Er kehrte zum Tisch zurück, wo die anderen sich über die Nebenrollen von *Der Löwenzahnjunge* unterhielten. Er würde später mit Chase beten. Für den Film und die Herausforderung, vor die die Zusammenarbeit mit NTM sie stellte, und für sein Familienleben.

Denn wenn seine Familie zerbräche, würde alles andere auch in die Brüche gehen.

Kapitel 19

Kelly hatte es satt, dass sie sich ständig schlecht und erschöpft fühlte und ihr so übel war. Sie hatte sich selbst in diese Situation hineinmanövriert, das wusste sie. Trotzdem konnte sie nicht damit aufhören. In den letzten zehn Jahren hatte sie jedes Mal, wenn sie einen Tiefpunkt erreicht hatte, ihre Gefühle irgendwann in den Griff bekommen und sich zwingen können, wieder ein gesundes Leben zu führen. Gott war ihr begegnet, und sie war eines Morgens mit der Kraft aufgewacht weiterzumachen und ihr Leben in geordnete Bahnen zu lenken, bevor alles endgültig zerbrochen war.

Aber das war jetzt nicht der Fall.

Mit beängstigender Geschwindigkeit sank sie immer tiefer und fand keine Möglichkeit, diesen neuen Tag zu finden, diesen neuen Morgen, an dem sie ihr Leben ändern und das Ruder herumreißen konnte. Sie betete natürlich. Vielleicht nicht so oft, wie sie sollte, aber sie betete. Und heute machte sie etwas, das sie schon vor einem Monat hätte tun sollen: Sie traf sich mit Laurie. Viermal hatte sie ihr Treffen abgesagt, aber heute war Freitag und Kelly hatte das Gefühl, dass das Wochenende furchtbar verlaufen würde, wenn sie sich nicht mit ihrer Freundin unterhielte. Sie würde sonst in einem noch dunkleren Loch versinken, aus dem sie vielleicht nie wieder herausfinden würde.

Laurie kam nach dem Mittagessen zu ihr, und die beiden Frauen umarmten sich herzlich. „Dir geht es nicht besonders gut, nicht wahr?“ Laurie schaute Kelly fragend in die Augen.

„Nein. Mir geht es nicht gut.“ Kelly war noch nicht bereit, ihr zwanghaftes Essverhalten zuzugeben. Andererseits war das überhaupt nicht nötig. Inzwischen passte ihr von ihren alten Sachen nichts mehr. Dass sie unter Essstörungen litt, war nicht zu übersehen. „Ich fühle mich wie tot.“

Laurie drückte ihre Hand und die beiden machten in der Küche Eistee. Nach einem langen, trüben Winter war endlich der Frühling eingekehrt. Es war Ende April und die Temperaturen stiegen schon auf fünfundzwanzig Grad. Molly und Macy konnten es nicht erwarten hinauszugehen und Mollys neues Fahrrad auszuprobieren, das sie zum

Geburtstag bekommen hatte. Sie hatten mit dem Auspacken gewartet, bis Chase zu Hause gewesen war. Zum einen, weil er es hatte zusammenbauen müssen, und zum anderen, weil dadurch alle das Gefühl hatten, dass er Mollys Geburtstag nicht verpasst hätte. Aber er hatte ihn verpasst. Das frustrierte Kelly immer noch.

Sie gingen mit ihren Gläsern auf die kleine Veranda hinaus. Macy setzte sich auf eine Decke auf den Rasen vor dem Haus, ihre blau gekleidete Babypuppe im Arm. „Ich bin so weit, Molly. Zeig es mir!"

„Okay, schau gut zu!" Molly hatte ihr Fahrrad zur Einfahrt des nächsten Hauses geschoben und fuhr jetzt auf ihre Schwester zu. Das Rad hatte Stützräder, aber sie waren ziemlich hoch eingestellt, damit Molly so weit wie möglich das Gefühl hatte, wirklich Rad zu fahren.

„Den Mädchen scheint es gut zu gehen." Laurie setzte sich für den Fall, dass Kelly schnell zu den Mädchen laufen musste, auf den Stuhl, der am weitesten vom Gehweg entfernt war.

„Das stimmt." Kelly zuckte die Achseln und hasste das Gefühl, das ihr Herz zu erdrücken drohte. „Ihnen geht es gut und sie führen ein völlig sorgloses Leben." Sie drehte ihren Stuhl so, dass ihr die Sonne ins Gesicht fiel, und setzte eine Sonnenbrille auf. „Ich schätze, das ist jetzt unser normales Leben."

„Das ist im Leben oft so. Wenn wir denken, alles liefe endlich in geordneten Bahnen, müssen wir uns eine neue Routine angewöhnen." Laurie lächelte. „Der Schlüssel zum Leben besteht nicht darin, dass wir für alle Zeiten eine feste, immer gleiche Routine entwickeln. Er besteht darin, den Weg zu genießen, egal was nach der nächste Kurve auf uns wartet. Zu glauben, dass Gott am Steuer sitzt und uns sicher nach Hause bringt, egal, wie holprig der Weg ist."

Kelly dachte über die Worte ihrer Freundin nach. „Hm. Das klingt gut."

„Und es ist die Wahrheit." Laurie trank einen Schluck von ihrem Eistee. „Manchmal sind es nicht die Umstände, sondern wir selbst." Sie verzog ein wenig das Gesicht. „Weißt du, was ich meine?"

Natürlich wusste sie das. Kelly zwang sich zu einem traurigen Lächeln. „Dieses Mal liegt es eindeutig an mir. Ich ernähre mich völlig falsch und rede mir Lügen über meine Ehe ein. Ich bin seit Monaten nicht mehr gelaufen und habe keine Gymnastik mehr gemacht. Ich komme kaum aus dem Bett. Jeden Abend nehme ich mir vor, dass es am nächsten Tag anders wird, aber dann kommt der Morgen, und alles läuft ab wie immer." Ihre Stimme wurde heiser und sie musste einige Male schlucken. „Ich sehe keinen Ausweg."

„Hast du mit Chase darüber gesprochen?"

„Er lebt in seiner eigenen Welt. Er weiß nicht, was es heißt, alles allein bewältigen zu müssen. Außerdem will er sich von meinen Problemen nicht den Spaß verderben lassen."

Molly fuhr jetzt schneller. Sie legte an Geschwindigkeit zu und winkte beim Fahren. „Hallo, Mama! Schau!"

„Das ist toll, Schatz. Herrlich! Mach weiter so, dann können wir die Stützräder bald abnehmen." Kelly zwang sich zu einer begeisterten Miene für ihre Tochter. Nur sehr wenige Menschen wussten, dass sie innerlich starb, und selbst gegenüber Laurie wollte sie nicht ganz ehrlich sein.

„Jetzt bin ich dran." Macy ließ ihre Puppe liegen und stand auf. Sie schaute zu, wie ihre Schwester an ihr vorbeifuhr und dann wendete. Als Molly dieses Mal auf sie zufuhr, lief Macy auf den Gehweg hinaus und versperrte ihr den Weg. Breitbeinig und mit ausgestreckten Armen stand sie da und rief Molly zu: „Bleib stehen! Jetzt bin ich dran!"

Aber obwohl Molly schon gut beschleunigen konnte, beherrschte sie das Bremsen noch nicht so gut. „Macy! Geh aus dem Weg!"

Kelly sah den Unfall kommen. „Macy!"

Ihre jüngere Tochter schaute zur Veranda. Doch in diesem Moment verlor Molly die Kontrolle über das Fahrrad. Statt ihre Schwester umzufahren, riss Molly den Lenker nach links und stürzte so, dass sie unter dem Rad begraben wurde. Ein schriller Schrei folgte, der allen verriet, dass etwas Ernstes passiert war. Macy begriff sofort, dass sie an dem Sturz schuld war. Sie schlug beide Hände vor den Mund und keuchte so laut, dass man es trotz Mollys lautem Weinen hören konnte. „Molly … Entschuldigung! Das wollte ich nicht, Molly."

Kelly und Laurie waren beide aufgesprungen und liefen zu Molly. Kelly kam zuerst bei ihr an. Mit einer Kraft, die sie sich nicht zugetraut hätte, hob sie das Fahrrad von ihrer Tochter und warf es auf den Rasen. „Molly, Liebes! Hast du dir wehgetan?"

Molly rollte sich auf den Rücken. Die Verletzungen waren sofort zu sehen. Sie hatte eine aufgeschürfte Wange und eine Schnittwunde am Unterarm.

„Ihr Arm sieht nicht gut aus." Laurie deutete auf Mollys rechten Unterarm. „Siehst du, in welchem unnormalen Winkel er steht?"

Kelly genügte ein kurzer Blick. Mollys Unterarmknochen befand sich eindeutig in einer grotesken Stellung. Macy begann zu weinen und schluchzte durch ihre Hände hindurch: „Es tut mir leid, Molly!"

Mollys Schreie wurden leiser, aber sie weinte immer noch laut, so dass ihr ganzer Körper durchgeschüttelt wurde. „M...mein Arm!" Sie zog das Wort *Arm* in einem verzweifelten Flehen in die Länge. „Er tut sooo weh!"

Kelly brauchte Laurie nicht zu fragen, ob ihre Tochter sich den Arm gebrochen habe. Aber sie war nicht sicher, was sie als Nächstes tun sollte. Sollte sie versuchen, den Arm zu verbinden? Und wie sollte sie gleichzeitig Macy beruhigen? Kellys Atem kam schneller, und ein lähmender Schmerz legte sich um ihre Brust. *Beherrsche dich, Kelly.* Aber noch während sie versuchte, sich zu beruhigen, trat eine Schweißschicht auf ihre Stirn. Warum konnte sie keine Luft bekommen? Panik durchflutete sie und schoss durch ihre Adern.

„Kelly?" Laurie schaute sie besorgt an. „Du musst ausatmen."

„Ich … ich kann nicht."

„Mein Arm!" Mollys Schluchzen wurde wieder lauter. „Mama, es tut so weh!"

„Das wollte ich nicht, Molly!" Macy vergrub ihr Gesicht in ihren Händen.

Kelly konnte das nicht. Sie war mit dieser Situation überfordert. Sie hielt das keine Minute länger aus. „Nein." Kelly schaute Laurie kopfschüttelnd an. „Ich … kann nicht … atmen."

„Doch, du kannst." Laurie blieb ruhig. Sie schaute Kelly direkt in die Augen und legte eine Hand auf ihre Schulter. „Atme aus!"

Kelly keuchte einige Male und merkte, dass ihr schwindelig wurde und sie bald das Bewusstsein verlieren würde. „Ich … kann nicht."

Laurie rieb mit der Hand über Kellys Rücken. „Atme aus. Du schaffst das. Komm. Spitze die Lippen und puste die Luft heraus." Laurie schwieg einen Moment. „Guter Gott, wir brauchen dich. Bitte gib Kelly Frieden. Hilf ihr zu atmen."

Kelly tat, was sie ihr auftrug. Sie atmete mit spitzen Lippen aus. Zuerst kam nur sehr wenig Luft aus ihrem Mund, aber mit jedem Atemzug merkte sie, dass sie nach und nach ruhiger wurde. Während der ganzen Zeit, in der Laurie betete, wartete Molly darauf, dass ihr jemand helfen würde, und Macy weinte weiter und entschuldigte sich immer wieder.

Als sie wieder normaler atmen konnte, legte sich die Panik so weit, dass Kelly neben Molly niederknien und ihr über die Haare streicheln konnte. „Alles wird gut, Schatz. Alles wird wieder gut."

Laurie hatte einen Plan. „Ich schlage vor, dass du mit ihr zur Notaufnahme fährst. Ich bleibe hier bei Macy."

Dieser Vorschlag was das einzig Sinnvolle. Kelly versuchte, sich zu konzentrieren, aber in ihr wüteten so viele Gefühle, die sich nicht steuern oder bändigen ließen. Es war, als läge ein dichter Nebel um sie.

Sie lief ins Haus, nahm ein Fläschchen Desinfektionsmittel und einige Wattebäuschchen und eilte zu Molly zurück, die immer noch auf dem Boden lag und weinte. „Das tut nicht sehr weh, Schatz."

„Nein!" Molly schlug um sich, sodass das Blut auf ihrer Wange über ihr halbes Gesicht lief. „Bitte, Mama! Nicht!"

Im Hintergrund konnte Kelly sehen, wie Laurie Macys Hand ergriff und sie ins Haus führte. Kelly starrte Molly an, sie sah das Blut in ihrem Gesicht und den seltsamen Winkel ihres Unterarms. *Was mache ich hier eigentlich? Der Arzt kann ihre Wunde reinigen. Ich muss sie ins Krankenhaus bringen.* Sie lief zum Haus, blieb aber auf halbem Weg stehen und kehrte wieder um. Sie konnte Molly nicht allein auf dem Gehweg liegen lassen. Sie ließ das Medizinfläschchen und die Watte fallen und hielt Molly die Hand hin. „Schatz, du musst aufstehen. Wir müssen zum Arzt."

„Mein Arm!" Molly schluchzte jetzt noch lauter. „Er tut so weh!"

„Ich weiß, Schatz. Der Arzt wird dir helfen." Sie ging in die Hocke und ergriff Mollys linken Arm. Vorsichtig half sie ihrer Tochter auf die Beine. „Soll ich dich tragen?"

„Ja!"

Molly war immer noch ziemlich leicht, aber Kelly war nicht sicher, ob sie die Kraft und Energie hatte, um sie hochzuheben. Sie beugte sich nach unten und versuchte, Molly auf ihre Hüfte zu setzen. Aber Molly rutschte wieder nach unten und weinte immer noch. Kellys Herz schlug schneller. „Bitte, Mama! Ich kann nicht laufen!"

Ein paar Sekunden lang fühlte Kelly nichts als blanke Panik. Wenn Chase hier wäre, hätte er ihre Tochter sofort auf die Arme geschwungen und sie wären schon auf dem Weg zum Krankenhaus. „Okay, Schatz. Mama versucht es noch einmal."

Dieses Mal schwang Kelly Molly auf ihre Hüfte, aber als sie aufstand und einige Schritte ging, hämmerte ihr Herz wie wild in ihrer Brust. Wenn sie ihre Tochter den ganzen Weg zum Auto trug, bekäme sie vielleicht einen Herzinfarkt. Atemlos blieb sie stehen und stellte Molly auf den Boden. „Du musst selbst laufen, Molly. Mir geht es nicht gut."

Etwas an Kellys Tonfall überzeugte Molly offenbar, dass sie ihren Teil beitragen musste. Gemeinsam gingen sie zum Auto, und Kelly schnallte Molly in ihrem Kindersitz fest. Erst jetzt stellte sie fest, dass sie keine Autoschlüssel hatte. „Ich bin gleich wieder da!"

„Nein! Nein! Geh nicht!", kreischte Molly und wehrte sich gegen den Sicherheitsgurt. „Mein Arm!"

Kelly konnte sie immer noch schreien hören, als sie ins Haus lief, eilig ihre Tasche nahm und wieder zum Auto zurückraste. „Ich bin schon wieder da, Schatz. Mama ist bei dir."

Molly schluchzte so kräftig, dass sie kaum Luft bekam. Sie beruhigte sich auch während der ganzen Fahrt zum Krankenhaus nicht. Auf dem Weg kämpfte Kelly dagegen an, wieder eine Panikattacke zu bekommen. Sie stellte das Auto ab und eilte mit Molly zum Eingang. Sobald sie im Krankenhaus waren, kam ihnen in der Eingangshalle eine Krankenschwester mit einem Rollstuhl entgegen.

„Sie … sie ist vom Fahrrad gestürzt." Kelly hatte das Gefühl zu hyperventilieren. Das passierte manchmal, wenn sie an einem Tag zu viel Süßes aß, auch ohne dass ein Notfall eintrat. Sie hatte Angst, dass sie hier in der Eingangshalle zur Notaufnahme in Ohnmacht fallen und zu Boden stürzen würde. „Sie … sie …"

Kelly versuchte zu atmen, aber es gelang ihr nicht. Ihre Lunge war wie zugeschnürt. Schwarze Punkte tauchten vor ihren Augen auf. Die Schwester schien zu merken, dass Kelly kurz davorstand, hysterisch zu werden. Sie wandte sich an jemanden hinter dem Schreibtisch. „Ich brauche ein Untersuchungszimmer für das Mädchen." Dann legte sie die Hand auf Kellys Rücken. „Alles wird gut werden. Sie müssen jetzt ein paarmal langsam und ruhig ausatmen. Danach können Sie mir erzählen, was passiert ist."

Kelly hatte das Gefühl, sich gleich übergeben zu müssen. Das, was sie an diesem Tag gegessen hatte, tat ihr nicht gut. Sie war erschöpft und schwerfällig und nicht in der Lage, in dieser Notsituation richtig zu reagieren. Und wenn die Sache schlimmer ausgegangen wäre? Wenn Molly sich am Kopf verletzt hätte? Wäre Kelly so gelähmt gewesen, dass sie einen Herzstillstand bekommen hätte und ihrer Tochter nicht hätte helfen können? *Es reicht, Gott! So kann ich nicht weitermachen. Ich muss wieder die Kontrolle über mein Leben bekommen. Ich habe von diesem Wahnsinn genug. Ich brauche deine Hilfe, um damit aufzuhören. Ich habe das Gefühl zu sterben und kann nicht einmal klar denken.*

„Atmen Sie aus …" Die Krankenschwester klang, als würde sie bald die Geduld verlieren. Eine zweite Schwester kam zu ihnen und schob Molly behutsam durch die Tür der Notaufnahme.

„Mama!"

Kelly fühlte sich schwach. *Hilf mir, Gott … ich schaffe das nicht!* Die Stimme der Krankenschwester war nahe neben ihrem Gesicht. Schließlich machte Kelly das Gleiche, was sie vorher mit Lauries Hilfe getan hatte. Sie spitzte die Lippen und zwang sich, mühsam auszuatmen. Nach dem dritten Ausatmen merkte sie, dass sie ruhiger wurde, wenigstens so weit, dass sie endlich einatmen konnte. Sobald sie sich keine Sorgen mehr machen musste, dass sie das Bewusstsein verlieren könnte, versuchte sie, ihre Panik von sich abzuschütteln. Sie trat neben Molly. „Alles ist gut, Schatz." Sie klang schwach, aber sie würde ihre Tochter nicht wieder im Stich lassen. „Mama ist da."

„Es tut weh." Molly schob die Lippe vor, und ihr kleiner Brustkorb bewegte sich bei ihrem herzzerreißenden Schluchzen immer noch heftig.

Sie betraten ein Untersuchungszimmer, und ein Arzt entschied schnell, dass Molly als Erstes ein Schmerzmittel brauchte und geröntgt werden musste. Kelly begleitete sie, aber während des Röntgens musste sie den Raum verlassen. Als sie ging, weinte Molly wieder stärker, und irgendwo in Kellys Hinterkopf meldete sich eine Frage: Was machte Chase gerade? Er saß wahrscheinlich in irgendeiner Besprechung mit irgendeinem großen Studio. Er hatte nicht die geringste Ahnung, dass seine Familie mitten in einer Krise steckte.

Sie wartete, bis das Röntgen vorbei war und sie und Molly allein im Untersuchungszimmer waren, bevor sie das Telefon von der Wand nahm und Chases Handynummer wählte. Es klingelte zweimal, dreimal. Nach dem vierten Klingeln schaltete sich sein Anrufbeantworter ein. Kelly wartete auf den Signalton. „Chase, ich bin es." Sie klang erschöpft und immer noch ein wenig panisch. „Molly ist mit dem Rad gestürzt und hat sich vielleicht den Arm gebrochen. Ruf mich an, ja? Wir sind im Krankenhaus."

Die Diagnose ließ nicht lange auf sich warten. Inzwischen hatte der Arzt in der Notaufnahme Mollys Arm in einer offenen Schiene gelagert, und sie war, von den Schmerzen und vom Weinen erschöpft, eingeschlafen. Der Arzt zog einen Stuhl heran, nahm Kelly gegenüber Platz und überflog die Krankenakte in seiner Hand. „Ihre Tochter hat einen komplizierten Bruch. Es gibt nur eine Möglichkeit: Sie muss operiert werden."

Operiert? Kelly fühlte, wie sich ihr Herzschlag wieder beschleunigte. Molly musste operiert werden? Aber Chase war nicht da. Die schwarzen Punkte tanzten wieder vor ihren Augen und sie versuchte, sich an Lauries Rat zu erinnern. *Atme aus. Zwing dich auszuatmen. Bitte, Gott … führe mich.*

Ich bin bei dir, Tochter … auch in dieser Situation bin ich bei dir.

Die Antwort hallte laut und deutlich in ihrem Herzen wider und übertönte die Stimme des Arztes. Kelly blinzelte und versuchte, sich zu konzentrieren. Gott war bei ihr. Sie konnte das schaffen.

Der Arzt erklärte, dass man bei solchen Brüchen so bald wie möglich operieren müsse. „Ich habe einen Kinderorthopäden angerufen. Er kann Molly noch heute Nachmittag operieren." Er schaute sie fragend an. „Kann Ihr Mann bis dahin hier sein?"

„Nein." Kelly wurde wieder übel. „Er kommt frühestens morgen am späten Nachmittag zurück. Er ist in LA."

„Verstehe." Der Arzt schaute sie besorgt an. „Glauben Sie, dass Sie das schaffen? Es wäre mir lieber, wenn jemand bei Ihnen sein könnte."

Er musste gehört haben, dass sie im Wartezimmer fast in Ohnmacht gefallen wäre. Sie zermarterte sich den Kopf und überlegte, was sie ihm antworten sollte. Laurie war bei Macy zu Hause und würde sicher bleiben, solange Kelly sie brauchte. Dann hatte sie eine Idee. Lisa. Natürlich. Lisa war diese Woche zu Hause und würde sofort kommen. „Ich … ich habe jemanden."

„Das ist gut."

Sie nickte und kämpfte gegen die Panik an, die ihr alle möglichen Schreckensszenarien vor Augen malen wollte. Als der Arzt sie wieder allein ließ, nahm Kelly erneut das Telefon, das an der Wand hing. Ihr erster Anruf galt Laurie, die gern bereit war, sich um Macy zu kümmern. „Ich bleibe hier, solange du mich brauchst", sagte sie. „Und ich werde nicht aufhören zu beten."

Danach rief Kelly Lisa an, die versprach, in zwanzig Minuten im Krankenhaus zu sein.

Schließlich versuchte sie noch einmal, Chase zu erreichen. Dieses Mal meldete er sich nach dem dritten Klingeln. Seine Stimme war leise und angespannt. „Was ist los, Kelly? Ist es dringend?" Er hatte offenbar seinen Anrufbeantworter noch nicht abgehört. „Wir sind hier fast fertig."

Einen kurzen Moment hätte Kelly ihm am liebsten gesagt, dass er es vergessen solle, und aufgelegt. Dass das, was bei ihm in LA passierte, sicher viel wichtiger sei als das Leben seiner Familie hier zu Hause. Aber sie schluckte die sarkastischen Worte, die ihr auf der Zunge lagen, hinunter und sagte in einem fast gefühllosen Tonfall nur: „Molly hat sich den Arm gebrochen. Wir sind im Krankenhaus." Sie seufzte laut. „Sie muss in den nächsten Stunden operiert werden."

„Was?" Das Entsetzen in Chases Stimme erfüllte sie mit einer gewissen Befriedigung. „Wie ernst ist es?" Er flüsterte immer noch.

„Sehr ernst. Sie muss operiert werden."

Er atmete frustriert aus. „Ich rufe dich nach der Besprechung an. Sie ist fast zu Ende."

Kelly hatte das Gefühl, ihr werde der Boden unter den Füßen weggezogen. Hatte er wirklich gerade gesagt, dass er sie zurückrufen werde? Obwohl seine Tochter im Krankenhaus lag und operiert werden musste? Sie wurde wütend. „Gut." Sie legte auf, ohne sich zu verabschieden, und musste sich sehr beherrschen, um das Telefon nicht an die Wand zu knallen.

Sie stand auf und schritt im Zimmer auf und ab. Kein Wunder, dass sie alles in sich hineinstopfte, was ihr in die Finger kam! Wie sonst sollte sie mit dem Stress fertig werden, mit dem Gefühl, dass Chase sie vernachlässigte, um seine Ziele in Hollywood zu verfolgen? Jetzt ging es für ihn in LA nicht mehr so sehr darum, die Welt zu verändern, sondern eher darum, Ruhm und Geld nachzujagen. Im Moment war allein wichtig, dass Brandon Paul in ihrem nächsten Film mitspielte.

Molly stöhnte und drehte sich in ihrem Krankenhausbett leicht herum. Der Arzt hatte gesagt, dass er ihr ein Schlafmittel geben würde, wenn sie aufwachte. Er wollte nicht, dass sie sich vor der Operation zu sehr bewegte, da sie dadurch ihrem Arm noch mehr Schaden zufügen könnte. Aber im Moment brauchte Kelly etwas, um sich zu beruhigen. Als sie sicher war, dass Molly nicht aufwachen würde, nahm sie zwei Ein-Dollar-Scheine aus ihrem Portemonnaie. Sie ging leise, um Molly nicht zu wecken, aus dem Zimmer in Richtung Stationszimmer. „Meine Tochter ist jetzt allein. Ich bin bald zurück."

„Ich passe auf sie auf." Die Schwester deutete auf einen Monitor. „Ich kann sie hier sehen. Machen Sie sich keine Sorgen."

Kelly nickte dankbar und eilte auf den Flur hinaus. Als sie in der Eingangshalle ankam, ging sie weiter, bis sie den Süßigkeitenautomaten entdeckt hatte. Sie blieb stehen und starrte die verschiedenen Sachen an. Schokoriegel, Bonbonrollen, zwei große Schokokekse. Ihre Hände zitterten, als sie den ersten Dollar in den Geldspalt schob. Sie sehnte sich nach so viel Trost wie möglich und suchte den Buchstaben und die Zahl für den Schokoriegel. Doch in dem Moment, in dem sie auf die Taste drücken wollte, hatte sie das Gefühl, jemand würde sie körperlich zurückhalten.

Sie drehte sich keuchend um und erwartete, jemanden zu sehen, der sie daran hindern wollte, sich Süßigkeiten zu kaufen. Aber sie war vollkommen allein auf dem Flur. Sie blinzelte und starrte den Automaten mit den ungesunden Süßigkeiten an. Was hatte sie daran gehindert, auf die Taste zu drücken, und warum zitterte sie plötzlich am ganzen Körper? In diesem Moment fiel ihr das schnelle Gebet ein, das sie leise gesprochen hatte, als sie vor einer Stunde fast in Ohnmacht gefallen wäre. Was hatte sie gesagt? Dass sie so nicht weitermachen könne und dass sie aufhören wolle? Waren das nicht ihre Worte gewesen? Sie hatte Gott sogar gebeten, ihr zu helfen, mit diesem Wahnsinn aufzuhören.

Und jetzt … jetzt hatte etwas oder jemand sie zurückgehalten.

Kelly ließ die Hand sinken und starrte die Schokoriegel an. Sie brauchte keine Süßigkeiten. Sie brauchte einen Retter, eine Kraft, die ihre eigene Kraft überstieg. Nicht morgen oder irgendwann, sondern hier und jetzt.

Sie trat von dem Automaten zurück. Im letzten Moment drückte sie eine andere Taste und hörte, wie einige Münzen klappernd in die

Wechselgeldschale fielen. Sie nahm das Geld und steckte es in einen anderen Automaten, der mit Wasserflaschen gefüllt war.

Sie nahm ihre Flasche und ging, so schnell sie konnte, zu Mollys Zimmer zurück. Sie hatte keine Zeit, um über das nachzudenken, was gerade geschehen war. Sie war sich nicht sicher, ob Gottes Hand sie zurückgehalten hatte oder ob sie sich unbewusst selbst zurückgehalten hatte. Sie wusste nur eines: Gott hatte ihr Gebet erhört. Ihre Ehe steckte in einer Krise und ihr kleines Mädchen musste operiert werden. Sie hatten wegen *Der letzte Brief* zigtausend Dollar Schulden und es würde noch eine ganze Weile dauern, bis sie das Geld, das sie investiert hatten, zurückbekämen. Aber als sie jetzt zu Molly zurückging, konnte Kelly lächeln, weil sie das gefunden hatte, was sie dringend brauchte. Das, was sie in den letzten Monaten aus den Augen verloren hatte.

Ihre Entschlossenheit zu leben.

Kapitel 20

Die Besprechung im Studio war vorbei. Chase stand vor einem Restaurant auf dem Gehweg und versuchte panisch, Kelly zu erreichen. Er probierte es zehnmal auf ihrem Handy, bevor er schließlich drei Krankenhäuser in San Jose anrief. Beim dritten Versuch erreichte er sie. Sie saß bei Molly im Zimmer. Ein Krankenpfleger stellte ihn zu ihr durch.

„Hallo?" Kelly klang wütend, aber nicht mehr so erschöpft wie vorher.

„Schatz, ich bin es." Er war sehr erleichtert. Er hoffte, Kelly würde merken, wie dringend er mit ihr sprechen wollte. „Ich versuche seit einer Viertelstunde, dich zu erreichen."

„Man darf hier kein Handy benutzen."

Er wollte ihr sagen, dass er nicht einmal gewusst hatte, in welchem Krankenhaus sie waren, unterließ es aber. Das spielte jetzt keine Rolle. „Also, was ist passiert? Erzähl es mir von Anfang an."

Mit monotoner Stimme schilderte Kelly ihm den Fahrradunfall. „Es hätte viel schlimmer ausgehen können."

„Wo ist Macy?" Chase fuhr sich mit den Fingern durch die Haare und lehnte sich ans Auto. Keith saß bereits im Restaurant und wartete auf ihn.

„Laurie ist bei ihr, und Lisa ist auf dem Weg zu mir."

„Gut." Er überlegte. Sie waren nach der Besprechung direkt zum Restaurant gefahren. Kendall telefonierte gerade mit ihrem Vater, und Keith hatte Lisa angerufen. „Sie sind sicher, dass Molly operiert werden muss?"

„Es ist ein sehr komplizierter Bruch, Chase. Der Arzt sagt, sie muss so bald wie möglich operiert werden."

Ein tiefer Schmerz regte sich in Chase. Seine kleine Molly hatte so große Schmerzen, und er war nicht zu Hause und konnte ihr nicht helfen. Die Besprechung war hervorragend gelaufen, aber Chase war klug genug, jetzt kein Wort darüber zu verlieren. Er fragte, wie es Molly gehe und wie der Zeitplan aussehe. „Ich kann morgen Abend zu Hause sein."

„Morgen?" Ihr kurzes Lachen klang verzweifelt. „Was, Chase? Was ist so wichtig, dass du dich nicht sofort in dein Auto setzen und nach Hause kommen kannst?"

Er schüttelte genervt den Kopf. „Ich habe noch mehr Besprechungen, Kelly. Was soll ich deiner Meinung nach tun? Nach Hause rasen und dann morgen früh wieder hierher zurückfahren?"

„Keine Ahnung." Sie klang, als hätte sie nicht die Kraft, mit ihm zu streiten. „Wir sind bis Sonntagmorgen hier."

„Ich komme direkt ins Krankenhaus, sobald ich zu Hause bin."

„Okay." Sie klang nicht absichtlich böse, einfach nur gleichgültig.

Er setzte sich auf einen weißen, schmiedeeisernen Stuhl vor dem Restaurant. „Kelly, was ist mit dir los?"

„Was ist mit *dir* los? Deine Tochter hatte einen Unfall und muss operiert werden, und du kannst nicht einmal mit mir telefonieren? Da fragst du, was mit mir los ist?"

„Es tut mir leid. Das war falsch von mir. Es war nur so … dass wir die Details für einen Kinostart von *Der letzte Brief* fast unter Dach und Fach hatten, und ich wollte nichts verpassen."

Sie atmete tief ein. „Hör zu, ich will nicht mit dir streiten. Wir können sprechen, wenn du morgen hier bist."

Kelly ließ ihm keinen Raum für ein weiteres Gespräch. Chase fühlte, wie seine Schultern einige Zentimeter nach unten sackten. Er versuchte, sich zu konzentrieren. „Wenn du vor der Operation noch mit ihr sprichst, dann sag ihr, dass ich für sie bete, ja?"

„Natürlich." Sie klang knapp und geschäftsmäßig, als könne sie es nicht erwarten, dieses Gespräch zu beenden und sich um wichtigere Dinge zu kümmern.

„Ich liebe dich." Er hielt mit der Hand sein freies Ohr zu, damit er die Nuancen in ihrer Stimme hören konnte. „Es tut mir leid, dass ich nicht da war."

„Ist schon okay. Das sind wir gewohnt." Sie schwieg einen Moment, vielleicht weil sie ihren Sarkasmus bereute. „Bis morgen."

Sie legte auf, bevor Chase sie noch einmal fragen konnte, wie es ihr ging. Erst jetzt fiel ihm auf, dass sie sich nicht nach dem Kinovertrag erkundigt hatte. Sie hatten bei *Der letzte Brief* endlich das erreicht, wofür sie monatelang gebetet hatten. Aber das war Kelly nicht einmal aufgefallen. Chase klappte sein Handy zu und steckte es wieder ein. Er ließ den Kopf hängen und versuchte, aus seiner Frau schlau zu werden. Wenn er in letzter Zeit zu Hause war, versuchte er, nicht zu empfindlich darauf zu reagieren, wie seine Frau ihn behandelte. Sie war wahrscheinlich nicht glücklich mit ihm. Zu dieser Überzeugung war er inzwischen gelangt. Aber wenigstens bemühte sie sich, wenn er zu Hause war.

Aber jetzt ... jetzt bestand für ihn kein Zweifel mehr daran, dass sie wütend war. Das war am Telefon laut und deutlich zu hören gewesen. Aber worüber war sie wütend? Das wollte er gern wissen. War sie wütend, weil er und Keith den Traum verfolgten, den Gott ihnen ins Herz gelegt hatte? War sie aufgebracht, weil er so oft fort war? Er biss die Zähne zusammen und richtete sich wieder auf. Wusste sie denn nicht, dass auch ihm das schwerfiel? Sie könnten hoffentlich bald nach LA ziehen und dann würde diese Phase ihres Lebens der Vergangenheit angehören. Aber bis es so weit war, durften sie sich nicht gegenseitig Vorwürfe machen.

Chase erinnerte sich an die Dreharbeiten im letzten Herbst, als Kelly zum Set gekommen war und ein paar Nächte bei ihm verbracht hatte. Damals hatte sie an ihn geglaubt, aber seit Thanksgiving hatte sich etwas bei ihr verändert. Hatte sie Depressionen? Hatte sie nicht darauf geachtet, sich selbst unter Kontrolle zu halten, sodass sie sich jetzt nur noch schlecht fühlte?

Er wollte für sie beten, er wollte Gott bitten, die Sache zwischen ihnen in Ordnung zu bringen, damit er morgen ihre Hand halten und ihr zeigen konnte, was er für sie empfand. Er wünschte sich nichts mehr, als ihr klarmachen zu können, dass er alles tun würde, um ihr zu helfen. Doch in diesem Moment ging die Restauranttür auf. Eine Stimme riss ihn aus seinen Gedanken.

„Chase?“ Es war Kendall.

Er seufzte und setzte die Maske auf, die er im Beisein ihrer neuen Partnerin trug, damit sie keine Sekunde auf die Idee käme, dass in Chases Familienleben etwas nicht in Ordnung sein könnte. Er lächelte sie beruhigend an. „Entschuldige. Es hat eine Ewigkeit gedauert, bis ich sie erreicht habe.“

„Wie geht es Molly?“ Kendall war allein nach draußen gekommen. Keith saß noch im Restaurant.

„Sie muss operiert werden. Anscheinend ist Macy ihr vors Fahrrad gelaufen. Molly wollte sie nicht überfahren und hat lieber den Sturz in Kauf genommen.“

„Ach, das liebe Mädchen.“ Kendall setzte sich neben Chase. „Können wir irgendetwas tun?“

„Beten.“ Das hätten er und Kelly am Telefon tun sollen. „Ich nehme an, es ist eine Routineoperation. Sie haben einen Spezialisten hinzugezogen, aber trotzdem … ist es beängstigend.“

„Natürlich. Außerdem ist der beste Papa der Welt nicht da, um ihr zu helfen.“

Chase versuchte, das Kompliment nicht zu ernst zu nehmen. Er und Kendall arbeiteten seit ungefähr drei Monaten enger zusammen, und es entwickelte sich bereits eine gewisse Routine. Bei Kelly konnte er nichts richtig machen, und bei Kendall … Bei Kendall konnte er nichts falsch machen. Er schaute auf den Boden. „Wenn ich wirklich so toll wäre, wäre ich wahrscheinlich bei ihr.“

„Hey.“ Ihre Stimme war sanft wie eine zärtliche Berührung, auch wenn sie das vielleicht überhaupt nicht beabsichtigte. „Mach dich nicht selber schlecht. Du bist hier, weil dir etwas an der Zukunft deiner Familie liegt. Es geht dir nicht nur um deine finanzielle Zukunft, sondern auch um das Wohl deiner Frau und deiner Töchter.“ Sie wartete, bis er den Blick hob. „Dir liegt die nächste Generation am Herzen. Deshalb willst du diese Filme drehen, schon vergessen? Also, wenn man das große Bild betrachtet, bist du der beste Vater, den es gibt.“

Chase wandte den Blick ab, weil er Kendall Adams nicht zu tief in die Augen schauen wollte. Sie war gut und ehrlich und nett, und ihre Absichten waren völlig unschuldig, genauso wie seine. Aber trotzdem war es, als könnte er in ihre Seele sehen, wenn er ihr in die Augen schaute. Wenn er das zu oft machte, würde er sich bald auf gefährlichem Terrain bewegen. Das wusste er genau.

Er versuchte, sich wieder auf die Besprechung im Studio zu konzentrieren. „Was ist der Konsens?“

„In Bezug auf die Besprechung?“ Sie grinste und ein fröhliches Lachen schwang in ihrer Stimme mit. „Es war perfekt. Es war genial, dass Luke Baxter aus Indiana zugeschaltet war. Seine Ergänzungen waren unglaublich. Das Studio hat euch einen Kinostart angeboten und sogar zugestimmt, die Werbungskosten zu teilen! In diesem Geschäft ist das wie ein Lotteriegewinn.“

„Das habe ich mir auch fast gedacht.“ Chase lächelte und wünschte, er hätte Kelly diese gute Nachricht erzählen können. Vielleicht hätte das ihre Stimmung ein wenig gehoben. Er schaute zum Himmel über Los Angeles hinauf, der Ende April schon ziemlich diesig war. „Was ist mit Brandon?"

„Keith glaubt, dass die heutige Besprechung auch in dieser Hinsicht gut war. Wenn NTM sich nicht an die Vereinbarungen hält, wird Brandon keinen neuen Vertrag mit dem Studio unterschreiben. Im schlimmsten Fall erfüllt Brandon seinen Vertrag mit NTM und dreht den letzten Film, den das Studio selbst produziert. Dann gehen wir mit *Der Löwenzahnjunge* zu dem Studio, mit dem wir heute gesprochen haben. Sie würden Brandon eine höhere Gage zahlen und sie verstehen, dass uns das Glaubenselement wichtig ist. Das Studio spielt in dieser Beziehung momentan eine Vorreiterrolle; die anderen Studios hinken noch weit hinterher."

Chase gefiel dieser Gedanke irgendwie. „Vielleicht sollten wir dieses Ziel anvisieren, da NTM uns so lange hinhält."

„Das könnten wir." Kendall nickte nachdenklich. „Mein Vater würde den Film unterstützen, egal, wo *Der Löwenzahnjunge* produziert wird."

Keith kam aus dem Restaurant und trat zu ihnen. Er hielt eine Tüte mit Salaten in der Hand. „Wir können im Hotelzimmer essen. Ich muss mit Andi sprechen, und das könnte eine Weile dauern." Er setzte sich nicht. „Ist mit Molly alles in Ordnung?"

„Das erfahren wir erst heute Abend. Sie wird in ungefähr einer Stunde operiert."

„Oh!", stöhnte Keith und ließ den Kopf ein paar Sekunden hängen. „Das tut mir leid. Das ist ja furchtbar."

„Es hätte schlimmer kommen können." Kendall stand auf und hielt Chase die Hand hin.

Ohne nachzudenken, ergriff er sie und ließ sich von ihr auf die Beine helfen. Diese Geste schien bei Keith keine Bedenken auszulösen, und Chase sagte sich, dass es nichts Ungewöhnliches sei. Freunde halfen sich gegenseitig, wenn es einem nicht gut ging.

Sie gingen zu Kendalls Auto, und Chase setzte sich auf den Beifahrersitz. Sie unterhielten sich während der gesamten Rückfahrt zum Hotel über *Der letzte Brief*.

„Wisst ihr", sagte Kendall, während sie vor dem Hotel vorfuhr. „Ihr beide könntet bei meinem Vater wohnen. Er wohnt in derselben Straße wie ich, und er hat mehrere Gästezimmer. Das läge auch näher bei den Studios."

Chase hatte schon eine ganze Weile überlegt, wie sie einen solchen Vorschlag ansprechen könnten, ohne den Anschein zu erwecken, sie wollten sich aufdrängen. Auch wenn das Hotel ihnen einen guten Preis machte, gaben sie immer noch ein kleines Vermögen für die Übernachtungskosten aus.

Keith klopfte Kendall von hinten leicht auf die Schulter. „Sag deinem Vater, dass wir dieses Angebot gern annehmen. Vielen Dank." Er verabschiedete sich und stieg aus. Als er sah, dass Chase es nicht genauso eilig hatte wie er, winkte er kurz. „Bis gleich."

Chase nickte. Er verstand nicht, warum er nicht auch sofort ausstieg. Das Auto stand vor dem Haupteingang, und in spätestens einer Minute würde ein Hotelmitarbeiter Kendall bitten wegzufahren. Aber Chase wollte ihr vorher noch danken. „Das, was du vorhin gesagt hast … dass ich ein guter Vater bin, weil ich diese Filme drehen will." Er öffnete die Autotür. Einen kurzen Moment erlaubte er sich, ihr in die Augen zu schauen. „Danke. Es hat gutgetan, das zu hören."

„Ich weiß." Kendall legte die Hand auf sein Knie, aber nur für einen Moment. „Es ist bestimmt schwer, so oft von deiner Familie getrennt zu sein. Ich bin sicher, dass deine Frau dich sehr vermisst."

„Ja, das tut sie." Seine Antwort kam schnell. Es war die einzige Antwort, die er Kendall geben konnte. „Jedenfalls …" Er konnte den Blick nicht von ihren Augen abwenden. „… wollte ich dir danken."

Sie lächelte. „Es ist die Wahrheit. Ich werde heute Nachmittag für Molly beten. Gib mir Bescheid, wenn du weißt, wie die Operation gelaufen ist."

„Das mache ich." Chase zögerte noch ein letztes Mal, bevor er aus ihrem Auto stieg. „Wir treffen uns dann morgen zum Frühstück hier?"

„Ja. Wir haben das Gespräch mit Brandons Agenten und dann das Mittagessen mit Brandon. Jetzt, da wir den Kinovertrag haben, gibt es viel zu besprechen. In Brandons Lager dürften jetzt alle vorbehaltlos dahinterstehen, dass du und Keith *Der Löwenzahnjunge* produziert."

„Gut." Dieses Lächeln fiel ihm so leicht wie kaum etwas anderes an diesem Tag. „Dann bis morgen!"

In diesem Moment wäre eine Umarmung ganz natürlich gewesen, besonders da Kendall ihm Mut zugesprochen hatte, als er heute so niedergeschlagen gewesen war. Aber da sie nur zu zweit im Auto saßen, wäre eine Umarmung nicht das Richtige gewesen. Außerdem waren Umarmungen nicht wirklich Teil ihrer Arbeitsbeziehung. Deshalb dankte Chase ihr noch einmal, dass sie ihn und Keith zum Hotel gebracht hatte, stieg aus und ging die Treppe zum Eingang des Georgian hinauf in die Eingangshalle. Er musste einen ruhigen Ort finden, an dem er für Molly beten konnte. Nicht nur für Molly, sondern auch für Kelly und die Kämpfe, die sie ausfocht. Aber im Moment war er froh, dass wenigstens ein Teil seines Lebens gut lief.

Und dass Gott so gut war und ihn und Keith mit einer so wunderbaren Frau wie Kendall Adams zusammengeführt hatte.

* * *

Kendall beschäftigte ein einziger Gedanke, während sie die Ocean Avenue entlangfuhr: dass die kleine Molly Ryan wieder ganz gesund werden würde. Sie ließ ihre Autofenster herunter und atmete die frische Meeresluft ein. Je weiter sie in Richtung Norden fuhr, umso weniger Verkehr herrschte und umso leichter konnte sie sich auf ihr Gebet konzentrieren.

Sie bat Gott um Weisheit für den Chirurgen und um eine vollständige Heilung von Mollys Arm. Außerdem betete sie für Chases Familienleben. Nicht weil er erwähnt hätte, dass es Probleme gab, sondern weil sie spürte, dass etwas nicht in Ordnung war. Vielleicht war er nur angespannt, weil er nicht zu Hause sein konnte, obwohl er dort sicher gebraucht wurde. Sie betete für ihn und dankte Gott, dass er ihr Gebet erhören würde.

Bevor Kendall jedoch die Abzweigung zu ihrem Haus erreichte, fügte sie noch eine letzte Bitte hinzu. Sie hatte vor langer Zeit einen Mann geliebt und ihn verloren. Seitdem war sie niemandem mehr begegnet, der an Gott glaubte und die Integrität besaß, die in einer Beziehung in Hollywood nötig war. Sie hatte sich schon tausendmal gesagt, dass das kein Problem sei. Sie könnte ein erfülltes Singleleben führen und trotzdem Gott dienen, indem sie dazu beitrug, Filme mit einer tiefen Botschaft zu drehen.

Aber das Zusammensein mit Chase hatte ihre Sehnsucht nach einem Mann verstärkt, nach einem Mann, den sie heiraten und mit dem sie ihr Leben verbringen könnte. Bevor sie Chase und Keith kennengelernt hatte, hatte Kendall sich gefragt, ob es überhaupt noch Männer gab, die ihre hohen Maßstäbe erfüllten. Wenn sie keinen fände, würde sie an ihrem Entschluss festhalten und lieber allein bleiben. Aber seit sie die beiden Produzenten kennengelernt hatte, besonders Chase, wusste sie, dass sie sich geirrt hatte. Es gab gute Männer, und sie bat Gott am Ende ihres Gebets, ihr einen solchen Mann zu schicken. Einen Mann, der attraktiv und freundlich war, demütig und loyal, einen Mann, der seine Familie über alles liebte und der sich jeden Tag von seinem Glauben an Gott leiten ließ. „Bitte, Herr … schicke mir einen solchen Mann."

Sie lehnte den Kopf an den Autositz zurück und lächelte in die Nachmittagssonne. Irgendwo da draußen gab es einen Mann für sie, einen Mann, der noch nicht verheiratet war. Sie konzentrierte sich auf die Straße und schämte sich nicht, weil sie so betete. Gott verstand, was sie meinte. Kendall fühlte sich nicht zu Chase hingezogen, auch wenn sie in seiner Nähe weiterhin vorsichtig sein wollte. Sein Ehering hielt sie die meiste Zeit davon ab, sich zu ihm hingezogen zu fühlen. Aber er hielt sie nicht davon ab zu beten, dass der Mann, den sie eines Tages heiraten würde, nicht irgendein Hollywoodangeber wäre, nicht irgendein einflussreicher Studioboss mit Geld und Macht und Ansehen. So etwas suchte sie bei einem Mann nicht. Wenigstens nicht mehr.

Sie suchte einen Mann wie Chase Ryan.

Kapitel 21

Bailey betrat den Raum, in dem die Veranstaltung von Campus für Christus stattfinden sollte, und war gespannt, ob sie Cody treffen würde. Tim war heute nicht bei ihr. Sie waren erst seit einer knappen Woche aus New York zurück, und da sie einen Vorlesungstag verpasst hatten, wollte Tim das Versäumte nachholen. Andi war auch nicht mitgekommen. Sie verbrachte den Abend wieder mit Taz.

Bailey wollte gerade zu einem Platz ziemlich weit vorne im Raum gehen, als sie Cody entdeckte, der allein in einer der hinteren Reihen saß. Er lächelte sie wie immer herzlich an und winkte ihr zu. Baileys Herz schlug höher. In seiner SMS, die sie in New York bekommen hatte, hatte er geschrieben, dass sie sich treffen sollten. Jetzt könnten sie vielleicht wenigstens darüber sprechen.

Sie ging die leere Sitzreihe entlang und nahm neben ihm Platz. „Hey."

„Hey." Er stand auf und zögerte. Als wolle er keine Unsicherheit zwischen ihnen aufkommen lassen, umarmte er sie schnell. „Wo ist Tim?"

„Er lernt."

Sie setzten sich nebeneinander. Seine Stimme zu hören tat gut. „Und du musst nicht lernen?"

„Ich bin auf dem Laufenden. Ich habe im Frühling nicht Theater gespielt und hatte deshalb mehr Zeit."

Sie hatten noch fünf Minuten, bis die Veranstaltung anfing. Cody drehte sich leicht, damit er sie besser sehen konnte. Dabei streifte sein Knie ihr Bein. Bailey rutschte nicht von ihm weg.

„Ich war ein paarmal bei deinen Eltern."

Jede Woche, hätte Bailey beinahe gesagt, da ihre Familie es ihr jedes Mal erzählte, wenn Cody vorbeikam. Aber sie schwieg. Ihre Brüder freuten sich immer, wenn sie Cody sahen, und ihr Vater sagte, dass Cody sich mit ihm über den Beruf als Footballtrainer unterhalten habe. Sie fühlte, wie ihre Augen strahlten, als sie ihn anlächelte. Das geschah ganz von selbst, sobald sie mit ihm zusammen war. „Sie freuen sich immer, wenn du kommst. Du gehörst zur Familie."

„Ich fühle mich auch als Teil der Familie."

Cody schien kein Schweigen zwischen ihnen aufkommen lassen zu wollen; deshalb erzählte er ihr von seiner Mutter und dass es ihr schon deutlich besser ging. „Ich nehme sie jedes Wochenende mit in den Gottesdienst, und jedes Mal kommt sie Gott ein wenig näher. Das ist faszinierend.“ Er schmunzelte. „Zum ersten Mal im Leben habe ich eine Mutter. Nur sind die Rollen irgendwie vertauscht, weil ich mich um sie kümmere und nicht umgekehrt.“

Bailey konnte sich das gut vorstellen. Cody hatte mit dem Trinken aufgehört und die Kriegsgefangenschaft im Irak überlebt. Als er wieder zu Hause gewesen war, hatte er gelernt, mit einer Beinprothese zu gehen. Er nahm sogar an Triathlons teil. Natürlich konnte er sich um seine Mutter kümmern. Er konnte sich um jeden kümmern.

„Du willst also Trainer werden? Das hat mein Vater erzählt.“ Bailey schaute ihn an und versank in seinen Augen. Nicht weil sie wieder Gefühle für ihn haben wollte, sondern weil sie die Beziehung zwischen ihnen vermisst hatte. Sie hatte sie mehr vermisst, als ihr bewusst gewesen war.

„Ja, ich denke, das ist das Richtige für mich. Ich möchte Kindern helfen und sie trainieren. Sport ist im Leben eines Kindes so wichtig. Ohne deinen Vater wäre ich jetzt Alkoholiker. Das ist mein neues Ziel. Ich möchte für einen Jungen, wie ich einer war, jemand wie dein Vater werden. Für Hundert solche Kinder.“

Bei diesem Bild wurde Bailey warm ums Herz. „Du wirst ein wunderbarer Trainer sein.“

„Das hoffe ich. Es bedeutet zwar, dass ich ein Jahr länger studieren muss, um den Trainerschein zu machen, aber das stört mich nicht. Ich belege ein paar Sommerkurse, damit ich früher fertig werde.“

Sie nickte und musste unwillkürlich an Tim denken. Die Fahrt nach New York hatte bei Bailey etwas verändert. Sie wollte immer noch am Broadway auftreten, aber die Stadt hatte für sie etwas von ihrem Glanz verloren. Selbst wenn sie eine Hauptrolle am Broadway bekäme, konnte sie sich nicht vorstellen, lange in Manhattan zu wohnen. Aber Tim … Tim konnte es kaum erwarten, seine Koffer zu packen und sich dort eine Wohnung zu suchen.

Sie hörte im Geiste die Stimme ihrer Mutter, etwas, das sie gesagt hatte, als Bailey in der achten Klasse gewesen war. Alle anderen Mädchen waren von Jungen umschwärmt worden – alle außer Bailey. Sie hatte sich gefragt, ob bei ihr vielleicht etwas nicht stimme, da kein Junge mit ihr ausgehen wollte.

„Du bist zu reif für sie", hatte ihre Mutter ihr erklärt. „Sie finden dich hübsch, aber sie wagen es nicht, dir das zu sagen. Denn sie wissen, dass keiner von ihnen das ist, was du eines Tages suchen wirst."

„Und was werde ich eines Tages suchen?"

Ihre Mutter hatte gelächelt und sie mit einem vielsagenden Blick angesehen. „Jemanden wie deinen Vater."

Bailey hatte dieses Gespräch nie vergessen. Rückblickend konnte sie erkennen, warum keiner der Jungen, für die sie in der Schule geschwärmt hatte, zu ihr gepasst hätte und warum jemand wie Bryan Smythe vom christlichen Kindertheater nie der Richtige für sie gewesen wäre. Diese Jungen hatten nicht die geringste Ähnlichkeit mit ihrem Vater gehabt. Aber Tim hatte in letzter Zeit auch immer weniger Ähnlichkeit mit ihm.

„Was denkst du gerade?" Cody stieß sie mit dem Knie an.

„Nichts." Sie wagte es nicht, ihm ihre Gedanken zu verraten. Und schon gar nicht, nachdem sie gerade über Codys Traum, Footballtrainer zu werden, gesprochen hatten.

Der Leiter der Studentengruppe, Daniel, stand auf. Er las am Anfang Psalm 139 vor, in dem es hieß, dass Gott jeden Einzelnen schon gekannt hatte, bevor er geboren worden war, und dass er jeden Menschen im Mutterleib gebildet hatte und dass seine Pläne vor Anfang der Zeit festgestanden hatten.

Nachdem Daniel mehrere Fragen zu der Bibelstelle gestellt hatte, sprach er über die Veranstaltungen, die für den Sommer geplant waren. Zuerst planten sie eine Freizeit am Ufer des Lake Monroe. Am hinteren Rand des Sees gab es schon seit Jahrzehnten ein Gemeindefreizeitlager. Mehrere Holzhütten und ein Versammlungsgebäude standen auf einem Gelände, das vom Rest des Sees abgetrennt war. Es war der perfekte Ort, um ein wenig Abstand zu gewinnen und nachzudenken.

Das geplante Wochenende klang für Bailey sehr interessant. Sie hörte aufmerksam zu, als Daniel erklärte: „Wir sind am dritten Maiwochenende dort. Der Freitag ist vorlesungsfrei. Wir haben also drei Tage." Er hielt einen orangefarbenen Flyer hoch. „Genauere Informationen findet ihr in diesem Flyer."

Schließlich erzählte er ihnen von einer Missionsreise nach Costa

Rica, die für August geplant war. Cody beugte sich nahe zu ihr. „Ich glaube, ich fahre mit. Wie ist es mit dir?"

Bailey wollte unbedingt mitfahren, aber sie musste erst mit Tim sprechen. Sie planten, ein Wochenende im Juni nach New York zu fahren, um für Ensemblerollen vorzutanzen. Wenn sie eine Rolle bekam, müsste die Missionsreise warten. „Ich weiß es noch nicht", flüsterte sie. „Vielleicht."

„Was ist mit dem Wochenende am See?"

„Auf jeden Fall."

Sie meldeten sich beide für das Maiwochenende an. Nachdem sich Bailey eine Weile mit den Mädchen aus ihrer Bibelgruppe unterhalten hatte, traten sie und Cody in die Nacht hinaus. Es war die wärmste Woche seit dem Winter, und auch jetzt, nach einundzwanzig Uhr, war es immer noch ziemlich warm.

Sie gingen langsam nebeneinanderher, bis sie zu der Stelle kamen, an der sich mehrere Hauptwege kreuzten. „Darf ich dich zu deinem Wohnheim begleiten?"

Sosehr sich Bailey auch um ihr Herz sorgte, war sie für dieses Angebot dankbar. Sie wollte nicht allein gehen, aber vor allem wollte sie sich noch nicht von ihm verabschieden. Cody ging langsam weiter, und Bailey schlenderte entspannt neben ihm her.

„Okay …" Ein leichtes Necken lag in Codys Stimme. „Ist heute mein Glückstag?"

„Dein Glückstag?" Sie lächelte ihn an. „Wie meinst du das?"

„Weil wir miteinander sprechen. Und ich überlege mir ständig, wenn ich Glück habe – ich meine, wirklich großes Glück –, erzählst du mir vielleicht, warum du dich so weit von mir zurückgezogen hast. Ich habe mich dafür entschuldigt, dass ich im letzten Herbst so dumm war und mich von dir zurückgezogen habe, oder?"

Sie konnte nur mit Mühe ein Kichern unterdrücken. „Ja. Das hast du."

Er verzog das Gesicht zu einer übertriebenen Fratze. „Vielleicht glaubst du ja, ich hätte die Beulenpest? Oder vielleicht bist vor Liebe zu Tim so blind, dass du vergessen hast, dass ich noch lebe." Seine Augen funkelten und er deutete auf sie. „Oder du bist gestürzt und hast dir den Kopf angestoßen, sodass du jetzt Amnesie hast und dich nicht mehr erinnern kannst, woher du mich kennst." Er zuckte die Achseln. „Oder du weißt nicht mehr, ob du mich überhaupt kennst."

Sie lachte wieder. „Cody …“ Sie gingen jetzt langsamer, und hin und wieder fühlte Bailey, wie sein Arm sie streifte. Diese Kameradschaft mit Cody hatte sie so sehr vermisst. „Du bist verrückt.“ Sie grinste ihn an. „Ich glaube nicht, dass du die Pest hast.“

„Du hast mein Bild auf einem Plakat mit den meistgesuchten Verbrechern gesehen und bist überzeugt, dass ich ein Gangster bin?“

„Hör auf.“

Cody lachte jetzt auch. „Oder du bist zu der Überzeugung gelangt, dass ich nicht Cody Coleman bin, sondern ein böser Zwilling, und jetzt hast du Angst davor, mit mir zu sprechen?“

Bailey musste so sehr lachen, dass sie ihre Schritte verlangsamte, um Luft zu holen. Wie lang hatte sie sich nicht mehr so gut gefühlt? Ihre Gefühle holten sie zurück und weckten in ihr eine Sehnsucht nach einer anderen Zeit. Sie stieß ihn mit dem Ellbogen in die Seite. „Du bist albern.“

„Ehrlich gesagt …“, er blieb langsam stehen und schaute sie an, „… will ich nicht zu ernst sein, Bailey, aber ich verstehe es wirklich nicht.“

Sie befanden sich auf einem Teil des Weges, der auf allen Seiten frei und offen war. Trotzdem hatte Bailey das Gefühl, dass sie die einzigen Menschen auf dem Campus waren. Sie wollte den Blick von ihm abwenden, aber sie konnte es nicht. Sie war ihm so lange aus dem Weg gegangen, dass er vielleicht recht hatte. Vielleicht war es jetzt an der Zeit, ihm eine Antwort zu geben. „Ehrlich, Cody?“ Ihre Stimme war leise und das Lachen war verstummt. „Du willst die Wahrheit hören?“

„Ja.“ Er sah in seinem grauen Footballsweatshirt und der Jeans so gut aus. Einen Moment überlegte er offenbar, ob er sie umarmen oder ihr Gesicht berühren sollte. Aber stattdessen steckte er die Hände hinten in seine Hosentaschen und wartete. Sein Blick wich keine Sekunde von ihren Augen. „Warum gehst du mir aus dem Weg? Ich vermisse dich jeden Tag mehr.“

„Weil …“ Bailey wollte nicht weinen. Nicht in seinem Beisein. Aber ihr Herz gehorchte ihr nicht, und ihr traten die Tränen in die Augen. „Ich weiß, dass es dir leidtut. Aber du hast mich fast drei Monate lang aus deinem Leben ausgesperrt. Als wäre ich dir völlig egal, und in dieser Zeit ist etwas mit mir passiert.“ Sie zog den Reißverschluss an ihrer Jacke weiter zu, aber die zusätzliche Wärme konnte ihr Frösteln nicht vertreiben.

„Was?“ Er schaute ihr in die Augen und beobachtete ihre Miene. „Was ist passiert, Bailey?“

Eine heiße Träne lief über ihr Gesicht, und sie wischte sie fort. „Es ist, wie ich dir schon sagte. Ich kann dir immer noch nicht vertrauen. Ich hätte letzte Woche sogar beinahe deine SMS gelöscht.“

Cody hätte nicht verletzter aussehen können, wenn sie ihm gesagt hätte, dass sie seinen Namen vergessen habe. „Dann verstehst du mich überhaupt nicht.“

„Natürlich verstehe ich dich. Als du aus dem Krieg zurückkamst, hast du mir gesagt, dass wir Freunde sein können, dass du aber sonst kein Interesse an mir hast. Du wolltest, dass ich mich mit Tim Reed treffe, und das mache ich.“ Bailey wünschte, sie könnte das mit mehr Begeisterung sagen. „Aber du hast mir versprochen, dass wir wenigstens Freunde sein könnten. Doch dann …“ Wieder lief eine Träne über ihre Wange. „Dann begann die Uni und du hast angefangen, dich mit meiner Mitbewohnerin anzufreunden.“ Ihre Stimme wurde ein wenig lauter. „Wie hätte ich das deiner Meinung nach verstehen sollen?“

Er seufzte schwer und rieb sich den Nacken. Ohne etwas zu sagen, drehte er sich um und starrte auf den leeren Rasen. Nach ein paar Sekunden schaute er sie wieder an. In seinen Augen lag ein Schmerz, der viel tiefer ging als alles, was sie je zuvor in seinen Augen gesehen hatte. „Du glaubst wirklich, ich könnte Andi Ellison dir vorziehen?“ Der Ton, den er ausstieß, war eher ein frustriertes Weinen als ein Lachen. „Sie hat nicht die geringste Ähnlichkeit mit dir.“

„Aber das hast du getan.“ Bailey drückte die Handknöchel unter ihre Augen und zwang sich, sich zu beherrschen. „Du wurdest ihr Freund statt meiner.“

„Weil du Tim hattest.“

„Natürlich hatte ich Tim.“ Dieses Mal beherrschte sie ihre Stimme und sprach in einem frustrierten Flüstern weiter. „Das wolltest du doch. Hast du das nicht gesagt? Du hast gesagt, dass er mehr mit mir gemeinsam habe, dass er besser für mich sei. Alles nur, um mich vom eigentlichen Thema abzulenken: dass *du* kein Interesse an mir hast. Aber ich hätte nicht gedacht, dass du dich völlig von mir abwenden würdest.“

Cody sah sehr resigniert aus und starrte sie lange einfach nur an. Schließlich stieß er ein trauriges Lachen aus und schüttelte den Kopf.

„Du wirst das nie verstehen. Du warst schon mit Tim zusammen, als ich nach Hause kam. Du warst glücklich. Das sah ich dir an. Es wäre nicht richtig gewesen, dich anzurufen und dir zu schreiben, wenn du schon Tim hattest."

Bailey hätte ihm am liebsten gesagt, dass die Sache zwischen ihr und Tim nicht so ernst war und dass Tims Träume sich immer mehr von ihren Träumen unterschieden. Aber das wäre wie ein Verrat an Tim gewesen. Sie und Tim waren zusammen, und solange sie das waren, wollte sie nie hinter seinem Rücken schlecht über ihn sprechen. Das hatte Tim nicht verdient.

Deshalb schluckte sie schwer und schaute zu den Bäumen hinauf. Die kleinen Blätter an den Zweigen verrieten, dass der Winter auch in diesem Jahr nicht das letzte Wort haben würde.

„Tim und ich sind immer noch zusammen." Sie schaute Cody an und war hin und her gerissen. „Warum bemühst du dich dann in den letzten Monaten so um mich, Cody? Warum schreibst du mir und rufst mich an?"

„Weil Gott mir klargemacht hat, dass ich ein Idiot war. Ich hätte mich nie wegen Tim von dir zurückziehen sollen. Ich war keine Bedrohung für ihn, und dadurch, dass ich mich von dir zurückgezogen habe, habe ich dich nur verwirrt." Cody schaute sie an. Sein Blick blieb nicht an der Oberfläche hängen, sondern drang bis tief in ihre Seele hinein. „Ich habe nie aufgehört, an dich zu denken."

„Das ist es also? Du willst, dass wir Freunde sind?"

„Genau." Seine Augen nahmen wieder das Leuchten an, das sie im Laufe des Gesprächs verloren hatten. „Ich habe wirklich nicht die Pest, Bailey. Versprochen."

Ihre Wangen waren wieder trocken und sie lachte, obwohl sie das eigentlich gar nicht beabsichtigte. Vielleicht hatte sich zwischen ihnen doch nicht so viel verändert, wie sie gedacht hatte. Er konnte sie immer noch problemlos zum Lachen bringen. „Idiot." Sie stieß gegen seinen Fuß. Dann blieb sie eine Weile schweigend stehen und sah ihm prüfend in die Augen. „Du willst mir also sagen, dass ich dir dieses Mal vertrauen kann, dass wir wirklich Freunde sein können?"

„Solange Tim nichts dagegen hat."

„Er hat nichts dagegen." Ihre Antwort kam sehr schnell. „Er vertraut mir."

Die Freude in Codys Augen entlockte ihr wieder ein Lachen, und er stimmte mit ein. „Du hast also keine Angst, dass ich ein böser Zwilling sein könnte?"

„Ein wenig. Aber ich werde deine Nachrichten nicht löschen."

Sie gingen wieder weiter. Bailey merkte, wie ihre Augen funkelten, als sie ihm einen Blick von der Seite zuwarf. „Was hältst du davon?"

„Wow! Ich bin der glücklichste Mann auf dem ganzen Campus." Er legte den Kopf zurück und rief laut: „Bailey Flanigan löscht meine Nachrichten nicht mehr!" Er atmete tief ein und lächelte sie an. „Ja, ich bin der größte Glückspilz, den es geben kann."

Sie konnte nicht aufhören zu lachen. „Sei still! Sonst hört dich noch jemand."

„Die anderen können mich ruhig hören." Er zügelte sein Lachen zu einem leisen Schmunzeln. Sie waren fast vor ihrem Wohnheim angelangt. „Ich sage dir jetzt, was gleich passieren wird: Du gehst in dein Wohnheim und räumst deinen Rucksack weg, und bevor du auch nur daran denkst, dir die Hände zu waschen, bekommst du eine SMS." Er stieß sie leicht mit dem Ellbogen. „Sie wird von mir sein, und … statt sie zu löschen oder zu ignorieren oder sie von deinem Handy zu verbannen, wie du es dir angewöhnt hast, setzt du dich auf deine Bettkante und schreibst mir zurück."

Sie waren jetzt vor ihrem Wohnheim angekommen und blieben an der Treppe stehen. „Das wird jetzt gleich passieren?"

„Ja." Seine Augen funkelten. „Okay?"

„M...hm." Sie senkte das Kinn und wurde ein wenig unsicher. „Ich fürchte, ich war ein bisschen grob."

„Nein." Er hielt den Zeigefinger in die Nachtluft. „Die Pest kann sehr ansteckend sein, und du musstest deine Gesundheit schützen."

Bailey schüttelte lachend den Kopf. „Nicht meine Gesundheit. Mein Herz. Nach meinem Verständnis hören Freunde nicht einfach auf, miteinander zu reden."

Cody seufzte. „Ich weiß. Es war meine Schuld. Ich bitte dich noch einmal, mir zu vergeben, Bailey. Bitte lass es uns noch einmal miteinander versuchen."

„Okay." Ihr Herz hing an jedem Wort, das er sagte. „Ich vergebe dir." Sie standen sich so nahe, dass sie die Wärme seines Körpers fühlen konnte. „Und du musst mir auch vergeben."

Er stieß mit dem Fuß an ihren. „Was denn?"

„Dass ich nicht früher mit dir darüber gesprochen habe."

Dieses Mal brauchten sie keine Worte. Langsam legte Cody die Arme um sie. Er umarmte sie sehr lange, und Bailey wünschte, die Umarmung würde noch länger dauern. Denn obwohl es überhaupt nicht danach ausgesehen hatte, hatten sie und Cody endlich das Unmögliche getan.

Sie hatten wieder den Weg zueinandergefunden.

Sie wünschten sich flüsternd eine gute Nacht, und als Bailey in ihrem Wohnheimzimmer war, verriet das Summen ihres Smartphones, dass sie eine SMS bekommen hatte, noch bevor sie sich die Hände waschen konnte. Sie lächelte und las die Nachricht.

Ich versuche, den Boden unter mir zu fühlen, aber das ist gar nicht so leicht.

Bailey grinste und schrieb zurück. *Mir geht es auch so.*

Prompt kam Codys Antwort: *Ehrlich gesagt, danke ich Gott bei jedem Schritt, denn ich war nicht sicher, ob wir das je wieder erleben würden, und jetzt erleben wir es.*

Das ist noch nicht alles, antwortete sie. *Es wird immer so bleiben*. Dieser Gedanke begleitete sie, als sie einschlief. Sie und Cody hatten wieder den Weg zueinandergefunden, zurück zu der Freundschaft, die sie beinahe verloren hatten. Egal, was Andi heute Abend machte, egal, in welche Richtung sich Baileys Gefühle für Tim veränderten, war das alles, was zählte.

Cody war wieder ihr Freund, und die Welt war wieder im Lot.

Kapitel 22

Andi war froh, dass die Frühlingsaufführungen vorüber waren. Sie bekam viel Lob für ihre Rolle als Maid Marian, aber tief in ihrem Inneren wusste sie, dass sie eine bessere Leistung hätte abliefern können. Sie war nicht ganz bei der Sache. Das ging so, seit sie und Taz so viel Zeit miteinander verbrachten. In den letzten Wochen, seit Andi die ersten Szenen von Taz's Film gedreht hatte, waren sie fast unzertrennlich. Wenn sie nicht zusammen waren, schrieben sie sich SMS oder telefonierten.

Taz sagte, dass sie den gleichen Geist habe wie er, dass sie eine Seelenverwandte sei. Früher hätte sie solche Worte als abgedroschene Phrasen abgetan, aber bei Taz bekamen sie eine neue Bedeutung, genauso wie ihr ganzes Leben durch ihn eine neue Bedeutung annahm.

„Was läuft mit diesem Taz?", fragte Bailey alle paar Tage. „Komm schon, Andi. Sag die Wahrheit!"

Aber Andi lächelte jedes Mal und zuckte nur die Achseln. „Er ist nett. Wir sind nicht zusammen oder so." Das war die Wahrheit, auch wenn ihre Antworten bewusst ausweichend waren. „Wir unterhalten uns nur."

Trotzdem war sie von Taz fast wie besessen. Andi war dankbar, dass sie eine gute Studentin war und dass ihre Noten nicht unter ihrer Unkonzentriertheit litten. Denn wenn sie nicht in ihren Vorlesungen saß, drehte sich für sie alles nur um Taz.

Ich kann uns hier in den Bäumen fühlen, hatte er ihr gestern in einer SMS geschrieben. *Neues Leben sprießt aus jedem Zweig und es sprießt aus unseren Herzen und unserer Seele. Kannst du es fühlen?*

Das Verrückte war, dass Andi es tatsächlich fühlen konnte. Auch wenn sie nicht immer sicher war, was er genau meinte. Bei Taz fühlte sie sich frei und voll Potenzial und hatte nicht das Gefühl, in einem Käfig eingesperrt zu sein wie vorher. Ihre Gespräche drehten sich nie um den christlichen Glauben oder die Bibel oder die Existenz Gottes. Diese Themen hatte Andi ihr Leben lang ausgiebig behandelt. Vielmehr lachten sie und Taz viel miteinander und unterhielten sich über den Puls der Seele und die Schönheit eines Grashalms. Die Themen mit Taz waren grenzenlos, und hin und wieder träumten sie sogar von der Zukunft.

Taz hatte es bewusst vermieden, sie noch einmal zu küssen. Er spielte tatsächlich die Rolle des Jungen, in den sich Andis Figur am Schluss des Films verliebte, aber der Kuss war rein professionell, höchste Kunst. Als sie diese Szene fertig gedreht hatten, schaute er ihr noch einige Sekunden in die Augen. „Die Chemie ist eindeutig da", sagte er. Das war alles. Daran hatte sich seitdem nichts geändert.

Es gab Augenblicke, in denen sie ihn fast anflehen wollte, sie leidenschaftlich zu küssen. In anderen Momenten hätte sie ihn am liebsten angeschrien: „Okay, bist du jetzt in mich verliebt oder nicht?"

Aber diese Frage erschien ihr immer zu gezwungen oder zu fordernd. „Wir sind wie der Wind und der Regen", hatte Taz letzte Woche zu ihr gesagt. „Sie tanzen über die Erde, wie zwei Menschen tanzen sollen." Ein anderes Mal berührte er ihre Wange und flüsterte: „Wir genießen einander – mit unseren Herzen, unserem Verstand und unserer Seele." Eine unglaubliche Tiefe hatte aus seinen Augen geleuchtet. „Eines Tages genießen wir vielleicht noch mehr."

In der Vergangenheit hatte Andi Angst vor einer körperlichen Beziehung zu einem Jungen gehabt. Sie hatte Gott, sich selbst und ihren Eltern versprochen, dass sie vor der Ehe mit keinem Jungen schlafen wollte. Als Anfang des Jahres einige Jungen Annäherungsversuche gemacht hatten, hatte sie das fast als Beleidigung verstanden. Sie wollte damit nichts zu tun haben.

Aber mit Taz war alles anders. Jedes Mal, wenn sie zusammen waren, wuchsen ihr Verlangen und ihre Neugier. Je weniger Interesse er daran zeigte, sie zu küssen, umso mehr wollte sie, dass er sie küsste. Dass sie ihn begehrte, verstärkte die anderen Gefühle, die sich in Taz's Nähe in ihr regten, noch mehr.

Andi hörte dem Psychologieprofessor nicht länger zu, sondern drückte eine Taste an ihrem Handy und lächelte. Wieder eine SMS von ihm.

Hey, schönes Mädchen, ich muss ein paar Szenen für den Film noch einmal drehen. Ich will unbedingt eine Eins für den Film, und ich bin nicht sicher, ob das, was wir am Anfang gedreht haben, ausdrucksstark genug ist.

Andis Verstand arbeitete auf Hochtouren, als ihre Finger über die Tasten flogen: *Die Schlafzimmerszene?*

Ja. Ich möchte das nicht in einer SMS besprechen. Können wir uns nach deinem letzten Kurs heute treffen?

Sie war nicht sicher, was er ihr sagen wollte, aber die Vorstellung, ihn zu treffen, klang verlockend. Sie hatten mehrere Plätze auf dem Campus, an denen sie sich oft für einige Minuten trafen, und Andi genoss das schwindelerregende Gefühl, das er bei ihr auslöste.

Als ihre Vorlesung zu Ende war, traf sie ihn auf einem Weg an einem Hang mit Blick auf eine alte Kapelle, eines von mehreren religiösen Gebäuden auf dem Gelände. Andi verdrängte den Gedanken, dass sie schon lange keinen Fuß mehr in eine Kirche gesetzt hatte.

Taz legte ihre Hand in seine, verwob ihre Finger miteinander und führte Andi oben auf den Hügel zu einer Bank, die ein wenig abseits vom Weg stand und von zwei riesigen Ahornen überschattet wurde. „Deine Haut fühlt sich gut an." Er bewegte sich mit langsamen Schritten, damit er sie beim Gehen anschauen konnte. „Betörend. Wie alles an dir." Er schob die Finger tiefer zwischen ihre. „Kannst du es fühlen?"

Küss mich!, wollte sie ihn anschreien. Aber stattdessen konzentrierte sie ihre Aufmerksamkeit auf die Stelle, an der sich ihre Finger berührten. „Mm...hm." Sie lächelte ihn an. „Ja."

„Die Menschen sind dafür geschaffen, körperliche Nähe zu erleben. Du und ich ..." Sein Lächeln drang bis in den Kern ihrer Seele vor. „... bei uns ist es wahre Liebe."

„Ja." Es war wieder da. Die schwindelerregende Benommenheit, die sie jedes Mal erfasste, wenn Taz ihr nahe war. Andi schluckte und versuchte, einen klaren Kopf zu bekommen. Worüber wollten sie sprechen? „Der Film", sagte sie laut. „Du wolltest über die Schlafzimmerszene sprechen."

Taz schien darauf bedacht zu sein, den Zauber zwischen ihnen nicht abreißen zu lassen. Seine Hand, seine Augen ließen sie nicht los. „Was wir gedreht haben, ist gut. Du bist eine talentierte Schauspielerin, weil du dir Gefühle erlaubst. Ich habe die Szenen im Schlafzimmer gestern zehnmal angesehen und ich fühle, was deine Figur fühlt. Aber etwas lässt mir keine Ruhe."

Sie musste sich erinnern, dass sie nicht vergessen durfte zu atmen. „Was?"

„Die Figur ist ein sehr böses Mädchen. Und du, Andi ..." Er streichelte sie einen Moment mit den Augen. „Du bist sehr gut. So unschuldig."

Andi war nicht sicher, worauf er hinauswollte.

„Ich war zu vorsichtig, als ich diese Szene schrieb. Ich hatte zu große

Sorgen, dass du mir eine Absage erteilen würdest, wenn ich zu viel verlangen würde. Ich hatte Angst, dass du Nein sagst und ich dich als Schauspielerin verliere." Taz strich mit den Daumen über ihre Hände. „Und dass ich das alles verlieren würde."

Die Zeit schien stillzustehen, und alles in Andi sehnte sich danach, ihm in die Arme zu fallen und ihn zu küssen. Ein Kuss, der eine halbe Stunde oder eine Stunde oder noch länger oder sogar für immer dauern würde. Sie blinzelte und versuchte zu verstehen, worauf er hinauswollte. „Meine Figur war nicht böse genug?"

„Nicht ganz." Er runzelte die Stirn und konzentrierte sich darauf, es ihr zu erklären. „Dieses Mädchen will etwas Unglaubliches tun. Sie will als Model arbeiten, ja. Aber sie wäre auch bereit, ihren Körper zu verkaufen, wenn das nötig wäre, um frei zu sein." Er zuckte mit keiner Wimper. „In dieser Schlafzimmerszene trifft sie die Entscheidung wegzulaufen und ihren Körper als Mittel einzusetzen, um ihr Überleben zu sichern." Er legte den Kopf schief und sein Tonfall klang nachdenklich. „Wenn die Geschichte realistisch und glaubwürdig sein soll, hört sie nicht beim BH auf. Sie zieht alles aus, was zwischen ihrem alten Ich und ihrem Körper steht. Sie will die Macht ihres nackten Körpers voll und ganz spüren."

Warum war Andi nicht selbst auf diesen Gedanken gekommen? Natürlich würde das Mädchen, das sie spielte, nicht beim BH aufhören. Es hätte keine Scheu, sich vor einem Spiegel ganz nackt auszuziehen. Es würde alles ausziehen und sich betrachten und sich bewusst machen, dass es ab diesem Moment seinen Körper einsetzen würde, um sich von der Herrschaft und aus der Gefangenschaft seiner Eltern zu befreien. „Willst du diesen Teil neu drehen?"

„Ja." Seine Augen flehten sie an, ihn zu verstehen. „Wie ich schon sagte, ich hätte das Drehbuch von Anfang an so schreiben sollen. Aber ich wollte von dir nichts verlangen, bei dem du dich nicht wohlfühlst." Er schaute ihr in die Augen. „Ich habe das Drehbuch für dich geschrieben, Andi."

Andi versuchte, sich zu erinnern, wer sie damals gewesen war, wie sie reagiert hätte, wenn im ursprünglichen Drehbuch eine richtige Nacktszene gestanden hätte. Taz hatte recht. Sie hätte sich nicht darauf eingelassen, sie hätte ihm eine klare Absage erteilt. Aber jetzt regte sich eine unerklärliche Aufregung in ihr und sie konnte es kaum erwarten, diese

Szene neu zu drehen. Der Film verlangte Ehrlichkeit, und Nacktheit war das Ehrlichste, was ein Mensch geben konnte. Sie brauchte keine Angst vor ihrem Körper zu haben. Das hatte Taz sie gelehrt. Er sah den Körper als Kunst. Sein Vorschlag verriet Andi, dass er von ihrem Körper sehr angetan war.

„Wann können wir die Szene drehen?"

„Heute Nachmittag, wenn dir das passt." Taz war immer sanft und rücksichtsvoll und zwang sie nie zu etwas. Er mochte sie als Mensch, ihre Schönheit, die von innen strahlte, wie er oft sagte.

Taz schaute auf seinem Handykalender nach, bevor sie einen Treffpunkt und eine Uhrzeit vereinbarten. „Ich muss los. Tu mir einen Gefallen." Seine Stimme wurde tiefer, sein Kopf lag nahe neben ihrem und sie schwammen beide in einem Meer aus Gefühlen. „Versuche, in der ganzen Zeit bis dahin diese Figur zu sein. Sei das Mädchen, das versucht, aus seinem alten Leben auszubrechen und sich von seinen dominanten Eltern zu befreien. Ich rechne damit, dass du mir heute die beste Leistung bieten wirst, die du je gezeigt hast."

Taz küsste sie nicht, aber das war nicht nötig. Seine Nähe hinterließ einen körperlichen Eindruck bei ihr, und als Andi zur Bibliothek ging, dauerte es mehrere Minuten, bis ihr Herzschlag wieder einen normalen Rhythmus annahm. *Sei diese Figur,* forderte sie sich auf. Und sie begann, im Geiste eine tiefe und starke Abneigung gegen ihre Eltern aufzubauen. Wie konnten sie es wagen, ihr vorzuschreiben, was sie tun dürfe und wie sie ihr Leben gestalten sollte? Sie hatten keine Ahnung von Kunst oder wahrer Liebe oder den Sehnsüchten eines Mädchens. Ihre altmodischen Ansichten hinderten ihre Tochter nur daran, das Leben und tiefe Gefühle zu erleben. Es war Zeit, dass sie sich davon befreite, auf welche Weise auch immer.

Andi spielte diese Gedanken im Geiste immer wieder durch und erlaubte sich, in der Psyche der Figur zu versinken. Sie merkte, wie die Grenzen zwischen Fiktion und Realität verschwammen. Ihr Leben war nicht viel anders als das des Mädchens in dem Film. Ihr Vater hatte heute angerufen, und er hatte ihr nichts als Fragen gestellt. Mit wem traf sie sich? Was war Taz's Hintergrund? War er Christ? Vielleicht sollte sie öfter zu Campus für Christus oder in eine Gemeinde gehen. Nach zehn Minuten hatte sie erschöpft aufgelegt.

Sie ging schneller. *„Sei diese Figur ... sei diese Figur!"* Wie konnten sie es wagen, ihr vorzuschreiben, was sie tun dürfe und wie sie ihr Leben gestalten sollte? … Ihre altmodischen Ansichten hinderten sie nur daran, das wahre Leben und tiefe Gefühle zu erleben. Es war Zeit, dass sie … Wie konnten sie es wagen …

Sie tauchte immer mehr in die Rolle ein. Als sie in der Bibliothek fertig war und zu ihrem Wohnheim zurückging, konnte sie nicht mehr genau sagen, von wem sie sprach – von der Figur in Taz's Film oder von sich selbst.

Eine Viertelstunde früher als vereinbart ging Andi los, um Taz im selben Vorlesungsraum wie beim letzten Mal zu treffen. Dieses Mal waren nur sie beide anwesend, und Taz erklärte, dass er die Kamera bedienen würde. Er wollte ihre Privatsphäre wahren. Sie konnte es kaum erwarten, die Szene neu zu drehen, ihm zu zeigen, dass sie in der Lage war, ihren Körper einzusetzen, dass sie in der Lage war, als Schauspielerin an ihre Grenzen zu gehen. Er ging mit ihr die Szene durch, das Timing und das Gefühl, das vermittelt werden sollte. Der erste Teil war derselbe wie vorher, aber während sie sich in ihrem BH anstarrte, setzte sich dieser Gedanken in ihrem Herzen fest und war dann auch in ihren Augen zu sehen. Warum einen BH tragen? Vielleicht musste sie oben ohne tanzen oder als Stripperin arbeiten, um sich ihr Geld zu verdienen. Ein BH hinderte sie nur daran, die wahre Macht ihres Körpers zu erleben.

„Die Szene wird schemenhafter sein als beim letzten Mal. Es ist besser, Rundungen und Silhouetten zu zeigen als zu viel Nacktheit", erklärte Taz. Selbst jetzt war er völlig professionell und interessierte sich nur für die Aussagekraft des Films. „Einverstanden?"

Andi wollte nicht zu nervös wirken, aber sie hatte im Laufe des Tages so starke Gefühle in sich aufgestaut, dass sie es kaum erwarten konnte, die Szene zu drehen. „Ja." Ihr Herz schlug kräftig in ihrer Brust. „Du hast recht. Die Ehrlichkeit des Films verlangt das."

Er lächelte und war gleichzeitig dankbar für ihr Verständnis und stolz auf sie. „Dann fangen wir an."

Sie drehten die Szene zweimal bis zu der Stelle, an der sie ihren BH ausziehen sollte. Jedes Mal machte Taz hier einen Schnitt. „Mehr Gefühl, Andi. Mehr Wut und Trotz." Seine Stimme berührte sanft ihre Seele, führte sie und lenkte sie. „Lass alles los, woran du dich bisher festgehalten oder woran du geglaubt hast. Hier geht es nur um die Figur und ihre Gefühle. Versuchen wir es noch einmal."

Als sie beim vierten Versuch schließlich diesen Höhepunkt erreichte, war sie nicht mehr Andi Ellison, die Missionarstochter. Sie war mit Leib und Seele die Figur in dem Film. Die Gefühle brachen wie tosende Wasserquellen aus ihr heraus, sie ergossen sich aus ihren Händen und Fingern und loderten aus ihren Augen. Wie aus weiter Ferne glaubte sie zu hören, wie Taz's Atem sich veränderte, wie er schneller und abgehackter wurde. Gut. Er sollte sehen, was sie konnte, was sie ihm bieten konnte. Langsam und trotzig öffnete sie ihren BH und schob erst einen, dann den anderen Träger langsam nach unten. Dann ließ sie den BH auf den Boden gleiten.

Taz hatte die Wahrheit gesagt: Die Beleuchtung war dunkel und schemenhaft. Aber jetzt, da sie das getan hatte – jetzt, da sie von der Hüfte aufwärts nackt war –, spürte sie den unerklärlichen Drang weiterzumachen und auch ihre übrige Kleidung auszuziehen. Aber das hatte Taz nicht verlangt. Wenigstens noch nicht. Sie war immer noch die Figur, immer noch eine Schöpfung von Taz's Fantasie. Deshalb drehte sie sich nur langsam zuerst in die eine Richtung und dann in die andere, bewunderte sich im Spiegel und malte sich aus, wie sie ihren Körper als Schlüssel in die Freiheit einsetzen würde.

Taz ließ sie gewähren, er ließ die Figur ein Eigenleben annehmen und sie aus der organischen Tiefe der Verkörperung mit einer Figur, wie er es bezeichnete, agieren. Nach ungefähr einer Minute rief er schließlich: „Schnitt!", und trat zu ihr. „Das war atemberaubend. Ich habe jede Sekunde geglaubt." Seine Augen waren vor Erregung ganz groß und sein Atem ging immer noch schneller als normal. „Ich konnte dich fühlen, Andi. Du bist unglaublich begabt."

Andi stand immer noch ohne BH und ohne ihr Top da, aber das störte sie nicht. Es war fast, als hätte Taz ein Recht, sie so zu sehen, da er diesen Teil in ihr geschaffen hatte. Sie hatte nichts vor ihm zu verbergen. Noch etwas anderes regte sich in ihr, ein Machtgefühl ihm gegenüber, das sie noch nie erlebt hatte. Sein Gesichtsausdruck, sein keuchender Atem – das alles war ein Zeichen dafür, dass ihr Körper nicht nur für die Figur in dem Film ein Mittel war, sondern auch für sie selbst. Sie hatte ihn offenbar in der Tiefe berührt, und diese Erkenntnis war berauschend. Natürlich war Taz von ihrem schauspielerischen Können angetan. Aber ihn faszinierte unübersehbar auch ihr Körper, wie sie ohne Kleidung aussah und sich vor dem Spiegel bewegte.

Er trat zurück, damit sie sich anziehen konnte. Sie tat es ohne jede Scham oder Verlegenheit. „Glaubst du, dass du bekommen hast, was du suchtest?“

„Unbedingt. Mehr, als ich mir je erträumt hätte.“

Andi lächelte. Sie schlüpfte in eine leichte Jacke und schaute ihn an. In ihrer Freundschaft war bisher immer Taz derjenige gewesen, der die Kontrolle hatte, derjenige, der gern wartete, bis die Dinge eine intensivere Ebene erreichten. Er fühlte sich unübersehbar zu ihr hingezogen, aber er hatte es nicht eilig weiterzugehen. Er fand sie attraktiv, aber er hatte es nicht eilig, eine Beziehung zu ihr anzufangen.

Doch jetzt waren die Rollen vertauscht. Sein cooles Selbstvertrauen war erschüttert. Er wirkte fast wie ein Gymnasiast, der sich in eine Studentin verliebt hatte.

Taz begleitete sie zu ihrem Wohnheim zurück. Auf halbem Weg nahm er ihre Hand in seine und schob die Finger zwischen ihre Finger. Sein Atem war wieder normal und seine Selbstbeherrschung war fast vollständig zurückgekehrt. „Andi, ich habe eine Idee.“ Ein leises Lachen begleitete seine Worte. Er blieb stehen und schaute sie an. „Am nächsten Samstag ist ein Jazzkonzert auf dem Campus, und mein Film müsste bis dahin fertig geschnitten sein. Vielleicht hast du Lust, nach dem Konzert mit zu mir zu kommen und ihn dir anzusehen?“

Andis Herz schlug höher, aber sie hatte von ihm gelernt. Deshalb beherrschte sie sich und wollte nicht zu begeistert wirken. „Das wäre schön.“ Sie atmete tief ein und schaute ihm langsam in die Augen.

Als sie das tat, legte er seine freie Hand auf seine Brust und tat, als wäre er plötzlich erschrocken. „Hey, das habe ich gefühlt!“ In seinen Augen funkelte das bekannte Necken, das sie an ihm liebte.

„Was?“ Sie verkniff sich ein Lachen und spielte mit. „Hast du Schmerzen in der Brust, Taz? Ist es das?“

„Nein.“ Er berührte mit den Fingern ihren Hals und legte sie dann auf seine Brust. „Du hast eingeatmet.“ Sein Lachen ging in unverhohlenes Verlangen über. „Und ich habe die Luft gefühlt.“

Ihr Körper zitterte bei seinen Schmeicheleien. In ihrem ganzen Leben hatte sie noch nie jemanden wie Taz gekannt, hatte sie sich nie jemanden wie ihn vorstellen können. Um sie herum war es dunkel und sie waren allein auf dem Weg. Es war ein Moment, in dem ihr Körper fast nach seiner Berührung, nach seinem Kuss schrie. Aber er trat einen Schritt zurück und begleitete sie dann den Rest des Weges zu ihrem Wohnheim. Dort machte er ihr noch einmal Komplimente für ihr schauspielerisches Talent. Schließlich verabschiedete er sich. „Ich bin später in Facebook."

„Okay." Der Abstand zwischen ihnen fühlte sich wie ein körperlicher Schlag an. Aber Andi würde nicht den ersten Schritt auf ihn zugehen. Deshalb trat sie zu den Stufen zurück, die in ihr Wohnheim führten. Es war Freitag und Bailey verbrachte das Wochenende wieder zu Hause. Facebook würde Andis Einsamkeit erträglicher machen. „Bis später."

Als sie in ihr Wohnheim trat, tauchte ein Bild vor ihrem geistigen Auge auf, eine Szene aus ihrem Lieblingsmusical *Phantom der Oper*. In der Mitte des Stücks hatte das Phantom Christine so den Kopf verdreht, dass ihr keine andere Wahl mehr blieb. Sie gehörte dem Phantom mit Herz und Verstand, Körper und Seele. Früher hatte Andi die dunkle Beziehung zwischen den beiden nie nachvollziehen können, aber jetzt konnte sie es verstehen. Taz hatte eine ähnliche Kontrolle über sie, und Andi hatte sie ihm bereitwillig überlassen. Sie war nicht sein Engel der Musik, sie war sein Engel der Schauspielkunst.

Die Versprechen, die sie als junges Mädchen gegeben hatte, interessierten sie nicht mehr. Sie gehörte jetzt Taz. Sie würde ihm geben, was er von ihr verlangte, denn es war, wie er sagte: Liebe musste miteinander geteilt werden. Emotional, intellektuell und körperlich. Besonders körperlich.

Andi chattete mit Taz über eine Stunde lang, bevor sie sich schlafen legte und von seinem Kuss träumte.

Sie konnte den Samstag kaum erwarten.

Kapitel 23

Keith war gerade mit dem Packen fertig, als der Duft von frisch aufgebrühtem Kaffee ihn in die Küche lockte. Lisa schenkte zwei große Tassen ein und lächelte ihn an, als er eintrat. „In zwei Wochen ist es so weit. Ich kann es kaum erwarten."

„Ich auch nicht." Keith nahm eine Tasse und atmete tief ein. Der heiße Dampf tat gut. „Wir haben bis dahin noch mindestens zehn Besprechungen, aber das Filmfestival ist in aller Munde. Die Leute im Studio glauben, dass wir weit oben landen könnten."

„Ich möchte einen Sitzplatz weit vorne im Saal." Lisa hielt ihre Tasse in beiden Händen und lehnte sich an die Arbeitsplatte. „Hast du mit Andi gesprochen? Es wäre doch schön, wenn wir alle dabei wären."

„Sie will kommen." Er setzte sich auf die Arbeitsplatte und ließ die Beine baumeln. Ihre uneingeschränkte Freude über den Film wurde getrübt, sobald sie auf Andi zu sprechen kamen. „Ich mache mir Sorgen um sie."

„Wegen ihres Freundes?"

„Falls er das ist." Keith trank vorsichtig einen Schluck von seinem Kaffee. Er war immer noch zu heiß zum Trinken. „Sobald sein Name fällt, weicht sie aus. Sie will nicht zugeben, dass sie sich treffen."

„Sie arbeiten immer noch an seinem Studentenfilm." Auf Lisas Stirn traten Sorgenfalten. „So viel hat sie mir verraten. Wenn ich frage, ob er Christ ist, weicht sie aus. Sie sagt, er sei ein spiritueller Mensch. Keine Ahnung, was das heißen soll."

„Mir gefällt das nicht. Sie redet davon, dass sie im Sommer in Bloomington bleiben will, um in der Bibliothek zu arbeiten und einige Kurse zu belegen."

„Sie hat gute Noten. Sie sagt, sie hat im letzten Semester nur Einsen und Zweien bekommen." Lisa hob die Tasse und blies den Dampf weg. „Aber ich mache mir auch Sorgen. Sie wirkt so verändert. Früher hat sie mir alles erzählt, auch ihre Zweifel. Jetzt bekomme ich nur ‚Gut, passt, bestens' als Antwort."

Gut, passt, bestens. So beschrieben Keith und Lisa die Beziehungen der meisten Jugendlichen zu ihren Eltern. *Wie geht es dir? Gut. Was ist mit deinen Freunden? Passt. Und die Schule? Bestens. Gut, passt, bestens.* Sie waren dankbar gewesen, dass sie eine engere Beziehung zu Andi hatten, dass sie von sich aus den Wunsch gehabt hatte, Lisa zu erzählen, was sie an der Schule erlebt hatte. Aber jetzt … Keith ließ seine Kaffeetasse sinken und schaute in die aufziehende Dunkelheit hinaus. „Und wenn es schlimmer ist, als es aussieht?"

„Ich habe auf ihrer Facebookseite nachgesehen. Sie hat von diesem Taz nirgends ein Bild. Die ganzen Kommentare stammen von Freunden von der Schule und von Bailey Flanigan."

„Ich bin mir nicht sicher, ob das irgendetwas beweist." Keith wurde das Gefühl nicht los, dass etwas nicht stimmte. „Sie weiß, dass wir Zugang zu ihrer Facebookseite haben."

„Das stimmt natürlich." Lisa sah noch besorgter aus als vorher. „Vielleicht sollten wir zu ihr fliegen und mit ihr sprechen."

Keith dachte über diese Idee nach. „Ich bin mir nicht sicher, ob sie sich öffnet, wenn wir beide kommen. Vielleicht kannst du dir vor dem Filmfestival mit ihr einen schönen Tag machen. Nimm das Auto und fahr mit ihr zum Strand. Du weißt schon, um eine günstige Umgebung für ein Gespräch zu schaffen."

Lisa nickte. „Das ist eine gute Idee. Wir müssen uns die Zeit nehmen, um miteinander zu sprechen." Sie überlegte ein paar Sekunden. „Ich mache mir eigentlich keine so großen Sorgen. Andi weiß die Wahrheit."

„Das sage ich mir auch immer." Keith verdrängte seine Ängste und Sorgen. Andi war ein gutes Mädchen. Sie kannte die Bibel und wusste, was richtig und was falsch war. Wer auch immer dieser Junge war, es konnte nicht zu ernst sein. Andi war viel zu klug und vernünftig, um sich in einen Jungen zu verlieben, der ihren Glauben nicht teilte. Wenigstens sagte sich Keith das. Er ließ das Thema fallen. „Ich habe dir von NTM erzählt, nicht wahr? Wir haben von ihnen immer noch nichts Schriftliches."

„Macht sich Luke deshalb keine Sorgen?"

„Er ist genauso misstrauisch wie ich. Aber im Moment konzentrieren wir uns auf *Der letzte Brief*. Das Studio hat einem Kinostart in vierhundert Kinos zugestimmt, aber wenn der Film beim Festival gut abschneidet, sind sie bereit, diese Zahl zu verdreifachen."

„Das ist wirklich ein Wunder." Lisa stellte ihre Tasse auf die Arbeitsplatte. „Hat Chase von Kelly schon eine Zusage wegen des Festivals?"

„Als ich das letzte Mal mit ihm sprach, hatte sie vor, zu Hause zu bleiben. Sie hat ihm die gleiche Antwort wie vorher gegeben." Der letzte Monat war für ihre Freunde schwer gewesen, aber Chase bemühte sich um Kelly und versuchte, sie dazu zu bewegen, über ihre Gefühle zu sprechen. „Sie hat nächste Woche einen Termin bei einem Therapeuten. Für den Fall, dass es sich um Depressionen handelt."

Lisa schüttelte den Kopf. „Sie braucht keinen Arzt, um zu wissen, dass sie unter Depressionen leidet. Das ist seit Weihnachten unübersehbar." Sie rang verzweifelt ihre Hände. „Ihr Mann ist die halbe Zeit fort, ihre Finanzen sind unsicher, und Mollys gebrochener Arm ist immer noch nicht verheilt. Das reicht, um selbst den glücklichsten Menschen depressiv zu machen."

„Sie braucht mehr Zeit mit Gott."

„Natürlich." Lisa verteidigte ihre Freundin. „Das gilt für fast jeden von uns. Besonders für Menschen, die unter Depressionen leiden. Aber sie braucht eine Brücke, die ihr hilft, zu Gott zu kommen."

„Eine Brücke?"

„Ja. Zum Beispiel ein Antidepressivum." Lisas Stimme wurde weicher. „Depressionen sind eine chemische Störung im Gehirn. Manchmal sind Medikamente das einzige Mittel, um sich im Leben wieder zurechtzufinden."

Keith wollte nicht mit ihr streiten. „Kelly braucht Hilfe. So viel steht fest."

Sie schwiegen lange, tranken ihren Kaffee und hingen ihren Gedanken nach. „Ein Filmkritiker von *Variety* hat letzte Woche *Der letzte Brief* gesehen. Er war ganz begeistert und hat richtig geschwärmt. Sein Artikel erscheint in ein paar Wochen."

„Wirklich?" Lisas Gesicht strahlte auf. „Ich bin so stolz auf dich, Keith. Ich liebe dich so sehr. Habe ich dir das in letzter Zeit eigentlich gesagt?"

Er rutschte auf den Boden, stellte seine Tasse in die Spüle und trat zu ihr. „Ja, das sagst du mir regelmäßig." Er legte die Arme um sie und zog sie nahe an sich heran. „Deshalb bin ich auch der gesegnetste Mann auf der Welt."

„Das weiß ich nicht. Aber ich bin stolz auf dich, weil du es verdienst. Du und Chase, ihr beide habt schwer gearbeitet und jetzt zahlt sich eure ganze Mühe aus." Sie küsste ihn und genoss die Nähe zu ihm. „Erzähl mir von der Rezension."

„Sie haben das Drehbuch mit einem Stück von Arthur Miller verglichen.“ Er zog eine Braue hoch und konnte sich ein kurzes Schmunzeln nicht verkneifen. „Aber sie gingen noch weiter und haben Jake Olson mit dem jungen Marlon Brando verglichen.“

Lisa schaute ihn sprachlos an. Dann legte sie die Hand an ihren Mund. Ein fröhliches Lachen erklang zwischen ihren Fingern. „Im Ernst? *Variety* ist sehr kritisch.“

„Unser Film hat ihnen gefallen.“ Keith hielt ihr Gesicht mit den Händen fest und küsste sie. Sie hatten Grund zur Freude und zum Feiern trotz der Sorgen, die sie sich um Andi, Chase und Kelly machten. Sie drehten Filme für Gott, und wenn sie die Welt mit der Macht des Filmes verändern wollten, müssten sie als Erstes die Filmkritiker überzeugen.

Die Filmrezension von *Variety* war ein Beweis dafür, dass Gott ihnen den Weg ebnete. Das würde hoffentlich auch in der kommenden Woche so weitergehen. Keith und Chase würden morgen früh nach LA fliegen. Für die nächsten Besprechungen brauchten sie ihr Auto nicht. Ben Adams hatte ihnen einen Fahrer organisiert, der sie in seinem Bentley zu ihren Terminen fuhr. „In dieser Phase ist es wichtig, den nötigen Eindruck zu schinden“, hatte Ben ihnen erklärt. Außerdem wohnten sie bei ihm. Ihr Auto würde dort nicht gebraucht.

„Ich schaue noch einmal, ob unser Flug morgen wie geplant startet. Ich will nur sichergehen, dass alles in Ordnung ist.“

„Es ist alles in Ordnung.“ In Lisas Worten steckte eine tiefere Bedeutung. „Mehr, als wir uns vorstellen können.“

Keith lächelte, als er zum Computer ging. Er setzte sich, bewegte die Maus und wartete, bis sich der Bildschirm einschaltete. Es dauerte nur wenige Sekunden, bis er sich vergewissert hatte, dass ihr Flug wie geplant morgen früh startete und dass es keine Veränderungen oder Verzögerungen gab. Das Wetter war großartig. Keith rechnete nicht mit Problemen. Er wollte schon ausschalten, als ihm einfiel, dass er seit mehreren Tagen keine Nachrichten mehr gelesen hatte. Es war immer gut, auf dem Laufenden zu sein, wenn sie zu den Gesprächen in die Studios fuhren.

Er ging auf seine bevorzugte Nachrichtenseite. Aufgrund der schnellen Internetverbindung erschien schon im nächsten Moment eine Liste mit verschiedenen Themen auf dem Bildschirm. In einer Überschrift tauchte der Name Brandon Paul auf.

„Was?“, flüsterte Keith bei sich. Panik legte sich wie eine Schraubzwinge um seinen Hals und schnürte ihm die Luft ab. Er überflog entsetzt die Worte und hatte Mühe, sie zu begreifen.

„Brandon Paul unterschreibt Vertrag für den nächsten Film mit NTM“, lautete die Schlagzeile.

Keith wollte glauben, dass es sich um ihren Film handelte, aber das war nicht möglich. Luke hätte sie informiert, wenn das Studio einen Vertrag unterschrieben hätte, wenn es bereit wäre, eine solche Pressemitteilung herauszugeben. Er klickte auf die Schlagzeile, und der Artikel erschien. Keith konnte kaum atmen, als er ihn las.

Die NTM-Studios haben heute bekannt gegeben, dass Brandon Paul in einem NTM-Film über einen Jungen mit geistigen Einschränkungen, dessen Liebe zur Musik ihm Flügel verleiht, die Hauptrolle übernimmt. Der Film basiert auf einem Originaldrehbuch von NTM und wird voraussichtlich noch in diesem Jahr gedreht. „Uns liegt sehr daran, unsere Beziehung zu Brandon auszubauen“, erklärte Ace L. Rustin, NTM-Vizepräsident. „Es laufen Verhandlungen für einen neuen Fünf-Jahres-Vertrag mit Brandon Paul, und wir tun alles, um ihn bei uns zu halten.“

Es war nur eine kurze Pressemeldung. Für jeden anderen, der die Schlagzeilen überflog, war diese Meldung nichts weiter als ein kleiner Punkt auf der Leinwand des Hollywoodlebens. Brandon Paul spielte in einem neuen Film die Hauptrolle. Das war nichts wirklich Aufregendes. Aber für Keith und Chase bedeutete diese Meldung, dass alles, wofür sie im letzten halben Jahr gearbeitet hatten, gescheitert war. Unwiderruflich.

Eine dünne Schweißschicht bildete sich auf Keiths Stirn. Er ließ den Kopf hängen und versuchte, ruhig durchzuatmen.

Das war es also? Brandon hatte einen Vertrag für die Hauptrolle in einem Film unterschrieben, der fast identisch mit *Der Löwenzahnjunge* war, ohne ihnen, ihrem Anwalt oder Stephanie Bescheid zu geben? Luke Baxters schlimmster Albtraum wurde wahr.

Keith umklammerte seine Computermaus. Gab es in Hollywood denn überhaupt keine ethischen Prinzipien? Er unterdrückte nur mühsam den Drang, den Bildschirm anzuschreien und zu verlangen, dass diese Nachricht gelöscht wurde, weil sie unmöglich wahr sein könne. Brandon hatte ihnen diesen Film versprochen.

Aber hier stand es schwarz auf weiß. Er hob den Blick und las die Details noch einmal.

Gott, was geschieht hier? Was bedeutet das? Wir standen so kurz davor, uns und dir einen Namen zu machen.

Er wollte die Stimme zum Himmel erheben und Gott anflehen, ihm zu helfen, das zu verstehen. Trotz der Bedenken ihres Anwalts hatte Keith sich gesagt, dass das nicht passieren könnte. Immerhin stand Gott auf ihrer Seite. Aber jetzt war es passiert.

Er schaute auf dem Computer nach, wie spät es war. Kurz nach acht. Noch früh genug, um jemanden anzurufen, aber wen? Sollte er sich zuerst bei Chase oder bei Luke melden? Er nahm das Telefon und überlegte immer noch, was er tun und wen er anrufen sollte, als es klingelte.

Er meldete sich beim ersten Klingeln. „Hallo?"

„Keith." Die Stimme am anderen Ende klang ernst. Fast unheilvoll. „Ben Adams hier."

„Ben." Keith stand vom Computer auf, trat an die Fensterfront und schaute in den Garten hinaus. Hatte Ben die Nachricht auch schon gelesen? Er beschloss, sich unwissend zu stellen, wenigstens vorerst. „Unser Flug geht morgen früh. An den Terminen hat sich nichts geändert."

„Deshalb rufe ich nicht an." Ben atmete hörbar aus. „Hast du die Nachrichten gelesen?"

„Ich habe sie gerade gesehen. Die NTM-Meldung war ein großer Schock."

„Für uns auch. Ich habe Luke Baxter angerufen. Der Zeitpunkt könnte nicht schlechter sein."

Keith wartete mit hämmerndem Herzen, bis Ben weitersprach. „Ich habe heute mit meinen Finanzberatern gesprochen. Meine Finanzen stehen nicht so gut, wie ich dachte." Seine Stimme klang müde und resigniert. „Der Finanzmarkt interessiert mich nicht beziehungsweise nicht allzu sehr. Ich kümmere mich lieber um andere Dinge. Aber der Börsencrash hat mich die Hälfte meines Nettovermögens gekostet."

Die Hälfte? Keith fühlte, wie der Boden unter seinen Füßen ins Wanken geriet. Er klammerte sich ans Fensterbrett und schloss die Augen. Ben Adams verfügte angeblich über eine Milliarde Dollar. Was bedeutete das für die Summe, die er auf dem Börsenparkett verloren hatte? Fünfhundert Millionen Dollar? Es überforderte Keiths Vorstellungskraft, was es für einen Mann wie Ben bedeuten musste, so viel Geld zu verlieren. „Das … das tut mir leid."

„Das tut uns allen leid. Ich hatte vor, einen Teil meiner Aktien zu verkaufen, um *Der Löwenzahnjunge* zu finanzieren. Aber das kann ich jetzt nicht machen. In dieser Situation würde niemand verkaufen." Er atmete tief ein. „Aus diesem Grund rät mein Berater mir dringend, nicht in den Film zu investieren. Wahrscheinlich gilt das jetzt erst recht, da es so aussieht, als hättet ihr euren Star und euer Studio verloren."

Keith blinzelte und starrte zu dem immer dunkler werdenden Himmel hinaus. Passierte das wirklich? Führte er tatsächlich mit diesem Mann, der finanziell so stabil gewirkt hatte, ein solches Gespräch? „Ich muss unbedingt mit Luke sprechen. Die NTM-Pressemitteilung ergibt keinen Sinn."

„Egal, wie es weitergeht, ich muss aussteigen. Bitte versuche, das zu verstehen." Ben schien sich ein wenig zu fangen. „Ich habe meinem Berater gesagt, dass ich trotzdem die Hälfte des Werbebudgets für *Der letzte Brief* beisteuern will. Er war nicht besonders glücklich darüber, aber er war einverstanden." Es folgte ein längeres Schweigen. „Solche Zeiten machen einen zu einem Mann, Keith. Prüfungen sind für einen Nachfolger Gottes Teil des Lebens. Gott führt dich, und er führt auch mich. Die Börsenkurse werden wieder steigen; so war es immer. Aber wir müssen uns an Gott halten. Sonst verlieren wir mehr als unsere finanzielle Sicherheit. Sonst verlieren wir unsere Hoffnung. Und das wäre viel schlimmer."

Sie unterhielten sich noch einige Minuten, obwohl sich Keith später an kein einziges Wort mehr erinnern konnte. Nur noch an die Bemerkung über Gott und dass Gott sie führte. Als sie auflegten, kehrte Keith zu seinem Computer zurück und sank wie benommen auf seinen Stuhl. Sie hatten den Brandon-Paul-Film verloren. Sie hatten alles in ihrer Macht Stehende getan. Sie hatten den Schauspieler und die Schriftstellerin, die Finanzierung und den besten Anwalt der Branche. Aber sie hatten trotzdem verloren.

Er musste mit Luke und Chase und Stephanie Fitzgerald sprechen. Er musste wissen, ob Brandon hinter dieser Sache steckte. Und falls es so sein sollte, wollte er wissen, warum er sich von ihnen abgewandt hatte. Aber mehr als alles andere musste er mit Gott sprechen.

Keith vergrub das Gesicht in den Händen und schrie zu Gott. Er legte ihm alles hin, was schiefgelaufen war, und bat den Herrn um Weisheit und Führung. Obwohl er keine Antwort bekam, stellte er ihm seine Fragen. Er bat um Frieden und Klarheit, und vor allem fragte er Gott, wie es möglich war, dass sie alles verlieren konnten, wofür sie so schwer gearbeitet hatten – eine verheißungsvolle Zukunft und die Möglichkeit, eine ganze Generation positiv zu beeinflussen.

Das alles hatten sie in nur fünf verrückten Minuten verloren.

Kapitel 24

Die Mädchen lagen beide schon in ihren Betten, als das Telefon klingelte. Chase packte gerade seinen Koffer. Packen war ein regelmäßiger Teil seines Lebens geworden. Bevor er ans Telefon gehen konnte, hatte Kelly in der Küche schon abgehoben. Der Anruf war wahrscheinlich ohnehin für sie. Laurie Weeks rief in letzter Zeit oft an, um mit Kelly über eine Frauenkonferenz zu sprechen, die in ein paar Tagen hier in der Stadt stattfinden würde.

Doch nach ungefähr einer Minute hörte er Kellys Schritte. Erst in den letzten Monaten hatte er begriffen, wie entmutigt die Schritte eines Menschen klingen konnten. Er hätte Kellys Schritte in einem Raum voller Menschen herausgehört.

„Chase." In ihrer Stimme schwang eine unüberhörbare Besorgnis mit. „Es ist Keith. Er hört sich nicht gut an."

Chase runzelte die Stirn. Das Leben in Hollywood und ihre Situation als Produzenten könnten nicht besser sein. Er hatte keine Ahnung, warum Keith anrufen sollte. Es sei denn, bei ihren Flügen war ein Problem aufgetreten. Er nahm das Telefon und drehte sich zum Schlafzimmerfenster herum. „Hallo, was gibt es?"

Es folgte ein langes Schweigen, bevor Keith endlich sprach. „Es ist vorbei, Chase."

Chases Herz stockte, bevor es plötzlich mit doppelter Geschwindigkeit raste. „Was soll das heißen – es ist vorbei?"

„Es ist vorbei. Wir haben den Brandon-Paul-Film verloren."

Chase atmete scharf ein und konnte es nicht glauben. „Das ist doch verrückt. Es ist alles unverändert. Wenn NTM den Film nicht will, gehen wir zu einem anderen Studio. Darum geht es doch in den Gesprächen diese Woche."

„Schalte deinen Computer ein. Wenn du die Nachrichten liest, verstehst du, was ich meine." Keith klang müde und resigniert. In seiner Stimme lag nicht der geringste Anflug von Optimismus.

Kelly beobachtete ihn vom Türrahmen aus. Als er an ihr vorbeiging, flüsterte sie: „Was ist los? Was ist passiert?"

Er hielt die Hand hoch und flehte sie mit seinem Blick an, Geduld zu haben. Er deckte das Telefon mit der Hand zu und flüsterte: „Ich sage es dir in einer Minute."

Sie zögerte, aber dann kehrte sie in die Küche zurück. Ihre Körpersprache verriet, dass sie nicht glücklich darüber war, dass er ihr nicht sagte, was passiert war.

Chase ging ins Wohnzimmer, holte seinen Laptop heraus und schaltete ihn ein. Wenige Sekunden später war er im Internet. Während der ganzen Zeit sprach Keith kein Wort. Er schwieg, als gäbe es nichts, das er sagen könnte. Als wäre alles unmissverständlich klar, sobald Chase die Nachrichten las.

Chase entdeckte die Schlagzeile über NTM sofort und öffnete den Artikel. Es dauerte keine Minute, bis er begriffen hatte, was passiert war.

„Das ist ja verrückt! Sie können doch nicht unsere Geschichte stehlen!" Wut erfasste ihn. Er ballte die Faust. „Soll das ein Witz sein, Keith? Nichts ist vorbei! Stephanies Agent wird das nicht zulassen, und Luke auch nicht. Das kann nicht stimmen!"

„Ich habe mit Ben Adams gesprochen. Er sagt, NTM kann mehr oder weniger machen, was sie wollen. Sie haben ihre Anwälte, die dafür sorgen, dass sie ungeschoren davonkommen." Falls Keith vorher wütend gewesen war, war seine Wut inzwischen verflogen. „Das ist noch nicht alles."

Eine starke Übelkeit erfasste Chase. Hatten denn alle plötzlich den Verstand verloren? Natürlich konnte NTM das nicht machen. Sie hatten sich sechsmal mit Ace Rustin und seinen Leuten getroffen. Der Rahmen, die Geschichte, alles an dem Film war bereits geklärt. Sie konnten jetzt nicht einfach die Handlung umschreiben und ihr eigenes Ding drehen. Chase zwang sich, sich zu konzentrieren und zuzuhören, was Keith ihm noch zu sagen hatte. „Sprich weiter."

„Ben hat heute mit seinen Finanzberatern gesprochen. Sie haben ihm dringend geraten, dass er keine Aktien verkaufen soll, um einen Film zu finanzieren. Er kann uns erst wieder unterstützen, wenn sich der Aktienmarkt erholt hat."

Chase hatte das Gefühl, keine Luft mehr zu bekommen. „Das ist nicht möglich." Mit hängendem Kopf und zitternden Knien stand er auf. Er sprach die erste Frage aus, die ihm in den Sinn kam. „Er steht immer noch auf unserer Seite, nicht wahr? Er will immer noch in unsere Filme investieren?"

„Ben kann die Hälfte des Werbebudgets übernehmen, aber das ist alles. Selbst wenn wir durch ein Wunder den Brandon-Paul-Film bekommen sollten, kann er uns nicht helfen."

Chase begriff sofort, was das bedeutete. Was konnten Chase und Keith ohne Investorengeld einbringen? Produzenten mussten Geld haben, mit dem sie arbeiten konnten. Sonst waren sie keine Produzenten. Chase begann zu zittern. Er erschauerte, als hätte er plötzlich hohes Fieber. „Es ist also vorbei. Wir haben keinen Film."

„So sieht es aus." Keith hatte schon lange nicht mehr so niedergeschlagen geklungen. „Wir haben natürlich *Der letzte Brief*. Aber selbst wenn er gut ankommt, werden wir mindestens für ein Jahr oder länger nicht die Einnahmen haben, die wir bräuchten, um Geld in einen neuen Film investieren zu können. Bis dahin gehört *Der Löwenzahnjunge* der Vergangenheit an. Es ist dann nur ein Film von vielen, die schon gedreht wurden."

Sie sprachen ein paar Minuten weiter, und Keith erklärte, dass sie trotzdem am nächsten Morgen nach LA fliegen und die geplanten Gespräche führen sollten. Sie hatten immer noch die Rechte an dem Roman. Wenn NTM den Roman nicht verfilmen wollte, hatte vielleicht ein anderes Studio Interesse an dem Buch. Auch ohne Brandon Paul.

„Und wenn das Studio absagt? Wir haben den Star nicht mehr."

„Aber wir haben das Buch." Keiths Tonfall verriet, dass er sich noch nicht geschlagen geben wollte. „Wir müssen uns trotzdem mit Luke und Kendall treffen und danach mit Stephanie und Brandon. Wir müssen herausfinden, wie es zu dieser verrückten Pressemitteilung kam, und dann überlegen, wie unsere Zukunft aussehen kann."

„Das ist alles? Wir finden heraus, was dahintersteckt, und geben auf?"

„Natürlich nicht." Keiths Zuversicht war zurückgekehrt. „Wir sind in erster Linie Missionare, schon vergessen?"

Chase fühlte den Tadel bis tief in seiner Seele. Zum ersten Mal, seit das Telefon geklingelt hatte, dachte er an Gott. Er sank auf den Wohnzimmersessel und starrte auf den Boden. „Ja, das habe ich nicht vergessen."

„Okay, dann sollten wir beten. Wir wissen, dass ohne Anstrengung noch nie etwas für Jesus gewonnen wurde. Es ist ein Kampf, kein Spaziergang. Die Filmindustrie liegt in den Händen der Welt. Wie kommen wir eigentlich auf die Idee, dass an dieser Arbeit irgendetwas leicht sein könnte?“

Langsam begann Chase zu nicken. „Du hast recht.“ Er wollte sich bei Gott entschuldigen, dass er so menschlich reagiert hatte, statt sich direkt im Glauben an ihn zu wenden. „Du hast vermutlich schon darüber gebetet, nehme ich an?“

„Die ganze letzte halbe Stunde. Aber ich will, dass wir gemeinsam beten. Damals im Dschungel haben wir fast mit jedem Atemzug gebetet. Wir haben lieber ein Essen ausfallen lassen als eine Gelegenheit, gemeinsam für die Menschen zu beten, denen wir predigen wollten.“

Chase konnte sich an ihr früheres Leben erinnern. Plötzlich sehnte er sich nach der Eindeutigkeit und Klarheit des Auftrags, den sie damals gehabt hatten: den Menschen von Jesus zu erzählen, einem nach dem anderen, solange er atmete. Diese Hollywoodwelt war viel komplizierter. Besonders in solchen Momenten wie jetzt. In seinem Hinterkopf meldete sich die Frage, was er Kelly sagen sollte. Ein sorgenvolles Seufzen kam über seine Lippen. „Fang du an.“

Keith atmete tief ein und begann. „Herr, wir sind deine Zeugen hier auf der Erde, wir sind deine Missionare. Wir haben Indonesien verlassen, um deine Botschaft der Hoffnung und des Glaubens nach Hollywood zu bringen. Wir haben deine Gegenwart bei jedem Schritt dieses Weges gespürt – damals, als unsere Schauspielerin drohte, uns im Stich zu lassen, und als unser Essenwagen abbrannte – damals, als wir kein Geld hatten und nicht sicher waren, wie wir auch nur einen einzigen Film zu Ende drehen sollten, geschweige denn mehrere Filme. Aber wir standen fest und haben dir damals vertraut, und wir stehen auch jetzt fest und vertrauen dir. Du weißt alle Dinge, und du weißt, warum NTM eine solche Pressemitteilung herausgibt und wie es zu Brandon Pauls Entscheidung kam. Wir bitten dich um Klarheit und eine Vision, um Weisheit und deine Führung. Ohne dich wissen wir nicht, wohin wir uns wenden sollen.“

Nach einem Moment des Schweigens begann Chase. „Es tut mir leid, Vater. Ich habe diese furchtbare Neuigkeit gehört und habe nur an mich gedacht. Die Arbeit, die ich investiert habe, das Geld und die Hoffnung. Alles ist verloren. Aber du bist ein Gott der Wunder. Wir können nur dorthin gehen, wohin du uns führst. Führe uns bitte jetzt, guter Gott … Führe uns. Darum bitten wir dich in Jesu Namen. Amen."

Dem war nicht mehr viel hinzuzufügen. Sie klärten noch die letzten Details für die Fahrt morgen früh zum Flughafen und beendeten das Gespräch. Chase konnte Kelly in der Küche hören, wo sie das Geschirr wegräumte. Er fragte sich, ob er sichtbare Gewichte auf seinen Schultern trage oder ob er diese schwere Last nur fühlte.

Sei bei mir, Gott. Hilf, dass sie die Sache versteht. Keith hat recht. Auf der anderen Seite dieses Berges muss etwas Großartiges auf uns warten. Sonst wäre der Kampf nicht so heftig.

Ich bin bei dir, mein Sohn. Ich bin dein starker Turm.

Der Vers hatte in dem Text gestanden, den Chase am Tag zuvor gelesen hatte. Er klammerte sich daran, als er jetzt in die Küche ging.

Kelly drehte sich mit besorgtem Blick um. „Was ist passiert? Das klang nicht sehr gut."

„Es ist auch nicht sehr gut." Chase lehnte sich an den Kühlschrank. Das alte Gerät protestierte mit einem bedrohlichen Ächzen. Er verlagerte sein Gewicht und zwang sich, Kelly in die Augen zu schauen. „Wir haben den Brandon-Paul-Film verloren." Er wartete nicht auf ihre Fragen, sondern erzählte ihr alles, was er über den Bericht im Internet wusste, dass der Film, den NTM einen NTM-Originalfilm nannte, frappierende Ähnlichkeiten mit *Der Löwenzahnjunge* hatte. Ohne Luft zu holen, erzählte er ihr dann von Ben Adams und den Finanzierungsproblemen.

Langsam trocknete Kelly sich die Hände an einem Handtuch ab und schaute ihn an, ohne auch nur ein einziges Mal mit der Wimper zu zucken. „Ohne Investor gibt es keinen Film. Habe ich das richtig verstanden?"

„Ich weiß nicht, was schlimmer ist, die NTM-Pressemitteilung oder Bens Erklärung, dass er doch nicht in unseren Film investieren kann." Chase versuchte, so zuversichtlich wie möglich zu klingen, aber seine Stimme versagte. „Jedenfalls müssen wir eines akzeptieren: Wir haben keinen Brandon-Paul-Film mehr."

Chase wappnete sich innerlich. Er rechnete damit, dass Kelly zusammenbrechen würde. Dass sie anfangen würde zu weinen und ihm Vorwürfe zu machen, weil er je geglaubt hatte, dass Gott ihn und Keith in das Missionsfeld in Hollywood berufen hätte. Ausgerechnet dorthin.

Aber nichts davon geschah. Stattdessen richtete sie sich auf, und zum ersten Mal seit langer Zeit trat ein zärtliches Lächeln auf ihre Lippen. „Alles wird gut. Wir haben immer noch unseren Glauben." Sie hielt ihm die Hände hin. „Wir haben immer noch einander."

Chase trat zu ihr und versuchte zu begreifen, was plötzlich mit ihr los war. Während der ganzen Zeit hatte sie an ihren Filmvorhaben gezweifelt. Warum war sie dann jetzt so ruhig, so sicher, dass alles gut werden würde? Er zog sie nahe an sich heran und streichelte ihren Rücken. „Bist du nicht wütend?" Seine Stimme war ein vorsichtiges Flüstern. In diese Kelly hatte er sich damals verliebt, aber von dieser Frau war in den letzten Monaten fast nichts mehr zu sehen gewesen.

„Ich bin traurig, aber ich bin nicht wütend." Kelly strich mit den Händen über seinen Hinterkopf und flüsterte ihm ins Ohr. „Das bedeutet, dass du aufhören kannst, ständig nach Hollywood zu fahren, und zu Hause bei uns bleiben kannst. Du hast dein Bestes gegeben, Chase. Was könnte Gott mehr von dir erwarten?"

Allmählich begriff er, was hier geschah. Kelly war nicht wütend, weil sie glaubte, er würde aufgeben, weil sie dachte, er würde alles hinwerfen. Sie glaubte, nur weil diese eine Tür geschlossen wurde, wäre das Spiel vorbei. Keine Filme mehr, keine Reisen mehr. Keine Sorgen mehr, ob sie in einem Jahr finanziell ruiniert wären. Er könnte sich eine richtige Arbeit suchen und sie könnten wieder in die Normalität zurückkehren.

Chase zog den Kopf zurück und fühlte den Schock in seinen Augen, als er sie betrachtete. Noch bevor er die Dinge klarstellen konnte, streichelte sie mit den Fingerspitzen sein Gesicht. „Mein Vater hat gestern angerufen. Er kennt jemanden bei der Post. Die meisten Branchen entlassen momentan ihre Angestellten, aber diese Niederlassung sucht Leute. Sie ist nur wenige Kilometer entfernt." Die Begeisterung in ihrer Stimme war ungewohnt; eine solche Begeisterung hatte sie lange nicht mehr gezeigt. „Sein Freund hat versprochen, ein gutes Wort für dich einzulegen. Falls du Interesse hast."

Chase hatte das Gefühl, als wäre der Boden ein tödliches Meer aus Messerklingen, die ihn durchbohrten. „Ist das dein Ernst?" Er schob sich von ihr zurück und wollte keine Sekunde länger Kellys Mitleid oder ihre leichten Lösungen. „Ich will keine Stelle bei der Post!" Er fauchte diese Worte, als wären sie mit Gift getränkt. „Keith und ich fliegen morgen nach LA und führen Gespräche über *Der Löwenzahn-*

junge. Auch ohne Brandon Paul. Wir machen weiter und glauben fest, dass Gott die Details klären wird."

Kellys ruhige, beherrschte Miene zerbarst wie billiges Glas. „Aber du hast doch gerade gesagt, dass es vorbei ist. Dass es keinen Brandon-Paul-Film gibt. Das heißt doch, dass du nach Hause kommen und dir eine richtige Arbeit suchen kannst." Ihr Tonfall wurde eindringlicher und ihre Stimme lauter. „Das tun Väter normalerweise. Sie versorgen ihre Familien."

„Und Ehefrauen unterstützen ihre Männer." Er schaute sie lange finster an und verdrehte dann die Augen. „Wir haben mit dem Filmedrehen noch nicht abgeschlossen. Wenn Gott diese Tür schließt, wird er eine andere öffnen. Es ist unsere Aufgabe, diese Tür zu finden."

„Und wenn diese Tür hier in deinem eigenen Haus ist? Was dann, Chase? Was du machst, jagt mir eine Todesangst ein. Hast du dir das schon einmal überlegt?"

„Es gibt nichts, das dir Angst machen müsste, Kelly. Ich werde dich nicht im Stich lassen." Er starrte sie an, und seine Gefühle gingen auf und ab wie in einer Achterbahn: Einerseits hasste er sie fast für ihren Vorschlag, andererseits sehnte er sich nach ihrem Verständnis. Schließlich hob er schwach die Hand und winkte ab. „Vergiss es." Er drehte sich um und ging zu seinem Laptop zurück.

Der Computerbildschirm schrie ihm die vernichtende Schlagzeile immer noch entgegen: *Brandon Paul unterschreibt Vertrag für den nächsten Film mit NTM.*

Fast eine ganze Minute starrte er diese Worte an. Zweifel machten sich in ihm breit. Und wenn Kelly recht hatte? An welchem Punkt sollten sie die weiße Flagge hissen und ihren Traum, Filme zu drehen, aufgeben? Wann sollten sie sich lieber eine geregelte Arbeit suchen, um den Lebensunterhalt für ihre Familien verdienen zu können? Wenn Chase ehrlich war, jagte ihm diese Nachricht auch Angst ein. Diese Ankündigung war sonderbar und unerwartet. Vielleicht war sie tatsächlich ein Zeichen. Vielleicht konnte Gott ihn als Postboten besser gebrauchen.

Wütende Tränen brannten in seinen Augen, als er den Laptop zuknallte. Nein! Kelly hatte nicht recht. Das war kein Zeichen. Es war ein Berg. Nicht mehr und nicht weniger. Wenn es ein Zeichen wäre, dass sie keine Filme mehr drehen sollten, hätte Keith das auch so verstanden, oder nicht? Er hätte vorgeschlagen, dass sie sich zu zweit treffen und entscheiden, ob sie einen Schlussstrich unter die ganze Sache ziehen sollten.

Aber so hatte Keith nicht reagiert. In ihrem Gespräch hatte er Chase sogar an Jeremia 29,11 erinnert. *Jeremiah Productions.* Gott wusste, was er mit ihnen vorhatte. Er wollte ihnen Zukunft und Hoffnung schenken. Wenn sie sich nach Hollywood geführt fühlten, wenn sie überzeugt waren, dass Gott wollte, dass sie lebensverändernde Filme drehten, dann würden sie diesen Traum so lange verfolgen, bis jede Tür geschlossen und verriegelt war. Er würde Keith von Kellys Ängsten erzählen, aber er konnte die Antwort seines Freundes fast hören.

Vertraue Gott. Wir müssen vertrauen.

Der Brandon-Paul-Film war nur eine Tür von vielen. Keith hatte sogar gesagt, dass sie sich freuen sollten, dass der Kampf nur deshalb so heftig sei, weil Gott auf lange Sicht etwas Besseres mit ihnen vorhabe. Warum konnte Kelly das nicht sehen?

Chase ballte wieder die Fäuste. Postbote? War das ihr Ernst? Eher ginge er in den indonesischen Dschungel zurück.

Er musste mit jemandem sprechen. Mit Luke oder Stephanie, mit irgendjemandem, der an ihre Projekte glaubte. Stephanie war sicher entsetzt, wenn sie die NTM-Pressemitteilung las. Aber sie war Frühaufsteherin und ging jeden Abend gegen acht Uhr schlafen. Sonst würde er sie auf der Stelle anrufen. NTM konnte Brandon in einem Originalfilm die Hauptrolle geben, aber das Drehbuch musste wirklich ein Original sein. Eine Geschichte über einen Jungen mit geistigen Einschränkungen, dessen Liebe zur Musik ihm Flügel verleiht? Das war fast wörtlich der Inhalt von *Der Löwenzahnjunge.* Nicht einmal NTM konnte sich so etwas erlauben.

Trotzdem hatte er das starke Bedürfnis, mit jemandem zu sprechen. Er dachte daran, Keith noch einmal anzurufen, aber sein Freund hatte erschöpft geklungen und außerdem mussten sie morgen sehr früh aufstehen, um ihren Flug zu erwischen. Chase zermarterte sich das Gehirn und überlegte, ob er Luke um diese Zeit anrufen könnte, entschied sich dann aber dagegen. In Indiana war es schon einige Stunden später, und Luke war Profi. Sie würden sich morgen ausführlich unterhalten, daran bestand für Chase kein Zweifel. Aber heute Abend …

Plötzlich kam ihm eine Idee. Er könnte Kendall anrufen. Sie wusste bestimmt von den finanziellen Problemen ihres Vaters, und sie konnte ihm sicherlich Tipps für ihr Gespräch morgen geben. Sie war das Auf und Ab in Hollywood gewohnt.

Er zog sein Handy aus der Tasche und wählte ihre Nummer, ohne sich auch nur eine Sekunde Gedanken zu machen, ob das richtig oder falsch war. Sie war ihre Geschäftspartnerin, sie spielte in ihrem Team mit. Sie hatten jetzt mehr Gesprächsbedarf als je zuvor.

Chase rechnete schon damit, dass er nur ihren Anrufbeantworter erreichen würde, aber im letzten Moment meldete Kendall sich. „Chase …“ In ihrer Stimme lag Mitgefühl und Verständnis. „Hast du die Nachrichten gesehen?“

„Ja, und ich habe auch von der Situation deines Vaters gehört.“

„Ich weiß. Ich habe mit ihm gesprochen.“ Sie klang besorgt, aber nicht resigniert. „Dieser Teil der Filmwelt gefällt mir überhaupt nicht. Alles kann so schnell in die Brüche gehen. Aber eines weiß ich.“ Entschlossenheit schwang in ihrer Stimme mit. „Gott sitzt immer noch auf dem Thron, und er wirkt immer noch Wunder. Er hat uns nicht so weit gebracht, um uns jetzt fallen zu lassen.“

Chase schloss die Augen und atmete tief durch die Nase ein. Genau das brauchte er: eine zuversichtliche, vertrauensvolle Stimme am anderen Ende des Telefons, die ihm versicherte, dass sie zwar vielleicht eine Runde verloren hatten, aber immer noch im Spiel waren. „Worum geht es bei dem Vertrag mit NTM? Hast du davon eine Ahnung?“

„Ja. Ich habe versucht, Brandon anzurufen, aber er ist anscheinend nicht zu Hause. Ich habe ein paar Paparazzifotos gesehen, auf denen er auf Partys mit Leuten zu sehen ist, die bestimmt keinen guten Einfluss auf ihn haben. Ich wollte ihn schon darauf ansprechen, aber ich habe ihn noch nicht erreicht.“ Sie atmete hörbar aus. „Und jetzt das.“

„Du glaubst also …“ Chase klammerte sich an einen Strohhalm und sehnte sich nach ihrer positiven Einstellung. „Du glaubst, alles könnte nur ein Irrtum sein?“

„Das ist möglich. Brandon war fest entschlossen, in *Der Löwenzahnjunge* die Hauptrolle zu spielen. Ich kann einfach nicht glauben, dass er sich so an NTM verkauft. Egal, wie viel Geld sie ihm bieten.“ Sie erklärte weiter, dass es kurzsichtig von ihm wäre, auf das Angebot einzugehen, selbst wenn NTM ihm eine große Summe dafür bot, dass er Stephanie Fitzgerald und die Produzenten im Stich ließ. „Andere

Studios warten nur darauf, mit ihm und uns diesen Film zu drehen, und sie würden ihm mehr zahlen als NTM. Es kann bei der Sache also nicht um Geld gehen."

Chase nickte und war für jede Hoffnung dankbar, die sie ihm machte. „Keith und ich wollen weiterkämpfen, aber ich bin mir nicht ganz sicher, was richtig ist. Glaubst du, dass Gott vielleicht die Tür schließt und wir die ganze Sache vergessen sollen?"

„Auf keinen Fall!" Sie wehrte sich vehement gegen einen solchen Gedanken. „Chase, hör mir bitte genau zu! Du und Keith, ihr seid zwei der begabtesten Produzenten, denen ich je begegnet bin. Dazu kommt dein Talent als Regisseur. Ich glaube fest, dass du dir in diesem Geschäft bald einen großen Namen machen wirst. Brandon kann von Glück reden, wenn er mit dir arbeiten darf, und ich denke, das hat ihm Stephanie auch gesagt."

Ihre Worte machten ihm wieder neue Hoffnung. Brandon Paul wollte mit ihnen arbeiten. Das bedeutete, dass sie höchstwahrscheinlich andere Investoren an Land ziehen konnten. Eine einzige Pressemitteilung von NTM konnte daran nichts ändern.

„Wir treffen uns morgen zum Mittagessen, wenn ihr gelandet seid", sagte Kendall am Ende des Gesprächs. „Bis dahin spreche ich mit Luke und Brandon, und wir können klären, wie die Dinge wirklich stehen."

„Okay." Chase fühlte sich jetzt viel besser. Die Gewichte waren von seinen Schultern genommen. Wenigstens im Moment. „Gott hat uns hierher geführt, nicht wahr?"

„Genau." In ihrer Stimme lag ein Lächeln, das ansteckend wirkte.

Er fühlte, wie ein vorsichtiges Lächeln über sein eigenes Gesicht zog. „Wir dürfen das Vertrauen nicht verlieren. Das ist alles."

„Genau. Gott ist Sieger, vergiss das nicht. Du und Chase, ihr seid Gottes Filmemacher. Macht weiter, denn er hilft euch. Das ist mein Ernst, Chase. Du darfst den Glauben nicht verlieren."

Er ließ ihre Worte auf sich wirken. Sie waren wie lindernder Balsam. „Danke."

„Wir sind ein Team. Wenn ich irgendwann den Mut verliere, kannst du mich aufmuntern. Jetzt ist es umgekehrt."

Als das Gespräch zu Ende war, ging Chase ins Schlafzimmer, um seinen Koffer fertig zu packen. Das Gespräch mit Kendall war genau das gewesen, was er gebraucht hatte. Sie hatte recht. Trotz der Enttäuschungen dieses Tages lief ihre Arbeit als Produzenten in die richtige Richtung. Vor ihnen lagen die nächsten Gespräche über *Der Löwenzahnjunge* und die Vorführung von *Der letzte Brief* bei den Filmfestivals. Danach folgte der Kinostart. *Der letzte Brief* konnte ein großer Kassenschlager werden. Plötzlich war wieder alles möglich.

Er trat ins Schlafzimmer und starrte seine Frau an. Kelly lag unter der Decke und schnarchte leise. Sie hatte offenbar nicht die geringste Sorge, wie es um sein Herz und sein Selbstvertrauen stand. *Auch gut*, dachte er, als er sie anschaute. *Wenigstens glaubt Kendall an mich.*

Er packte seine Sachen und stellte den Koffer neben die Haustür. Dann putzte er sich die Zähne, stellte den Wecker und legte sich ins Bett. Er achtete darauf, auf seiner Seite des Betts zu bleiben, um Kelly nicht zu wecken. Um sich nicht mit ihr abgeben zu müssen. Wenn sie morgen früh aufwachte, wäre er schon fort. Das bedeutete, dass sie wieder einmal auseinandergingen, ohne eine gemeinsame Basis gefunden zu haben. Wieder einmal fuhr er mit dem Gefühl, dass ihre Enttäuschung wie eine Kette um seine Knöchel lag, von ihr weg. Aber das konnte er nicht ändern. Er würde ohne sie weitermachen, und wenn sie diesen Berg bezwungen hatten, würde er sich Zeit für seine Ehe nehmen. Bis dahin würde er ohne Kellys Unterstützung überleben. Das hatte er in den letzten Monaten auch geschafft. Er brauchte ihr Lob und ihre Ermutigung nicht.

Gott hatte ihm Keith und Kendall gegeben, die ihm das nötige Lob und die nötige Ermutigung zusprachen.

Kapitel 25

Andi merkte, dass ein Kampf stattfand – ein Kampf um ihr Herz und ihre Seele. Aber das war ihr egal. Wenn auf einer Seite Gott und ihr Glaube standen und auf der anderen Seite die Welt, feuerte Andi die berauschende, schwindelerregende Welt an. Alles in ihrem Leben war intensiver und aufregender geworden, seit sie sich in Taz verliebt hatte. Wenn das bedeutete, dass sie die Seiten wechseln musste, würde sie das tun. Wenigstens für eine Weile. Es gab so vieles im Leben, das sie noch erleben wollte, so viele Gefühle, die sie erkunden wollte. Wenn ihr die Sache zu brenzlig wurde, könnte sie immer noch zurückkehren. Was sollte schon Schlimmes passieren?

Ihre Verabredung mit Taz zum Jazzkonzert war ein Erlebnis aus leuchtendem Rot und Orange gewesen, die ganzen Farben des Sonnenaufgangs und des Sonnenuntergangs an einem einzigen, grandiosen Abend vereint. Sie saßen nebeneinander, die Wärme, die sein Körper neben ihr ausstrahlte, erfüllte ihre Sinne. Aber selbst jetzt küsste er sie nicht. Sie sprachen über körperliche Liebe, als sie zu Andis Wohnheim zurückschlenderten, und Taz sagte, er sei kein Anhänger von freier Liebe. „Unsere Körper sind Instrumente der Kunst und Liebe, die ineinander verflochten sind. Wenn wir sie zu großzügig teilen, werten wir die Kunst ab."

Andi gefiel das, ihr gefiel, dass er die körperliche Liebe nur als eine weitere Kunstform betrachtete. Bis zu diesem Abend hatte sie sich gefragt, warum er damit wartete, sie zu küssen – warum er nichts unternahm, wenn er sich doch offensichtlich genauso sehr zu ihr hingezogen fühlte, wie sie von ihm fasziniert war. Aber nach ihrem Gespräch an diesem Abend verstand sie das besser. Wenn körperliche Liebe Kunst war, war diese Zeit des Wartens ein Präludium, um die Schönheit, die vor ihnen lag, zu intensivieren.

Es war die zweite Maiwoche, und die Abschlussprüfungen waren geschrieben. Andi hatte viel gelernt und ein gutes Gefühl in Bezug auf ihre Noten. Taz hatte sie in dieser Hinsicht nicht abgelenkt. Sie trat aus ihrem Psychologiekurs und entdeckte in einiger Entfernung Cody Coleman, der mit ein paar anderen Studenten unterwegs war. Sie blieb einen Moment stehen, um ihn zu beobachten.

Sie sähe ihren Glauben vielleicht ganz anders, wenn Gott zugelassen hätte, dass sie eine Beziehung zu einem Jungen wie Cody hatte. Trotz seiner bewegten Vergangenheit hatte er jetzt einen tiefen, unerschütterlichen Glauben, und Andi vermutete, dass sich daran auch für den Rest seines Lebens nichts ändern würde.

Sie ging wieder weiter, wobei sie darauf achtete, dass sich ihre Wege nicht kreuzten. Ihre Freundschaft war im Sande verlaufen, aber damit konnte sie leben. Sie brauchte keine Ratschläge von Cody, wie sie ihre Zeit verbringen sollte. Dafür hatte sie Bailey. Außerdem hatte sie es eilig. Taz hatte vor, heute Abend in seiner Wohnung für sie zu kochen. Sie konnte auf ein unangenehmes Gespräch mit Cody, das nur Schuldgefühle in ihr wecken würde, gern verzichten.

Sie erinnerte sich an eine zufällige Begegnung mit Cody vor ein paar Wochen zwischen ihren Vorlesungen. „Ich habe lange nichts mehr von dir gehört", hatte sie gesagt. Sie hatte sich um einen ungezwungenen Tonfall bemüht, da sie nicht wie das arme Opfer in ihrer Freundschaft klingen wollte.

„Ich muss ziemlich viel lernen." Er hatte die Brauen hochgezogen. „Und du verbringst anscheinend ziemlich viel Zeit mit Taz Bazzi."

Andi war überrascht gewesen. „Du kennst ihn?"

„Er war an der Clear Creek Highschool. Er war mit den Musiktypen zusammen." Cody hatte wieder die Achseln gezuckt. „Die Mädchen standen auf ihn."

Etwas an Codys Tonfall hatte Andi gestört. Sie hatte Taz und sein schönes Herz verteidigen wollen, seine einmalige Art, das Leben zu sehen. „Das überrascht mich nicht. Er ist etwas ganz Besonderes."

Cody lachte. „Sei vorsichtig, Andi. Damals an der Highschool war er auch schon etwas ganz Besonderes. Die meisten Mädchen haben ihn ziemlich schnell durchschaut. Er schaffte es immer, sie herumzukriegen. Dann suchte er sich eine Neue." Sein Lachen wurde ernst. „Wenn du meine Schwester wärst, würde ich dir verbieten, dich mit ihm zu treffen. Ganz im Ernst."

Wenn du meine Schwester wärst ... Andi gefiel überhaupt nicht, wie er das sagte. Als könnte sie nie gut genug für etwas anderes als eine kameradschaftliche Freundschaft sein. Am liebsten hätte sie ihn angeschrien und gefragt, was ihm bei ihr fehlte. Was hatte Bailey Flanigan, das sie nicht hatte? Aber sie wollte Cody keine Gelegenheit geben, sie noch mehr zu verletzen, als er das ohnehin schon getan hatte. Trotzig hatte sie das Kinn vorgeschoben. „Dann müssen wir zwei verschiedene Menschen kennen. Der Taz, den ich kenne, ist ganz anders."

Seitdem hatte Andi nichts mehr von Cody gesehen oder gehört. Aber jetzt ging ihr seine Warnung wieder durch den Kopf, und sie ärgerte sich über sich selbst, dass sie sich daran erinnerte. Heute war ein perfekter Tag. Die Sonne stand am Himmel, und die Blätter und Blumen erwachten zum Leben. Die Temperaturen erreichten schon dreißig Grad. Die Semesterabschlussprüfungen waren geschrieben, und heute Abend würden sie und Taz feiern. Andi wollte sich nicht von Cody oder sonst jemandem die Freude trüben lassen.

Sie kehrte zu ihrem Wohnheim zurück und traf Bailey gerade noch an, bevor sie ging. „Ich treffe mich mit meinen Eltern und Tim zum Essen." Bailey strahlte vor Glück. „Es ist ein herrliches Gefühl, dass die Prüfungen vorbei sind." Sie stieß einen Freudenschrei aus. „Und der ganze Sommer liegt vor uns."

„Ja, das ist wirklich gut." Andi war so sehr mit Taz und ihren Vorlesungen beschäftigt gewesen, dass sie und Bailey sich ein wenig aus den Augen verloren hatten. „Hast du entschieden, was du machen willst? Im Sommer, meine ich?"

„Ich fahre zur Wochenendfreizeit von Campus für Christus am Lake Monroe. Danach fahre ich mit Tim und meiner Mutter auf jeden Fall nach New York. Wir sprechen für Ensemble-Rollen in drei Stücken vor. Das ist ein offenes Casting. Was ich den Rest des Sommers mache, weiß ich noch nicht genau. Wenn ich keine Rolle bekomme, bleibe ich in Bloomington." Sie stellte ihre Tasche aufs Bett und schaute Andi an. „Und wie ist es bei dir?"

„Ich fahre nicht zu der Wochenendfreizeit, und ich fahre auch nicht nach Hause. So viel steht fest." Andi lachte bei dieser Vorstellung. „Meine Eltern würden mich sofort als Mitarbeiter bei einer kirchlichen Freizeit verpflichten." Sie merkte, wie sie klingen musste, aber es war zu spät. Sie zwang sich zu einem traurigen Lächeln. „Du weißt, was ich meine."

Bailey zögerte, als gäbe es vieles, das sie ihr gern sagen würde. Aber sie schaute Andi nur einige Sekunden an. „Du kannst im Sommer jederzeit bei meiner Familie wohnen. Wir haben das Apartment. Wenn deine Eltern das Wohnheim nicht zahlen wollen …"

„Danke." Andi malte sich die Freiheit aus, die sie mit Taz nutzen könnte, wenn sie ihr Zimmer im Wohnheim für sich allein hätte. Taz hatte drei Mitbewohner. Es kam selten vor, dass er – wie heute Abend – die Wohnung für sich hatte. „Wahrscheinlich bleibe ich hier im Wohnheim. Ich belege ein paar Ferienkurse. Neun Einheiten vielleicht. Ich würde gern ein wenig vorarbeiten, damit ich danach mehr Freiraum habe."

„Du konzentrierst dich immer noch auf die Schauspielerei, nicht wahr?"

„Auf jeden Fall. Mein Vater hat Probleme mit dem Brandon-Paul-Film, aber es wird andere Filme geben. Ich möchte bereit sein, wenn sich eine Gelegenheit ergibt."

Das Gespräch mit Bailey war für Andi irgendwie komisch. Als sie im letzten Herbst zusammen in dieses Zimmer gezogen waren, hatten sie so viel Ähnlichkeit miteinander gehabt. Zwei Mädchen mit einer Liebe zu Gott und der festen Entschlossenheit, sich nicht zu fest auf einen Jungen einzulassen. Aber jetzt ... waren sie so verschieden, dass sogar ein solches Gespräch irgendwie gezwungen klang. Als gäbe es vieles, das sie nicht sagten. „Ich habe mit der Bibliotheksleiterin gesprochen. Eventuell hat sie im Sommer einen Ferienjob für mich. Die Bücher müssen neu katalogisiert werden."

„Das klingt nach einer langweiligen Arbeit." Bailey rümpfte die Nase.

„Ich kann mit dem iPod Musik hören, während ich arbeite." Andi zuckte leicht die Achseln. „Damit verdiene ich gutes Geld. Meine Eltern lassen mich nicht hierbleiben, wenn ich kein Geld verdiene."

Wieder sah Bailey aus, als wollte sie etwas sagen. Schließlich gab sie das Plaudern über ihre Sommerpläne auf. „Wie läuft es mit Taz?"

„Er ist wunderbar." Andi merkte, wie sie über das ganze Gesicht zu strahlen begann. „Du müsstest ihn wirklich besser kennenlernen, Bailey."

„Ich habe ihn an der Clear Creek High gekannt. Er war ein Jahr älter als ich; deshalb hatte ich ihn vergessen, bis Cody mich an ihn erinnerte." Bailey runzelte besorgt die Stirn. „Er hatte nicht gerade den besten Ruf."

„Er hat sich geändert. Ich habe noch nie jemanden wie ihn kennengelernt."

„Hm." Bailey strich nachdenklich über ihre Bettdecke. Sie hatte schon gepackt. Ihre Seite des Zimmers war fast leer. „Was sagen deine Eltern dazu?“

„Sie wissen nicht viel. Nur dass ich mich mit jemandem treffe.“

„Aber es ist mehr, nicht wahr?“ Bailey klang nicht verurteilend, nur besorgt. „Mir kannst du es sagen. Du hast dich in ihn verliebt. Habe ich recht?“

„Das kann schon sein.“ Andi kam zu Bailey und setzte sich neben sie aufs Bett. „Er spricht über Liebe und dann spricht er über Kunst und Filme und Musik, und die Grenzen verschwimmen. Ich habe noch nie jemanden getroffen, der so romantisch ist.“

„Was ist mit … was ist mit dem Körperlichen? Er hat dich geküsst, nicht wahr?“

„Das ist das Komische dabei.“ Andi sehnte sich danach, mit jemandem über Taz zu sprechen. Bis jetzt hatten sie und Bailey nur wenige Worte im Vorbeigehen über ihn gewechselt, da beide zu sehr beschäftigt waren, um ausführlicher über ihr Leben außerhalb der Uni zu sprechen. Und natürlich wollte Andi nicht kritisiert werden. „Wir verbringen unsere ganze Freizeit zusammen, aber jedes Mal, wenn ich denke, dass er mich jetzt gleich küsst, zieht er sich zurück. Ich habe das Gefühl, als würden wir uns jedes Mal küssen, weil … ich weiß auch nicht, weil wir uns so nahe sind. Aber er ist rücksichtsvoll, Bailey. Er will nichts tun, bei dem ich mich nicht wohlfühlen würde.“

Bailey sah erleichtert aus. „Das ist gut.“ Sie biss sich auf die Lippe. „Was ist mit dem Film, den ihr gedreht habt?“

„Er ist fertig. Er hat ihn letzte Woche als Teil seiner Abschlussarbeit abgegeben. Ich vermute, dass die Fakultät Auszeichnungen verliehen hat, denn sein Film bekam den ersten Preis.“ Es gab noch etwas, das Taz ihr heute Abend sagen wollte. Aber Andi wusste im Moment auch noch nicht mehr. Außer dass der Kurzfilm das Gesprächsthema der ganzen Filmfakultät war. „Ich denke, dass ich durch diesen Film als Schauspielerin wirklich gewachsen bin.“

Bailey nickte. „Du hast dein Top ausgezogen, nicht wahr? Bis zum BH?“

Das Gespräch lief so gut, dass Andi es nicht mit der ganzen Wahrheit verderben wollte. Sie nickte. „Ja. Die Szene hat das erfordert.“

„Dann kannst du nur hoffen, dass es nicht im Internet auftaucht.“ Bailey legte eine Hand auf Andis Knie. „Du weißt, wie leicht es ist, so etwas auf YouTube oder Facebook zu stellen. Wenn deine Eltern es sehen, flippen sie bestimmt aus."

„Ganz bestimmt." Bei diesem Gedanken zog sich Andis Magen zusammen. An diese Möglichkeit hatte sie nicht gedacht, und jetzt war es zu spät. Sie würde später mit Taz darüber sprechen.

„Und was ist mit Gott?" Auch Bailey wirkte jetzt entspannter. Sie schien keine so große Scheu mehr davor zu haben, ein Tabuthema anzusprechen. „Wie steht es zwischen ihm und dir?"

„Na ja ..." Andi verzog das Gesicht. „Ich war im letzten Semester nicht unbedingt ein braves, liebes Mädchen, das zu Campus für Christus ging. Ich war zu sehr mit *Robin Hood* und meinen Vorlesungen beschäftigt."

„Und mit Taz."

„Ja, und mit Taz." Sie versuchte, ungezwungen zu klingen. „Aber es kommt ja das Wintersemester. Im Herbst ist es sowieso leichter, neue Leute kennenzulernen."

„Ja, aber ich habe nicht von Campus für Christus gesprochen." Baileys Stimme wurde leiser. Sie mochte Andi. Das fühlte Andi deutlich, auch wenn sie das in letzter Zeit vergessen hatte. „Ich habe von Gott gesprochen."

„Gott." Andi stand auf und ging in ihre Seite des Zimmers zurück. Sie öffnete ihre Schublade und betrachtete Rachels Tagebuch, das ziemlich weit hinten lag. Sie schob die Schublade wieder zu und lehnte sich an die Wand neben ihrem Bett. „Ich glaube immer noch an Gott, falls du das meinst. Ich muss wahrscheinlich nur meinen Weg finden. Gott wird immer für mich da sein."

„Aber wir werden nicht immer für Gott da sein." Bailey richtete den Blick auf die Kommode. „Das lernen wir aus dem Leben deiner Freundin Rachel."

Andi verstand, was sie damit sagen wollte. Menschen, die sich von Gott abwandten und glaubten, dass er irgendwann in ihrem Leben auf sie warten würde, wenn sie genug von den Abenteuern der Welt hatten und seinen Schutz wieder suchten, gingen ein großes Risiko ein. Was war, wenn es kein Morgen gab, so wie bei Rachel Baugher? „Ich weiß es nicht", seufzte Andi. „Ich muss meinen eigenen Weg finden. Das ist alles."

„Okay." Baileys Lächeln wirkte traurig. „Aber vergiss nicht, was die Bibel über das Leben sagt. Über das wahre Leben."

„Dass nur Gott es uns geben kann?“ Andi kannte die Bibelstellen. Daran hatte sich nichts geändert.

„Genau. Getrennt von ihm gibt es kein Leben.“ Bailey stand auf und schaute auf ihrem Handy nach, wie spät es war. „Ich muss los. Willst du mit uns essen gehen?“

„Nein, danke.“ Andi trat neben Bailey. „Taz hat mich eingeladen. Wir feiern seinen Film und dass die Prüfungen vorbei sind. Ich werde heute Abend zum ersten Mal den fertigen Film sehen.“

Bailey nickte langsam, und ihr Blick wich nicht von Andis Augen. „Pass auf dich auf, Andi. Und ruf mich an, wenn du mich brauchst.“ Sie umarmten sich. „Wir könnten uns Anfang nächster Woche treffen.“

„Okay.“ Andi war dankbar für dieses Gespräch. Sie hatten sich zu lange nicht mehr so persönlich unterhalten, und auch wenn sie in Bezug auf das Leben und den Weg zum wahren Glück unterschiedliche Standpunkte vertraten, standen die beiden Mädchen sich nahe. Näher, als Andi gedacht hatte. Bailey würde sie nicht verachten, nur weil sie Entscheidungen traf, die sie nicht befürwortete. Dafür war Andi dankbar, denn eines Tages – wenn auch in weiter Ferne – wollte sie vielleicht wieder so sein wie Bailey. Und wenn dieser Tag kam – falls er kam –, wäre Bailey die beste Freundin, die sie haben konnte. Auch wenn das im Moment nicht möglich war, weil sie so verschieden waren.

Ein paar Stunden später stand Andi vor Taz's Wohnungstür.

Er trat auf den kleinen Treppenabsatz heraus, schaute sie lange an und ließ seine Augen an ihr hinabgleiten. „Du bist das schönste Mädchen an der ganzen Uni, Andi. Im echten Leben und vor der Kamera.“ Er führte sie hinein. Sie bemerkte, dass in einem anderen Zimmer Duftstäbchen brannten. Ein süßlicher, würziger Geruch lag in der Luft, aber er war nicht zu stark, und er vermischte sich mit etwas, das im Backofen garte. Ein mexikanisches Gericht. Andi zog ihren Pullover aus und legte ihn über die erste Stuhllehne, an der sie vorbeiging. Sie trug eine dünne Jeans und Stiefel, ein enges marineblaues T-Shirt und ihr bestes Parfum. Sie hoffte, das würde genügen, um ihn dazu zu bringen, sie endlich zu küssen.

Sie schaute sich in seiner Wohnung um, die genau zu ihm passte. Sie war erst ein einziges Mal hier gewesen, und damals auch nur kurz, um sich vor dem Drehen mit ihm zu treffen.

Jetzt, da seine Mitbewohner fort waren und die Wohnung aufgeräumt war, ließ sie sich Zeit, um alles zu begutachten. Fotos von halb nackten Frauen hingen an den Wänden, jede in einem dramatischen Schwarz-Weiß fotografiert, eine Kunstsammlung, die ganz nach Taz's Geschmack war. Er sah Andi tief in die Augen. „Ich schaue diese Fotos an und sehe, wie die Frauen ihren Körper einsetzen, um etwas über Liebe und Natürlichkeit auszusagen." Er betrachtete die Bilderreihe und schaute dann wieder sie an. „Und alles, was ich sehe, bist du, Andi. Wie du auf jedem Bild aussehen würdest. In jeder Pose."

In ihrem Kopf drehte sich alles, und ihr Mund wurde trocken. Taz hatte sich in sie verliebt. Anders konnte es gar nicht sein. Wenn er sie heute Abend nicht küsste, würde sie eine Möglichkeit finden, ihn zu küssen. Sie würde keinen weiteren Abend mehr überstehen, ohne ihn zu fühlen.

Sie gingen in sein Wohnzimmer, in dem ein altes Ledersofa stand, auf dem mehrere warme, weiche Decken lagen. Taz trat so nahe neben sie, dass sie seine frische Haut riechen konnte.

Mit einer leichten Berührung seiner Finger umrahmte er Andis Gesicht. „Ich dachte, wir fangen mit dem Film an."

„Einverstanden." Ein gespanntes Kribbeln erfasste sie. „Ich kann es kaum erwarten."

Er schaltete den Fernseher ein und die Lichter aus. Bevor er den Film startete, setzte er sich neben sie aufs Sofa. „Du hast den Preis als beste Schauspielerin gewonnen, Andi. Ich wollte es dir erst jetzt sagen, wenn ich deine Augen sehen kann."

Hoffnung durchflutete sie. „Ist das dein Ernst?" Sie wollte aufspringen und durchs Zimmer tanzen, aber stattdessen warf sie die Arme um seinen Hals. „Weißt du, was das bedeutet?"

Ein leises Schmunzeln kam aus seinem Mund. „Das bedeutet, dass ich recht hatte." Er zog den Kopf zurück und schaute ihr tief in die Augen. „Du bist sehr begabt."

„Das bedeutet, dass ich eine gute Schauspielerin bin! Dass ich die Schauspielerei zum Beruf machen kann. Das weiß ich!"

Sie schauten sich lange an, und Andi wollte so sehr, dass er sie küssen würde. Aber als es gerade so aussah, als würde er das vielleicht tun, legte er nur den Arm um ihre Schultern und zog sie eng an sich heran. „Der Film ist umwerfend, und das verdankt er allein dir." Er drückte auf die Play-Taste, und der Film begann.

Als sie bei der Szene ankamen, in der sie sich auszog, hielt Andi den Atem an. Taz hatte Wort gehalten. Die Szene war schemenhaft und sinnlich, und bis auf den Moment, in dem sie sich im Spiegel anschaute, hätte man unmöglich sagen können, dass sie die Schauspielerin war.

„Unglaublich schön", flüsterte Taz an ihr Ohr. Sein Atem ging wieder schneller, genauso wie damals, als er diese Szene gedreht hatte. „Du raubst mir den Atem, Andi."

Das flüsterte er im Laufe des Films immer wieder, und als der Film zu Ende war, als er die Stopp-Taste drückte und den Fernseher ausschaltete, konnte Andi sein Verlangen wie eine körperliche Macht fühlen. Taz drehte sich zu ihr herum und berührte leicht ihre Stirn, ihre Wangen. „Du gehörst mir. Das weißt du, nicht wahr?"

„Ja", antwortete Andi, ohne zu zögern. Ihre Stimme klang heiser und verriet ihre eigene Erregung. „Ich gehöre dir schon eine ganze Weile."

Mehr brauchte er nicht zu hören. In einer Bewegung, die fast aus einem Drehbuch stammen könnte, küsste er sie. Das Gefühl war wie alles Wunderbare, das Andi je erlebt hatte, alles in einem einzigen, strahlenden Regenbogen aus Gefühlen. Sie war nicht sicher, wann er sie auf den Rücken legte und von den Küssen dazu überging, sie am ganzen Körper zu berühren und ihre Kleidung auszuziehen. Aber egal, was hier geschah – Andi wollte nicht, dass es aufhörte. So hatte sie sich in ihrem ganzen Leben noch nie gefühlt.

Eine halbe Stunde später, als sie Taz alles gegeben hatte, was sie ihm geben konnte, und sich wieder anzog, regte sich eine leise Reue in ihr. Das Gesicht ihres Vaters tauchte vor ihrem geistigen Auge auf, und sie dachte einen Moment daran, wie enttäuscht er wäre, weil sie ihr Versprechen gebrochen hatte. Das, was heute Abend geschehen war, konnte sie nicht mehr rückgängig machen. Aber selbst wenn ihr Vater Bescheid wüsste und selbst wenn sie sich für ihr Handeln rechtfertigen müsste, war Andi dazu bereit. Denn in ihrem ganzen Leben hatte noch nie etwas solche Gefühle in ihr ausgelöst wie die, die Taz in der letzten halben Stunde in ihr geweckt hatte.

Sie war nicht irgendeine Studentin, die mit irgendeinem Studenten geschlafen hatte. Sie war verliebt, und Taz war der Mann, den sie sich immer erträumt hatte. Das würde Andi sich immer ins Gedächtnis rufen, wenn sich Zweifel in ihr regten. Was war schon dabei, wenn sie nicht die süße, unschuldige Jungfrau war, die sie hatte sein wollen?

Sie war eine erwachsene Frau, reif genug, um selbst über ihr Leben zu entscheiden. Es interessierte sie nicht mehr, was sie über das Leben als Christ gelernt und in der Bibel gelesen hatte. Alles würde gut werden. Das, was sie und Taz miteinander erlebt hatten, war nicht Sex oder Sünde oder so etwas.

Es war Kunst.

Atemberaubend und schön.

* * *

Lisa fuhr im Bett hoch. Sie rang keuchend nach Luft und umklammerte ihre Decke. Ein furchtbares Grauen lag wie ein dicker Nebel über ihr, von dem sie sich nicht befreien konnte. Es ging um Andi! Ihre Tochter steckte in Schwierigkeiten.

Lisa warf einen Blick auf den Wecker neben ihrem Bett. Es war kurz nach Mitternacht, drei Uhr morgens in Bloomington. Keith war in LA, und es war zu spät, um ihn anzurufen, zu spät, um Andi anzurufen. Aber das änderte nichts daran, wie sie sich fühlte. Lisa setzte sich aufrechter hin und merkte, wie ihr Herz hämmerte und raste. Schneller, lauter, schneller, lauter.

Gott, was ist los?

Bete, meine Tochter. Du musst ohne Unterlass beten.

Die Antwort kam schnell, und mit ihr tauchte ein deutliches Bild von Andi vor ihrem geistigen Auge auf, wie sie im Dschungel ausgesehen hatte, als sie den Frauen mit großen Augen begeistert von Jesus erzählt hatte. Etwas hatte ihre Tochter verändert, das war Lisa plötzlich klar. Auch wenn Andis Facebookseite nichts verriet und wenn sie ihren Eltern immer wieder erzählte, dass alles in Ordnung sei. Auch wenn Andi ihnen nie einen Anlass gegeben hatte, an ihr zu zweifeln. Ihre Tochter befand sich in Not. Die Stärke von Lisas Angst und Panik hätte nicht schlimmer sein können, wenn sie mit ansehen müsste, wie ihre Tochter über eine Klippe stürzte.

Andi befand sich in großen, ernsten Schwierigkeiten.

Bete. Sie musste beten. Das wollte Gott, und das würde sie tun. Sie stand zitternd und mit einer Gänsehaut am ganzen Körper auf. *Bitte, Gott, sei bei ihr. Rette sie. Du weißt, was mit ihr los ist. Bitte.*

Lisa glitt auf den Boden, sank auf die Knie und legte ihr Gesicht auf den Boden. Sie drückte die Nase und den Mund auf die rauen Teppichfasern.

Gott, sie ist unser Mädchen, unser einziges Kind. Bitte hilf ihr. Gib mir einen Einblick in ihr Leben, damit ich weiß, wie ich ihr helfen kann. Hilf, dass sie offen mit mir spricht, und vertreibe die ganzen Lügen. Bitte, Gott …

So betete Lisa zwanzig Minuten lang und kämpfte gegen die Dunkelheit und die Angst und die Gewissheit an, dass Andi in großen Schwierigkeiten steckte. Schließlich ließ die Panik nach. Müde und erschöpft stand sie auf. Aber sie betete weiter, weil das Gott von ihr wollte. Sie konnte es kaum erwarten, dass der neue Tag anbrach, denn dann würde sie ihre Tochter anrufen und erst lockerlassen, wenn sie eine Antwort bekam. Sie würde sich nicht mit Floskeln abspeisen lassen. Denn wenn sie mit ihrer unerklärlichen und plötzlichen Gewissheit recht hatte, steckte ihre geliebte Tochter nicht in Schwierigkeiten, die sich leicht beheben ließen.

Sondern in Schwierigkeiten, die sie zerstören konnten.

Kapitel 26

Kelly willigte aus einem einzigen Grund ein, an der Frauenkonferenz teilzunehmen: Sie hatte sich in ihrem ganzen Leben noch nie so weit von Gott und von Chase entfernt gefühlt, und sie hatte eine Todesangst. Sie hatte Angst wegen des Weges, auf dem sie sich befand, und sie hatte Angst, wohin dieser Weg führen könnte. Außerdem hatte Laurie von den Referenten und der Musik geschwärmt. Und dann hatte sie noch etwas getan, das Kelly Tränen in die Augen getrieben hatte: Sie hatte einen Babysitter für Molly und Macy organisiert.

Als das Mädchen, das die Jugendgruppe in ihrer Gemeinde leitete, kurz nach acht Uhr an diesem Samstagmorgen an ihrer Tür erschien, war Kelly bereit. Sie zeigte ihr, wo alles war, und erklärte, was sie als Essen für diesen Tag geplant hatte. „Es stört dich nicht, für die Mädchen zu kochen?"

„Überhaupt nicht." Das Mädchen lächelte freundlich. „Ich koche oft für meine kleinen Schwestern."

Als Kelly Molly und Macy das Mädchen vorgestellt hatte und als sie sicher war, dass sie alle möglichen Notfallnummern aufgeschrieben hatte, brach sie schließlich zu Laurie auf. Sie hatte noch Zeit und hielt bei McDonald's an, um sich zwei Portionen Pfannkuchen und einen Hamburger zu kaufen. Das würde verhindern, dass sie in der Mittagspause Hunger hätte. Sie aß die Sachen während der Weiterfahrt zu Laurie, knüllte die Verpackung zusammen und steckte sie in die Tasche hinter ihrem Sitz.

Laurie würde sie natürlich nicht kontrollieren. Kelly ließ ihr Auto vor dem Haus ihrer Freundin stehen, da sie gemeinsam mit Laurie zur Konferenz fahren wollte. Sie hatte ihrer Freundin erklärt, dass es ihr besser ging. Das stimmte auch. An den meisten Tagen. Besonders seit ihrem Termin bei einem Therapeuten. Er hatte bei ihr mittlere bis schwere Depressionen diagnostiziert. Sie waren stärker geworden, seit Chase sich weigerte, seine unrealistischen Filmträume aufzugeben und nach Hause zu kommen. Der Arzt hatte ihr ein Medikament verschrieben, das angeblich nicht nur ihre Stimmung aufhellen, sondern auch ihren Appetit zügeln sollte. Kelly war nicht sicher, ob es schon wirkte, aber sie fühlte sich wirklich besser.

Laurie wohnte nur wenige Kilometer entfernt, und bald umarmten sie sich zur Begrüßung und stiegen in Lauries Auto. „Ich habe ein gutes Gefühl für heute", bemerkte Laurie, während sie sich hinter das Lenkrad setzte. „Gott hat etwas Großes vor."

Kelly hoffte es, aber sie fühlte nichts. Sie hatte im ganzen Mai weniger als eine Stunde mit Gott gesprochen, und jetzt kam sie sich wie eine Heuchlerin vor, weil sie einen ganzen Tag bei einer christlichen Frauenkonferenz vergeudete, statt zu Hause zu bleiben und zu putzen oder den Mädchen Geschichten vorzulesen.

Die Konferenz fand in der Innenstadt von San Jose statt. Als sie einen Parkplatz gefunden hatten und zusammen mit Zigtausend anderen Frauen in die Halle strömten, kehrten Kellys Zweifel zurück.

„Es dauert eine halbe Stunde, um von hier wegzukommen", sagte sie zu Laurie, „falls irgendetwas mit den Mädchen sein sollte."

„Es regnet." Laurie legte den Arm um Kellys Schultern. „Sie werden den ganzen Tag im Haus bleiben und Filme ansehen und malen. Es wird nichts passieren."

Kelly musste ihr recht geben. Das Regenwetter grenzte die Verletzungsgefahren deutlich ein. Aber vielleicht war das gar nicht der eigentliche Grund für ihr Unbehagen. Vielleicht lag es daran, dass Chase heute nach LA geflogen war und sich jetzt mit seinen Freunden in Hollywood traf und mit ihnen gemeinsam überlegte, wie sie weiter vorgehen wollten. Er wollte von Kellys pragmatischer Lösung nichts hören. Sie hoffte, dass er bald erkennen würde, dass der Optimismus, den seine Hollywoodfreunde verbreiteten, nicht ihre Rechnungen bezahlen konnte.

Um sie herum füllten sich die Plätze. „Hier müssen achttausend Menschen sein." Laurie beugte sich staunend vor. „Kannst du dir vorstellen, wie es ist, wenn so viele Frauen an einem Ort zusammen sind und Gott loben? Das muss wie ein Blick in den Himmel sein."

Kelly fühlte eine starke Distanz zu allem, was hier um sie herum geschah. Was war passiert, dass sie sich von dieser Freude nicht anstecken lassen konnte? Damals in Indonesien hätte es für sie nichts Schöneres als einen solchen Tag geben können, an dem sie zusammen mit anderen Frauen Gott anbeten konnte. Aber jetzt hatte sie kein Recht, sich darauf zu freuen. Die Beziehung zu ihrem Mann war nicht in Ordnung, und sie schaffte es nur mit großer Mühe, jeden Morgen aufzustehen. Was würde ihr ein Gottesdienst helfen, außer dass er sie an ihr Versagen erinnerte?

Die Musik setzte ein. Die Lobpreisband begann mit „Dir gehört mein Lob", einem einfühlsamen Lied von Matt Redman. Kelly kannte die Melodie und den Text, aber sie hatte das Lied lange nicht mehr gehört. Trotzdem steckte eine spürbare Kraft darin, als mehrere Tausend Frauenstimmen das gleiche Lied anstimmten und an die gleiche Botschaft glaubten.

„Dir gehört mein Lob, wenn der Segen in Strömen fließt …"

Kelly kannte die ersten Liedzeilen, in denen ein Bild von guten, gesegneten Zeiten beschrieben wurde, wenn es einem relativ leichtfiel, Gott anzubeten. Sie ließ sich von der Musik mitreißen, die kräftiger wurde und wieder abebbte. Als der erste Refrain angestimmt wurde, standen alle Frauen um sie herum auf und hoben die Hände im Lob zu Gott. Kelly bewegte den Mund und sang mit, auch wenn sie das, was sie sang, nicht fühlte.

Der zweite Vers begann, und endlich reagierte ihr Herz.

Die Worte schienen länger als normal an der Leinwand zu stehen. Kelly las sie immer wieder. Worte, die davon sangen, dass man auf schweren Wegen ging. War das nicht genau ihre Situation? Sie und Chase sprachen kaum miteinander, und sie konnte ihr Verlangen nach Süßigkeiten nicht länger als einen oder zwei Tage bezwingen, auch wenn sie noch so viel betete.

Plötzlich kam ihr der Gedanke, dass es vielleicht einen Zusammenhang gab. Dass sie in solchen Zeiten – wenn sie sich leer und einsam fühlte – es am nötigsten hatte, Gott zu loben.

Sie stand auf, während das Lied weiterging, und drückte die Hände auf die Brust. Neben ihr war Laurie schon aufgestanden. Gott war hier; Kelly konnte seine Nähe fühlen. Aber was konnte er mit ihr schon anfangen? Sie hatte kein Recht, hier bei diesen anderen Frauen zu stehen, die viel bessere Christinnen und viel treuere Nachfolgerinnen waren als sie.

Das Lied stieg zu einem Crescendo an, und Kelly war überrascht, als sie Tränen auf ihren Wangen fühlte. Sie wischte sie weg und blieb stehen, als das Lied nahtlos in das nächste Lied überging, „Du allein rettest mich.“ Im letzten Herbst, als es ihr noch besser gegangen war, war das eines ihrer Lieblingslieder gewesen. *„Jeder Mensch braucht Erbarmen, unfehlbare Liebe …“* Kelly hatte das starke Gefühl, dass die Worte und die Melodie für sie allein bestimmt waren. Nach einigen weiteren Liedern endete der Morgenlobpreis und eine Referentin trat auf die Bühne. Sie sprach über die Kämpfe im Leben und dass Christen wissen durften, dass sie am Ende siegen würden.

Diese einfache Wahrheit traf Kelly zutiefst. Für diese Wahrheit war sie viel zu lange blind gewesen. Egal, wie müde und schwach sie sich heute fühlte, befand sie sich mit Jesus in der Siegermannschaft. Sie hatte keinen Grund, zerknirscht, entmutigt und resigniert zu sein. Aus dieser unverrückbaren Tatsache konnte sie Mut und Kraft schöpfen: Sie stand auf der Seite des Siegers. Warum konnte sie nicht einfach glauben, dass Gott sich um sie kümmerte, wenn es so vieles gab, auf das sie sich freuen konnte? Sie fühlte sich furchtbar, sie kam sich wie die schlimmste Ehefrau und die schlimmste Christin vor, die es je gegeben hatte. Wenn sie das nur vor einem halben Jahr gehört hätte, bevor alles außer Kontrolle geraten war!

Es folgte wieder Musik, aber Kelly konnte nicht mitsingen. Sie starrte auf ihren Schoß und ließ den Tränen freien Lauf. Die zweite Rednerin sprach über die Kämpfe und Enttäuschungen im Leben und wie falsch es sei, sie jeden Tag mitzuschleppen, da Gott alle Menschen aufforderte, ihre Sorgen bei ihm abzuladen.

„Gib ihm deine Asche, und er gibt dir Schönheit“, erklärte die Frau.

Die gesamte Halle brach in Applaus aus.

Kelly dachte über diese Worte nach. Wie lange schleppte sie schon einen Sack Asche mit sich herum? Gab es nicht einen Zeitpunkt, an dem es zu spät war, die Asche gegen Schönheit einzutauschen? Gott hatte ihre schwachen Versuche, als Christin zu leben, bestimmt satt. Vielleicht gab es für sie nichts anderes mehr als Asche.

Die nächste Referentin sprach davon, dass jede Frau mit Gottes Hilfe ihren Platz im Leben finden könne, weil Gott derjenige war, der sie an diesen Platz stellte. Am Ende ihres Vortrags lud sie die Frauen ein, die Jesus zum ersten Mal in ihr Leben bitten wollten, nach vorne zu kommen. „Er ruft euch, meine Freundinnen, er ruft euch zu einem Leben in Freiheit und Stärke, in Frieden und mit einem Ziel. Kommt jetzt; lasst euch durch nichts zurückhalten.“

Kelly rutschte unruhig auf ihrem Stuhl hin und her. Ihr liefen wieder Tränen übers Gesicht, aber jetzt war nicht der Zeitpunkt, um nach vorne zu gehen. Außerdem hatte sie Jesus schon in ihr Leben eingeladen. Sie glaubte an ihn und hatte sich taufen lassen. Was würde ihr das bringen? Außerdem könnte sie jemand sehen und sich fragen, warum sie nach vorne ging, wenn sie ihr Leben lang schon Christin war. Immerhin hatte sie als Missionarin gearbeitet.

Aber als die erste Welle Frauen vorne war, lud die Rednerin eine andere Gruppe ein.

„Vielleicht steckst du in deinem Glauben fest, vielleicht kannst du Gott nicht hören und seine Kraft in deinem Leben nicht fühlen. Wenn das deine Situation beschreibt, dann ist jetzt dein Tag, deine Stunde. Komm und übergib ihm deine Situation. Fühle, wie er seine liebenden Arme um dich legt und dich festhält und dich nach vorne in den Raum führt, in dem andere für dich beten können."

Niemand zog sie auf die Beine, niemand hielt sie auf ihrem Stuhl zurück. Trotzdem fühlte Kelly den Kampf genauso sehr, wie sie ihren nächsten Herzschlag fühlte. Zwischen dem Leben, das sie führte, und dem Leben, zu dem Gott sie berufen wollte, war ein Kampf entbrannt. Ein Kampf, bei dem sie, Kelly Ryan, das Seil war, an dem von beiden Seiten gezogen wurde. Sie schaute zu, wie eine Frau und dann die nächste und dann unzählig viele Frauen nach vorne gingen. Gefühle wurden gezeigt, und Tränen flossen reichlich, als diese Frauen stark genug waren, dem Ruf zu folgen.

Aber Kelly blieb sitzen. Sie war nicht hierhergekommen, um eine Entscheidung zu treffen oder um in ihrem Leben mit Jesus eine Erneuerung vorzunehmen. Sie nahm sich einfach Zeit für sich und verbrachte einen Tag mit Laurie. Sie brauchte mehr Zeit, um eine solche Entscheidung zu treffen. Wenn sie nach vorne ginge, würde das bedeuten, dass sie bereit war, ihr Widerstreben gegen Chases Filmpläne aufzugeben und in der Bibel Kraft zu suchen, wie sie es früher getan hatte.

Vielleicht morgen oder nächste Woche, aber nicht jetzt. Kelly blieb sitzen und schaute zu, wie unzählige Frauen Freiheit fanden. Laurie beugte sich zu ihr herüber und legte die Hand auf ihr Knie. „Wie ich schon sagte: Gott tut heute Großes."

Das stand außer Frage. Aber um bei Kelly etwas zu bewirken, würde Gott länger brauchen. Weder Gefühle noch Tränen konnten ihr Leben oder die Fakten ändern. Chase hatte keine Geduld, sich ihre Bedenken anzuhören, und er konnte es anscheinend nicht erwarten, von zu Hause fort und nach LA zu kommen. Sie fühlte sich die meiste Zeit überfordert, und das ließ sich auch nicht durch Medikamente beheben. Was würde sich ändern, wenn sie heute nach vorne ginge? Dadurch würde sie sich nicht in die nette Ehefrau verwandeln, die ihren Mann unterstützte, und dadurch würde die Arbeit nicht erledigt werden, die es kostete, zu Hause alles allein zu bestreiten.

Nicht jetzt, Gott. Ich kann dir mein Leben jetzt nicht übergeben … Ich weiß überhaupt nicht mehr, wie es weitergehen soll.

Die Kraft, die an dem Seil zog, wurde stärker. Kelly fühlte es, sie fühlte, wie der Kampf tobte, aber trotzdem blieb sie sitzen.

In der Mittagspause ließ Kelly Laurie allein im Saal zurück, um zur Toilette zu gehen. Danach ging sie hinaus und setzte sich auf eine Betonmauer unter einem Dachvorsprung, einen der wenigen Plätze im Freien, die noch trocken waren. Sie wollte nichts essen. Sie hatte kein Interesse an einem Käsebrot, und es gab keine Süßigkeiten zu kaufen. Sie hatte sich schon informiert.

„Okay, Gott … Was hast du mit mir vor?"

Sie hatte ihr Handy den ganzen Vormittag ausgeschaltet gehabt, aber jetzt schaltete sie es ein. Sie hatte den plötzlichen Wunsch, mit Chase zu sprechen, wenn auch nur für ein paar Minuten. Sie gab seinen Namen ein. Das Telefon begann sofort zu klingeln. Sie wartete. Es klingelte zweimal, dreimal. Nach dem vierten Mal schaltete sich sein Anrufbeantworter ein. Sie öffnete den Mund, um ihm eine Nachricht zu hinterlassen, eine Entschuldigung oder eine Bitte, dass er sie später anrufen solle, damit sie miteinander sprechen könnten. Aber irgendwie hatte sie das Gefühl, dass das alles nicht richtig sei, und legte auf. Sie wollte lieber persönlich als am Telefon mit ihm sprechen.

Der Regen hatte nachgelassen, aber der Himmel war immer noch dunkelgrau. In einem solchen Moment war es schwer zu glauben, dass der Himmel je wieder aufhellen würde, genauso wie es ihr schwerfiel, das für ihr Leben zu glauben.

Warum, Gott? Warum wehre ich mich gegen dich?

Sie malte sich aus, wie ihr Gebet sich bis zum Himmel hinaufbewegte, aber es kam keine Antwort. Kein Zeichen, das ihr versicherte, dass es Gott interessierte, wie sie hier saß und in ihrer eigenen kleinen Welt aus Asche und Selbstmitleid gefangen war.

Drinnen setzte die Musik wieder ein. Laurie fragte sich bestimmt, wo sie blieb und warum sie nichts gegessen hatte. Kelly erhob sich mühsam auf die Beine und bahnte sich ihren Weg durch die Menge zurück zu ihrem Platz. Das Lied war wieder von Hillsong, und die erste Strophe war schon fast zu Ende, als Kelly sich auf ihren Platz setzte.

„Alles in Ordnung?" Laurie schaute sie fragend an. Offensichtlich machte sie sich große Sorgen um sie.

„Alles gut." Kelly setzte ein schnelles Lächeln auf. „Ich bin hinausgegangen, um Chase anzurufen."

„Ach so." Ihre Freundin nickte. „Gut."

Kelly richtete ihre Aufmerksamkeit auf die Lobpreisgruppe. Es hatte keinen Sinn, Laurie zu erzählen, dass sie ihren Mann gar nicht erreicht hatte. Sie hatte Zeit für sich allein gebraucht, auch in dieser großen Menschenmenge. Die Musik erfüllte die Luft um sie herum. *„Ewig. Dein Licht scheint auch dann, wenn alles andere erlischt … endlos. Deine Ehre übertrifft allen Ruhm …"*

Diesen Satz schienen sie eigens für Kelly zu singen. Egal, was auf sie zukam, Jesu Licht würde alles überdauern, jede Dunkelheit und alle Täler, alle Wüsten und Dürren. Jeden Ruhm. Egal, ob Chase einen Film mit Brandon Paul drehen würde oder nicht. Gott war König über alles, er war Herr über alles.

Kelly fühlte immer noch, dass etwas sie davon abhalten wollte, ganz loszulassen und dem Ruf des Herrn zu folgen. Aber die Mauer bröckelte.

Jedes Wort dieses Liedes schien allein für sie geschrieben worden zu sein, und sie stand mit den anderen Frauen auf und stimmte mit kräftiger Stimme in den Gesang mit ein.

Sie wollte glauben, was sie hier sang, sie wollte, dass Gott ihr Leben in die Hand nahm, aber ihre Scham und ihre Schuldgefühle waren zu groß. Welchen Grund sollte Gott haben, sie zu lieben? Wie oft hatte sie Gott die Kontrolle übergeben, sie aber am nächsten Morgen wieder an sich gerissen, weil sie vor Sorgen und Entmutigung nicht anders gekonnt hatte? Sie saß fest, aber trotzdem sang sie, und während sie sang, fühlte sie, wie ihr Blick klarer wurde, konnte sie Gottes Liebe näher als vorher fühlen.

Am Ende des Tages gab es ein Konzert mit Nicole C. Mullen. Damals, als Kelly von morgens bis abends christliche Musik gehört hatte, war Nicole eine ihrer Lieblingsinterpretinnen gewesen. Ihre Songs „Redeemer" und „Call on Jesus" waren Lieder, die unvergessliche Zeiten in Kellys Leben begleitet hatten, damals, als sie Mutter geworden war und daran gezweifelt hatte, ob sie genügend Kraft haben würde. Kelly hatte nicht gewusst, dass Nicole den Abschluss dieses Tages bilden würde, aber jetzt hatte sie den Eindruck, dass ihre Zeit hier von Gott gesegnet wurde. Es war, als hätte Gott dieses Konzert persönlich geplant.

„Ich brauche Erneuerung vom Kopf bis in meine Seele … ich brauche Erneuerung, von Kopf bis Fuß …" Nicoles Stimme erfüllte die Halle. Sie war jung und spritzig, und sie tanzte mit der gleichen Leichtfüßigkeit wie die jungen Tänzerinnen hinter ihr auf der Bühne, einschließlich ihrer vierzehnjährigen Tochter. Das Publikum war aufgestanden und sang das Lied lauthals mit. Kelly wiegte sich zur Musik und dachte über die Worte nach.

Sie dachte an den täglichen Kampf, in dem sie immer mehr unterging. Jeden Tag wachte sie auf, versank in Selbstmitleid und versuchte, die Leere in ihrer Seele mit Süßigkeiten zu füllen. Nur wenn sie ihr Denken änderte, nur wenn sie Gott die Herrschaft über ihr Denken gab, würde sie von ihren Depressionen und ihrem unvernünftigen Essverhalten frei werden.

Nicole sang weiter. Kelly konnte um sich herum mehrere Frauen weinen hören, die Gottes sanftem Ruf nachgaben. *„Ich weiß, dass mein Erlöser lebt … ich weiß, dass mein Erlöser lebt."* Kelly sang mit, und zum ersten Mal an diesem Tag meinte sie jedes Wort, das sie sang. Sie war eine Versagerin, ja, und eine Sünderin. Sie hatte nicht auf Gott gehört und war bewusst in eine andere Richtung gegangen als die, in die er sie gerufen hatte. Trotzdem lebte er, und er war ihr Gott. Ihr persönlicher Erlöser. Selbst wenn sie der einzige Mensch auf der Erde wäre.

Das Konzert ging weiter, und gegen Ende konnte Kelly wieder die Tränen auf ihren Wangen spüren. Sie konnte sich nicht länger gegen Gott wehren. Das war ein aussichtsloser Kampf. Obwohl sie ihn so oft enttäuscht hatte, gab er sie nicht auf. Kelly fühlte, wie das Seil in ihrer Seele in seine Richtung wanderte.

Nicole erzählte vor ihrem letzten Lied eine kurze Geschichte. „In der Bibel lesen wir von einer Frau, die sich verzweifelt nach Heilung sehnt. Eine Frau, die seit über zehn Jahren an einer Krankheit leidet. Niemand und nichts kann sie heilen, aber Jesus kommt an diesem Tag durch die Stadt. Große Menschenmassen drängen sich um Jesus. Viele Hundert Menschen, die seiner Aufmerksamkeit viel würdiger sind als sie." Nicole trat langsam an den Rand der Bühne. „Aber eines weiß diese Frau. Sie weiß mit absoluter Gewissheit, dass sie geheilt wird, wenn sie nur den Saum seines Kleides berührt. So groß ist ihr Glaube an ihn und an seine Kraft." Sie schwieg einen Moment. „Das letzte Lied heißt ‚Eine Berührung'".

Die Musik war schön und eingängig, und Nicole begann mit der ersten Strophe. Während sie sang, geschah etwas Unerwartetes. Ihre Tochter und die anderen Tänzerinnen traten nacheinander auf die Bühne. Die Mädchen trugen weiße Kleider und schwarze Sweatshirts. Auf dem Rücken jedes Sweatshirts stand jeweils nur ein einziges Wort: *Scham ... Schuld ... Einsamkeit ... Zweifel ... Sucht.*

Nicole sang das Ende der ersten Strophe, während die Tänzerinnen einen bedrohlichen Halbkreis um sie herum bildeten. Dann streckte sie mit ihrer ganzen Kraft die Hände vor sich in die Luft. *„Wenn ich nur den Saum seines Gewandes berühren kann, werde ich geheilt."* Aber während sie die Hände ausstreckte, setzten die Mädchen, auf deren Rücken *Schuld* und *Scham* und *Sucht* standen, ihre ganze Kraft ein, um sie zurückzuhalten.

Nicole wehrte sich gegen sie.

Je stärker Nicole versuchte, zu Jesus vorzudringen, umso mehr hielten *Scham* und *Schuld, Einsamkeit, Zweifel* und *Sucht* sie zurück. Das Bild war sehr eindrücklich, und zum ersten Mal – zum allerersten Mal – konnte Kelly tatsächlich ihr Leben so sehen, wie Jesus es sah. Sie konnte versuchen, den Saum seines Gewandes zu berühren, sie konnte ihn um seine Barmherzigkeit bitten, aber etwas hielt sie zurück. Etwas, das sie schon seit Monaten tief in ihrem Herzen fühlte.

Scham, Schuld, Einsamkeit, Zweifel, Sucht.

Die zweite Strophe begann, in der es um die Geschichte aus der Bibel ging. Die große Menschenmenge, der verzweifelte Versuch, zu Jesus durchzudringen. Nicoles klare Stimme erfüllte den Raum. Als sie die Stelle erreichte, an der Jesus sich umdrehte, gab jedes Hindernis, das um ihre Seele kämpfte, auf.

Von diesem Bild tief bewegt, begann Kelly zu weinen. Das war auch ihr Kampf, nicht wahr? Wenn sie nur so nahe an Jesus herankommen könnte, dass sie den Saum seines Gewandes berühren konnte, könnte sie seine Stimme hören. Die Dinge, die sie von Jesus zurückhalten wollten, hörten seine Stimme auch.

Nach und nach sanken die Tänzerinnen, die *Scham, Schuld, Einsamkeit* und andere Bezeichnungen auf dem Rücken stehen hatten, zu Boden. Die Botschaft war klar und eindringlich. Nichts konnte sich Jesus in den Weg stellen. *„Wenn ich nur den Saum seines Gewandes berühren kann, werde ich geheilt.“*

Das Lied ging weiter, während Kelly die Tränen übers Gesicht liefen. Die Frau auf der Bühne war sie. Sie ließ sich durch ihre Scham und Sucht davon abhalten, zu Jesus zu kommen. Aber damit war jetzt Schluss. *„Irgendwie hat er meinen Wahnsinn durchbrochen“*, sang Nicole weiter. *„Und seine Liebe hat meine Seele geheilt.“*

Das war es, begriff Kelly. Sie musste so nahe zu Jesus kommen, dass sie seine Stimme hören und den Saum seines Gewandes berühren konnte, damit sie wieder geheilt werden konnte.

Laurie schien zu begreifen, was in Kelly vorging. Sie legte die Hand auf ihre Schulter. „Es ist okay“, flüsterte sie. „Lass Gott an dir handeln.“

Kelly nickte, während ihr die Tränen übers Gesicht und in den Mund liefen. Sie waren salzig und heiß. *Es tut mir leid, Jesus. Ich will nicht mehr kämpfen. Ich übergebe dir mein Leben. Ich übergebe es dir vollkommen.* Sie brauchte keine weiteren Argumente, um überzeugt zu werden. Das Bild, wie Nicole die Hände nach Jesus ausstreckte und zurückgehalten wurde, würde sie nie vergessen. Das Bild von einem Kampf. Aber sie würde auch den Sieg nie vergessen. Sie musste nicht gegen ihre Scham und Schuld und Depressionen ankämpfen. Sie musste nur nahe bei Jesus bleiben, denn dort hatten die Dinge, die gegen ihre Seele kämpften, keine Chance. Nahe genug, dass sie den Saum seines Gewandes berühren konnte.

So nahe, wie sie jetzt bei ihm war.